韓國文學과 韓中文學 比較

韓國文學과 韓中文學 比較

尹允鎭

역락

　몇 년 전에 낸 평론집에 이은 또 하나의 문학평론집이다. 운명적으로 문학을 하게 되었지만 숙명으로 받아들이고 하고 싶었다. 그러나 하고 싶은 대로 되지 않아 항상 고민이다.

　그 사이 몇 년간 한국어교육에 신경을 쓰다 보니 본업인 문학에 대해서 너무나도 소홀했다는 느낌이다. 어느 한시도 잊은 적은 없지만 그 기간 나에게 있어서 더 요긴했던 것은 한국어를 가르치는 일이었다. 변명으로 들릴지도 모르지만 거기에 엄청난 정력을 퍼붓다 보니 문학적인 성과는 미비하고 별로이다. 그런대로 이번 기회에 그 사이에 쓴 논문들 가운데서 일부를 정리하여 평론집 한 권을 묶어보기로 했다. 다시 문학연구에 정진해보겠다는 의미도 있지만 그 사이에 가졌던 문학적인 고민도 여기저기에 깃들어 있는 것 역시 사실이며 이러저러한 문제가 있는 것 또한 사실일 것이다. 선학과 후학들의 기탄없는 조언을 바라며 매번 이러한 기회가 올적마다 고마움을 새삼스럽게 느끼게 되는 모든 은사님들께 머리를 숙이고 역락 출판사 이대현 사장님께도 고맙다는 인사를 재삼 드리며, 이 책의 출간에 관심을 기울려 주신 모든 분들에게 인사를 드린다.

2014년 6월, 장춘에서
저자 윤윤진

차례CONTENTS

● 머리말

◉
조선족 시가 연구

조선족 소설 연구

한국문학과 비교문학 연구

부록

조선족 시가 연구

설인 서정단시의 미적 세계

『설인시선집』을 중심으로

1. 시작하는 말

설인은[1] 중국조선족의 원로 시인이며 중국조선족 시문학의 대표적인 시인의 한 사람이다. 그는 1940년대, 즉 백철에 의해 "문학사상에 그 암흑기"[2]라고 불리던 시기에 창작을 시작하여 "그것(시)이 하나의 작품으로 됐는지 안됐는지 또 햇빛을 볼 수 있는지 없는지도 몰"[3]랐지만 한

---

1) 설인(雪人), 본명은 이성휘(李成徽), 1921년 연길시에서 출생, 1943년 와세다대학 문과 수료(통신), 그 후 소학교 교원, 잡지사 편집, 1950년부터 1983년까지 연변대학 조선언어문학학부 교수(1958년부터 병으로 장기 휴양), 시집으로는 『해란강두견』(6인집), 『봄은 어디에』, 『먼동이 튼다』, 『설인시선집』, 『들국화』, 『고향사람들』 등이 있으며 문학연구저서로는 『문학개론』, 『문심조룡선주(文心雕龍選注)』, 『조선어속담사전』(공저) 등이 있고 평론으로는 「시인 김조규의 재만시초」 등 10여 편이 있다. 설인은 1940년대부터 창작을 시작하여 80고령에도 창작을 계속하다가 2014년에 94세를 일기로 세상을 하직하였다. 이 글은 몇 년 전에 쓴 것인데 설인선생의 사망소식을 들은 후에 이 책에 수록하게 되어 선생님에 대한 추모의 정도 함께 깃들어 있음을 부언해 둔다.
2) 백철, 『신문학사조사』, 신구문화사, 1986, 559쪽.
3) 설인, 『설인시선집』 후기, 민족출판사, 1999, 295쪽.

시도 게으름 없이 시 농사를 지어 주옥같은 시로 우리 문단을 장식해 주었으며 노년에는 더더욱 노익장을 발휘하여 우리 문단에『설인시선집』 (1999)을 비롯하여『먼동이 튼다』(2006), 『들국화』(2009), 『고향 사람들』 (2009) 등과 같은 시집들을 선물하였다. 1921년에 태어나 1940년 좌우에 첫 시를 발표해서부터 어언 70년이 지났지만 설인은 시종일관 차분하고 조용한 시의 세계를 창조해 가면서 사랑의 멜로디를 부르고 불렀다. 실로 작가가 이야기하고 있는 것처럼 사랑은 그의 시창작의 토대로 되며 거기에서 자기적인 즉 설인식의 미의 세계가 구축되고 있다. 그의 대표 작의 하나로 되고 있는『설인시선집』에는 그의 광복 전 시 66수를 포함 하여 183편의 시가 수록되어 있는데 여기에서도 우리는 사랑에 기반을 둔 설인식의 미 세계를 확인할 수 있는데 본문은 이 시집을 중심으로 설 인시의 아름다움과 더불어 그의 미세계의 빙산일각을 더듬어 볼까 한다.

2. 설인 연정시의 특색

설인의 시세계를 산책하노라면 우리는 짧은 연정(戀情)시에 종종 접하 게 된다. 연정시, 문자 그대로 정에 겨워 그 무엇을 사랑하고 그리며 쓴 시, 이러한 시들은 설인 시백이 인생살이 수 십 년 사랑을 고이 가슴에 깊이 묻어두고 세상 만물을 조용히 굽어보면서 읊조린 단가(短歌)들인데 분명 거기에는 사랑에 주린 서정적 주인공의 사랑에 대한 예찬과 심령 의 아름다움, 그리고 그의 단시의 미적 세계가 깊숙이 묻어져 있다.

설인의 연정단시가 독자들에게 주는 첫 번째 인상은 그 조용함과 차 분함이다. 그의 시를 읽노라면 문여기인(文如其人)란 말이 자기도 모르게 떠오르는데 언제나 설치지 않고 조용히 인생을 살았듯이 설인은 시세계에서도 조용히 산책하고 조용히 사색하며 차분하게 자기의 정서를 표현한다. 이것은 고난이 첩첩했던 광복 전 시 뿐만 아니라 광복 후에 쓴 시, 나아가서는 만년의 시들에도 시종 관통되고 있는 그의 시가 특징이다.

『재만조선시인집』, 『만주시인집』이나 『만선일보』 문예란에 게재된 설인 동년배들의 광복 전 시들은 여러 가지 경향성을 띠고 있지만 만주시책찬양 외의 시들은 대다수 망향의 한과 실향의 우수(憂愁)를 비롯하여 이국 타향살이의 어려움을 비롯한 세상살이를 표현하고 있는데 광복 전에 창작된 설인의 시에도 이러한 시들이 더러 있다. 그러나 그의 시는 동 시기 동년배들의 작품에 비하면 그만큼 조용하고 차분하다.

그의 광복 전 시 한 수를 들어본다.

눈감은 귀뿌리엔
기럭기럭 기러기 소리
지붕우 하늘아래에서
어쩐지 자꾸만 들려오네

집 떠난 나그네
사향 가득한
이 마음 이 가슴만
울리고 가오

-「기러기」 전문

또 한 수를 들어본다.

그가 떠난
남녘 하늘 향해

기러기 날아간다
북극 한랭한 바람
하두나 차거워
솜의 보금자리
고원을 찾네

기럭 그 소리에
먼 옛터가
단장하듯 그리워
려창의 고객
가만히 서서
둘 곳 없는 마음에
자장가를 부른다

－「철새」전문

전자는 「기러기」란 시명 하에 끝에 1941년이라고 적혀 있고 후자는
「철새」란 시명 하에 1942년 11월이라고 적혀 있는 것을 보면 모두 광
복 전에 쓰이어진 시다. 미발표작으로 썩 나중에야 발표되어 논의에 일
부 어려움이 있겠지만 시의 내용으로 보아 그 시기에 발표해도 무방했
고 나중에 일부 가공을 거쳤다 하더라고 내용상의 큰 가공이 있을 법한
시는 아니다.4) 고작 철자법을 현대식으로 수정하는 정도의 가필이 있었

---

4) 이 시기 일부 문학작품은 광복 후, 혹은 썩 후에야 발표되었기에 그 원본과 작품
의 신빙성 때문에 논의에 일부 어려움이 있는 것만은 사실이다. 그러나 설인 단시
의 경우, 내용상 당시에 발표되었다 하더라도 별 문제가 없었을 것이고 수정의 가
능성이 크지 않다고 인정되어 본문에서는 여전히 광복 전에 쓴 시로 인정하고 논
의를 전개하고자 한다. 『먼동이 튼다』의 서문에서 저자는 "약간의 문자수교가 있
었다"고 하고 있는데 내용보다는 문자적인 일부 수정이 있었을 것으로 짐작된다.
그리고 그의 광복 전 시들이 반세기 후에야 햇빛을 보게 된 원인에 대해서 설인
은 두 가지 이유가 있는데 "첫째, 필자는 이것을 줄곧 청년시절의 습작으로만 생
각하고 발표할 생각을 하지 않았음이요, 둘째는 교학에 쫓기고 병마에 시달린 데

을 것으로 짐작된다. 모두 사향의 정서를 읊은 시로 그 서정의 계기로 기러기가 등장한다. 계절 따라 남북을 왕래하는 기러기에서 고향의 그리움을 이끌어내면서 고향에 대한 깊은 그리움을 짧은 시구에 담아 정서적으로 읊고 있는데 이역 하늘 아래에서 방황하는 나그네의 형상이 또렷이 안겨온다. 첫 번째 시에서 기러기가 마음만 울리고 간다면서 기러기에 대한 원망의 정서에 고향에 대한 그리움을 얹어 망향의 서러움을 읊고 있다. 기러기에 대한 원망이 깊어질수록 사향의 정서가 더 강열하게 표현되면서 고향을 그리는 서정적 주인공의 내면세계가 잘 그려지고 있다. 두 번째 시도 남녘 하늘을 날아가는 기러기와 기러기 소리에서 먼 옛터를 떠올리면서 향수를 그린 것인데 한랭한 바람이 부는 이역만리 타향에서 마음을 둘 곳 없이 정처 없이 떠도는 서러움과 슬픔이 정서적으로 엮어지고 있다. 그러나 이러한 시에서도 작가는 자기의 정서를 최대한으로 억제하면서 담담하게 엮어 내려가고 있는데 이 시기의 사향의 정서를 묘사한 시들에 비하면 큰 차이가 난다. 서술의 편리를 위해 이 시기 사향의 정서를 읊조린 대표적인 시 한 수를 인용해 본다.

> 곰방대에 담은 연기 한숨에 부서지고
> 오십 평생 지나온 일 연기인양 깜박거려
> 밧두렁에 주저안저 뉘우치고 뉘우처도
> 아득한 넷마음에 한숨만 타오르오
>
> 품파리 십여년을 집한채 작만하고
> 어미일은 어린 것을 품안에 길르다가
> 하늘이 무심하여 집마저 물에 가고

에 있었다"(『먼동이 튼다』 서문)고 쓰고 있다.

어미찾든 어린 것은 눈물에 사라젓소

남국이 천리라니 고향도 철리리오
마누라 무더노코 어린것도 무더둔 땅
마도강 마도강에 나마저 무더주오

- 「탄식」 전문

　1940년 5월 2일자 『만선일보』에 게재된 김동식의 시 「탄식」이란 시
의 전문이다. 50여 년을 살아온 고향이 그립고 타향살이가 너무나도 고
달프고 서러워 밭두렁에 주저앉아 아무리 후회해 보았자 피어오르는 것
은 한숨뿐, 만주와 간도란 커다란 드림을 안고 두만강, 압록강을 넘어선
그들, 천진한 생각과는 달리 참혹한 현실은 품팔이 10여 년에 집 한 채,
더 험악한 것은 어린 것과 마누라마저 이 땅에 묻혔다. 그러니 고향이
그리워도 성큼 떠나가기조차 힘들고 어려운 상황이다. 오도 가도 못하
는 막막한 신세, 마누라와 어린 것마저 묻어둔 땅, 거기에 자기마저 묻
힐 것을 각오하는 주인공의 비장함 속에서 천리 고향에 대한 "향수"와
"사향"의 정이 짙게 묻어나는 이 작품은 이 시기 이 지역 실향민들의
보편적인 정서를 가장 잘 반영하고 있는 작품으로 사향이란 측면에서는
설인의 상기 시와 궤를 같이 한다. 그러나 설인의 시보다 훨씬 더 강열
한 분위기를 내보이고 있으며 크고 거친 만주 땅에 걸맞는 대륙적인 분
위기가 물씬 풍기는 반면, 설인의 시는 조용하고 아늑한 분위기 속에서
차분하게 사향의 정서를 읊조리고 있다. 이런 의미에서 김동식의 「탄식」
은 굳세고 강인한 남성적인 기질과 더불어 대륙적인 분위기를 보여주고
있는 반면 설인의 시는 조용히 섬약하고 연하고 부드러운 내성적인 미
를 보여준다 하겠다.

그러나 이것은 설인 시에 아픔이 없었다는 얘기가 아니다. 사실 광복 전 설인의 시는 표면에 잘 나타나지 않지만 망국의 한을 비롯한 아픔이 있었다. 「왜 이다지도 슬플가」란 서사적인 타이틀로 쓰이어진 시에서 그는 "사랑에서 울었고/ 동포의 한을 보았고/ 윤락한 인생의 슬픔을 보고 생긴" 아픔이 있다고 고백하고 있으며 「자주빛 황혼」에서는 "피 흐르는 아픔을/ 하소할 길 없어/ 창공을 우러러/ 슬픈 노래 부른다"고 읊고 있다. 설인은 필자에게 보내는 편지에서 이렇게 쓰고 있다. "사랑(조국애)은 나의 창작의 기초입니다. 반역자가 아닌 이상, 애국자 아닌 사람이 있으리오마는 사람마다 얼굴이 다른 것처럼, 나름대로 다른 빛깔이 있을 수 있습니다."[5] 반역자가 아닌 이상 애국자, 논리적인 비약이 없는 것은 아니지만 일리가 있는 얘기며 사실 작가의 마음의 솔직한 고백이라고 생각한다. 문제는 그의 광복 전 창작에 향수와 같은 민족적인 정서가 있는가 없는가에 있는 것이 아니라 "사람마다 얼굴이 다른 것처럼" 어떻게 그의 시가에 나타나는 이러한 현상을 해석하는가 하는데 있다. 사실 설인도 이 시기에 고민도 있었고 슬픔도 있었고 미움도 있었고 향수도 있었다. 그러나 그것을 그는 자기 식으로 조용히, 그리고 또 차분하게 읊어보였을 따름이다. 시 「강가에서」 설인은 이렇게 읊고 있는데 설인 시의 이러한 풍격을 만끽할 수 있지 않을까 하는 시다. "그 하얀 옥손으로/ 단 한 번이라도/ 재그시 만져주렴/ 이 아픈 가슴을……" 이 시 전반으로 보아 이것은 애정을 노래한 시다. 서정주인공의 아픈 가슴은 이성에 대한 그리움에서 오는 것이다. 그러나 여기에서 작가는 이성에 대한 강렬한 사모의 정을 토로하고 있지만 부드럽게 그리고 조

---

5) 2011년 3월 15일 설인선생이 필자에게 보낸 편지의 한 구절.

용히, 어루만져 줄 것을 갈망하고 있으며 「한야(寒夜)에」란 작품에서는 "굶주린 창자/ 헐벗은 알몸들/ 지금 엄동설한 이 삼경에/ 그 어느 담모퉁이에서 지낼가// 없나/ 누가 그들에게/ 따스한 물 한 모금/ 김나는 밥 한 숟가락/ 그들에게 줄 사람/ 없는가 없는가"라고 하면서 없는 자, 가난한 자의 어려운 현실생활과 더불어 그들의 "기한에 지는 한 맺힌 이슬"을 서러워하고 있으며 「바람 부는 밤에」란 시에서는 "이 밤 책상머리에서/ 명상에 잠기는/ 마음은 사뭇 외롭고 번뇌로와/ 끝없이 깊은 사색의 심연"에 잠기고 싶다고 하고 있다. 식민치하에서 청춘시절을 보낸 설인은 현실의 허황함을 보았고 앞길의 험난함과 앞날의 어두움을 보았으며 그래서 「자주빛 황혼」에서 "피 흐르는 아픔을/ 하소할 길 없어/ 창공을 우러러/ 슬픈 노래 부르"고 있다고 쓰고 있다. 청춘의 피가 끓어 넘치는 가슴이겠지만 여기에서도 설인은 자기의 타오르는 정서를 최대한 억제하면서 그것을 그리움의 정서에 엮어서 조용히 읊어 보이고 있다. 이러한 정서는 민족의 아픔을 그린 작품의 경우에도 적용되는데 그 시절 설인에게 망국의 아픔이 없었던 것이 아니라 그것을 그는 다른 한 형식으로 조용히, 그리고 차분하게, 부드러운 어조로 그려보였을 뿐이다. 그런 의미에서 말하면 그의 시는 그 시기 다른 시인들의 시와는 어조가 달랐을 뿐이지 역시 다분한 민족적인 정서와 감정을 지니고 있다고 해야 할 것이다.

설인은 『설인시선집』의 후기에서 이렇게 쓰고 있다.

......
지나간 청소년시절 나에게도 나름대로 두 가지 고통이 있었다. 그 첫째는 망국노의 설움이요, 둘째는 "잃어버린 심장"의 아픔이었다.

그렇다고 원수들의 철제 밑에서 지지눌려만 살 수 없고, 생각대로 우리말과 우리글을 지켜가며 여기에 열심히 살아가는 겨레의 얼을 담고 싶었다. 그래서 선택한 것이 통할 리 없는 문학이었다. 빼앗긴 나라의 설움에 모대기다 못해 이 길을 걸으려 했으나 일제의 민족문화 말살정책은 이것을 허용하지 않았다.

그러나 그것이 하나의 작품으로 됐는지 안 됐는지 또 햇빛을 볼 수 있는지 없는지도 모르고 묘연하나 한 가닥 희망을 가지고 그저 어리석을 만치 쓰지 않으면 안 되었던 것이 당시 나의 심정이었다.

이래야 민족적 울분과 원한이 사라지는 것 같고 사는 보람과 자위감을 느낄 수 있었다. 그것이 비록 미미한 생활의 반영이거나 청소년 시절의 정감의 발로라 하더라도 주객관을 물론하고 조선말과 조선글로 조선 사람을 쓰고 싶었다. 그래서 쓴 것이 미숙하나 해방 전 시편들인 「새벽하늘 우러러」 등에 나오는 60여 수의 작품이다."6)

설인의 이러한 회억들은 이 시작들의 창작동기와 탄생과정을 비롯하여 당시 시인의 내심세계를 잘 보여주고 있는데 이것은 그 시절 설인도 여타 다른 시인들과 마찬가지로 마음적인 고통과 설움이 있었다는 것을 말해준다. 따라서 그의 시 역시 다분한 민족적인 정서를 지내는 것으로서 높이 평가되어야 할 것이다.

3. "밤", "들국화"의 이미지

민족적인 정서와 망국의 한을 표현하되 다른 시인들과 달리 조용하고 차분한 가운데 자기의 정서를 함축성 있게 표현하고 있는 설인은 민족적인 정서와 사향의 정서를 표현한 시에서도 조용하고 차분하게 그러한

---

6) 설인, 『설인시선집』 후기, 『설인시선집』, 민족출판사, 1999, 296쪽.

정서를 표현하고 있을 뿐만 아니라 다른 정서와 정감을 읊은 시에서도 여전히 자기의 풍격을 고수하면서 자기 나름대로의 특색을 보여주고 있다.

광복 전 많은 시인들의 시에서 "밤"이란 시어가 자주 등장하는데 설인의 광복 전 시에서 "밤"이 자주 등장하면서 설인의 광복 전 시 가운데서 가장 많이 사용되는 시어의 하나로 되고 있다.

굶주린 창자
헐벗은 알몸들
지금 엄동설한 이 삼경에
그 어느 담모퉁이에서 지낼가

없나
누가 그들에게
따스한 물 한모금
김 나는 밥 한숟가락
그들에게 줄 사람
없는가 없는가

모대기다 못해
기한에 지는 한맺힌 이슬
누구 탓일가
누구 탓일가

이 밤이
왜 이다지 찰고
아
왜 이다지 찰고……

—「한야(寒夜)에」 전문

"밤"이란 시어가 있을 뿐만 아니라 굶주리고 헐벗은 인간들이 엄동설한에 어느 집 담모퉁이에서 긴긴 겨울밤을 지내야 하는 암담한 현실을 그린 것이다. 굶주리고 헐벗었지만 그들에게 누구 하나 주는 사람 없고 또 줄 사람도 없다. 이러한 막막한 현실에서 누구를 탓해야 마땅한가 하면서 시적화자는 "이 밤이 왜 이다지도 찰고"하고 한탄하면서 그들에게 무한한 인도주의적인 동정을 보내고 있다. 시에 나오는 "굶주림", "헐벗음", "기한", "한 맺힌 이슬" 등은 식민시대를 살아온 한 청년의 시에서 제법 나타날 법한 시어이며 또 그렇게 되어야 할 시어들이며 "엄동설한", "야(夜)" 등은 상기 논한 "밤"과 같은 시어들인데 이 시는 "밤"이란 시어가 나오는 설인의 시에서 보기 드물게 어둡게 묘사된 작품이다. 그 외의 작품들에서 나오는 밤은 이 작품과는 달리 어둠의 세계가 아니라 조용하고 아늑한 시공간, 또는 사색의 공간으로 묘사되고 있다.

......
밤은 깊어
벌레들의 성가시던
소리마저 뜸해졌는데
사람들의 곤히 잠든
코고는 소리만 쿨쿨
......
이 밤 책상머리에서
명상에 잠기는
마음은 사뭇 외롭고 번뇌로와
끝없이 깊은 사색의 심연
......

－「바람 부는 밤에」 일부

"밤"이 있어 논의의 상대가 될 만한 작품인데 마음은 외롭고 번뇌에 차 있지만 이 "밤"은 어둠으로 들어찬 숨 막히는 공간이 아니다. 상기 시외에도 설인의 시에는 밤이 많이 등장하고 있는데 모두 「한야(寒夜)에」와는 다른 모습의 밤이다. "갈래 갈래 갈래를 모아/ 걸걸걸 웃음을 불러보는 밤"(「웃음」); "텅 빈 가슴에 손을 얹고/ 뚜벅뚜벅 걷기만 하는 밤이다"(「호수가의 낭만」); "달빛에 누러번쩍이는/ 잎 하나가 또다시/ 쏴 하는 음향과 함께/ 펄렁 앉을 곳을 찾는 밤"(「낙엽」); "밤은 무덤 속처럼 고요하고/ 창공의 그 많은 별들이/ 눈을 맞대고 조을며……"(「왜 이다지 슬플가」); "저 재속에서 감도는 그 열정/ 그대는 오늘 밤 꿈의 나라에서/ 고요히 불러가시라"(「불러라 가거라」); "어린 것은 희미한 등불아래에서/ 여윈 할머니 손을 만지며/ 안타까운 듯 물끄러미 들여다보더니/ 콜콜 잠이 드는 고요로운 밤"(「할머니」); "이 밤이 새면/ 내일은 새해입니다"(「제야에」); "때는 지각의 새벽/ 밤이 가고 아침이 오는……"(「가고 오는 마음에」) 등은 모두 밤과 관련된 시구들이다. 이외에도 "밤"은 아니지만 「엄숙한 제목」, 「─에게」, 「호수가의 낭만」, 「자주빛 황혼」, 「아폴로를 보내며」 등 시들에 나오는 "고요한 영원한 잠이여/ 실로 무덤이란 고요도 하여라", "꿈나라", "깨어지는 달빛", "자주빛 황혼", "잠자리" 등 시어들은 모두 밤을 연상시키는 시어들이다. 그런데 문제는 이러한 시어들도 일반적인 시들에서 흔히 보게 되는 "밤"의 이미지, 즉 어둡고 컴컴하고 적막하여 사람들의 공포감을 자아내는 그러한 이미지와는 달리 고요하고 조용하고 아늑한 밤으로 형상화되어 있다는 점이다. 사실 이것도 설인 자신의 시풍에서 해석되어야 할 것이다.

청춘을 식민시대에서 보낸 설인, 그는 언제나 조용하게 시대를 바라보면서 시들을 썼다. 시에서 우리는 일제의 만행을 통책하는 어구들을 찾아 볼 수 없으며 현실의 부조리에 대한 비판은 물론 험난한 시대를 살아가는 막심한 고통도 찾아보기 힘들다. 그러나 그렇다고 하여 설인은 또 시대를 미화하지도 않았다. 당시 만주에서 창작된 시 가운데는 일제의 식민시책을 찬미한 시들이 적지 않다. "오붓이 點點한 우중충한 지붕이/ 五色旗 揭揚臺아래 마을이/ 봄을 기다린다",[7] "오날 이 고개엔/ 五色旗 날부ㅅ기고/ 목도군 절믄이들의/ 노래ㅅ 소리가 우렁차서……"[8] 『재만조선시인집』이나 『만주시인집』에 나오는 시들인데 이런 시들에 비하면 설인의 시는 그만큼 소중하고 아름다운 것이다. 어려운 시대를 살아가면서 시대에 대한 불만을 그는 여전히 조용하고 차분하게 "밤", "꿈", "달빛"과 같은 시어들에 담아서 표현하고 있는데 여기에 설인 시의 매력이 있으며 설인다운 시적 아름다움이 있다. 일제의 만행을 통책하는 것만은 능사가 아니며 시대적인 불만을 토로하는 것만은 능사가 아니다. 혹자는 여기에서 설인의 서정단시가 참혹한 현실을 외면하고 있다고 할지도 모른다. 확실히 설인의 시는 사회의식과 참여의식이 결여되고 있으며 시대적인 정신도 부족하다. 그러나 설인에게 그러한 사상과 의식이 없었다는 것은 아니다. 사실 설인은 이 시기 그러한 울분과 아픔을 마음속으로 삭이며 조용히 자기 내심세계를 표현하고 있다. 또한 문학의 자율성적인 측면으로 볼 때, 문학은 현실의 부조리를 비판하는 도구가 아니며 시대적인 불만을 표시하는 도구가 아니다. 문학의 사회학적인 가치관의 입장에서 말하면 현실을 떠난 문학의 가치는 저평

---

7) 김북원, 「봄을 기다린다」, 『재만조선시인집』, 김북원 편, 오양호 『한국문학과 간도』, 문예출판사, 1988, 231쪽.
8) 윤해영, 「오랑캐고개」, 『만주시인집』, 윤해영 편, 오양호, 『일제 강점기 만주조선인문학연구』, 문예출판사, 1996, 252쪽.

가되겠지만 문학의 자율성적인 측면에서 보면 시의 가치는 시인이 자기의 모종 사상과 감정을 어떻게 자기적으로 예술적으로 표현하여 남과 다른 자기의 시세계를 구축하는가에 있다. 이러한 측면에서 말하면 설인시는 절대 홍분하지 않고 차분하고도 아늑하게 그윽한 향기를 보여주면서 자기적인 시의 세계를 구축하고 있어 사회적인 가치는 좀 떨어지지만 예술적인 측면에서 말하면 여전히 상당한 가치와 의의를 가지고 있다고 필자는 인정한다.

> 부엉이가 자꾸 운다
> 부엉, 부엉
>
> 하늘은 5월 흐린 날처럼
> 희스무레 솜구름 깔리고
> 유달리 푸근한 이 밤
> 부엉이가 자꾸 운다
>
> 다른 아무 소리도 없는데
> 부엉이 홀로만이 우는 지금
> 나그네의 습성처럼 나는
> 외진 섬에 닿은 로빈손을 부른다
>
> 부엉이가 자꾸 운다
> 부엉, 부엉

－「부엉이」 전문

짧은 시에 "밤"이 있어서 상기 논의와 이어질 수 있는 시인데 시는 분명 고독과 슬픔을 읊고 있으나 다른 시들에서 흔히 보게 되는 그러한 무거움과 고독감이 보이지 않는다. 삶의 어려움도 찾아보기 어렵다. 오히려 가벼운 어두움 속에서 외진 산골의 밤을 속사하는 듯한 분위기다. 그런데 연한 어두움 속에서 몇 번이고 반복되는 부엉이 울음소리에서 우리는 무거운 밤의 정적과 등골을 서늘하게 만드는 어떤 분위기를 느낀다. 직접적인 무거운 분위기나 정서보다, 가벼운 분위기 속에서 그 대안의 무거운 분위기를 느끼게 하는 설인식의 작법에서 우리는 그윽하고 아늑한 설인시의 정취를 감지하게 된다.

뿐만 아니라 들 뜬 기분이나 정서로 써야 할 시들에서도 설인은 이러한 자기적인 풍격을 그대로 보여주고 있다. 설인의 서정단시에서 또 하나 주목되는 것은 서정대상으로 자주 시에 등장하는 "들국화"이다. "들국화", 재배종 국화와는 달리 산과 들에 자유롭게 피는 야국(野菊), 재배종처럼 고귀하지는 않지만 나름대로의 아름다움을 한껏 뽐내는 꽃, 화사하지는 않지만 수수하면서도 매력적인 꽃, 이 꽃이 설인시에 종종 오르내리며 설인의 시정(詩情)을 무르익게 한다. "들국화/ 그저 아름답다고만 하여서 되겠는지/ 나를 항상 노래하게 하였노라/ 들국화/ 그저 고마워라고만 하여서 되겠는지/ 나에게 언제나 다함없는 힘을 주었노라/ 들국화/ 그저 사랑스러워라고만 하여서 되겠는지/ 나를 항상 어린애처럼 꿈꾸게 하였어라." 설인의 시 「노래의 샘물」에 나오는 시구들이다. 분명 "들국화"는 시인에게 있어 남다른 이미지를 가지고 있다. 그럼 설인시에서 "들국화"는 무엇이며 어떠한 이미지를 가지고 있을까? 혹시 설인 시백이 사랑했던 여인과의 로맨스가 아닐까? 필자는 이러한 궁금증을 가지고 설인선생에게 문의한 적이 있다. 아니나 다를까 시인이 웃으시며 하시는 말씀, 들국화는 50여 년 전, 선생께서 사모하며 사랑했던, 피끓는 열혈 시인의 가슴에 수많은 그리움과 안타까움과 사랑의 정을 남겨두고 간 한 여인이란다. "시『들국화』는 그리움과 안타까움의 시적 표현입니다. 시「─에게」는 '들국화'에게 보내는 나의 첫 연정시입니다" 설인시백은 필자에게 보내는 편지에 이렇게 썼다.[9] 아무튼 "들국화"는 설인시의 한 서정의 대상으로서 설인의 서정단시에서 상당히 중요한 위상에 있다. 이것은 그의 시「들국화」를 비롯하여 다른 시에서 무시로 나타나는 "들국화"에서 보이어질 뿐만 아니라 시집『들국화』에서도 표현된다. 사랑하는 시들을 모아 묶는 시집을『들국화』라고 이름 지어낼 때, 이것은 "들국화"가 시인의 가슴에서 얼마나 중요한 위상에 있는가를 보여줌과 동시에 그에게 있어서 이것은 이미 그 어떠한 잠재의식으로 되어 마음속 깊이에서 무한한 그리움을 호소하고 있다고 할 수 있다. 그런데 이러한 정감의 봉우리에서도 서정적 주인공은 여전히 차분하고도 조용하게 무한한 그리움과 아픔을 호소하고 있다. 아래에 시「들국화」의 전문을 옮겨본다.

> 누구 하나 가꾸지도 않았건만
> 길가에 태없이 가득 핀 들국화
>
> 아침이면 아침마다
> 이슬 방울방울 머금고
> 해사하지도 수집지도 아니한
> 이름할 수 없는 향긋한 웃음 들국화
>
> 그보다 그보다도
> 간밤 내린 차디찬 서리에
> 온갖 풀이파리

---

9) 2011년 3월 15일 설인선생이 필자에게 보낸 편지의 한 구절.

추위에 모두다 고개 드리웠으되

행길가의 들국화
오늘도 거연히 머리 들어
애틋한 맑은 웃음
하나 잃지 않았나니

그 모진 매정한 찬 서리가
기어코 들국화의 웃음을 앗아갔어도
잎은 떨어져 여기저기 흩어졌어도
잎잎에 스며있는 그윽한 향기

나는 들국화의
이 고매하고 소박한
그리고
아름답고 미쁜 정신을 반기노라

- 「들국화」 전문

생경한 시어 없이 수수하고 소박하나 진솔한 정감으로 들국화를 예찬한 시다. 따라서 매정한 찬 서리, 들국화의 웃음, 그리고 들국화를 예찬하는 서정적 주인공, 이 3자가 나타내는 이미지를 우리는 쉽게 이해할수 있다. 간밤의 된서리에 들국화는 웃음을 잃었으나 들국화는 영원히시인과 함께 있으며 그에게 힘을 주고 시정을 주고 아름다움을 준다. 미에 대한 시인의 의식을 짚어볼 수 있는 대목이다. 사실 여기에서 시인은 누구 하나 가꾸지도 않았건만 길가에 태없이 핀 들국화를 사랑하고 있는바 그것을 사랑하는 이유는 꾸밈없는 자연 그대로의 미, 태없이평범하고 수수하지만 소박한 가운데 맑고 순수한 아름다움을 예찬하고 있는 것이다. 인위적으로 아름답게 꾸민 인간도 아름답겠지만 작가에 의하면 자연 그대로, 태없이 수수하지만 그 가운데 순수함이 있다고 역설하면서 그러한 아름다움을 노래하고 있는 것이다. 언제나 조용히, 그리고 차분하게, 가식 없는 자연그대로의 순수함을 간직한 꽃—그러한 여인을 시인은 사랑하며 거기에서 무한한 시의 상상력을 얻는 것이다.

설인은 광복 후에 일부 송가들도 썼다. 그러나 이러한 송가들도 격정적인 다른 시인들의 시와 다르다. 송가의 경우에도 설인은 여전히 조용함을 잃지 않고 자기적인 시적 경지를 개척해 나가고 있다.

그러나 주목해야 할 것은 설인의 시는 조용함에서 그치는 것이 아니라 거기에 강인함과 아집이 있으며 자기적인 시적 경지를 개척해 나가려는 소신이 있다. 이러한 강인함과 아집이 그의 시세계를 구성하고 있기에 그는 변화무쌍한 현실에 따라 무한히 변화하는 카멜레온으로서가 아니라 자기적인 정감으로 자기적인 정감을 수수하게 노래하고 있는 것이다.

4. 맑고 순수한 동심의 세계

설인의 시를 돌이켜 보면 그 창작이 반세기 이상 이어지고 있지만 조용하고 차분한 상술한 시적인 예술적인 면에서의 변화는 그리 크지 않으며 시종일관 맑고 깨끗하게 살아가려는 의지가 돋보이고 있는데 상기 그의 시의 조용함이나 차분함은 바로 이러한 인격적인 의지와 맞물리면서 설인 시 세계의 미를 구성하고 있다.

윤동주는 자기의 시에서 "하늘을 우러러 한 점의 부끄러움이 없기를"

"잎 새에 이는 바람에도 괴로워"하면서 자기의 인격을 철저히 지켜 나 갔다. 한생에, 특히는 식민치하에서 한 점의 부끄러움이 없기를 바라면서 살아가는 것도 대단하지만 한생을 맑고 깨끗하게 세상사와 다투지 않고 세상을 떠나 명예도 사리도 멀리하고 한 몸을 바로 지키는 것도 쉽지 않은 일이다. 특히 식민지 시대에서 이렇게 살아간다는 것은 실로 조련찮은 일이다. 세상을 도피한다는 비난을 받을 소지도 충분하지만 설인은 광복 전에는 물론, 광복 후에도 일신을 철저히 단속하면서 세상 사와 모든 부귀영화를 멀리하고 조용히, 그리고 반듯하게 이 험난한 세 상을 살아왔다. 그의 이러한 인격과 아집은 그의 시에서도 종종 표현되 고 있는데 이것은 작가의 인격적인 이상을 대변하는 것이라고 할 수 있다.

그 때는 왜 갔나
버들피리 불며
나뭇가지 말을 타고
마음대로 뛰놀던
그 어린 시절은

오, 그 때는 못오나
눈처럼 희고
샘처럼 맑으며
거짓 티 하나 없던
어른들이 귀여워
머리 쓰다듬어 주던
벌거숭이 어린 그 시절은……

— 「어린 시절」 전문

1940년에 지은 「어린 시절」이란 시다. 식민지 청년으로서 설인이 세상의 험난함을 인식하고 썼을 법한 시다. 세상살이가 너무 힘들어 철부지였지만 티 없이 맑았던 그 시절을 그린다. 여기에서 현실과 "눈처럼 희고 / 샘처럼 맑으며 / 거짓 티 하나 없던" 어린 시절이 대립각을 이루며 현실의 어지러움이 보여지며 그러한 현실을 거부하며 "눈처럼 희고", "샘처럼 맑고", "거짓 티 하나 없"이 맑고 깨끗하고 살아가려는 의지가 표현된다. 사실 시대와 현실에 부응하면서 부귀영화를 누리면서 살아갈 수도 있는 세월이었고 양심을 버리고 인격을 버리고 무슨 일인들 못할 세상이었건만 작가는 양심적으로 세정에 휩쓸리지 않고 일신만을 깨끗하게 지키면서 세상을 살아왔다. 같은 해에 쓴 「눈」이란 시에서도 작가는 "만뢰고요한 / 이 순백의 세계에서 / 터놓고 나의 마음은 // 시원하고 / 맑아지고 / 가뿐하고 / 기뻐지고……"라고 읊고 있는데 상기 시와 마찬가지로 맑고 깨끗하게 살아가려는 의지가 엿보이며 설인(雪人), 즉 눈사람이란 그의 호가 말해주듯이 그는 눈처럼 조용히 그리고 깨끗하게 살기를 원했다.

　　광복 후를 비롯하여 만년에도 설인은 이러한 의지로 인생을 살아가려는 의지를 굽히지 않고 있는데 그러한 인격적인 이상을 가장 잘 반영하고 있는 작품이 1998년에 쓴 「푸른 언덕」을 비롯한 시들인데 작품은 봄이면 봄마다 톺아 오르던 푸른 언덕을 봄에는 진분홍 웃음을 진 진달래가 피고 여름이면 하얀 구름이 두둥실 떠돌고 가을이면 노라발간 단풍이 물드는 선경으로 묘사하면서 그러한 선경 속에서 속세를 떠나 말끔하고 반듯하게 살기를 기원하고 있으며 「눈이 오면」에서는 "눈이 오면/ 하늘 땅 산천초목이 / 하야보얀 미인으로 화장하고// 내 마음우에 사뿐/ 소복이 내려 쌓이면/ 심정 날아갈 듯 정갈 개운하"다고 하면서 그러한 고요함속에서 티 없이 깨끗하게 살 것을 다짐하고 있다. 설인의 시에서 이러한 인격이상은 상기 조용하고 차분한 정서와 그윽하고 아늑한 분위기와 어울려 설인식의 미의 세계를 구성하고 있다.

설인의 미 세계에서 또 하나 특기해야 할 것은 시에서 흔히 보여지는 동심에 가까운 천진함과 순수함인데 이 역시 설인의 시세계를 관통하고 있는 미학의 하나이다.

설인의 시세계에서 우리는 종종 순진무구한 서정주인공과 자주 만나게 된다. 때로는 아픈 가슴을 움켜쥐고 조용히 흐느끼고 때로는 어린애처럼 깔깔 웃으며 뛰어놀고 때로는 들국화를 찾아 사랑노래를 부르고 때로는 세상만물을 바라보며 말간 웃음을 짓는 서정 주인공, 그가 바로 설인 그 자신이다.

세상사와 다투지 않고 일찌감치 속세를 떠나 자신의 울타리 속에서 살아온 설인, 식민시절에 그러했을 뿐만 아니라 광복 후에도 그러하였고 중화인민공화국 성립 후에는 더욱 그러했다. 그러므로 설인의 시를 역사적으로 보면 광복이나 동북해방전쟁, 한국전쟁(중국에서는 항미원조라고도 함) 등 중국의 굵직굵직한 정치 사건들을 쓴 시들이 더러 있기는 하지만 주조를 이루는 것은 그래도 짧은 서정시들이다. 시와 주제의 사회성보다는 자기 자신이 이해하고 있는 인정과 그 세계, 그리고 세상살이에 시창작의 역점을 두고 있는 설인은 주로 서정시를 쓰면서 자기의 시세계를 구축하고 있는데 이러한 시들에서 그는 언제나 맑고 깨끗함과 더불어 순진무구한 동심과 같은 천진하고 순수한 미적 이상을 그려주고 있다. 그의 시에서 어두움으로 들어차야 할 "밤"이 그처럼 어둡지 않고 오히려 고요하고 조용한 상대로 되는 것은 그 밤의 순수함 때문이며 시에 많이 등장하는 "달", "달빛", "꿈", "눈", "샘", "흰 구름" 등은 모두 순수함과 연계를 가지는 시어들이다. 특히 위에서 말한 "들국화"는 철두철미한 순수의 대상으로서 시인의 영원한 서정의 대상으로 되어 그의 시세계를 장식하면서 설인식의 미의 세계를 구축하고 있다. 이런 측면에서 말하면 설인은 조용하고 차분한 정서 속에서 아늑하고 고요한 분위기를 창조하면서 맑고 깨끗하게 살아가면서 순수의 세계에 도달해야 한다고 시에서 역설하고 있다. 이것이 바로 그의 서정시가에서 우리가 주목해야 할 부분이며 그의 시의 가장 고귀한 점의 하나로서 설인의 미의 세계의 전모이다.

마지막으로 설인의 시에서 반드시 짚고 넘어가야 할 시 「밭둔덕」을 평하는 것으로서 이 글을 마무리 할까 한다.

새말간 6월의 하늘 아래
벼와 조, 콩과 수수
파아란 잎새들 나풀거리며
땀을 씻어가는 하늬바람에
허리를 굽혔다 폈다
한창 자라나는 굴신운동이 야단이고

시내가와 멀리 가까이 보이는
마을 마을의 울타리마다에는
백양, 비술나무, 능수버들에서도
짙은 초록빛 물감이
뚝뚝 흘러내릴 듯
엽록소 쫙쫙 뻗어가는
6월의 대지는 젊기도 하이

　......

엄마소 찾는
기름진 송아지 소리 음메--
석양 노을과 더불어 한가히 들려오면
은혜로운 혜택에서 스쳐가는 생각

--지금은 우리 군대
　　어드메쯤에서 승리하는 소리
　　와와 웨치며 돌진하고 있을가……

잠간의 쉬임에도 송구한 듯
벌떡 일어나 다시 호미 잡으며
--여보게
　　오늘 해지기전 이 뙈기를 끝내야 하네

때를 놓칠세라 다짐하며
있는 풀 모조리 찍어 넘기는
제초소조원의 가슴엔
한껏 뻗어 자라나는 록음
무성하는 6월의 대지처럼
푸르디푸른 샘물
줄줄 넘쳐흐르는 행복만으로 가득하다

-「밭둔덕」 일부

　　1946년 동북문예계를 중심으로 중국에서 진행된 소군(蕭軍)[10]을 비판하는 운동의 여파로 연변문예계에서 비판을 진행한 설인의 「밭둔덕」이란 작품의 일부이다. 할아버지와 함께 조밭기음을 매다가 밭둔덕에 앉아 농민들의 노동 장면과 날마다 변화하는 농촌의 모습을 바라보는 시

---

10) 중국의 현대작가, 대표작으로 『8월의 향촌』, 『제3대』 등이 있음.

인의 감격을 적은 것이라고 시인이 필자와의 인터뷰에서 밝힌 작품이다.11) 시에 필요한 상징이나 은유 같은 것들이 결핍하여 깊은 시상이나 짙은 여운과 같은 시적 이미지 창출에 상당한 지장을 주고 있는 작품이지만 정치적으로나 사상적으로 아무런 문제가 되지 않는 작품이다. 그런데 이 작품에 대하여 문예계에서는 1949년 7월 16일부터 11월 5일까지 장장 4개월에 달하는 이른바 "포위토벌"을 진행했다. 문예계에 대적이 나타났다고 여긴 모양이다. 그런데 1949년 11월 5일자 『동북조선인민보』에 게재된 「시 '밭둔덕'에 대한 결론」에서는 이렇게 쓰고 있다. "자연을 묘사하는데 그저 무비판적으로 순식간의 인상을 가지고 전편을 대체하고 말았다. 작품에는 마치 영화촬영사가 촬영기를 여기에 펀뜻 돌리는 식으로 그저 자연을 찍어넣기만 하였다./ 아직 농민의 감정을 완전히 바탕잡지 못하고 한낱 리설인동무의 소자산계급지식분자의 감정으로 이 작품을 창작하였다는 것을 논증할 수 있을 것이다."12) 이른바 사회주의사실주의 창작방법에서 제창하는 전형화가 없이 자연주의 식으로 아무런 선택, 집중, 개괄이 없이 촬영사처럼 현상만 묘사하고 본질을 짚어내지 않았다는 이야기이다. 4개월이란 집중공격과 토벌에 비하면 좀 싱거운 결론이다. 4개월이나 집중공격을 해 "포탄"을 퍼부었으니 결론을 내지 않으면 안 되어 낸 결론이지만 어처구니가 없을 정도로 아이러니한 것임이 분명하다. 사실 이 시는 시적 상징이 결핍하고 깊은 이미지도, 긴 여운도 없으며 시어도 잘 다듬어지지 않았고 눈에 보이는 모든 현상을 그대로 묘사하고 있는 것만은 사실이다. 따라서 시로서는 잘된 시가 아니라는 데는 절대적인 공감이 간다. 그런데 설인시의 맥락에

---

11) 윤윤진, 「중국조선족문학약사」, 『재중조선인문학연구』, 신성출판사, 2006, 282쪽.
12) 조성일 외, 『중국조선족문학사』, 1990, 158쪽에서 재인용.

서 보면 그만큼 진솔하고 순진하며 순수하여 설인시의 특색을 그대로 보여주는 시인데 그 때 그 시기 시들에서 흔히 볼 수 없는 감정의 억제, 즉 과잉적인 감정 표출이 거부되고 있음은 분명하며 차분하게 눈앞의 현장들을 상세하게 묘사함으로써 약동하는 농촌의 광경과 노동의 현장들이 그대로 독자들의 앞에 내보이고 있다. 따라서 그만큼 사실적으로 엮어진 시라고 해야 마땅하다.

5. 끝내는 말

이상에서 우리는 『설인시선집』에 수록된 시들을 중심으로 설인시의 미의 세계를 산책해 보았다. 시에서 설인은 조용하고 차분한 정서로 아늑하고 그윽하며 고요한 분위기를 창출하면서 맑고 깨끗하게 인생을 살아가면서 순수의 경지에 도달하고자 하였다. 이것이 바로 설인시의 미의 세계의 특색이며 설인시가 우리 문단에 대한 또 하나의 공헌이라고 필자는 생각한다. 그러나 설인의 시는 여기에서 끝나는 것이 아니다. 사실 설인 시백은 반세기 이상 시 창작을 해오면서 광복 전 만주 문단의 김조규, 박팔양 등 시인들과도 이러저러한 관계를 가지고 있는데 이점에 대해서는 향후 더 깊은 고찰과 고증을 필요로 하고 있음은 말할 나위 없다.

지성에 관조된 세정과 인격적 이상의 시화(詩化)

박화 시집 『푸른 종소리』론

1. 시작하는 말

시인 박화(朴樺)¹⁾는 문학에 순사한 사람이다. 문학이 좋아 전 생애를 그것에 바친 사람이 어디 박화 한 사람 뿐일까만은 박화만큼 문학에 한 생애를 깡그리 바친 사람도 절대로 흔치 않을 것이다. 박화는 작품을 쓰고 연구하는 일 외에는 어떤 일도 할 줄 몰랐고, 어떤 일도 하려하지 않았다. 밤낮이 바뀌는 것도 모르며 술을 마시며 문학을 담론하고, 인간의 삶은 한 가닥 나그네이기에 그 과객이 이 세상에 남겨놓을 가장 값비싼 유품은 좋은 시 몇 편이라며 그걸 생산하기 위해 평생을 거위처럼 꺽꺽 울며 살다 불행하게 저승으로 갔다.

---

1) 본명 박동무. 중국 조선족의 저명한 시인. 1938년 길림성 화룡현(지금의 화룡시) 두도구(頭道溝)에서 출생, 1963년 연변대학교 조선언어문학학부 졸업, 졸업 후 연길현(지금의 용정시) 동성향 초급중학교 교원, 1979년 요녕민족출판사 전근, 편집, 편집실 주임, 부주필 역임. 시집 『봇나무』(1982), 『부나비』(1988), 『찔레꽃』(1988), 『나그네 길』(1988), 『푸른 종소리』(1998), 『피 흘리는 영혼의 몸부림』(2001) 등 출간, 역저 『료재지이(選譯)』와 문학논문과 평론 50여 편이 있다. 2001년 11월 사망.

"당하며 사는 멋에 생활을 배워버린/ 안해여/ 새벽 별을 밝히렴"이라며 아내에 대한 애정은 안으로 구기며 서구 현대시의 이론 수용과 그것을 창작에서 어떻게 형상화 할 것일까만을 연구하고 고민하다가 일찍 기세했다. 생활과 건강을 거의 망각한 그의 삶의 태도는 정상적 궤도를 잃었다고도 하겠지만 그가 남긴 많은 시는 보통 사람은 근접할 수 없는 문학유산으로 남아 문학의 저변과 지평을 확대해 주고 있으며 중국 조선족 문학의 한 가능성을 보여주고 있다.

박화는 생전에 『봇나무』(1982), 『부나비』(1988), 『찔레꽃』(1988), 『나그네 길』(1988), 『푸른 종소리』(1998), 『피 흘리는 영혼의 몸부림』(2001) 등의 시집을 상자했다. 이 글은 제5시집인 『푸른 종소리』만을 고찰의 대상으로 삼는다.[2]

시집 『푸른 종소리』는 서사성이 강한 장시로부터 철리적인 경구의 단 1,2 행의 단시, 또 입체적인 조형 시, 그리고 시조에 이르기까지 200여 수의 작품으로 구성되어 있다.

『푸른 종소리』에는 흰빛 이미지가 유독 많이 나타난다. "하얀", "하아얀", "하얗게" 등으로 표기되는 수식어가 도처에 출현하면서 그 이미지가 변용, 굴절된다. 시집 제목과 호응되는 푸른 이미지, 이를테면 "바다", "강", "하늘" 등의 경우도 거의 흰빛 이미지와 대응관계를 이루다가 변용, 굴절된다. 이런 점은 이 시인의 어떤 의도와 관련되어 있는지도 모른다. 그러나 문학연구가 작가의 의도를 밝히는 것이 오류라 하더라도 우리는 이 시집을 한 시인의 창작이라는 점에서 결과적으로 이런 시적 특성을 문제 삼지 않을 수 없다.

---

2) 박화의 시에 대한 평론은 그리 많은 편이 아니다. 주로 최삼룡의 논문으로 이루어져 있는데 『푸른 종소리』의 서문도 최삼룡이 쓰고 있다.

이런 점을 근거로 이 글은 박화 시의 현실의 불화와 갈등, 지성의 외로움과 영탄, 회한의 내면세계와 망향정서, 흰색의 이미지와 그 인격적 이상과 같은 네 개 소 항목을 설정한다. 이런 항목 설정 근거는 작품을 논의하는 과정에서 밝혀질 것으로 기대하면서 논의를 시작해 보고자 한다.

2. 현실의 불화와 갈등

박화의 『푸른 종소리』에는 인생의 가을 길에 접어든 작가의 서정시가 주로 수록되어 있다. 일반적으로 말해 서정시는 주로 자연 산수나 작가의 내심, 또는 역사의 현장들을 둘러보면서 보고 듣고 느낀 바를 적는 것이 주조를 이루지만 박화의 경우는 주로 지성으로 바라본 인간 세상과 사회상들이 서정의 대상으로 되어 작품에 오르내리며 주로 현실에 대한 불화와 갈등, 그리고 현실의 부조리에 대한 고발과 비판을 서정적으로 엮어 독자들에게 내보인다.

사람 사는 세상과 사회상들에서 자기의 서정의 지표를 찾은 박화, 그의 시는 시종 사회를 외면하지 않았고 오히려 사회의 깊숙한 곳까지 침투되어 일상인들의 일상생활을 소재로 서정을 펴면서 서정 속에 사회상에 대한 비판과 고발이 있고 사회비판과 고발 속에 서정이 있어 순전한 서정시나 사회 현실시와 궤를 달리 하고 있다.

박화의 시에서 가장 돋보이는 것은 현실의 불화에서 오는 갈등과 모순인데 박화에게 있어서 현실의 불화는 인생의 고달픔과 현실의 참담함에서 기인된다.

인생은 고달프고 인생길은 고행길이다. 이것은 인생의 가을 길목에 들어선 박화의 결론이다. 우리는 박화의 시 도처에서 이러한 사상과 인식에 부딪치게 되는데 「사막」, 「가을 나무」, 「낙엽」, 「겨울나무」, 「꽃은 가식을 모르건만」, 「고달픔 농심」, 「두웅 둥」, 「탈출기」, 「시절의 재채기」, 「이 생각 저 생각」 등 시편들은 모두 이러한 사상과 의식을 표현한 작품들이다.

1
가고 가도 끝 없이
불볕 튀는 모래밭

락타는
허리까지 숨이 차고

오아시스, 너는 신기루
차라리 목이 탄다

가도 가도 끝도 없이
지평선은 제자리

가는 멋에 가노란다
깨여나지 말란다

정신의 불모지라
창조의 처녀지라

사막은 사막
빈 것은 아니다

2

아프도록 웃어도
기쁘도록 울어도
메아리도 없는
허허로운 세상에
알리바바 도적들은 웨쳤다
열려라 참깨!
가고는 오지 않는 소리
봄이 왔던 자취도 없다
저녁이 되며 아침이 되니
또 하루 시작뿐
신기루 펼쳐드는 유혹에
꿈속에도 가야 하는 길이라고
이끄는 길 가차 없이 그저
가지만 하면 되노라고
가도 만리
가도 만리
꿈꾸는 고통도 버리고
버리는 꿈도 시원히
이제는 정녕
이제는 정녕
잠자는 사막을 향해 웨치고 싶다
미친듯이
목터지게
열려라, 참깨!

3

시퍼렇게 날이 서는 침묵으로
사막을 질러가는 고행길은
눅거리 랑만이 말라죽어
새로이 눈뜨는 회오였다

봄은 생명의 약동
여름은 생명의 성장
가을은 생명의 성숙
겨울은 생명의 순수
속으로 외워보던 그 은유는 결코
시가 아니였다
마음의 씨앗 되어 말라도
땀에 절어 소금기 돋히도록
심고 심고 또 심는 로고
칼날처럼 푸른빛이 이악스레
모래바다 껍질을 벗겨내는
그 처절한 시공이 바로
그리움도 기다림도 다 버리고
오직 몸으로
몸으로 밀어가는
인생이고 역사였다
메아리도 없는 사막을 향해
열려라 참깨!
핏빛 타는 노을로 웨친 절규는
내 이제 유산으로 물려주련다
화석으로 남으라고
화석으로 남기라고

－「사막」 전문

　　아라비안나이트의 이야기를 인용하면서 인생에 대한 자신의 이해를
피력한 이 시에서 사막 길은 실로 고행 길, 그 자체이며 그 사막 길이
곧바로 인생길이다. "불볕 튀는 모래밭"에 가도 가도 끝이 보이지 않고
제자리를 맴돌 뿐, 깨어나지도 말고 그저 시키는 대로만 가라고 한다.
사막에서 오아시스는 희망, 고행 길의 끝, 그러나 이 시에서는 그것은

신기루, 도리어 목을 더 타게 만든다. 이러한 고행길이 바로 인생이고 역사라고 시인은 역설한다. 이것은 시인이 몸으로 걸어온 인생길에서 터득한 것으로서 아주 소중한 것이다. 따라서 그는 이제 그것을 유산으로 후대들에게 물려주고 화석으로 남겨 먼 후대들에게 남기고자 한다. 알리바바 비적들의 보물을 가져다 부자가 되고 잘 살았다는 이야기의 주인공과는 달리 이 사막은 미친 듯이 목 터지게 불러도 메아리가 없다. 낭만 속의 사막이 아닌 것이다. 이 사막에는 낭만도 없고 있다 해도 값이 없는 것으로서 아무런 소용이 없다. 여기에서 시인은 회오하면서 자기가 걸어온 길을 깊이 있게 반성한다. 물론 이 인생에는 희망도, 이상도 없는 것은 아니다. 모든 생명은 시인이 노래하고 있는 꽃처럼 "부서지는 해살에 목을 축이며/ 갓난애의 웃음 같은 그 표정이/ 피어린 숨결 타고 태여 났"지만 이 고행의 사막 길을 걷고 나면 각박한 "세상물정 탓인가" 아니면 허위로 등장하는 인간들의 "꾸밈새를 알아서인가"(「꽃은 가식을 모르건만」) 그것은 "때가 되어 말라붙은 나이"가 되어 "슬픔 마셔 체념하는 지혜"로 "싱싱하던 생명도 이제는/ 마지막 정열마저 사위었다"(「낙엽」) 참으로 고생에 고생이 거듭되는 곳, 이것이 바로 인생길이다.

인생만이 이러한 것이 아니다. 박화의 시에서 이러한 인생의 고달픔은 현실의 어두움과 더불어 더 비극적인 색채를 띠고 있으며 현실의 어두움 때문에 비극적인 색채가 더 짙어진다.

박화의 시에서 현실은 언제나 어둡게 묘사되고 있으며 현실과 그의 내면세계는 언제나 첨예한 대립각을 이루면서 부정의 이미지가 짙게 풍기고 있을 뿐만 아니라 독자들에게 무거운 분위기를 조성해 준다. 「창밖에는 오늘도 소용돌이」를 비롯하여 「거리의 행운아는 누구인가」, 「여백 없는 산책」, 「출근 족속의 동화」, 「정교한 허구」, 「잠 없는 밤에」 등 시편들은 모두 이러한 분위기를 조성하여 주고 있다.

>   ......
>   이제 막 시작되는 서막에
>   새벽을 숨 쉬며 깨여나는 밤
>   소용돌이…… 소용돌이……
>   허영의 진펄에 기발을 휘두르며
>   둔갑하는 광란의 얼빠진 소유
>   방랑하는 리정표의 시간 없는 공간에
>   삐걱이는 수레의 고달픈 여운
>   얼굴 없이 날치는 그 장거는
>   솟아나는 기술의 련금술인가
>   철모르고 웨치는 그 모습은
>   드팀없는 수호자의 풍자화인가
>   허욕의 무덤에서
>   량심의 무덤에서
>   도덕의 하수도에서
>   제노라 우쭐대는 어리광대와
>   면류관 씌워주는 얼간이들
>   분별없는 란무장에
>   소용돌이…… 소용돌이……
>
>   초점 잃은 풍경화의 한자리 지켜
>   진통의 나날에 속뜻을 태워
>   뿌리 깊은 숨결에
>   지조 높은 맥박에
>   곧바른 진로 스스로 찾아
>   거듭나기 모지름에 떳떳한 홀로서기
>   풍운을 헤가르며 조용히
>   령혼 없는 웨침에는 쓰디쓴 눈길

주소 없는 열광에는 차디찬 웃음

솟구치는 욕념의 분화산도
부풀리는 몽환의 신기루도
력사의 변증법은 어쩔 수 없어
격변하는 시대의 기형아들은
꼭두각시춤판의 어리광대로
이 세상 모든 껍데기들은
오직 한 때의 주마등일뿐

－「창밖에는 오늘도 소용돌이」 일부

안방에서 광란의 창밖세상을 내다보며 푼 서정이다. 그런데 창밖세계
는 "허영의 진펄에 기발을 휘두르며/ 둔갑하는 광란의 얼빠진 소음"으
로 들어 찬 세계이며 이 "허욕의 무덤에서/ 양심의 무덤에서/ 도덕의 하
수도에서" "제노라 우쭐대는 어리광대와" "얼간이들"이 광란의 소용돌
이 속에서 열광한다. 박화의 시세계에 묘사된 현실은 어느 하나 정연하
고 인간 세상 같은 것이 없다. 허영의 시장에서 서로 겉치레로 살아가
는 세상이며 "짓밟힌 량심의 불모지"에서 사리와 금전을 위해 생사를
걸며 여인과 향락을 위해 광란의 날을 새운다. 지난날이 그러했고 오늘
도 그러하며 앞으로도 그러할 것인바 오늘도 이러한 광란은 지속된다.

해살 부서지는 거리 미여질 듯
미끈거리는 욕정이 점잖게
인파 속에 질척이며 붐비는
성급한 발걸음이 헛갈리고
수천각색 표정들이 흐른다
거리의 행운아는 누구이던가

지성에 관조된 세정과 인격적 이상의 시화(詩化)   47

세상 향기 다 모여 진동하여도

지갑속에 잠시 자리쉼도 못한 채
훌쩍 날아나버리는 떠돌이
가라OK, 댄스홀, 또 무엇에
값없는 웃음만 마구 뿌리며
활보하는 저 시체옷 흐름 속에
둔갑한 광기가 멋을 부리고
아스라한 빌딩숲 길가 난전에
인하된 웃음조차 조심스럽게
가랑잎 헤아리는 손끝에는
자식놈 환한 얼굴 떠올라도
알릴 듯 말 듯 창백한 웃음
이마의 주름살도 펴일듯 말 듯
하늘을 찌르는 빌딩 그늘에 눌러
시원한 산바람을 생각한다

- 「거리의 행운아는 누구인가」 일부

박화에 의하면 인생길은 가시밭길로 너무나도 힘들다. 거기에 현실의 부조리가 첨가되어 인생은 더 고달프다는 것이다. 인생에는 슬픔과 고통이 뒤따르고 현실은 허위와 위선의 세계이며 우주의 정화이고 만물의 영장이라는 인간은 이미 그 가치를 잃었으며 근대 이성도 이미 그 가치를 상실하였다. 그리하여 그들은 하늘을 찌르는 빌딩 숲 속에서 질식하다가 시원한 산바람을 생각하며 고통을 이겨나간다.

....
력사의 뒤안길은 가시길만 아니고
래일도 갈 길은 곧은 길만 아니고

절망의 쓰레기에도
숙망의 골동품에도
길은 오직 마음에 열려
피와 땀이 얼룩진 모질음이
어제와 오늘과 래일
흙벽에 간히여
벼짚에 눌리여
오늘도 꿈은 힘겹다

부평초의 황금몽
지렁이의 애향가
흙냄새에 푹 젖어 몸부림치는
고달픈 농심(農心)……

－「고달픔 농심(農心)」 일부

농부들의 고달픔을 읊조린 시다. 그러나 여기에는 인생을 바라보는 시인의 눈이 있으며 실은 시적화자의의 내면 풍경이며 인생에 대한 박화의 인식이다. 「두웅 둥」에서도 시인은 "꿈을 먹고 사는 인생/ 빛이 없는 꿈을 산다"고 역설하고 있으며 「시절의 재채기」에서는 인생을 "빛좋은 개살구/ 정교한 위조화폐 그리고 비닐 꽃", 「이 생각 저 생각」에서는 "꿈은 언제나 아름다워도/ 현실은 언제나 무자비하"다고 쓰고 있으며 「바람 같은 세월 속에」에서는 인생은 "바람 같은 세월"이고 "어른은 바람개비신세"라고 꼬집고 있다. 이러하기에 시인은 인생을 흐르는 물에 비하면서 "고달픈 진저리도 잊어버릴 듯" "풍경화의 주마등에 드디어/ 세상 구경 끝나면 종착역인가/ 서운한 종점은 륜회의 시발/ 인고의 대가를 여운으로 남기며"(「탈출기」) 이 세상을 탈출하고자 한다. 시대의 불운아의 비탄의 목소리이다.

3. 지성의 외로움과 영탄

인생길은 고난의 길이고 인생은 고통스럽다는 명제는 분명 박화의 명제가 아니다. 사실 서구에서는 이러한 논리를 편 철학가들이 많은데 그중 가장 전형적인 것은 실존주의의 철학가 사르트르를 꼽을 수 있는데 그는 "세계는 황당하고 인생은 고통스럽다"는 명제를 내놓아 서구 사상계를 들썩케 하였다.3) 그러나 그의 이러한 명제는 그의 실존주의 철학에 기댄 것으로서 인간의 실존과 인간은 실존의 자유적 존재라는 데서 출발한 것이다. "타인이 곧 나의 지옥이"라는 명제도 여기에서 기인된 것이다. 그런데 문제는 박화이다. 인생을 바라보는 박화의 시각은 사르트르와 동일하다. 문제는 박화가 왜서 이렇게 인생을 인식하게 되었는가 하는 문제인데 이제 그의 시 한 수를 더 보고 의논을 더 전개해 보기로 한다.

> 때묻은 얼음판에 세월이
> 제멋대로 지쳐간 흔적인가
> 갈피 없는 홈채기로 흘러간
> 지난날의 너의 숨결 뼈를 에인다
> 마음판에 긁혀진 나의 생처럼

- 「중년의 기념」 전문

1990년 인생의 중턱을 넘어서면서 지은 시다. 1938년에 태어나4) 1963년에 연변대학을 졸업하고 시골 농촌 중학교선생을 거쳐5) 1979년

---

3) 실존주의와 사르트르의 관련 이론은 김관웅·윤윤진 공저, 『서구모더니즘문학사론』, 연변대학출판사, 1999, 관련부분 참조
4) 박화는 1938년에 길림성 화룡현(지금은 화룡시) 두도구(頭道溝)에서 태어났다.

에 요녕 출판사의 편집으로 전근하고 2001년 11월에 세상을 하직한다. 이러한 프로필로 보아 박화의 인생은 그런대로 순조롭다고 해야 할 것이다. 농민의 자식으로 태어나 농사일을 짓지 않고 글과 씨름하게 된 것만 해도 감사하다고 해야 할 것이다. 박화는 1982년 낸 시집『봇나무』후기에서 이렇게 쓰고 있다. "당의 따사로운 햇볕과 인민의 기름진 옥토와 원예사들의 알심들인 배육이 없었더라면 이『봇나무』는 고사하고 우선 나 자신부터 대학을 졸업하고 창작을 하는 행운을 만나리라고는 상상조차 할 수가 없는 것이다."6) 그런데 왜 박화에게는 그처럼 많은 한, 풀어도, 풀어도 풀지 못하는 한탄과 원한이 있었는가? 얼핏 보면 "문화대혁명"이란 광란의 세월을 생각할 수 있다. 물론 "문화대혁명"이 박화의 인생에 엄청난 피해를 준 것만은 사실이다. 그러나 박화에게 있어서 그것은 한 부분에 불과하다. 문제는 박화 개인에게 있는데 그의 개인적인 삶은 피곤한 삶이었고 더 중요한 것은 그의 재기와 회재불우(懷才不遇)에 있다고 해야 할 것이다. 박화의 시를 읽으면 우리는 그의 시재에 놀라게 되며 번뜩이는 지성에 놀라게 된다. 이러한 총명과 시재, 그리고 놀라운 지성은 세상에서 버림받은 것이다. 거듭되는 중국의 정치 풍토는 그에게 자기의 총명과 재간을 펼칠 기회를 주지 않았고 그에게는 자기의 재간을 펼칠 시간과 공간이 없었다. 이러한 불의가 그의 가슴 속 깊이 묻혀 그에게 무한한 한을 심어 주었고 무한한 불평을 심어 주었다. 그의 시에서 우리는 끝없는 불만과 불평을 접하게 되며 글로서 미처 하지 않은 수많은 마음속의 말도 이해하게 된다. 이것이 박화의 시에 남달리 현실부정의식이 많게 되는 원인의 하나가 아닐까 필

---

5) 박화는 대학교를 졸업하고 연길현(지금은 용정시) 동성향 중학교에서 교편을 잡았다.
6) 박화, 『봇나무』, 연변인민출판사, 1982, 151쪽.

자는 생각해 본다.

세월은 바람
력사는 굴렁쇠
주먹을 휘두르던 그날의 광기도
공방형에 몸살하는 오늘의 열기도
흐르는 불과 타오르는 물
그림자도 없이 뒤틀려
달아오른 마음의 현훈증은
어딘가 필시 닮은 데가 있어도
하늘은 예이제 무심치 않아
세상은 예이제 녹슬지 않아
력사는 굴렁쇠
세월은 바람

– 「오가는 풍경」 전문

그림자도 없이 뒤틀린 역사에 대한 작가의 불만을 호소한 것이다. 남다른 총명과 재질을 가지고 세상에 왔으나 세상은 그의 재질과 총명을 인정하지 않고 있다. "부서지는 해살에 목을 축이며/ 갓난애의 웃음같은 그 표정이/ 피어린 숨결 타고 태어났"고(「꽃은 가식을 모르건만」) 젊은 시절에는 꿈도 있었지만 현실 속에서 "무성하던 지난날의 꿈도 시들고/ 각혈하듯 타오르던 피도 말랐다."(「가을나무」) 그러니 마음속에 적치되어 남은 것은 불평과 불만뿐으로 그의 내심 풍경은 어둡기만 하며 항시 희망에 목말라 있었다.

박화의 시에 현실에 대한 불만과 불평이 많은 원인의 다른 하나는 깨어있는 작가의 지성 때문이다. 박화는 『푸른 종소리』의 발문에서 다음과 같이 쓰고 있다. "현대 사회의 인간으로서의 정신생활에서 어쩔 수 없이 지성이 중요시될 수밖에 없다는 시각에 동조하여 주지적인 관조와 구성으로 인생의 실상을 헤쳐 보려고 하였다. 그러되 서양인의 흉내는 내지 말아야 한다는 동양인으로서의 완고성으로 새로운 몸짓을 보이려고 작심하였다."[7] 이것은 서구의 주지주의적인 관점으로 인간세상을 관조하되 흉내가 아니라 자기 나름대로의 지성과 이성으로 현대사회 인간들의 정신생활과 사회생활을 관조하면서 자기 나름대로의 시세계를 개척해 보고자 했다는 얘기다. 박화의 전반 시 창작으로 보아 시인은 생명의 마지막까지 시적 탐구를 멈추지 않았으며 새로운 시의 경지에 이르기 위해 많은 노력을 경주하였다.

그러나 지성으로 바라보는 이 세계 역시 황당하고 비극적인 것이었다. 박화의 시에는 현실의 부조리와 저질 인간들의 심리와 행위를 적은 시들이 적지 않은데 지성으로 바라본 세계의 황당성과 비극성 역시 여기에서 집약적으로 표현된다.

> 이 밤도
> 악몽을 모면하는 행운에
> 어쩔 수 없이
> 전등 대신 마음눈 밝힌다
> 무거운 담배연기
> 어둠 속에 그려가는 추상파그림
> 그 속에 떠오르는 인생의 숙제
> 그 속에 사라지는 상식의 론리
> 목마른 그리움도
> 축축한 꿈도
> 침묵의 무게로 밤을 깨문다

---

7) 박화, 『푸른 종소리』, 요녕민족출판사, 1998, 288~289쪽.

날밝기를 이대로 기다려야 하는가
새날을 숨쉬는 진통에
아름다운 동화가
멋진 시구가
"쌓았다 헐었다 긴 만리성"
……

—「잠 없는 밤에」 일부

"쌓았다 헐었다 긴 만리성"이란 김소월의 시구를 빌어 "마음눈 밝"히며 바라본 현실, 그것은 어떠한가? 그것은 한낱 악몽의 연속으로 그 속에는 한없는 연습 없는 "인생의 숙제"가 있고 "상식의 논리"가 사라져 가며 "꿈은 언제나 아름다워도/ 현실은 언제나 무자비해" "삶의 뜻은 무엇이던가/ 생의 가치 무엇이던가"(「이 생각 저 생각」) 되물으며 "바람 같은 세월 속"(「바람 같은 세월 속에」)에서 살아간다. 뿐만 아니라 이 세상은 "빛 좋은 개살구", "지친 허영, 시든 꿈, 허기진 눈길"(「시절의 재채기」)만 오간다. 그래서 이제는 마음의 눈도 "지치고 메마른"다.(「탈출기」) "이향에서 그리 반긴 얼굴이/ 고향에선 어이해 이방사람 같을가."(「비망록 스물넷」) "갓난애의 웃음 같은 꽃의 표정을/ 어른들이 되찾지도 못하는 것은/ 세상물정 탓이던가/ 꾸밈새를 알아선가"(「꽃은 가식을 모르건만」) 현실 가운데서는 인간관계도 날에 따라 메말라 가고 있는데 시인은 그러한 현실을 지적인 눈으로 바라보면서 그들의 인생살이와 세상살이를 서러워하며 그러한 세상을 저주한다. 분명 이것은 지성에 관조된 현실로서 일반적인 현실비판의식보다 더 강열하고 더 이성적이며 더 높은 차원에서의 부정 정신이다.

박화의 시에는 종종 외로움과 고독의 정서가 나타난다. 그는 「자화상」

이란 시에서 "……이제/ 거름이 되든/ 박제가 되든/ 상관이 무어랴만/ 하냥 고달프다/ 내내 외롭다"고 쓰고 있는데 사실 이 역시 지성으로 들어찬 박화의 내면세계와 연결되어 있으며 지적으로 관조된 현실에서 불가피면적인 것으로서 말하자면 깬 자의 고독이고 지성인의 외로움이다. 중국 고대의 저명한 시인 굴원(屈原)은 자신이 유배하게 된 이유로 세상이 어지러워 모든 사람들이 혼탁해 있을 때 자기만 청백하게 살았고 모든 사람들의 취해 있을 때 자기만은 멀쩡했기 때문이라고 하였는데 어느 정도의 일리가 있는 것이다. 굴원도 어부가 말하듯이 "창랑수가 깨끗하면 나의 갓끈을 씻고 창랑수가 더러워지면 나의 발을 씻"는8) 식으로 살아왔더라면 유배의 수모를 당하지 않았을지도 모른다. 그러나 굴원은 그렇게 살지 않았다. 그는 이성으로 임금을 대했고 지성으로 현실을 대했다. 그는 순풍에 돛달 줄을 몰랐고 아첨이나 무함은 더구나 몰랐다. 모종 의미에서 말하면 굴원의 하야(下野)에는 그의 지성도 한 몫했다고 해야 마땅하다. 동시에 굴원은 아주 고독한 사람이었다. 그의 충심을 알아주는 사람이 없었고 그의 일편단심은 오히려 그의 비극을 불러왔다. 혼탁한 세상에서 지성인이 이성으로 살려면 피곤하지 않을 수 없으며 더욱 중요한 것은 고독하고 외롭지 않을 수 없다는 것이다. 박화의 경우도 그러한데 박화는 인생을 너무 이지적으로 바라보았다. 따라서 그의 눈에 비끼는 것은 사회적인 비리와 부정, 그리고 부조리한 현상과 욕정과 허영과 허기진 눈길뿐이었다. 그러니 그는 고독하지 않을 수 없었고 외롭지 않을 수 없었다. 깬 자의 고독, 지성의 외로움, 이 때문에 그의 시에서 쏟아져 나오는 것은 적극적인 생활태도인 것이 아

---

8) 굴원 『漁父』 참조. 원문은 "滄浪之水淸兮, 可以濯吾纓 ; 滄浪之水濁兮, 可以濯吾足"이다.

니라 불만과 불평, 그리고 무한한 개탄 밖에 더 없다. 여기에서 세상을
바라보는 박화의 눈은 회의주의에 가깝게 진화되어 간다.

> ......
> 미칠 듯한 쾌락은
> 하루아침 이슬이다
> 날 것 같은 환희는
> 줄 끊어진 풍선이고
> 애오라지 번뇌만은
> 무겁게 녹이 슨 닻이다
> ......
>
> ─「쭉정이 비망록」(20편) 일부

> ......
> 맵고 짠 풍진 세계
> 뜨거운 인정사막
> 시큼한 유정세월
> ......
>
> ─「시인의 고뇌」 일부

> 사람은 만물의 령장이라고
> 사람은 짐승과 다르다 한다
> 지구와 화성에서 해돋이가 다르듯이
> (그런데 사람은 다 량심이 있던가?)
>
> ─「때묻지 않은 고민」 일부

박화의 시에 이러한 구절은 얼마든지 있다. "만물의 영장이고 우주의
정화"라고 하는 근대 이성에 대한 회의적인 태도이다. 이러하기에 박화

는 고민하지 않을 수 없었으며 근대 이성의 몰락과 인간의 타락, 그리고 사회의 타락에 개탄하고 슬퍼하지 않을 수 없었다.

4. 회한의 내면세계와 망향정서

『푸른 종소리』에 수록된 박화의 시는 모두 90년을 전후한 시기, 주로는 90년대 초반에 쓴 시들이다.9) 말하자면 박화가 인생의 저물녘에 접어들면서 걸어온 발자취를 더듬어 보면서 쓴 시들이다. "연습 없는 인생의 가시밭길에"(「창밖에는 오늘도 소용돌이」)서 청춘의 멜로디도 이미 시들어졌고 젊은 날의 꿈도 이미 부서진 상태다. 이러한 시기에 그는 자기가 걸어온 길을 다시 회억해 보면서 무한한 회한의 정서에 잠긴다.

거치른 난바다에
댕그란 조각배
오늘도 묵묵히 꿈이 무겁다
허기진 황야 봄비에 목말라
초토된 사막 록음 그리워
함께 타오르고퍼
함께 사품치고퍼
함께 내달리고퍼
하건만 린색한 랭혈동물
메아리도 허전해
다시금 되씹는 인고의 몽환
다시금 새기는 서투른 욕망
숙명인 듯 끈질긴

---

9)『푸른 종소리』에 수록된 시는 1989년부터 1996년 사이에 쓴 시들이다.

이것이 바로 삶이건만
수필 같은 현실에
시같이 살려는 착각이다.

—「어떤 에피소드」 전문

청춘의 정열의 꿈을 꾸면서 봄비가 그립고 사막의 녹음이 그리워, 함께 타오르고 함께 사품치고 함께 내달리고 싶었지만 그 모든 것이 거친 난바다의 조각배, 대안에 이룰 수 없다. 시인은 여태껏 이상 실현의 착각 속에서 살아왔다. 그러나 그러한 꿈이 현실의 거대한 바다와 그 소용돌이 속에서 물거품으로 되고 만다. 이상의 대안에 아직 도달하지 못했는데 인생은 이미 저물녘에 접어들었다. "문화대혁명"이란 10년 세월을 제쳐놓고서라도 시인은 여기에서 무한한 회한의 정서에 잠긴다. 인생을 다시 살 수만 있다면, 인생에 연습이 있다면 지금까지의 모든 것을 한낱 인생의 연습으로 밀어버리고 다시 한번 인생을 열심히 살아보고 싶다. 그러나 그것은 허황한 일 그 자체이다.

마음의 불길로 어제를 녹이고
얼굴의 그물로 래일을 건지며
깨여있는 눈으로 살피는 세상
고달픈 발자국이 외로와도
운명을 갈아입는 가을의 행로
날은 저물고 갈 길은 멀고
손금보다 훌륭한 꿈이
내내 길잡이로 손짓해도
사막의 락타, 난바다의 조각배
세월은 사랑의 묘비명만 새기어
지진, 화산, 해일

죽으려고 태어난 몸 살려고 죽어도
진짜의 생존과 가짜의 도태
세월은 항시 제 갈 길 다그치고
인생은 항시 희망에 목마르고

-「목마른 시절」전문

앞부분에서 인용한 「오가는 풍경」이란 시와 결부하여 읽을 수 있는 시인데 「오가는 풍경」이 지난 세월에 대한 허황함, 즉 바람 같이 흘러간 역사의 허황함을 읊은 시라고 한다면 이 작품은 인생의 저물녘에 접어들면서 걸어온 길을 회고한 시다. 어제 날의 이상과 오늘의 현실이 커다란 콘트라스트를 이루면서 작가의 내면 풍경이 형성된다. 지난날 작가는 손금보다 훌륭한 꿈이 이끄는 대로 인생길을 걸어왔다. 그러나 인생은 "사막의 낙타, 난바다의 조각배"와 같이 "항시 희망에 목말라" 있다. 지난날의 허황한 꿈들과 현실의 욕구를 인생의 저물녘에 들어서서 지적으로 돌이켜 본 것이다. 그런데 그 결과 역시 "삶에 속아 울적한 나날은/ 한숨도 저주도 소용없다/ 입가 스친 바람결 소태 같"다.(「울적한 나날은」) 이러할진대 박화로서 어찌 인생의 허황함과 인생의 무상함, 나아가서는 무한한 회한을 느끼지 않을 수 있었겠는가?

그러나 문제는 이러한 회한이 딱히 짚어 말할 수 없는 회한으로 구체적인 대상을 거부하고 있다는 점이다. 박화는 "문화대혁명"의 피해를 입었지만 그렇게 심각하지는 않았다. 그 외 박화가 살아온 길을 더듬어 볼 때 그에게 부디 불만과 회한으로 남아야 할 구체적인 역사사변이나 사건이 없다. 그럼 박화의 이러한 회한은 어디에서 오는 것인가? 박화의 시를 읽노라면 박화는 자기의 시재를 충분히 과시하지 못한 한과 언제나 울타리에 갇혀 있는 듯한 분위기를 느끼게 된다.

......
눈을 감고
귀를 막고
입을 다물고
네가 찾는 그
참뜻은 무엇이냐
울타리 안에서
울타리 안에서

발등 밟고 들어서도
어깨 딛고 올라서도
남에게 먹칠하고
제게는 분칠해도
입술 스친 바람결에
소태조차 오히려 달아

네가 너이고
내가 나일 때
우리에겐
갈 데 없는 울타리
......
산도 하나
들도 하나
하늘도 하나건만
바람도
구름도
새들도
자유로이 오가건만
너와 나 어이하여
오가기도 어려울가
......

열린 세상 스스로
닫혀 살던 우리다

할 수 없이 스스로
탈을 쓰던 우리다
……
이 세상 울타리는
속마음의 연장선

오늘은 언제나
시발점이다

울타리 없는 세상
울타리 없는 마음

―「울타리에 관한 서정별곡」(10편) 일부

　사회와 인생살이의 많은 문제를 시사하는 시다. 마음속의 울타리 때문에 인간 사이는 자연적일 수 없고 사회에 치어진 울타리 때문에 인간은 예속될 수밖에 없다. 이러한 정신적인 올가미는 박화를 예속하고 박화는 항시 이러한 무형의 울타리 속에서 살아왔다. 따라서 인간으로서의 자유속성도, 시인으로서의 과감한 시적인 탐구도 모두 지장을 받았다. 이 시에서 박화는 이렇게 쓰고 있다. "하느님도 무형의 울타리로 이단을 몰아내어 교화 아닌 천벌을 준답니다. 그래설가요, 이 땅에는 유형의 울타리로 사탄을 몰아넣고 사랑보다 깨끗한 형벌을 줍니다. 그래설가요, 할 수 없이 나는 나른한 오후 여행길을 떠납니다. 세계지도 펼치니 울타리가 얼기설기, 우리나라 지도에도 울타리가 길게 솟았습니다, 바다 멀리까지, 그 울타리는 사람입니다. 사람의 마음입니다. 역사의 필연일가요? 그래서 나는 울타리 없는 곳 찾아 내 마음에 들어가 봅니다. 웬 걸, 거기도 나이테인양 울타리가 거미줄 같습니다. 만리장성보다 더 더욱 무섭습니다. 나는 그래서 내가 막 미워납니다. 나부터 울타리 허물면 바보일가요? 이것이 역사의 필연 아닐까요?"[10] 열린 세상에 닫혀 살던 사람, 여기서 어디 자유를 운운할 수 있으며 개성을 운운할 수 있는가? 박화는 일생을 이렇게 살아왔다. 마음의 문을 활짝 열지 못하고 마음의 눈으로만 세상을 바라보면서 살아왔다. 인간의 천성은 자유라던데, 인간의 본질은 자재(自在)라던데, 그런데 울타리, 이 거대한 장벽은 눈에 보이지 않지만 무소부재(無所不在)로 인간을 지지누르며 박화를 괴롭혔다. 따라서 박화는 이러한 쓰라림을 가슴 속 깊이 삭이며 살아오지 않을 수 없었다. 그러한 쓰라림이 그의 가슴 속 깊이 분노의 응어리로 남아 박화의 어둡고 침침하며 답답한 내면 풍경으로 되고 있는데 이런 내면 풍경은 시시로 그를 괴롭히며 그의 시상을 무르익혔다. 그러니 박화에게 회한이 없을 수 없었으며 실의의 정서가 없을 수 없었다. 박화의 시, 특히는 『푸른 종소리』에 "푸르다"는 이미지와는 달리 "회한(悔恨)", "회오(悔悟)"와 같은 시어들이 상당수 출현하는 것도 이러한 측면에서 해석되어야 할 것들이다.

박화의 시에는 "겨울"이 종종 등장한다. 인생을 처량하게 그리고 비극적으로 바라보는 시적화자에게 있어서 있음직한 시어이며 있어야 할 시어인데 박화에게 있어서 "겨울"은 우리가 상식적으로 생각하고 있는 "겨울"과는 좀 다른 이미지를 가지며 박화 시인의 내면세계의 한 축을 구성하고 있다.

---

10) 『푸른 종소리』, 요녕민족출판사, 1998, 123쪽.

“봄이 와야 겨울이 가는가/ 겨울을 밀어내면 봄이 오거늘”(「목련 12곡(제8곡)」), “겨울의 동화를 묻어버리며/ 숨가삐 달려온 멍든 세월에”(「무궁화」), “폐허 속에 처절하던/ 겨울의 동화”(「어제 날의 의미」), “오직 하늘만을 우러러/ 마음의 헛간만을 채워갈 때/ 겨울에도 춥지 않을 것이다”(「가을나무」), “상고대/ 봉상인양 피어나/ 화사한 소복차림/ 한겨울의 거리를 미혹시킨다”(「상고대 피어난 강변」), “이제 겨울의 순수 속에/ 알몸으로 되돌아갈 그 영원을”(「가을의 산책」), “멀리 머얼리/ 하아얀 발자국의/ 겨울 나그네”(「겨울 나그네」), “겨울의 애터진 봄날도/ 봄날의 쓰디쓴 겨울도”(「불타는 얼음 향기」), “푸른 넋은 상기도/ 창공을 향해 날개를 파닥인다/ 잊을 수 없는 그 겨울의 잔인성을”(「독백(4편)」) 등은 모두 『푸른 종소리』에서 찾은 것들이다. 이외에 겨울과 관련된 눈, 눈보라, 눈꽃, 서리, 얼음, 살얼음, 강얼음, 동토, 빙점, 동장군 등을 첨가하면 더 없이 많다. 박화의 시에서 이러한 겨울은 모두 용처가 다른데 경우에 따라서는 계절로서의 겨울, 낭만으로서의 겨울(동화), 추위에 얼어붙은 자연으로서의 겨울, 순수함으로서의 겨울, 하아얀 이미지로서의 겨울 등으로 나누어 해석할 수 있다. 겨울이 가장 많이 나오는 시 한 수를 보자.

……
겨울나무 뿌리에 파란 령혼이
겨울의 죽은 넋을 밑거름하고
겨울강이 지키는 묵비권이
겨울의 아픈 흔적 씻을 거라고
친구가 속삭이는 그 밀어를
창백한 낮달이 기웃거린다
겨울나무 가지에 해살이 얼어붙고
겨울강 눈우에 바람이 머리 풀고

이제는 떠나야지 산너머
개 짖는 마을로 돌아가야지
겨우내 챙겨두는 이 씨앗을
이 땅에 가꿔갈 꿈도 꿔야지
≪전례없는≫ 이 겨울에
······

-「세월의 발자취」 일부

　부제를 "잊지 못할 그 겨울 풍정"이라고 달고 겨울을 빌어 봄에 대한
갈망과 그 정서를 표현한 시다. 박화의 시에서 보기 드물게 그리 어둡
지 않은 시로서 겨울이 6~7차례나 중복되어 나타나면서 우리가 보통
상식적으로 이해하고 있는 겨울이 아니라 봄을 잉태하는 겨울이요, 새
생명을 잉태하는 겨울로 묘사되면서 특수한 이미지를 나타내고 있다.
이 측면에서 「겨울나무」가 가장 대표적인 시라고 할 수 있다.

······
선악과 주렁지는 삶의 나무
동장군의 서리발에 침묵하느냐
······
겨울나무는 겨울을 이겨
생명과 주렁질 삶의 나무
봄이 태동하는 장엄한 잉태는
영원에로 향하는 연습이다
······
겨울나무는 결코
겨울의 나무만 아니다
······
산다는 것은 이기는 것이라고

시합장에 나서는 서리발에
싸움뿐 아님을 새겨
겨울에 대결하는 겨울나무
......
체념 없는 욕망에
절망 없는 갈망에
고요히 차오르는 인고의 보람
그칠 줄 모르는 생명의 승화

믿음은 겨울나무 뿌리다
인생은 그래서 겨울나무다

-「겨울나무」 일부

　단순하게 겨울을 견디는 겨울나무의 인내만을 노래한 시가 아니다. 겨울에 대결하는 겨울나무, "생명과 주렁질" 겨울나무, 봄이 태동하는 겨울나무, 봄을 잉태하는 겨울나무, 영원으로 향하는 연습을 하는 겨울나무를 그리고 있다. 시적화자는 인생의 많은 섭리들을 겨울나무에 기대 표현하면서 겨울나무의 여러 가지 이미지를 형상화하고 있다. 따라서 여기에서 겨울나무는 단순한 겨울을 버티고 감내하는 나무가 아니라 봄의 조물주로서의 나무로 되어 시적화자의 시상을 무르익힘과 동시에 영겁의 세계로 나아가는 인생의 많은 도리들을 설명해 주고 있다. 박화의 시에서 보기 드물게 그 어떠한 희망과 비전을 제시하는 시로 박화의 내면세계의 어둠과 더불어 그 어떤 희망을 보여주고 있다.
　박화의 내면세계를 잘 보여주는 정서로 또 그의 시에 가끔 나타나는 망향정서다. 박화의 시에서 망향정서는 주로 주정주의로 나타나는데 인간에게 고향은 생명잉태의 공간이다. 그래서 수구초심, 마지막으로 돌아갈 영토가 고향이라고 많은 사람들은 말한다.

고향 산에 피고 지던 꽃나무 가지
머나먼 창턱에서 시들고 만다

너도 고향 그려 피가 마르냐
뼈속까지 젖어든 그 눈물은?

날마다 물을 주던 사치한 대화
너와 함께 속속들이 마음이 부서진다

이제는 오직 기억을 건져보며
너와 함께 하얀 침묵 메마른 눈빛

숙명 아닌 이 서리 빛 그리움에
고향 산은 꿈을 주며 깊은 미소뿐.

-「서리빛 그리움」전문

법주사 가는 길
깊은 산길에
6월은 빨갛게
단풍이 탄다

물망초
귀촉도
6월은 오늘도
피꽃이 핀다.

귀거래
귀거래

그 영혼이
술렁인다
속삭인다
불길로 탄다

-「그날의 여운」 전문

네 쏙에 내가 있고
꿈의 고향
힘의 샘터

생명의 태양
희생의 재단

조국이여, 우리는
치명의 일심동체

-「조국 서정시」 일부

「서리빛 그리움」은 서정적 자아의 바로 그 고향일 것이고, 「그날의 여운」은 한국전쟁에 대한 회상이며, 「조국 서정시」는 고향과 겹치는 시인의 조국에 대한 애정 토로다. 시 세 편이 모두 "고향"을 원형심상과 서정 상대와 공간으로 하고 있는 점은 같다. 그러나 「그날의 여운」과 「조국 서정시」는 사정이 다르다. 앞의 작품은 조국이 중국인 조선족으로서 모국이 겪은 수난이 동족애와 겹쳐 있고, 뒤의 작품은 민족은 다르나 국적은 엄연히 중국인 조선족이 갖는 고향에 대한 그리움이다. 조국은 자신의 국적이 속해있는 나라이고, 모국이란 떨어져 나간 나라에서 본국을 가리키는 것이라 할 때, 이런 시야말로 현대판 디아스포라(diaspra)들의 비애가 전형화 된 예라 하겠다. 어디를 가든 떨쳐버릴 수 없는 바로 그 고향상실감 때문이다.

고향은 생명본질의 다른 표상이고 생명 탄생과 그것의 축복과 거룩함을 상징한다. 인간은 늘 공간과 시간과 이별하며 산다. 이별한 시간의 기억을 우리는 추억이라 부른다. 고향은 이별한 시간에 대한 아름다운 추억이다. 인간은 이 추억이 그리워 그 추억이 남아있는 곳으로 돌아가고 싶어 한다. 상처나 슬픔도 기억은 아름답다. 그래서 추억은 애증을 초월한다. 이렇게 고향은 행복고착지대의 다른 이름이다.

고향이 이러한데 위 시의 서정적 자아는 아직 이런 고향이 없다. 이런 점에서 박화의 내심세계는 안식처를 찾을 수 없이 떠도는 공허의 공간으로서 요즘 흔들리고 있는, 고향에 대한 중국조선족의 의식 성향과 내심 풍경을 핵심적으로 형상화하는 시인의 한 사람이라 하겠다.

5. 흰색의 이미지와 그 인격적 이상

박화의 시집 『푸른 종소리』에는 흰색, 하얀과 같은 시어가 자주 등장한다. 이런 현상은 박화가 조선족의 후예이고, 조선인은 옛날부터 "백의민족" "백의동포"로 불리울만큼 흰색을 유난히 좋아한다는 점에서 그 내포(connotation)가 단순하지 않다.

봄이 와야 겨울이 가는가
겨울을 밀어내면 봄이 오거늘
오고 가는 그 갈림길에
하아얗게 서있는 리정표
하늘을 마셔
해살에 젖어

비워두는 마음에 차 오르는
빛은 정녕
빛으로만 끝나지 않아
때묻지 않은 하얀 마음들이
구름같이 피여올린 진붉은 사랑을

-「목련화 제8곡 : 누님의 영상」 일부

눈부신 슬픔에도
달콤한 아픔에도
하아얀 초불은
별처럼 별처럼
향이 묻히고

표정 없는 세월에
소금이 되어
오직 하나
빛을 키워 멸입하는 그
소리 없는 절규는

노을 타는 하늘 길
마음 비운 자리로
멀리 머얼리
하아얀 발자국의
겨울 나그네

-「겨울 나그네」 일부

하얗게 살다가 갔다
하얗게 웃다가 갔다
너무도 질긴 아픔에
바람에 날릴 듯 가벼운 몸이

너무도 일찍이 다른 세상에
우리를 기다려 자리 잡았다
하얗게 살다가 오라고
하얗게 웃다가 오라고

-「가신 님」 일부

박화의 시에서 백색이나 흰색은 두 가지 의미를 가지고 있는데 하나는 상기 박화가 백의동포의 아들로서 백색이나 흰색을 통해 민족자긍심을 고양하고자 하는 것이고 다른 하나는 백의동포의 아들답게 희게, 깨끗하게 살겠다는 자신의 결의를 다지는 것이다.

백색이나 흰색에 대한 박화의 예찬은 『푸른 종소리』의 앞부분에서 많이 나타나고 있는데 이 부분에서 박화는 「황성교향곡」과 「역사의 뒤안길에」란 타이틀로 고구려의 유적지인 "광개토대왕비"를 비롯하여 "국내성", "환도산성", "장군총", "고구려벽화"와 "안시성", "위화도", "두만강" 등 지역들을 답사하면서 민족의 자랑찬 역사에 무한한 경의의 정을 보내고 있다.

반만년 력사의 그 한순간
순간에 깃든 기나긴 력사

산바람은 그네들 입김
비줄기는 그네들 눈물
화살 날려 짐승 잡던 그네들이
밭을 갈아 낟알 거둔 그네들이
창을 들어 외적 치던 그네들이
번개의 장검으로 구름 가르고
우레의 웨침으로 낮잠 깨뜨려

가슴에 사품치는 압록의 푸른 물
　　우렷이 안겨오는 ≪동방의 금자탑≫
　　예이제 하늘은 하나여서……

　　불현듯 깨닫는 그 한순간
　　순간에 실리는 력사의 중임

– 「력사의 뒤안길–황성옛터의 여운」 일부

「국내성」이란 소제목이 있는 것으로 보아 집안의 고구려 옛터를 보면서 감개무량한 정을 읊은 것이다. 어둡고 무겁고 침침한 현실과 힘겹고 고달프게 걸어온 자기의 역사를 회고하면서 쓴 시하고는 확연히 구별되는 이 시들에서 서정적 화자는 경건한 마음으로 선조들의 위대한 업적에 옷깃을 여미며 화살을 날리고 창을 들어 만주벌판을 가르던 고구려의 숨소리가 귓전에 맴돌며 들려오는 듯, 반만년의 역사가 그 한 자리에 응축되어 있고 그것을 보면서 시인은 한순간에 역사의 중임을 깨닫는다. 이러한 시들은 시집에 수록되어 있는 흰색과 흰옷의 전설과 어울려 백의민족의 찬란한 역사에 대한 자호감으로 승화되어 있다. 이와 동시에 박화는 여기에서 하얀 미소를 짓는 "무궁화"나 하얗게 피어나는 "목련"을 노래하면서 흰색의 이미지를 강조하고 있는데 역사의 해석과 더불어 민족적 자긍심으로 이어지면서 시상을 깊게 만든다.

박화가 흰색을 유난히 찬미하는 것은 자신이 백의민족의 아들이라는 데도 그 근거가 마련되지만 박화의 시를 읽노라면 박화가 흰색을 각별히 좋아하고 찬미하는 데는 또 다른 원인도 있다. 그것인즉 바로 자신도 무궁화나 목련처럼 결백하게, 그리고 깨끗하게 살겠다는 작가적인 의지와 인격적인 이상이다.

앞에서 보았듯이 현실을 어둡고 침침하기만 하다. 그러한 현실을 지성으로 바라보는 박화는 슬펐다. 그러나 그는 그러한 현실과 타협할 수도 없었다. 세상 사람이 모두가 취해 있을 때, 박화만은 깨어있었다. 그는 이성의 눈으로 현실을 보면서 그 부조리를 비판하였고 지성에 입각하여 비정과 비리를 고발하였다. 그러나 박화와 더 큰 충돌을 일으키는 것은 깨끗하게 살고 결백하게 살겠다는 박화의 인격적인 이상 사이의 모순과 갈등이었다. 이런 의미에서 말하면 현실에 대한 박화의 비판은 자기가 추구해 온 인격적인 이상에 그 원동력이 있었다고 해야 할 것이다.

······
딛고 선 이 땅에서 정직하게
조용히 살고 싶은 마음밭에
지성의 채찍소리 봄우뢰로 은은해
깨여나는 명상의 프로그램
······

– 「현황3편(현황2)」 일부

······
하얗게 달려와
하얗게 부서진다
부서지는 그 속에 행복이 있어
한사코 달려드는 무서운 기세
부서져도 한사코 끈질긴 기개
누구를 닮아서냐 하얗게
무엇을 웨침이냐 하얗게
바위를 부스는

힘의 약동
생의 원류
축제의 뿌리
하얗게 살다
하얗게 죽는
하얀 넋의 이미지
……

                                         -「바다소리(5편)」일부

보는 바와 같이 박화는 정직하게, 조용하게 한생을 살고 싶었다. 아
니, 그는 그렇게 살아왔다. 명예도, 사리도 마다하고 결백하게 하얗게
살다가 갔다. 그는 이러한 자기의 인격적인 이상을 실현하기 위해 벼르
고 닦으면서 시를 썼다. 『푸른 종소리』의 발문에서 박화는 이렇게 썼다.
"나는 만숙종이어서 죽을 때까지도 결코 여물지는 못할 것이다. 게다가
독서, 정관(靜觀), 애연(愛煙), 애주(愛酒), 그리고 우발적인 습작으로 '오독(五
毒)'이 구전한 '굴쥐'어서 더구나 그런지도 모르겠다. 물론 많이 쓴다고
위대하지도 않고 긴 것을 쓴다고 대단하지도 않아 참으로 오랜 세월에
그야말로 오래오래 남을 수 있는 짤막한 시 몇 편(혹은 한 편)이라도 남
길 수 있다면 한 생을 헛살지는 않았다고 떳떳이 말할 수 있을 것이다.
이런 시인이야말로 행복한 시인으로 내내 우러러 흠모하게 된다."11) 문
학에 대한 박화의 생각을 적은 것인데 박화는 이러한 시 한 수를 구하
기 위해 탐구를 그치지 않았고 그 속에서 자기의 인격적인 이상을 실현
하고자 하였다.

---

11) 박화,『푸른 종소리』, 요녕민족출판사, 1998, 290~291쪽.

굳은 날 개인 날 언제라 없이
푸른 잎새 설렁이는 나의 봇나무
그 마음이 깨끗해 흰옷을 입고
그 웃음이 티 없어 꽃이 피는가

그 옛날 투사들의 기상을 안고
언제나 푸르싱싱 생기 넘치고
어머니 대지에 뿌리를 내려
눈서리 광풍에도 굴함 없어라

하늘도 찌를 듯한 웅심을 품어
태양을 안으려고 곧추 자라고
죽어도 친지들께 온기 주려고
날따라 몸과 마음 다지어가라

아, 봇나무, 나의 봇나무
소소리 높이 솟아 가지 무성해
검은 구름 비껴오면 비자루 되고
푸른 하늘 떠받들어 은기둥 되라!

– 「봇나무」 전문12)

　박화의 첫 번째 시집 『봇나무』 중에 나오는 「봇나무」의 전문이다. 말미에 1981년 4월 19일이라고 씌어 있는데 자신의 첫 번째 시집의 톱 시로 이 시를 선정하였고 또 그것으로 이 시집의 시집명을 지은 것을 보면 박화에게 있어서 상당한 무게가 있는 작품임은 틀림없다. 이 시에서 박화는 "마음이 깨끗해 흰옷을 입고", "그 웃음이 티 없이" 맑고 "언

---

12) 이 시는 시집 『봇나무』의 톱 시로 편입되어 있는데 그만큼 박화의 심중에서 이 시가 차지하는 비중이 크다는 방증이 된다.

제나 푸르싱싱 생기 넘치고", "눈서리 광풍에도 굴함 없"다고 하면서 가장 아름다운 시어로 봇나무를 예찬하고 있으며 "하늘을 찌를 듯한 웅심"을 품고 "푸른 하늘 떠받들어 은기둥 되"라고 하고 있다. 봇나무, 박화 이름자 화(樺)가 봇나무, 즉 화수(樺樹)이라고 생각할 때, 우리는 박화가 봇나무를 극찬한 이유를 알 것이요, 또 자신의 인격적 이상과 바램을 봇나무에 기대여 표현하고 있는 이유를 알 것이다. 사실 여기에서도 깨끗하고 티 없이 살겠다는 의지가 표현되고 있는데 상기 「바다소리」에서 분석한 깨끗하고, 결백하게 살겠다는 의지와 궤를 같이 한다고 할 수 있다.

6. 끝내는 말

이상에서 우리는 몇 개 측면에서 박화의 『푸른 종소리』에 수록된 시들을 살펴보았다. 박화의 시는 우선 현실의 불화와 갈등을 주로 묘사하고 있는데 여기에서 현실은 어둡고 침침한 현실로 묘사되고 있는바 이것은 시인의 비극적인 현실인식과 지성에서 바라보는 현실에서 비롯되고 있는바 고도의 지성과 이성에 기댄, 즉 모종 관념론에 입각한 현실은 비극적이고 암울할 수밖에 없다. 따라서 시인은 그러한 인간과 현실을 속에서 외로움을 느끼지 않을 수 없었으며 그러한 외로움을 풀기 위해 박화는 영탄조로 현실을 비난하였으며 자신이 걸어온 한생에 대해서 박화는 언제나 회한에 차 있었다. 빼어난 시재와 총명을 가지고 있었지만 그것을 실현할 수 없는 현실 속에서 작가는 침울할 수밖에 없었으며 거기에 귀속이 불분명한 향수가 더해지면서 박화의 시는 비극적인 색채를 띠지 않을 수 없었다. 마지막부분에서는 박화의 시에 가장 많이 등장하는 흰색과 하얀색의 정체를 논하면서 작가의 민족의식과 인격적 이상이 어떻게 시화되었는가를 살펴보았다. 한마디로 박화의 시는 함의가 깊고 무게가 있어 이런 짧은 글 속에서 그의 시의 모든 것을 해석한다는 것은 거의 불가능에 가깝다. 이를테면 그의 시의 목련화와 석류가 가지는 이미지, 흰색의 굴절과 변용으로서의 푸른 색, 그리고 본 시집명 『푸른 종소리』에서의 푸른색과 종소리 등은 모두 흰색의 굴절 형태로 결백과 깨끗함과 의미적으로 연계되면서 그의 미적 세계를 구성하고 있는데 이러한 더 깊이 있는 연구는 다음 기회에 미루기로 한다.

우리 시단의 기화이석(奇花異石)

한춘시론

1. 서론

홍군식은 한춘 회갑기념시집에 부치는 축시에서 "외로운 사자가/ 북중국의 한 모퉁이에서 날뛰고 있다/ 불타는 설산을 가로지르면서/ 선지피를 삼키고 있다"고 한춘을 격찬하고 있다. 여기에서 외롭다는 것은 누구도 거들떠보지 않고 아는 척을 하지 않는 시가창작을 한다는 의미도 있겠지만 더욱 중요한 것은 많은 사람들이 외면하는 아방가르드 운동에 선봉시, 모더니즘시들을 쓰면서 문단에서 외로운 탐구와 창조를 고집하였기 때문일 것이다. 80년대 중반 이후, 우리 문단에 서구 각종 사조들의 유입과 함께 시가 영역에서 많은 변화가 일어났는데 송가일변도의 시 창작에서 다양한 시풍의 시가 나타났다는 데도 있지만 한춘과 같이 서구 모던을 받아들여 우리 시단의 한축을 구성한 것 역시 무수한 변화중의 변화라고 해야 하는데 한춘에게 있어서 이 과정은 그리 순탄한 것이 아니었다. 모던에는 바람이 재고 모년에는 인기척이 드물다. 그러므로 모던 그 자체에 몸 담그고 있다는 자체만으로도 무척 고독하고 힘든 일일 것이다. 미지의 영역을 탐구하는 모든 자가 그러하듯이 모던의 탐구자에게도 고독과 각고의 노력이 필요하다. 그것은 그 길은 "외딴 길/ 사각지대를/ 혼자 슬퍼하"기(「구절초」) 때문일 것이다. 한춘은 이 과정을 "꽃잎은 잠 못 이루고 뒤척이며/ 하나의 방정식을 풀고 있다"고 (「실면한 숙원」) 하고 있으며 그것은 "기나긴 로정이었습니다"라고(「주소 없는 편지(맺음시)」) 쓰고 있다.

80년대 중반부터 오늘까지, 한춘은 우리 문단에서 부단한 변화를 꿈꾸면서 끊임없는 고독한 여행과 탐구를 계속했다. 오늘 우리가 볼 수 있는 한춘의 문학세계는 이렇게 구축된 것이며 부단한 탐구 속에서 한춘은 우리 문단의 기산이봉으로 문학의 금자탑을 쌓아 올렸다.

2. 본론

1) 나선형의 발전궤적으로 보는 한춘의 시 세계

한춘의 문학탐구 과정을 자세히 살펴보면 한춘 역시 신이 아니었다. 그의 탐구는 자아의식과 자아의식에 기댄 문학에 대한 지대한 갈망으로부터 시작되는데 이러한 갈망은 또 "문화대혁명"시기의 자아상실과 송가문학에 대한 반성으로부터 시작된다. 1979년부터 1982년 사이에 쓴 시들에서 우리는 이러한 문화 반성을 동반한 시들과 만나게 된다.

우리는 어찌하여 그렇게도 단순하였던가?
오늘 아침 붉은 도마도를 먹어도
래일엔 당장 마음이 붉어질 줄 알고

밤사이 거리를 ≪붉은 바다≫로 만들었다

그때 우리는 어찌하여 그리도 어리석었던가?
모든 인사와 첫마디를 어록으로 대체하고
≪충(忠)≫자를 새겨 목에 걸어야 충성인줄 알고
하루 세 때 ≪만수무강≫을 축원하여 ≪기도≫드렸다

그때 우리는 어찌하여 그렇게도 유치했던가?
꽃이란 꽃은 다 짓뭉개고
잠결에도 혹시나 ≪이교도≫의 꿈을 꿀가봐
≪잡귀신 쓸어내자≫ 베개잇에 수놓았다

그때 우리는 어찌하여
≪반란≫의 기발 들고 마스고 짓부셨던가?
잡초 돋은 중화의 빈궁한 땅을 깔
≪녀왕≫이 룡좌에 앉을 번하게 했던가!

-「그때 우리는 어찌하여」 전문

　"소용돌이치는 상흔(傷痕)의 쓰거운 키스 자욱"이란 표제가 설명하듯
이 이것은 1979년 "4인방"을 분쇄한 후, "문화대혁명"기간의 종종 비정
상적인 삶을 반성한 것이다. 후기 한춘의 시와는 달리 이 시는 너무 직
설적이고 시적인 상징이나 비유 같은 것이 없어 시다운 맛이 없는 시라
는 평도 가능하지만 여기에서 작가는 단도직입적으로 "문혁"시기 인간
들의 단순함과 유치함을 개탄, 또는 통탄하고 있다. "문혁"후, 중국 대
지를 휩쓴 "반성문학", 또는 "상처문학"과 궤를 같이 하는 것이지만 작
가의 엄청난 회한의 정서를 표현하고 있어 우리 문단에서 이러한 "반성
문학"의 정서를 가장 잘 반영한 시로 평가할 만하다. 한춘의 반성은 이후

에도 계속되는데 그 뒤에 쓴「내 노래 정녕 내 목청으로 불렀던가」,「소원」,「인생(조시)」,「나의 답복」은 모두 이러한 연장선상에서 읽을 수 있는 작품이다. "문혁"시기 꼭두각시극에 놀아났던 인간들이 깨어났고 더 중요한 것은 인간의 지성이 깨어난 것이다. 무지와 몽매와 단연히 결별하고 "내 노래" "제 가진 목청으로" 불러야 하겠다는 한춘의 자각은 이로부터 닻을 올리고 멀고 긴 탐구의 고독한 여정이 시작되는데 이 시기는 한춘 시탐구의 시발로 된다.

　"한쪽엔 추억의 야초가 무성하고/ 한쪽엔 동경의 꽃들이 만발한(「나의 답복」)" 이율배반적인 한춘의 내면 풍경과 그 탐구과정은 "피의 자취, 불 같은 추구, 냉철한 사색(「나의 답복」)"으로 엮어져 있다. 당시 서구의 모더니즘에 모두 서먹하게 생각하던 시단에 "내 언어의 꽃잎들을 산산이 뿌려 하늘의 목 메임을 확 터쳐 주고 싶"었던 작가의 시풍은 1983년을 전후한「은방울꽃」,「감자꽃」등 시가로부터 일변하여 한춘시는 발전단계에 들어선다. 그 뒤 어려운 모더니즘 시가 영역을 더듬어 가면서「그리움」,「첫노래」,「기타소리」,「콩싹트는 밤」,「무궁화」,「적막」,「길 잃은 철새」,「황진이」,「밤잠 잃은 나그네」,「무지개는 뿌리 내릴 곳을 찾는다」등 선봉, 모던 색채가 짙은 시들을 창작하여 우리 문단에 신선한 바람을 불어 넣는다. 그 가운데는「기타소리」와 같이 청각적인 이미지를 시각적으로 전이시켜 기타소리를 형상화한 작품이 있는가 하면, "십자 길에 걸린 신호기는/ 울긋불긋한 극장 현수막/ 물빠진 사람의 포스터가/ 도심 복판을 휘젓고 있"어 피카소의 그림을 연상시키는「길 잃은 철새」와 같은 작품이 있으며 꿈같은 의식의 흐름을 형상화한「꿈 이야기」와 같은 작품도 있고 이상의 성급한 비상 때문에 내릴 곳을 찾지 못하고 방황하는 내면 풍경을 그린「무지개는 뿌리내릴 곳을 찾는다」와 같은 작품이 있다.

1989년을 전후하여 2002년에 이르기까지, 이 시기는 한춘이 숙성한 시법으로 자기 목소리를 내던 시기이며 한춘의 모더니즘 시가 무르익는 수확의 계절이라고 하겠다. "그날 맨살의 상처를 소금으로 씻어야만 하나"란 시구와 같이 무거운 마음의 상처를 "주소 없는 편지"로 힘들게 치유하면서 한춘의 시탐구는 이 시기에도 계속되는데 역시 "제목 없는 악곡의 총장은 아직 태어나지 않았고" "기나긴 로정이었다."(「주소 없는 편지－맺음시」) 이 시기 한춘은 베일에 가린 역사의 밀사도 드려다 보았고(「베일 속의 밀사(秘史)」) 돌비석에 인생의 철리도 새겨놓으면서(「돌비석」) 10여 년의 고독과(「10년 고독」) 50반생의 "미완성 돌쪼가니"를 "강광(强光)으로 비추"어 반추해보면서 무풍지대를 지나고(「무풍지대」) 불면증을 극복하면서(「불면증」) 탐구를 계속하여 우리 문단의 모던 문학의 고봉으로 힘겹게 톱아 오른다. 그러나 이 역시 "종착역이 아니"라(「자화상」) "좋은 소식 나쁜 소식/ 짬뿡해서 절반절반// 한가위/ 여위진 달이/ 시름만 실어준다". 이 시기에 그는 "기쁜 날은 아쉽도록 적고/ 슬픈 날은 지겹도록 많은/ 수부의 깨진 꿈들을 모아/ 다시 돛폭을 올리기까지" 힘게게 마음의 상처를 치유해야만 했던 「홀로서기」를 비롯하여 고향무정을 그린 「은행나무」, 가슴 속에 깊이 박힌 실연의 아픔을 호소한 「겨울외출」, 마음의 허전함을 표현한 「풍경」과 「적막금강」, "로인, 편지, 제비꽃, 갈대, 초생달, 비바람, 창문" 등 물질들을 적치해 놓아 수많은 이미지들을 연상시키는 「밤비는 멎고」와 같은 시들을 창작하여 우리 문단에 이채를 불어넣었다.

2002년 이후의 한춘의 시는 50여 성상 힘겹게 걸어온 인생과 예술과 이상과 현실과 민족의 정체성 등을 반추하면서 내면의 응어리를 풀고자 한다. 어찌 보면 걸어온 인생과 예술탐구에 쉼표를 찍고 더 높은 차원에서의 탐구와 도약을 위한 힘 고르기 또는 숨 고르기 같은 것일지도 모른다. 뿐만 아니라 이 시기 한춘의 시에는 「무제」, 「들에도 함성이 있다」, 「꽃상여 나간다」, 「꽃씨의 죽음」, 「도강(渡江)」, 「무제」 등 기이한 시들도 있다. 삶의 건너편인 죽음의 세계를 연상시키는 이러한 시들은 형이상학적인 측면에서 인간과 인생과 관련된 삶과 죽음의 문제를 탐구해보려는 시도도 보이어지는 시들로서 그 깊이에 있어서는 중국당대시단의 정민(鄭敏)의[1] 시에 나타나는 죽음의 세계에 대한 묘사나 탐구에 비할 바는 아니지만 우리 시단에서는 거의 보기 드문 것으로서 신선한 바람과 충격을 준다. 죽음은 인생의 연속이며 경우에 따라서는 죽음에서 인생을 더 깊이 있게 터득하게 될지도 모른다. 그러나 그 세계에 대한 두려움과 거부감 때문에 우리 시단에서는 이 문제를 거의 논의하지 않고 있는데 사실 인간에게 있어서 죽음을 어떻게 대하고 이해하는가 하는 것은 인생의 가장 중차대한 문제인 것만은 틀림없다. 모종 의미에서 말하면 이 문제에 대한 탐구, 이 문제에 대한 태연한 자세, 그것이야말로 인생에 대한 가장 높은 차원의 탐구일지도 모르며 인생에 대한 가장 아름다운 자세일지도 모른다. 이런 측면에서 말하면 한춘의 시는 우리 시단에서 기화이석이요, 기산이봉이라고 할 수 있다.

1979년 지대한 반성으로부터 시작된 한춘의 탐구는 2002년에 이르면서 한 단락을 지으면서 하나의 큰 원을 그렸다. 그러나 이것은 제자리로의 회귀가 아니며 평면적인 회귀는 더욱 아니다. 한춘의 회귀는 입체

---

1) 정민(鄭敏), 1920년생, 중국 당대 여시인, "구엽파(九葉派)"의 대표적인 시인, 시집으로는 『시집1942-1947』, 『심상(心象)』, 『정민시집』 등이 있다. 그는 시에서 주로 인생문제를 탐구하고 있는데 그 문제를 죽음으로까지 연장하여 탐구하고 있다.

적으로 보아야 한다. 그럴 경우 이 회귀는 제자리로의 회귀가 아니라 나선형의 발전궤적을 이루고 있는바 이것은 더 높은 차원에로의 승화이며 발전이며 전진이다. 이 발전궤적의 매 발자국마다에는 작가의 피타는 노력과 부단한 탐구가 깃들어 있으며 새로운 시적 경지에로의 도달과 도약을 의미한다. 또 이 새로운 시적 경지에의 도달은 다른 불만족을 불러일으켜 또 다시 새로운 탐구로 이어지면서 수많은 나선형의 발전 궤적이 이루어진다. 이리하여 야심찬 시의 세계, 시의 속성, 시의 근본, 시의 본질, 시의 비밀에 대한 한춘의 탐구는 나선형 발전궤적을 또렷이 그리면서 우리에게 다가온다.

2) 키워드로 읽는 한춘의 시 세계

한춘의 시세계를 산책하노라면 우리는 기화이석이나 기산이봉을 심심찮게 만나게 된다. 이러한 기화이석이나 기산이봉은 모두 자기적인 자태로 독자들을 매혹하며 신비의 세계로 안내한다.

그러나 한춘의 시는 되는대로 읽어서는 안 된다. 모든 모더니즘 시가 그러하듯이 사실 한춘의 시는 난해하기 그지없다. 따라서 한춘의 시를 읽으려면 상당한 상상력과 이미지즘에 대한 지식을 필요로 하고 있을 뿐만 아니라 다면적인 이미지나 시 해석도 가능하다는 것을 알아야 한다. 그러나 이것은 한춘의 시를 해독할 수 없다는 말이 아니다. 사실 한춘의 시에도 그 해독법이 있다. 시에 가장 많이 사용되고 있는 키워드 몇 개를 선정하여 그것이 내포하고 있는 이미지를 통하여 시를 파악하는 방법이 그 해독법의 하나인데 아래에 우리는 한춘의 시에 가장 많이 등장하고 있는 꽃과, 별과, 밤과, 꿈 등 사물을 통하여 한춘의 시에 접근해보고자 한다.

(1) 꽃

꽃은 서정시의 단골손님이다. 사정은 모더니즘시라고 해서 다를 바 없고 한춘의 시도 예외가 아니다. 그런데 전통시에서 꽃은 흔히 님과 통하는 것으로서 사랑하는 여성과 관련되는 것이 상례이며 꽃하면 자연히 여성을 생각하게 되며 적어도 사랑을 의미한다. 그런데 한춘의 시에서는 사정이 약간 다르다.

한춘의 시에는 꽃이 유난히 많이 등장한다. 「백일홍」, 「은방울꽃」, 「감자꽃」, 「무궁화1」, 「무궁화2」,[2] 「민들레」, 「채송화」 등은 모두 제목 자체가 꽃으로 되어 있는 시들이며 제목 자체가 꽃과 관련되어 있는 시들로는 「장미의 계절」, 「나팔꽃 지는 저녁엔」, 「꽃상여 나간다」, 「꽃씨의 죽음」, 「꽃의 최후진술」 등이 있다. 꽃이 많이 나오는 시 몇 구절을 적어보자.

......
송이송이 들꽃을 한아름 따다
꽃다발 만들어 머리에 쓰는 소녀
짙고 싱그러운 꽃향기에 취해
피어난 꽃들은 시들지 않는 줄로 알았다
......

- 「꽃밭만 있는 줄 알고」 일부, 「인생」(조시)

---

2) 한춘시집 『무지개는 뿌리내릴 곳을 찾는다』에는 「무궁화」란 작품이 두 편이 실려 있는데 그것을 구별하기 위해 편의상 1986~1988년에 쓴 「무궁화」를 「무궁화1」, 1989~1992년 사이에 쓴 「무궁화」를 「무궁화2」라고 한다.

꽃이 피면 꽃이 피는 길목으로
꽃만큼 해사한 웃음을 지으며
꽃씨가 되어 달려올듯 달려올듯
무한한 상념 끝에 보고픈 눈망울이여
　……

-「그리움」 첫 연

늦겨울 이야기 그만하고
박꽃 같은 하얀 꽃들에
빨간 꿈들을 하나하나 얹어 봐요
그처럼 경이로운 일은 없을 거라요
……

모든 것이 기적일 거라요
기적 앞에선 심봉사도 눈을 뜬대요
스치는 바람 한 점에도
목근 꽃은 시력을 회복할 거라요

안개 묻힌 뱃고동 소리 들리지요
지는 꽃 지는 잎을 스쳐지나
한번 빨리 달려가 보세요
모든 아픔을 털어버리고
한 송이 꽃으로 배전에서 웃으라요

-「무궁화」 일부

　첫 번째 시는 1979~1982년 사이 "문혁"시기의 무지와 맹종을 반성하면서 쓴 「인생」 조시 중의 일부이다. 이 세상에 꽃밭만 있고 꽃향기만 있다고 단순하게 생각하면서 청춘의 꿈을 부풀렸던 시절, 이러한 단순함이 정치인들에게 이용당해 미증유의 비극을 불러왔던 시절, 시인은 그 시절을 침통하게 반성하면서 이 「인생」 조시를 쓰고 있는데 여기에서 꽃은 꼭 꼬집어 이것이라고 말할 수는 없지만 대체로 "평화", "순진함", "순결함", "행복감", "정의감" 등 아무튼 플러스적인 상대이며 두 번째 시는 「그리움」이란 타이틀로 춘하추동을 쓴 시 중 봄을 노래한 시인데 첫 줄의 꽃은 봄이 되면 계절에 따라 자연적으로 피어나는 자연상태의 꽃을 말하고 두 번째 줄의 꽃은 해사한 웃음의 정도를 가늠하는 척도로서 그러한 웃음의 대명사로 쓰이고 있으며 세 번째 줄의 꽃은 꽃을 다시 꽃피울 수 있는 꽃씨를 말하며 마지막 시는 「무궁화」를 예찬한 시인데 첫 연의 꽃은 비유 대상으로 박꽃과 하얀 꽃이며 마지막 연의 꽃은 행복한, 만족스런 웃음을 말한다.

시에서 꽃이 흔히 사랑이나 여성, 나아가서는 여성의 그 무엇을 상징함으로 하여 한춘도 꽃으로 사랑이나 여성, 또는 이성지간의 이러저러한 감정, 지어는 불륜을 대처한 경우도 더러 있다.

> 빛과 사슬이 흘레질하고
> 피자욱 흥건한 장미꽃밭
> 사생아가 울음을 토한다
> ……

> – 「베일 속의 밀사」 일부

삼국사와 조선사를 읽고 감회에 젖어 썼다는 「베일 속의 밀사」란 시다. 왕조내의 어지러운 이성관계, 터부시하던 근친상간도 거리낌 없이 감행하던 왕조의 밀사에 대해 한탄한 시인데 이 시에서 장미꽃은 남녀지간의 정사를 말한다. 그런데 이러한 꽃이 한춘의 시에는 그리 많지 않다. 사실 한춘의 시에서 꽃은 경우에 따라 여러 가지 사물이나 이미지를 나타내는 것이 이색적이다.

> 꽃 지면 의례 열매 맺는다고
> 꽃가지 붙들고 한숨짓지 말라건만
> 뼈 쏘는 상처도 아물면 그만이라고
> 상처자국 매만지며 눈물짓지 말라건만
>
> 떨어진 꽃잎을 손바닥에 받쳐들고
> 쩝쩝한 소금물로 상처를 씻은 나
> 기억의 무덤에 이왕지사 덜어놓고
> 마음의 터 밭 두 쪽으로 나누었다
>
> 한쪽엔 추억의 야초가 무성하고
> 한쪽엔 동경의 꽃들이 만발하다
> 그러면 나도 부러움 없는 백만장자
> 피의 자취, 불같은 추구, 랭철한 사색

– 「나의 답복」 일부

1979년부터 1982년 사이에 씌어진 시로서 "취중에서 깨"어나 "문혁" 시기의 무지와 몽매를 질타하며 자기 머리로 냉철하게 사색하면서 다시는 맹종하지 않겠다는 것을 다짐하는 내용의 시다. 1연의 꽃은 자연 상태에서 피고 지는 꽃을 말하지만 사실은 꽃이 지면 열매가 맺는다는 자연의 섭리를 말하며 2연의 꽃은 지는 꽃잎을 말하지만 "문혁"시기의 "붉은 꽃", 또는 그 시기에 잃어버린 이성을 말하며 3연의 꽃은 미래의 이상을 말한다. "추억의 야초가 무성한" 마음과 "동경의 꽃들이 만발한" 마음, 추연한 마음과 동경의 마음이 뒤섞여 있는 내면풍경을 그려 보인 시로서 이 시에서 꽃은 경우에 따라 여러 가지 이미지를 나타내면서 시의 표현력을 높여주고 있다.

　이외에도 한춘의 시에서 꽃은 여러 가지 사물을 지칭하거나 이미지를 나타내고 있는데 「첫노래」 중의 "꽃향"은 한가슴 가득 찬 시적 욕구를 뜻하며 「외할머니」 중의 "할미꽃"은 할머니, 또는 할머니의 삶과 같은 수수하나 인정에 찬 한생을 말하며 「신라사람들이여」 중의 "하얀 꽃"은 백의민족으로 대변되는 하얀 넋을 의미하며 「수로부인가」 중의 "꽃"은 꽃보다 아름다운 웃음, 즉 아름다움, 또는 수로부인의 미색을 말하며 「꽃씨의 죽음」에 나오는 "꽃"은 생명을 지칭한다. 이처럼 일반 시인들과는 달리 한춘의 시에서는 "꽃"이 여러 가지 이미지를 나타내며 색다른 이미지와의 조합을 구성해 짙은 여운을 남겨주는 것이 특징적이다.

(2) 꿈

　한춘시에서 심심찮게 보여지는 다른 한 시어는 "꿈"이다. 한춘의 시에는 "꿈"이 유난히 많다. 「꿈이야기」나 「어느 꿈 이야기」, 「꿈」은 직접 "꿈"을 쓰고 있을 뿐만 아니라 다른 시에서도 "꿈"이 많이 등장한다. "≪이교도≫의 꿈을 꿀가봐"(「그때 우리는 어찌하여」), "나는 황무지 개간자의 황홀한 꿈"(「나의 답복」 5), "나와 함께 꿈과 함께"(「새싹」), "사나운 꿈들을 투레질해 털며"/"하나도 아니 헝클어지고 잘 풀린 꿈이"(「단풍은 가을의 전갈」), "주먹 같은 꿈들이 주런이 묻혀있다"(「감자꽃」), "밤 아닌 대낮에 꿈을 꾸어도 본다"(「도서정리」), "꾸다 꾸다 못다 꾼 꿈마저/ 접시꽃 떼울음으로 해몽하고"(「첫노래」), "빨간 꿈들을 하나하나 얹어봐요"(「무궁화」), "목 메여 합창하던 그날의 꿈"(「달」), "새 꿈이 란무하고"(「주소 없는 편지14」), "밤이면 별 하나 꿈 하나 사랑 하나를 끌어안고"(「주소 없는 편지

(맺음시)」), "황홀한 꿈은 죽음이었다"(「베일 속의 밀사」), "간밤 이슬 꿈을 안고 있다"(「시간」), "친구 죽음의 꿈을"/ "수부의 깨진 꿈들을 모아"(「홀로 서기」), "거품처럼 날려간 꿈은"(「별빛연구」), "꿈 한번 가지고 싶은데"(「불면증」), "상봉의 꿈을 기도한다"(「담벽」), "꿈 한 점 아쉬운데"(「알람시계」), "대롱이는 꿈의 혈서"(「심야독서」), "꿈 한 부대 부려놓다"(「자화상」), "깨진 꿈 정리하니"(「1997년 가을」), "꽃 피우지 못한/ 꿈들의 잔해들이 모여"(「분리수거」), "녀왕보다 풍요한 꿈"(「보신각 종소리」), "겨우내 방목시킨 꿈"(「장미의 계절」) 등은 모두 한춘의 시에 나오는 "꿈"이란 시어인데 여기에 "꿈자락", "꿈속", "꿈길", "꿈마당", "꿈둥지", "꿈조각", "해몽", "몽중" 등 "꿈" 관련시어들을 더하면 기수부지이다.

"꽃"이 한춘의 시에서 여러 가지 이미지를 내포하고 있었듯이 "꿈"도 여러 가지 이미지를 나타내고 있는데 어떤 "꿈"은 황홀한 이상이나 미래를 말하며 어떤 "꿈"은 "허황한 생각", 또는 "이룰 수 없는 환상"을 의미하며 어떤 "꿈"은 악몽, 나쁜 생각으로 해석되며 어떤 "꿈"은 잃어버린 기억, 또는 추억들로 풀이될 수 있으며 어떤 "꿈"은 풍요로움을 말하기도 한다. 이처럼 "꿈"은 한춘의 시에서 여러 가지 이미지로 표현되며 시에 몽롱성과 신비함을 더해준다. 그 중에서도 "빨간 꿈들을 하나하나 얹어 봐요"(「무궁화」), "은빛 푸는 반달은/ 내가 내건 꿈 둥지라"(「1997년 봄」), "겨우내 방목시킨 꿈"(「장미의 계절」)에 나오는 "꿈"들은 그 이미지 착상이나 작법에 있어서 창의성이 돋보이는바 무색의 "꿈"에 빨간 칠을 하여 꿈이 색채를 가지게 된 것도 그러하지만 빨간 칠을 함으로써 그 꿈의 밝고 명랑한 이미지를 돋보이게 하여 주고 있으며 반달을 둥지로 표현함으로써 조각달을 둥지로 형상화하여 거기에 무한한 상상의 나래를 달아주고 있으며 "겨우내 방목시킨 꿈"의 경우는 "꿈"을 의인화하여 그것을 키우고 풍부하게 하는 과정을 형상화하고 있다. 비범한 착상과 과감한 혁신을 동반한 시어를 창출한 것으로서 이러한 시어창작은 한춘의 시 곳곳에서 심심찮게 찾아 볼 수 있는 대목으로서 이 문제에 대해서는 아래에서 더 구체적으로 언급하기로 한다.

모든 갈망은 시작
모든 시작은 긴데
모든 종말은 시작

희붐히 밝아오는 하늘을 휘휘 저으며 북국의 찬 눈이 창문턱에 소복이 내려앉는 밤이면 별 하나 꿈 하나 사랑 하나를 끌어안고 창호지가 밝기만 기다린다.

그 한 장을 번지지 말아요
그 밀서를 버리지 말아요

계절풍은 아직 서성대기만 함. 말라꽹이 나뭇가지만 당돌하니 서있음. 함께 호흡함. 함께 기다림. 함께 굳어버림. 제목 없는 악곡의 총장은 아직 태어나지 않았음.

기나긴 로정이었습니다

　　　　　　　　　　　　　　　　　　　　－「주소 없는 편지(맺음시)」 전문

"꿈"이 있어 시어 "꿈"이란 키워드로 해석할 수 있는 시다. 사실 이 시 전부가 "꿈"을 썼다고 해석해도 무리는 없다. 인생을 굽어보면서 생활의 느낌을 정서화한 시라는 해석도 가능하지만 시탐구로 어려운 나날과 그 탐구의 어려움을 노출한 시다. 이 시는 그 앞에 수록된 "이 세상한 곳을 향해/ 찌그러진 수레를 몰고가는/ 사나이 그 이름을/ 한춘이라 불러라"란 「주소 없는 편지74」와 함께 읽을 수 있는 시인데 여기에서 이 세상 한 곳을 향해 찌그러진 수레를 몰고 가는 사나이가 바로 한춘 자신이다. 한춘은 모던의 세계에 진입하여 그 세계를 설파하고 시에서 의 비상을 바라고 시를 썼다. 그러나 그 모던의 세계에 대한 이해와 그 모던의 시를 모던답게 쓴다는 것은 그리 쉬운 일이 아니었다. 말하자면 한춘은 모던의 세계에 집념하면서 거기에서 남과 구별되는 이색적인 시 세계를 창출해 보고자 했다. 그러나 그는 아리송한 모던에 만족하지 않 았다. 모던이란 배울수록 알수록 모를 것이 더 많은 신비의 세계이다. 따라서 그는 모던의 피상에 만족하지 않고 더 깊은 모던의 세계에 빠져 들어 가는 것이다. 그래서 그의 탐구는 끝이 없이 계속되고 탐구자체가 시작으로 되어 "시작은 길고/ 모든 종말은 시작"으로 되면서 되풀이 된 다. 이 신비의 세계를 파헤치기 위해 시인은 북국의 찬 눈이 창문턱에 내려앉는 밤에도 "별 하나 꿈 하나 사랑 하나"를 끌어안고 밤을 지새운 다. 그러나 이 "제목 없는 악곡의 총장은 아직 태어나지도 않았"다. 기 나긴 노정이었지만 아직도 얼마를 더 가고 얼마를 더 탐구해야 할지 작 가 자신도 모른다. 그래서 부치지 못할 편지를, "주소 없는 편지"를 쓰 고 또 쓰는 것이다.

(3) 밤

"봄바람이 아픔을 몰고와/ 꽃샘추위를 풀더니/ 간밤에 눈을 떴다/ 가 지마다 환희를 토한다"(「새싹」), "자주빛 꽃마음 수줍은 웃음이/ 간밤의 이슬만큼 보고 싶었다"(「감자꽃」), "뱀 같은 굽은 오솔길 드나들며/ 고왔다는 얼굴을 소모하다가/ 별빛 없는 그날 밤 우리 곁을 떠났구나// 눈물 어린 새벽을 나에게 남겨두고/ 려명전의 긴긴 밤 혼자 걸어온 한생/ 한밤중 물처럼 불어나는 나의 욕심"(「외할머니」), "홰불인듯 기발인듯 붉은 진달래/ 간밤도 자정깊이 뻐꾹새 소리로/ 목터지게 목터지게 봄노래 부르더니…"(「뻐꾹새 그리고 진달래」), "밤 아닌 대낮에 꿈을 꾸어도 본다"(「도서정리」), "한밤이면 바튼 기침성화에…"(「수로부인가」), "기다리겠지 오늘밤/ 잠못드는 마음이"(「기타소리」), "간밤 달무리 지더니/ 별들이 무던히도 바글거렸지"(「콩싹 트는 밤」), "지난밤의 몸살이 나아졌다나"(「적막」), "카텐에 비낀 밤 그림자", "기도 아닌 밤 갈바람이 되어"(「밤잠 잃은 나그네」)… 이것은 한춘의 시에서 대충 찾아 적은 것이다. 한춘의 시에는 "꽃"이나 "꿈"과 더불어 "밤"도 많이 등장하는데 이 밤은 앞에서 이야기한 "꿈"과도 논리적으로 의미적으로 연결되며 뒤에서 이야기할 "별"과 연결되는 시어이다.

한춘의 시를 읽노라면 고요한 밤, 밤하늘의 별을 바라보며 사색의 나래를 펼치는 작가가 상상된다. 한춘에게 있어서 밤은 별을 바라보며 사색의 나래를 펼치는 자유자재의 공간이며 또 새로운 시적 영역의 탐구로 담배 연기를 날리는 공간이며 서정을 푸는 시적 공간이기도 하다. 많은 꿈들이 이 공간에서 시적 서정으로 엮어졌으며 많은 탐구는 이 공간에서 세상에 나오면서 햇빛을 보았을 것이다. "밤이면 별 하나 꿈 하나 사랑 하나를 끌어안고 창호지가 밝기를 기다린다"(「주소 없는 편지(맺음시)」)는 바로 이러한 사정을 단적으로 시사해 주는 것이다.

그러나 한춘에게 있어서 "밤"은 상상과 창조의 공간만이 아니다. 한춘의 시에서 밤은 여러 가지 이미지를 가지고 있는바, 그것은 경우에 따라 또 고민의 공간이었고 고독의 연장이었고 회한의 계속이었을지도 모른다.

> 간밤 긴긴 동지밤
> 나를 찾는 전화는 없고
> 밤이 무거워
> 밤의 노예가 되어
> 진로로 서울의 나를
> 불면의 나락으로 내몰다

– 「아침까지」 일부

연중 밤이 가장 긴 동지날밤, 밤이 지긋지긋하여 지새우기도 힘겨운 데 "나를 찾는 전화"도 없다. 그래서 홀로 이 버거운 밤을 지새우는 서정 주인공, "밤의 노예가 되어" 술로 애처로운 마음을 달랜다. 이 시는 작가가 서울에서 창작한 작품으로 보인다. 서울은 우리의 꿈의 도시고 한국은 우리 맘속의 고향이다. 많은 중국조선족들은 90년대 초반부터 부풀은 코리안 드림을 안고 고국 땅을 밟았다. 한춘도 마찬가지였다. "풋풋한 꿈을 묶어"가지고 한춘, 이 "길 떠난 객현리의 행인"(「은행나무」)[3]도 부푼 꿈을 안고 고국 땅을 밟았다. 그러나 고국은 싸늘했고 고향도 무정이었다. 이 시기에 한춘은 「은행나무」, 「무궁화」, 「림진강」, 「문신」, 「창세기」, 「서러운 별」, 「객현리」 등 작품을 썼는데[4] 이러한 시들에서 우리는 통일에 대한 갈망(「림진강」), 밀려드는 향수(「객현리」), 이국타향 나그

---

3) 객현리는 한춘의 고향이다. 한춘, 『무지개는 뿌리내릴 곳을 찾는다』, 민족출판사, 2003, 105쪽 참조.
4) 한춘은 『무지개는 뿌리내릴 곳을 찾는다』에서 「은행나무」 이하 「객현리」까지 시 울기행시집에서 선정수록했다고 쓰고 있다. 한춘, 『무지개는 뿌리내릴 곳을 찾는다』, 민족출판사, 2003, 98쪽 참조

네로서의 설음(「서러운 별」) 등 정서를 포함해 디아스포라 정서를 다분히 읽을 수 있다. 그러나 고국이고 고향이고 한춘이 생각하고 있던 그런 낭만의 세계가 아니다. 고국이건 고향이건 거기에서 한춘은 여전히 나그네에 불과했고 이방인에 불과했다. 여기에서 밀려드는 서글픔, 여기에서 생기는 담담한 애수, 상기 시는 이러한 서정주인공의 정서를 잘 반영해 주고 있다. 제목 「아침까지」가 말해 주듯이 시인은 그리던 고국에서 그립던 고향 땅에서 연중 가장 밤이 길다는 동지 날 밤을 술과 벗하며 불면의 밤을 새웠다. 1998~2002년 사이에 쓴 「서울을 떠나며」, 「신심우도」 등이 이러한 이방인의 서글픔과 설음을 적은 시로서 이러한 시들의 연장선상에서 읽을 수 있는 시들이다.

이처럼 한춘의 시에서는 "밤"이 작가의 정서를 표출하는 가장 적합한 공간으로 되어 시의 표현력을 증강시키고 있다.

(4) 별

한춘시에는 또 꿈이나 밤과 밀접한 논리적 관계를 가지고 있는 별이 많이 등장한다. 밤이 있으니 별은 논리적으로나 상식적으로 밤과 통하는 사물들이라 해야 하겠다. 밤이면 별이 보이고 밤이면 별이 반짝인다. 그러나 독자들은 낮에도 무수한 별이 있고 또 그것들이 반짝이고 있다는 사실을 아시는지? 낮이라 하여 별들이 없는 것이 아니다. 눈에 보이지 않을 뿐이다. 태양 빛에 가리어 있을 뿐이다. 그래서 낮과 별도 연결이 될 수 있지만 별은 밤에만 보이기에 밤에만 있다는 고정적인 사고방식이 생긴 것이다. 이러한 사고방식을 전통적인 사고방식이라고 한다면 낮에도 별이 있고 또 보인다는 것은 새로운 사고방식이고 모더니스트들의 사고방식이다. 낮에도 별이 보인다고 해서 놀랄 일이 아니다. 또 그렇게 말하는 사람을 이상하게 여길 필요도 없다. 낮에도 확실히 별이 있기 때문이다. 오히려 낮에 별이 없다고 생각하는 사람들의 어리석음과 무식을 설명해 줄 뿐이다. 모던의 시상은 여기로부터 시작된다.

한춘의 시 속에 무수히 반짝이는 별들, 다른 사람의 시에도 그러하겠지만 한춘의 시에는 별이 각별히 많다. 「나의 답복」과 「수로부인가」 중의 "새별"; 「그리움」, 「기타소리」, 「콩싹트는 밤」, 「적막」, 「단교」, 「주소 없는 편지(맺음시)」, 「겨울살이」, 「겨울일기」, 「류민도」, 「잠겨진 대문」, 「어느 꿈 이야기」, 「함박눈이 내리는 날」 중의 "별"; 「감자꽃」, 「무궁화」, 「검객」, 「별빛초옥」 중의 "별무리"; 「외할머니」, 「환도산성」, 「그리움」, 「1997년 겨울」, 「서울을 떠나며」, 「씨앗」, 「별빛초옥」, 「별빛읽기」 중의 "별빛"; 그리고 「귀촉도」 중의 "별찌", 「눈먼 고집」 중의 "푸른 별", 「어느 꿈 이야기」와 「나무읽기」 중의 "별쪼각", 「길 잃은 감각」 중의 "별 그림자" 등 이외에도 더 있다. 그 가운데서 90년대 이후에 쓰이어진 시에서 "별무리"는 일반적인 별이 아니고 쏟아져 내리는 별들, 무너져 내리거나(「검객」) 산산히 부서져(「겨울일기」) 허물어져 내리거나(「어느 꿈 이야기」) 내려앉음으로써(「나무읽기」) 초기 작품에 나오는 별 또는 별빛과는 분명 다른 시각에서 묘사되고 있다. 분명 여기에는 작가가 추구하고 있는 색다른 이미지가 겹쳐 있을 것이다.

···
열두시 : 어둠이 짙을수록
　　　　별이 빛난다
　　　　나의 가슴에 안기는
　　　　별 하나 별 하나

한　시 : 자꾸만 배고프다
　　　　　별빛을 먹어도 배고프다
　　　　　그래도 자꾸만 먹는 별빛
　　　　　…

-「그리움」일부

　이 시는 별이 가장 많이 등장하는 시다. 여기서 별은 작가가 추구하고 있는 그 무엇이다. 이상일수도 있고 그 어떤 바람일 수도 있고 그 어떤 생활일 수도 있고 순진한 인격일 수도 있으며 추구하는 예술일 수도 있으며 기타 그 무엇일 수도 있다. 사실 한춘의 시에서 별은 다양한 이미지를 띠고 있는 대상물로서 그 이미지를 구태여 따져보려고 하는 그 자체가 문제일 수 있다. 이것은 한춘의 시에서 별은 구체적인 해석을 거부한다는 것을 말하며 몽롱한 그 무엇이라는 것을 말해 준다. 이런 의미에서 말하면 한춘의 시에서 별은 그 무엇이라고 생각하면 그만일지도 모른다.

별은 별마다
찬 하늘 먼 곳에서
반짝이기만 하는 것이 아님을
당신에게 믿을 수 있도록
내가 언 것입니다

불덩이 같이 몸뚱아리에
가시밭 생채기는 이야기 않습니다
호올로 외롭게 떠서
달래던 마음은 이야기 않습니다

무지개 하늘 다리 타고
구름밭 지나온 별입니다
당신의 입술에 내려
후더운 숨결을 듣고 싶습니다
초췌한 나의 모습을
몰라보아도 서럽지 않습니다

다만 허락하여 줄 수 없을가요
미소에 담은 나의 한 마디
사랑하는 이여
나는 눈물을 흘리지 않습니다

-「서러운 별」전문

1989년부터 1992년 사이에 쓴 시다. 이 시기 표제에 한춘은 다음과 같이 쓰고 있다. "별로 솟았다/ 반디불로 떨어진 꽃잎이여/ 그날 맨살의 상처를/ 소금으로 씻어야만 하나". 1989~1992년 사이 한춘에게 무슨 마음의 큼직한 상처가 있었는지 이 시기 시들에는 그러한 마음의 상처를 힘들게 치유하고자 하는 시들이 많은데 위에서 인용한 「서러운 별」도 그러한 맥을 타고 있음으로 그 연장선상에서 읽을 수 있는 시다. 「서러운 별」바로 뒤에 나오는 「객현리」란 시로 미루어 볼 때, 이 시기 시인은 한국을 방문한 것 같다. 그런데 고국은 그에게 생각처럼 친근하게 다가오지 않았고 고국에서 그는 언어는 통하나 마음은 장벽 같이 꽉 막혀 있다는 것을 심심하게 느꼈고 외계천체 온 것은 이질감과 고독감을 느꼈다. 그 뒤 한국 방문을 소재로 한 시들에서는 시인의 이러한 내면 풍경이 고스란히 드러나고 있다. 뿐만 아니다. 이 시기에 씌어진 「별빛 연구」에서 작가는 걸어온 50여 성상을 반추해 보면서 회한에 쌓여 있으

며 "기상대 천기예보는/ 자꾸만 오보"만(「무풍대」) 하는 현실에서 작가는
「불면증」에 시달리면서 "꿈 한번 가지고 싶"지만 그러한 꿈은 잡히지
않고 있으며 "천당엔/ 뿌리의 자리가 없"었다. 당시의 이러한 내면 풍경
과 결부하여 「서러운 별」을 볼 때, 분명 이 "별"은 작가 자신이다. 시의
1연은 별은 먼 하늘에만 있는 것이 아니라 가까이에도 있다고 하면서
자신을 별로 각인시킬 기반을 마련하고 2연에서는 불같은 마음으로 이
생을 살아오고 시적 탐구를 지속해온 외로운 자신에게는 이야기가 많지
만 그 이야기를 새삼스럽게 할 필요가 없다는 것을 역설하고 있으며 3
연에서는 자신이 바로 간난신고를 거쳐 떠오른 별로서 당신의 후더운
숨결을 듣고 싶다고 하면서 4연에서는 사랑하는 이에게 허락하여 달라
고 간청한다. 그러나 전반적인 시 흐름으로 보아 이 사랑은 성공적인
사랑이 아닌 것 같다. 그래서 서정적 주인공은 「별빛연구」에서 "강물에
빠진 별빛 그림자/ 거품처럼 날려간 꿈은/ 다시 돌아올 수 없는 객손//
섬야 한밤중/ 별빛을 먹어도/ 허기증 못 푸는 50대 사나이/ 허릿한 빛발
에 날리는/ 아픔 몇 자락 남겨두고/ 숨 쉬는 법을 반추해 본다"라고 쓰
고 있는 것이다. 아무튼 이 시에서 "별"은 서정적 주인공을 지칭하는
것으로서 한춘의 시에서 이색적인 것이다.

3) 전통적인 시 쓰기에서 유리되는 한춘의 시

한춘의 시에서 또 하나 이색적인 것은 비상식, 비전통, 비논리적인 사
물들의 조합으로 시어가 형성되면서 전통적인 시 쓰기와의 결별하고 있
다는 점이다. 전통적인 시 쓰기에서 시에 등장하는 사물들은 상식적으
로나, 논리적으로 연결되어 있다. 그런데 한춘의 허다한 시에서는 이러

한 전통적인 상식이나 논리가 뒤틀리면서 시에 새로운 이미지를 부여하고 있다. 이를테면 전통적인 시에서 고양이가 등장한다고 하면 고양이와 상식적으로나 논리적으로 또는 의미적으로 통하는 생선이 등장하여 고양이와 생선과의 상식적인 논리가 성립된다. 현대파 모더니즘은 그러한 따분한 표현을 거부한다. 너무나도 상투적이고 상식적이기 때문에 미감도 무디어진다는 것이다. 그래서 모더니스트들이 고안해 낸 것이 생선대신에 사과를 등장시키는 것이다. 만일 고양이와 생선이 동반한 전통적인 그림 대신 고양이와 사과를 한 평면에 그렸다고 할 때, 사정은 달라진다. 이 회화 속에는 전통을 거부하는, 상식으로서는 해석이 안 될지도 모르는 두 가지 물체가 나란히 나타난다. 다소 생소할지도 모르지만 그 용의는 주도하다. 혹시 여기에서 고양이와 생선보다 더 많은 더 무궁한 상상이나 연상이 떠오를지도 모르기 때문이다. 이 생소함이 바로 낯설게 하기이다. 문학에만 낯설게 하기가 있는 것이 아니다. 낯설게 하기는 회화에도 있는데 문학의 낯설게 하기는 회화에서 온 것일지도 모른다. 아무튼 낯설게 하기는 예술이다. 일반 예술이 아니라 새로운 예술이며 모더니즘, 특히는 아방가르드이래로 많은 예술가들이 추구해 온 예술의 표현기법이다.

한춘의 시에는 이러한 비상식적인 표현이 너무나도 많다. 특히 이러한 표현법은 1989년 이후에 쓰이어진 시에서 많이 등장하는데 이제 그 가운데서 가장 정채롭다고 인정되는 시와 시구들을 보기로 한다.

…
비둘기와 악어의 격투 끝에
마침내 창문과 벽을

가장 친한 원쑤로 만들었다

하늘과 땅 사이를 헤매다가
끝내는 한 번쯤 만나야 하는
황홀한 꿈은 죽음이었다
...

- 「베일 속의 밀사」 일부

　이 시는 앞에서 잠깐 언급한 삼국사와 조선사를 읽고 썼다는 작품 「베일 속의 밀사」의 일부이다. 시에서 서로 다른 환경에서 살고 있는 비둘기와 악어가 격투했다는 표현도 그 착상자체가 절묘하다. 만일 비둘기와 강아지가 사투를 벌린다든지 동물세계에서 흔히 보게 되는 악어와 물을 건너가던 소나 노루가 사투를 벌린다면 상식으로 통하는 것이지만 여기에서는 완전히 다른, 상식으로는 거의 통하지 않는 두 동물체가 격투한다. 여기에서 중요한 것은 격투이지 격투를 진행하는 동물체가 아니다. 역사 속에서 얼마나 많은 인간들이 자기들의 정치적 권력과 경제적 이익, 그리고 사리를 위해 사투를 벌려 왔을까! 이 투쟁 속에서는 고양이와 생선만이 사투를 벌리는 것이 아니라 모든 정치, 경제 세력 간에도 죽고 사는 판가름 싸움이 있었을 것이다. 작가의 이러한 표현은 작가가 지칭하고 있는 비둘기(평화를 지향하는 파일 수도 있음)와 악어(강경파 일수도 있음)가 그 무엇이든 독자들에게는 신선한 충격으로 다가오며 베일 속에 가리어진 역사상에는 이러한 투쟁, 지어는 어처구니없는 투쟁이 있었을 것으로 다가온다. 따라서 여기에서는 앞에서 말한 것처럼 격투가 있었다는 역사사실이 중요한 것으로서 그것을 어떤 동물체로 어떤 형식으로 표현하는 것은 작가에게 달린 것인데 이것은 작가가 어떤 형식으로 표현하든 역사상 그러한 격투가 실재했다는 역사의 진실 속에서 이러한 표현법은 다시 질서가 잡히면서 독자들에게 안겨온다. 말하자면 한춘의 이러한 표현법은 표면적으로는 논리에 어긋나고 뒤틀리지만 내면적으로는 논리적인 질서가 잡혀있다는 것이다. 여기에서 한춘은 비상식적으로 그러한 역사 현실을 표현함으로써 역사사실 서술과 표현, 이 두 측면에서 두 마리의 토끼를 모두 잡고 있다. 또 이러한 표현으로 하여 한춘의 시는 전통적인 시 쓰기와 결별하는 자기적인 시 쓰기를 하고 있는 것이다.

이 시는 여기에서 끝나는 것이 아니다. 비둘기와 악어, 이 두 동물체의 기이한 격투도 신선하지만 "마침내 창문과 벽을/ 가장 친한 원쑤로 만들었다"는 구절도 비범한 표현이다. "창문"과 "벽", 이 사물, 상식적으로 서로 의지하고 살아가야 하는 두 물체가 "원쑤"로 된다는 표현법도 그러하지만 "가장 친한 원쑤"라는 표현도 충격적이다. 상식적으로 "친한" 것은 친구이지 "원쑤"가 아니다. 반대로 "원쑤"는 적으로서 친할 수가 없다. 논리가 뒤죽박죽이 되면서 뒤틀리는 장면이다. 그런데 여기에서 뒤죽박죽이 되고 뒤틀리는 것은 상식적인 논리다. 비상식에서는 이러한 논리가 성립되며 내면에서는 논리적인 질서가 잡힌다. 이것이 한춘이 자주 사용하고 있는 역설적인 표현법인데 이러한 표현법에 의해 한춘의 시는 전통적인 시 쓰기와 거리를 두고 있다.

사실 한춘의 시에는 이러한 역설적인 비상식적인 표현법들이 아주 많은데 「폭풍경보」 중의 "무겁게 텅 비어 있는 유리컵", 「기타소리」 중의 "하얀 꽃마차가 바퀴도 없이/ 산등성이를 한창 굴러간다", 「삼복독감」 중의 "거룩한 인내가 있다면/ 얼고 있는 해를 녹여 볼 텐데", 「겨울살이」 중의 "별이 못 된 반디불을/ 하나 둘 건져내고 있다", 「낯선 대문」 중의

"시인은 얼음등잔 켜들고", 「밤비는 멎고」 중의 "초생 달이 조금씩 살지고 있다", 「실면한 숙원」 중의 "꽃잎은 잠 못 이루고 뒤척이며", 「낡은 타악기」 중의 "한줌의 한숨을 속으로 질러넣고", 「1997년 봄」 중의 "은빛 푸른 반달은/ 내가 내건 꿈 둥지라", 「류민도」 중의 "별 없는 밤에/ 별 헤이는 법을 익혀", 「분리수거」 중의 "눈부신 고통만 산적되는데", 「잠겨진 대문」 중의 "꽃들이 수절을 하며", 「장미의 계절」 중의 "겨우내 방목시킨 꿈", 「씨앗」 중의 "눈부신 방황을 끝내고", 「죽은 사람들의 대화」 중의 "흔드는 바람 속에 걸려/ 흔들리지 않는다", 「고독한 길손」 중의 "한여름의 성에꽃이/ 자꾸만 더위를 훔쳐내건만" 등도 모두 유사한 표현으로 이러한 표현 속에서 한춘의 시는 난해성을 증강하고 있을 뿐만 아니라 저 미지의 시적 경지를 향해 한걸음 다가서고 있는 것이다.

전통적인 시 쓰기와의 이탈과 유리에 있어서 한춘시에서 사용되고 있는 시어의 독특한 조합도 한 몫을 하고 있다. 한춘은 시 창작에서 비상식, 비논리적인 표현으로 시의 표현력을 높이고 있을 뿐만 아니라 시어의 독창적인 조합을 통해 시 표현력을 높이고 있다.

> 꽃구름을 감아가는 바람
> 꽃가지에 올라앉은 바람
> 자주 바람 부는 쪽으로
> 귀 기울이는 은방울꽃
>
> – 「은방울꽃」 일부

이 시는 1979~1982년 사이에 쓴 시로 이 시기의 "문혁"에 대한 반성으로부터 모더니즘으로 본격적인 전환을 알리는 시편의 하나이다. 말하자면 이 시는 한춘의 초기시의 시풍에서 벗어나 모더니즘으로 전환하던 시기의 시이며 한춘이 자기 시로, 자기 목소리를 내겠다고 선언한 바로 뒤에 쓰이어진 시다. 그만큼 한춘의 시 창작에 중요한 위상에 있는 시며 한춘시 발전궤적을 더듬어 보는 데 있어서 중요한 시다. 한춘이 이 시를 비롯한 이 시기의 시들에서부터 모더니즘시를 다수 창작하면서 자기적인 창조와 고독의 길을 걸어간다.

이 시는 시어의 참신성으로 하여 또 주목받아야 할 시인데 시중의 "꽃가지에 올라앉은 바람"이나 "귀 기울이는 은방울꽃" 등은 모두 시어 조합의 참신함으로 마땅한 평가를 받아야 할 것들이다. 한춘의 시에는 이러한 시어 조합들이 굉장히 많은데 「감자꽃」 중의 "주먹 같은 꿈", 「섬」 중의 "우주의 거센 투레질", 「외할머니」 중의 "고왔다는 얼굴을 소모하다가", 「뻐꾹새 그리고 진달래」 중의 "해살을 부여잡고", 「첫노래」 중의 "꽃향을 차곡차곡 접어놓았더니", 「기타소리」 중의 "가볍게 한숨 쉬는 수풀", 「시간」 중의 "간밤 이슬 꿈을 안고 있다", 「무몽계절」 중의 "꽃들의 빛깔이 가장 추워진다" 등, 이것은 모두 언어조합에서 한춘이 보이어준 "낯설게 하기"의 일종 표현인바 한춘의 시는 이러한 표현법에 의해 새 탐구의 길이 지속되며 전통적인 재래시와 일정한 거리를 확보하고 있다.

마지막으로 한춘의 시 「황사바람」을 보기로 한다.

어느 일요일
오침에서 깨여나
발코니로 나가다
아빠트공지 록지에
노란 개미알들이 분주하다

시계의 초침은 다시
원초 출발지를 향해
거꾸로 돌고있다
땅따먹기 자리가 없어
애들은 울상이 되었는데
빈방에 전화소리만 극성이다
여기저기 날리는 꽃잎을 모아
꽃바구니 만들어 놓는 순간
하늘에서 메모장이 날아왔다
떨리는 손으로
봉투를 뜯어보니
천서에 당돌한 두 글자
ㅡ죽음

－「황사바람」 전문

주제가 너무 드러나 멋쩍고 한춘의 시답지 않지만 근자에 유행되고
있는 생태주의 시각에서 읽을 수 있는 시이기에 여기에 적었다. 하늘에
서 날아온 천서의 경고, 우리들은 그 경고에 귀를 기울려야 마땅하지
않을까? 한춘의 이 시는 이러한 경고를 담고 있다.

3. 결론

이상에서 우리는 한춘시 나선형 발전궤적을 비롯하여 그의 시에서 키
워드 몇 개를 선정하여 그 이미지를 분석해보고 그 표현특징을 살펴보
았다. 사실 한춘의 시는 이외에도 이미지적인 해석을 더 해야 마땅하며
또 그렇게 할 부분들이 더 있다. 이를테면 한춘의 시에 나오는 "무지개"
는 색다른 이미지를 갖고 있는데 여기에서 한춘은 이방인도 아니고 한

국인도 아닌 서글픈 정서를 읊고 있다. 이국타향에서는 이방인으로 고국에서는 외국인으로, 한춘은 이러한 디아스포라로 인해 나타나는 현실을 인정하고 싶지 않지만 현실을 냉혹하다. 한춘의 마음의 선택이나 마음의 정서에 의해 좌우되지 않는다. 여기에서 한춘은 망연자실한다. 뿌리내릴 곳이 없는 것이다. 한춘의 시집 「무지개는 뿌리 내릴 곳을 찾는다」 중, 무지개는 한춘 자신일지도 모른다. 뿌리를 내려야 철저한 그 지역 인간으로 살아갈 수 있으련만 이국에도 모국에도 뿌리 내릴 곳은 없으며 지어는 "천당"에도 "뿌리의 자리가 없다."(「뿌리내리기」) 시인으로서는 처연하지 않을 수 없는데 인생의 저물녘에 접어든 시인은 그 어디엔가 뿌리를 내리고 만년의 생활을 영위해야 한다는 이러한 측면에서 말하면 이 "무지개는 뿌리 내릴 곳을 찾는다"는 상당한 상징적인 이미지를 가지고 있다. 그런데 편폭 상 이 모든 것에 평을 주지 못 했고 한국이나 조선, 또는 집안을 유람하면서 쓴 시들에 대해서도 평을 주지 못 했다. 이러한 아쉬움은 다음으로 미루고 한마디로 한춘의 시를 평한다면 그의 시는 전통시와 유리와 색다른 시적탐구로 우리 문단의 기화이석으로 되어 이채를 뽐내고 있다고 할 수 있다.

생태주의 시학으로 읽는 남영전의 시

1. 서론

근자에 남영전의 시는 많이 "토템"이란 측면에서 다루어져 왔다. 따라서 "토템"이란 무엇이며 토템시란 무엇이며 민족의 토템이란 무엇인가 하는 논쟁이 야기되었다. 이 갑론을박 속에서 누가 옳고 그르고 하는 것을 따지는 것도 상당히 중요하지만 이러한 논쟁이 우리 문단에 퍽이나 필요한 것이고 앞으로의 시가발전에 상당히 유익한 일이라고 생각해 본다. 그러한 논쟁을 지켜보면서 필자는 남영전의 시를 다시 읽어보았는데 남영전의 시를 토템이란 측면에서 접근하는 것도 나름대로의 의미를 가지고 있지만 생태주의 측면에서 남영전의 시를 읽는 것도 남영전 시의 본체에 더 가까이 접근할 수 있지 않을까라고도 생각해 보았다. 그래서 그 중차대하고도 치열한 논쟁을 회피하였다는 소지를 충분히 가지고 있음에도 불구하고 본문에서는 이미 많이 논쟁해온 토템을 떠나 최근 유행하고 있는 생태주의 측면에서 남영전의 시에 접근해보는 것도 남영전의 시를 해독하는 한 방법이라고 생각되어 이 측면에서 남영전의 시를 읽어 보고자 한다. 이것은 남영전의 시를 해독하는 다른 한 실마리를 제공하는데 있어서 조그마한 도움이 있을 것으로 기대한다.

2. 본론

1) 생태주의 시학의 이론적 배경

근자에 남영전은 동식물과 천체자연을 종종 작품에 등장시키면서 그것들을 형상화하고 있으며 「내가 토템시를 쓰게 된 원인」에서는 그러한 시를 쓰게 된 원인 중의 하나를 "자연환경이 더 이상 파괴되지 말았으" 면 하는데 있다고 했다.[1] 이것은 남영전이 의도적으로 작품테마를 천체나 자연, 그리고 동식물에 두고 거기에 관심을 보였다는 한 방증으로 되며 생태주의 시학의 각도에서 남영전의 시에 접근할 수도 있다는 당위성을 말해 준다. 생태주의 이론으로 남영전의 시에 접근할 수 있는 당위성은 두 가지 측면에서 해석이 가능한데 하나는 그의 시에는 천체자연과 동식물을 묘사한 시들이 많다는 점, 다른 하나는 환경보호, 또는 자연보호, 자연과의 공존이라는 모종 이데올로기를 선양하기 위해 썼다는 본인의 고백에 있다. 남영전의 『남영전 토템시집』[2]이란 시집은 거의 전체가 청일색 천체나 자연, 그리고 동식물관련시가라 해도 과언이 아닐 정도로 깨끗하고도 철저하게 정리되어 있다. 이러한 사정은 문학생태주의 시각에서 그의 시를 해석할 수 있는 가능성을 제공해 주는데 본문에서는 먼저 생태주의 문학이론을 정리해보고 나중에 그 이론에 따라

---

1) 남영전, 『남영전 토템시집』 작가출판사, 2009, 142쪽.
2) 위에 책

남영전의 시를 분석해보고자 한다.

생태주의문학이론은 생태주의이론의 하위개념으로서 생태주의이론에 그 뿌리를 두고 있다. 전반적으로 생태주의의 이론 근저를 소급해 보면 1869년에 독일의 생물학자이고 철학가인 에른스트 헤켈(Haeckel.E.H)의 "자연을 연구하는 학문"이라는 데서 기인되었다고 할 수 있다. 그러나 헤켈의 이론은 자연은 모두 자연대로의 존재법칙과 시스템을 갖고 있기에 그 자연 존재 구성원들 사이의 상호관계를 연구하는 것이 바로 생태학이라고 인정하면서 그 연구의 목적을 자연생태에 국한시켰다. 말하자면 헤켈은 생태학이란 학문적인 분야와 계선을 그은 것이지 우리가 오늘 말하는 그러한 생태학이나 생태주의와는 상당한 거리가 있는 문제를 지적한 것이다. 그런데 1962년 미국의 생물학자 레이철 카슨(Carson.Rachel.Louise)의 『침묵의 봄』이 출간되면서 사정이 달라졌다. 이 저서에 의해 살충제, DDT 등 농약과 기타 화학제품의 사용과 함께 산생하는 환경오염을 비롯한 생태 문제가 제기되고 생태계에 적색경고가 나타나면서 환경에 대한 사람들의 관심이 고조되고 그 뒤 산업화와 개발에 가속도가 붙으면서 환경오염과 더불어 환경파괴로 인한 생태문제가 가세되어 환경과, 생태와, 자연과, 인간에 관한 여러 가지 학설들이 꼬리를 물고 나타나게 된다. 환경주의 생태론을 위시하여 18세기 낭만주의 연장선상에서 나타난 생태낭만주의를 비롯하여, 오늘에 와서는 생태합리주의, 생태사회주의, 생태인문주의, 생태여성주의 등 생태관련 각종 이즘(ism)들이 속출하면서 생태주의이론의 확산과 생태주의 문학이론의 출현에 가속도가 붙어 너도나도 거기에 동조하거나 동참하여 녹색, 생태, 환경, 오염 등이 단어가 그들의 중요한 키워드로 작용하고 있다.

오늘날 이러한 생태주의는 다시 인간의 생산과 자연파괴, 무분별한 개발과 자연의 보존, 사회발전과 자연이용, 그리고 산업공해와 지속적인 발전 등 보다 광범위한 정치적, 경제적, 사회적 문제들을 포괄적으로 제시하면서 변모를 거듭하고 있다. 이러한 변화 중 가장 최근 유행하고 있는 생태이론은 주로 생태문제는 결국 인간의 노력에 의해 궁극적으로 해결가능이라는 낭만적인 입지에서 생태문제를 바라보는 생태낭만주의와 생태문제의 해결은 사회적 문제의 해결과 직결되어 있음으로 바른 사회제도, 평등한 인간과 자연의 관계, 남성과 여성의 평등관계 등에 기대 생태문제의 해결방도를 찾으려는 이성적인 생태합리주의 등 두 가지로 갈리는데 전자, 즉 생태낭만주의는 다시 심층생태주의와 문화적 생태여성주의로, 후자, 즉 생태합리주의는 다시 사회생태주의와 사회적 생태 여성주의로 이분된다.

그 가운데 심층 생태론은 인간과 자연을 분리하여 대립적인 존재물이라는 인식론으로부터 출발하여 생태문제를 바라보는 관점이다. 이것은 인간과 자연을 완전히 분리된 대상물로 보는 사고방식으로서 이러한 이분법적인 사고방식은 인간이 바로 자연생태문제, 또는 생태파괴의 장본인으로 인간이 자신의 욕구를 충족시키기 위해 자연을 희생하고 그것을 파괴하여 오늘날의 엄중한 문제들을 초래했다고 주장하고 있다. 이것은 전통적인 인간 중심주의, 인간우월주의적인 사고방식의 소치로서 인간은 전통적인 인간중심주의의 유일론적인 사고에서 벗어나 자신을 자연의 모든 생물체와 동등한 자격을 가진 생물체, 또는 인간이란 다른 동식물과 마찬가지로 생태라는 이 거대한 그물망의 한 고리에 불과하다는 일원론적 사고방식을 수립하여야 한다고 주장하며 생태문제는 궁극적으로 생명문제로서 인간과 자연은 평등하다는 생명 중심주의와 생명평등관을 비롯한 새로운 윤리관을 수립하고 나와 나, 이외의 모든 동식물은 모두 생명체로서 모두를 하나로 인식하는 세계관을 수립해야 한다고 주장한다. 이와는 좀 달리 문화적 생태여성주의는 상기 생명평등주의에 입각하여 여성의 문제를 해결코자하는 주장으로서 전통적인 남성중심주의 사회에서 여성의 가치가 폄하되어 여성이 한 개 독립적인 인격체, 또는 생명체로서의 가치를 갖고 있지 못했음으로 생명 중심주의 또는 생명 평등론에 기대여 여성의 직위를 환원시켜야 한다고 주장하고 있다. 그들은 자연은 어머니로 여성과 동일시 될 수 있다는 입지에서 이러한 주장을 펴고 있는데 그들에 따르면 지구 자연을 구원하는데 있어서 여성이 더 적합한 존재라고 인정한다.

생태합리주의는 생태의 원인을 생태나 자연 그 자체에서보다는 주로 사회제도와 사회구조에서 찾는 감성보다는 이성에 기댄 논조로서 그들은 자연과 사회는 인간과 자연과 마찬가지로 여전이 동등한 자격을 지니고 있으며 인간은 사회적인 존재인 것만큼 평등사상을 토대로 사회제도를 올바르게 구축해야 하며 또 그렇게 될 수 있다고 주장하고 있다. 그들에 의하면 인간의 이성에 의한, 인간과 자연의 윈-윈, 즉 상호 호혜와 평등한 생태사회조성이 바로 생태문제해결의 근본임으로 인간과 자연의 관계론적 이성으로 이러한 세계관 내지 우주관을 수립해야 한다고 주장하고 있다. 이러한 사상을 기반으로 사회생태주의를 주장하는 생태주의자들은 생태문제는 근본적으로 인간의 문제로서 인간의 평등관계가 완성되면 생태문제도 궁극적으로 해결가능이라고 주장한다. 그들은 모든 생태문제, 생태위기, 생태오염, 생태파괴 등은 인간중심주의, 인간우월주의와 같은 인간과 자연을 대립적 관계로 보는 이원론적 세계관이나 윤리관에서 기인된 것이 아니라 인간 자체, 또는 인간사회내의 사회적 서열관념과 등급관념 등 불평등관계에 그 뿌리가 있다고 본다. 그들은 인간사회의 원시적인 평등의 해체, 불평등과 불균형의 형성과 그리고 그것에 의해 또 계급에 의한 사회적 불평등이 나타났고 이러한 불평등이 사회영역에서 자연으로 전이되면서 자연에 대한 차별의식이 나타났고 기계와 산업화시대에 이르러 이렇게 고착된 차별의식이 자연파괴와 더불어 생태위기를 초래하였다는 것이다. 따라서 문제해결의 첩경은 이러한 사회 불평등과 차별화, 등급화 의식에 도전하여 그러한 윤리관을 원천적으로 해결함으로써만이 가능하며 생태위기를 근본적인 해결은 사회 불평등의 해소와 직결되는 문제라고 주장하고 있다. 최근 이러한 논조가 다시 생태아나키즘, 생태사회주의, 생태마르크스주의로 전환하면서 생태의 문제를 자본주의의 맹목적인, 이기적인, 자기중심적인 발전의 결과라는 논리를 펴기도 한다. 사회적 생태 여성주의는 결국 인간이라면 남성이든 여성이든 상관없이 모두 사회적 존재임과 동시에 자연적 존재임으로 남녀차별의 문제는 페미니즘에서 강조하는 그런 일방적인 여성적 가치의 우월성론으로써는 해결될 수 없으며 근본적으로는 생태와 관련되는 사회적 제도, 또는 구조와 제도적 장치가 정치적으로 해결되어야 만이 가능하다고 보고 있다. 한마디로 말해서 생태주의자들의 눈에는 인간 활동이 환경파괴의 주원인이며 과학기술과 문명의 발전은 시종 막대한 자연파괴와 환경오염과 직결되어 있다.

최근에 이러한 이론은 사고방식상 부정의 부정으로 다시 이원론으로의 전환과 함께 더 급진적인 변모양상을 보여 주면서 생태위기를 초래한 장본인은 자본주의라고 주장하는 생태사회주의, 과학기술의 발전은 인류에게 편의와 이익을 갖다 주는 것이 아니라 오히려 그 반면, 즉 미지의 그리고 해결할 수 없을지도 모르는 더 많은 문제를 초래한다는 생태 러디즘(eco-luddism), 성장 그 자체가 문제라고 인정하면서 지구가 감내

할 수 있는 것 이상의 성장으로 말미암아 많은 문제가 초래되고 있다고 생각하는 반성장주의 등으로 급변모되면서 이성 통제불능일지도 모르는 극으로까지 치닫고 있다.

이처럼 생태주의는 생태문제를 사회적이고 정치적인 문제와 연결시키면서 인간활동이 가져온 문제점들에 대한 관심으로 비화되고 있는데 그 이즘이야 어떠하든 이러한 생태주의가 산생하게 된 원인은 다방면으로 해석이 가능하겠지만 여기에는 전통적인 인간중심주의 사고방식과 윤리관 대한 반발, 인간권위를 비롯한 모든 권위의 해체, 인간과 동식물과 자연을 차별시하는 전통적인 관념을 비롯하여 물질문명, 과학기술의 발전, 산업화 이 등 모더니스트들과 거의 동일한 연장선상에서 모든 인간이 창조한 문명에 대한 비판과 부정과도 직결되면서 어느 정도의 적극성을 보여주고 있으나 인간부정의 극단으로 나아갈 소치도 충분한 이론으로 모든 이론이 그러하듯 전위적이지만 극단으로 나갈 경우, 그에 따른 부작용도 뒤따른다는 점을 우리는 명심하여야 할 것이다. 아무튼 생태주의의 요(要)는 :

① 전통적인 인간중심주의 사고방식과 그러한 윤리관에 대한 반발;

② 인간권위사상을 비롯한 모든 권위주의의 해체에 따른 평등의식과 만물평등윤리관;

③ 인간과 동식물과 자연을 차별시하는 전통적인 관념을 비롯하여 물질문명, 과학기술의 발전, 산업화에 따른 자연손상과 파괴에 대한 비판;

④ 자연무시, 인간자연지배관 등 몇 가지로 요약될 수 있겠다.

2) 생태주의 문학과 남영전의 시

생태주의 문학이란 상술한 생태주의세계관의 하위개념으로 문학적으로 이러한 문제를 취급하거나 해석하는 목하 세계적으로 유행하고 있는 최신 문학연구방법론의 일종이라고 할 수 있다. 생태주의문학의 핵심키워드는 "생태"라고 할 수 있는데 여기에서 말하는 "생태"란 자연을 묘사하고 생태환경문제를 문학에서 취급했다는 이러한 일차원의 문제를 말하는 것이 아니라 문학에서 표현되고 있는 생태학관련사상과 의식을 말하는데 여기에는 생태란 하나의 커다란 계통이고 시스템이다. 이 시스템은 또 생태계통사상과 의식, 생태계, 즉 인간과 자연을 포함한 생태계는 하나의 정체(整體)라는 전체적인 관점, 생태계의 모든 사물은 먹이사슬처럼 서로 연계되어 있고 서로 의존하고 있다는 사상을 말하며 생태문학에는 환경문제를 취급하는 환경문학, 자연생태문제를 취급하는 생태문학, 그리고 생명을 주로 취급하는 생명문학 등이 있다고 할 수 있다.

이러한 측면에서 남영전의 시를 살펴보면 남영전의 시는 환경이나 생태보다는 만물의 생명적인 측면에서 서정대상을 다루고 시를 구성하고 있음을 본다. 남영전의 시에는 많은 자연산수가 등장하는데 이러한 자연산수는 우리가 흔히 볼 수 있는 자연이면서도 더 많이는 한민족의 신화나 전설에 등장하는 자연과 동식물이 주류를 이루고 있으며 이것은 그러한 대상이 내포하고 있는 원시적인 이미지의 발굴이나 그러한 자연 산수나 동식물에 대한 관심보다는 거기에서 역동적인 생명의 원천을 찾음으로써 그것과 오늘을 연결시킴과 동시에 거기에서 오늘의 인간들의 삶의 방향을 제시해 보려는 의도들과 연계되면서 시세계가 구축되어 있다.

(1) 천체 자연 관련 시

남영전의 시에는 천체와 자연 산수를 다룬 작품이 적지 않은데 「달」, 「해」, 「별」, 「구름」, 「우뢰」, 「비」, 「흙」, 「물」, 「불」, 「산」, 「돌」, 「바람」 등이 여기에 속한다. 이러한 시에서 가장 주목되는 대목은 생명과 만물의 존속의 신비성에 관한 설명인데 시 「달」이 그러하며 「해」 및 「구름」, 「비」, 「흙」과 같은 기타 작품도 이 같은 해석이 가능하다.

> 박쥐의 날개에 은신했다가
> 바다 건너 산 넘어 저 멀리서
> 살랑살랑 걸어옵니다
> ……(중략)
> 세상 만물이 무게를 잃습니다
> 희붐한 산 그림잔 햇솜마냥 부풀고
> 퍼어런 바닷물결은 은실인양 날립니다.
> ……
> 원활함과 더불어
> 온유함과 더불어
> 남 몰래 남 몰래
> 상상의 푸른 날개 펼쳐줍니다.
>
> 살며시 비껴내리는 달의 이슬
> 가벼이 떠오르는 달의 향연
> 보이잖은 이슬
> 만질 수 없는 연기
>   심산유곡의 신비한 점괘이고 암시입니다
>   인간세상의 아득한 예시이고 계시입니다
> 몽롱함과 더불어
> 우렷이 우렷이

심령이 포복하는 성결한 전당 쌓아줍니다
마음의 요람과 날개와 신전의 문에
달은 기울었다 둥글고
둥글었다 이지러져
둥글음은 기둘어지려 기울어짐음 둥글려고
둥글고 기울어짐은 영생에로 통한 산길
하여, 교교한 달밤－－

　　　아들 낳기 원하는 아낙네들
　　　수줍게 우물가에 사뿐사뿐
　　　달 비낀 맑은 우물 살짝 마십니다

부드러운 잔디밭－－

　　　백의 숙녀 둘레둘레 나리꽃 원무
　　　강강수월레 강강수월래
　　　설레는 원은 하늘에서 내린 달
　　　펄렁이는 사람은 하늘 우의 선녀
　　　풍요의 원리는 그래서 밀물이고
　　　모성의 원리는 그래서 윤회이고
　　　생명의 원리는 그래서 연속됩니다.
집요하고 지성어린
그 신앙 그 숙원
은은히 은은히
천지간에 흐릿한 환영으로 빛납니다

달춤판의 나리꽃 억만번 피고 지고
우물속에 보름달 억만번 마셨습니다
긴긴 세월 달이 되어
긴긴 세월 맛보아도
　　　연 달린 넝쿨은 상기도 시나브로
　　　달의 사닥다리 줄줄이 자랍니다
생명의 문에 혼탁한 비방울

흩날리며 떨어집니다
떨어져 흩날립니다

달
영원한 달
마음의 신비와 환상의 몽롱을
영원히
영원히
연주합니다

「달」 일부,3) 1986.12~1987.5.

달의 예찬과 더불어 그 신비를 읊은 것이다. 그러나 이 시는 단순하게 달의 예찬이나 신비에 그치는 것으로 읽어서는 그 진수를 파악했다고 하기 어렵다. 달의 신비 속에는 우주 천체의 신비가 있으며 더 중요한 것은 여기에는 천체 존재의 신비성을 비롯하여 생명과 그 잉태, 그리고 윤회와 더불어 율동적인 생명의 영겁에 대한 예찬이 깃들어 있는 것이다. 시의 제1연은 달의 조용한 등장, "바다 건너 산 넘어" 조용히 하늘가에 걸리는 모습, 제2연은 달의 신비한 출현과 함께 나타나는 세상 만물의 변화와 자태, 제3연은 천지간에 주는 달의 점괘, 암시, 그리고 예시와 계시, 이어 달의 신비한 기울어짐과 둥글어짐에 따르는 영생의 길, 여기에서 생명은 다시 잉태되고 또 다시 시작되는 영겁의 길, 제4연에서는 달의 은총에 따른 인간세상의 풍요와 모성과 그리고 연속되는 생명의 잉태와 번식, 제5연은 본 시의 클라이맥스, 긴긴 세월, 달과의 교감은 영원히 반복되고 지속되고 있지만, 그러나 생명의 문에는 혼

---

3) 본문에서 인용한 시들은 모두 남영전작품집 『백의 넋』, 흑룡강조선민족출판사, 2000년 1월본을 기준으로 하였음. 이하도 같음.

탁한 빗방울이 흩날리며 떨어진다. 교교한 달밤, 맑고 깨끗한 달밤, 새 생명이 잉태하고 영겁으로 나아가는 이 자연의 진화와 생명의 영생에 "혼탁한 빗방울"의 흩날리는 까닭은 꼭 환경오염이나 환경파괴와 같은 생명을 위협하는 존재, 적어도 생명에 영향 주는 존재로 해석한다는 것은 어느 정도의 억지감이 있을 지도 모르지만 이 시의 전체적인 흐름은 율동적인 생명에 대한 예찬과 그 신비에 대한 서정임을 틀림이 없다.

세상 만물의 생명과 생장에 가장 중요한 것은 「흙」과 「물」 등이 있는데 아래 이 시를 보기로 한다.

> 흙은 만물을 생육하고
> 만물을 등에 업은 신령이다
>
> 부드러운 흙
> 땅땅한 흙
> 흙은 형체가 있기도 하고
>   형체가 없기도 하다
> 흙은 무변광대한 그 몸으로
> 돌을 뼈로
> 물을 피로
> 명명한 하늘 아래
> 매부리와 산줄기를 쌓아 올리고
> 호수와 바다를 이룩하여
> 생령을 낳아 기르고
> 만물을 낳아 기르고
> 인간의 모든 꿈을 낳아 기른다
>
> 생령에게
> 만물에게

흙은 언제나 침묵한다
말없이 소리없이 오직
묵묵히 바라는 건
　　　새들의 노래와 사람들의 벅적임
　　　짐승들의 아우성과 바다의 울부짖음
흙은 언제나 참고 견딘다
　　　우뢰가 울고
　　　불이 굽고
　　　산이 눌러도
흙은 가장 너그럽게 용서한다
약한 자도 버리지 않고
독균조차 버리지 않고
나중에는 *끝끝내*
자신의 품속으로 돌아오게 한다

망망한 수림은 흙의 손가락
광활한 초원은 흙의 머리칼
출렁이는 호소는 흙의 눈동자
바다는 흙이 가슴에 품은 거울
흙의 신령은
날마다 창천을 우러러 기도드린다
천년만년
인류의 창성을 빌고
만물의 번영을 빈다

흙의 손가락을 마구 찍지 말거라
흙의 머리칼을 어지럽히지 말거라
흙의 눈동자를 더럽히지 말거라
영원한 흙의 신령은
모든 생명의 영원한 복음이다

　　　　　　　　　　　　　　　　－「흙」 전문

세상 만물의 서식처인 흙과 대지를 찬미한 시다. 제1연에서는 "흙은 만물을 생육하고/ 만물을 등에 업은 신령이"라고 정의하고 제2연에서는 흙은 형체가 다양한 신비한 흙은 산과 바다를 만들어 생령과 세상만물을 낳아 기르는 생명의 모체임을 확인하고 제3연에서는 흙은 말이 없지만 묵묵히 세상만물을 안아주고 모든 것을 자신의 품속에 껴 안아주는 넓은 흉금으로 생명을 키우는 소유자임을 설파하며 제4연에서는 날마다 인류의 창성과 만물의 번영을 비는 흙의 신비를 노래하고 제5연 마지막 연에서는 흙의 신령은 모든 생명의 복음임으로 마구 어지럽히거나 더럽히지 말라고 호소하고 있다. 흙을 인간으로 형상화하여 흙의 작용과 생명과 흙의 관련성을 피력하고 있는 이 작품은 사실 흙을 통하여 생명과 만물의 서식처인 흙의 신비성을 찬미함과 동시에 상기 천체 관련 작품과 마찬가지로 그것에 대한 관심을 피력하고 있다.

「물」도 이와 비슷하게 물의 신비한 형체를 통하여 그 신비를 찬미함과 동시에 "인간의 시원"이고 "만상의 시원"이라고 노래하고 있는 작품이다. 작품 제1과 제2연은 물의 형체의 다변함을 통하여 물의 신비성을 형상화하고 있으며 제3연에서는 물은 "생령의 명멸도/ 대지의 부침도/ 손안에 꽉 거머쥐고 있다"고 하면서 물의 성격을 설파하고 제4연에서는 물의 신비와 물의 신성을 노래하면서 그러하기에 "여인들은 아들 잉태 물에다 빈"다고 하고 마지막 연에서는 물은 "모든 생명 모든 영혼의/ 온갖 문을 여닫는 신령이"라고 격찬하고 있다. 무형무체의 물을 의인화에 가까운 수법으로 그 형체에 신비성과 신령을 부여하면서 생명과 생령의 존속에 있어서의 물의 중요성을 설파한 작품이다.

「해」역시 세상만물의 조물주로 서정의 대상이 된 경우다. 기발한 상상으로 해에서 조상의 문을 찾은 서정주인공은 태양에 있는 "조상들의 하아얀 령광이/ 시커먼 도깨비와 사악을 사로잡았"다고 하면서 "조상들의 하아얀 온기가/ 첩첩한 설산과 원한을 녹여주"면서 혼도했던 정령들을 소생시키고 길상스런 부락들을 태어나게 했다고 한다. 시에서 태양은 조물주로서 새 생명을 탄생시키고 있는데 그것은 하얀 영혼과 하얀 생명을 키우는 존재로서 우리 민족의 흰 넋과 연계시키면서 세상만물에서 생명을 주는 태양을 예찬하고 있으며 「구름」에서도 "모이고 모여" "푸른 물줄기 되고 고산준령이 되고/ 화려한 비단결 되고 망망한 설원이 된"다고 하면서 새 자연과 생명의 창조와 마비된 영혼을 일깨워 주는 천체적인 존재로 찬미되고 있으며 「비」에서도 생명을 지켜 주고 만물을 기름지게 하는 존재임에도 불구하고 팔, 다리가 잘리고 옷까지 벗기우고 만신창이 된다고 역설한다. "비"를 만신창으로 만든 대상은 다름이 아니라 "비"가 그렇게도 아끼고 살찌워주던 수풀이요, 삼림이요, 초원이었다. 그래서 한바탕 울고 싶었지만 이미 고갈된 눈물, 또 그래서 "망그러진 세계와 마주하고" 자신의 육체를 부른다. 눈물이 끝이 없어야 할 비에도 눈물이 고갈되어 가고 있는 극한의 상황, 물 부족과 가뭄, 물 부족으로 인한 생태의 파괴, 남영전의 시에서 환경문제와 연결 짓고 분석해 볼 수 있는 몇 수 안되는 시중의 한편으로 제1연에서는 손과 발이 잘려 상처투성이의 비를 형상화하고 있고 제2연에서는 비의 비극을 조성한 장본인을 비롯하여 "비는 한바탕 울고 싶었으나/ 비는 눈물이 다 말라버렸다"는 구절로 종시 눈물이 마를 리 없는 비에 눈물이 고갈되었다고 지적함으로써 사태의 심각성과 긴박감을 제시하고 제3연에서는 만신창이 된 비의 처절한 절규를 통해 환경과 자연 생태에 대한 사람들의 마음에 호소하고 있다, 마지막 구절 비의 절규가 "사람을 마음을 잡아 비튼다"는 것은 순환원리로 구성되고 있는 자연생태의 이러한 원리의 파괴는 더 큰 문제에 직면할지도 모른다는 작가의 관점을 피력한 것이다.

이처럼 남영전의 천체 자연 관련 시들은 모두 거기에 어떠한 신비성과 영(靈)성을 부여하면서 자연과의 융합을 주장하고 있다. 이런 의미에서 말하면 남영전의 시는 인간 중심주의를 배격하고 부정하는 극단적인 생태주의인 것이 아니라 생태주의에서도 가장 온화한 자연과의 융합을 주장하는 생태주의에 근접한 것이라고 해야 할 것이다.

(2) 동식물 관련 시

생명원천에 대한 남영전의 관심은 주로 동물에 대한 애정으로 표현되고 있는데 남영전의 대표적인 시집으로 인정되고 있는 『남영전토템시집』에는 도합 52수의 시가 수록되어 있는데[4] 그 가운데서 동물 관련 시들이 도합 36수로 거의 70%를 점하고 있다. 이것은 남영전이 주로 동물을 이용하여 생물체의 생명에 대한 관심을 피력하고자 했다는 하나의 방증으로도 된다.

남영전의 시에서 동물 관련시로는 「곰」, 「범」, 「까치」, 「거북」, 「사슴」, 「백마」, 「황소」, 「양」, 「백조」, 「사자」, 「장닭」, 「고래」, 「개구리」 등을 들 수 있으며 식물관련 시들로는 「신단수」, 「참대」, 「봇나무」, 「미인송」, 「감나무」[5] 등이 있다.

---

4) 2000년 1월 흑룡강조선민족출판사에서 출판한 남영전의 시집 『백의 넋』, 『영혼의 뿌리』에 수록된 시들의 경우도 동물이 많이 등장하여 사정은 이와 비슷하며 『남영전토템시집』에 수록된 작품 중 적지 않은 것은 『백의 넋』에 수록된 시들을 중국어로 번역한 것으로 보인다.

5) 남영전의 식물 관련 시에는 이외에도 「만송이 동백나무」, 「자귀꽃나무」, 「미인송과 잠자는 미인」, 「선인장」, 「함수초」 등이 있으나 생태와 관련된 시가 아니므로

동물 관련시 중 「곰」이란 시도 동물을 서정의 대상으로 삼았다는 데서 생태적인 측면에서 해석이 가능하지만 이 시에서 더 중요한 것은 여전히 생명에 대한 예찬이다. 웅녀가 천제의 아들 환웅과 결합하여 단군 조선의 건국 임금 단군을 낳았다는 조선민족의 가장 오랜 신화 이야기를 빈 이 시는 여전히 생명의 예찬에 다름 아니다.

> ……
> 쓰고 떫은 약쑥 신물나게 맛보고
> 맵고 알알한 마늘 몸서리나게 씹을 제
> 　　별을 눈으로
> 　　달을 볼로
> 　　이슬을 피로 받아
> 아릿답고 날씬한 웅녀로 변해
> 이 세상 인간들의 시조모 되었너라
>
> 도도한 물 줄기 현금 삼아 튕기고
> 망망한 태백산 신방 삼아서
> 신단수 그늘 밑에 천신 모셔 합환하여
> 수림속, 들판, 해변가에서
> 오롱이 조롱이 아들 딸 길렀네
> 사냥질, 고기잡이, 길쌈하면서
> 춤 절로 노래 절로 웃음도 절로
> 그때로부터 세상은 일월처럼 환하고
> 금수강산 어디나 흥성했더라
>
> 끓는 피와 담즙을 젖으로
> 무던한 성미와 도량을 풍채로

논의에서 제외한다.

끈질긴 의지와 강기를 뼈대로
날카론 발톱마저 도끼와 활촉삼아
인간의 초행길 떳떳이 헤쳤나니
한숨도 구걸도 없이
길 아닌 길을 찾아
첩첩 천험도 꿰뚫고 나갔더라
해와 달을 휘여잡는 자유 혼으로
신단수아래서 장고소리 울리던
시조모 시조모여
　……

－「곰」 일부

　곰을 서정의 대상으로 삼았지만 한민족의 창세신화와 연결된다는 데
서 생태주의 시각에서보다는 민족의 원시신앙이나 창세기 측면에서 읽
는 것이 더 적합할 것이라는 주장도 일리가 있을 법도 하다. 하지만 여
전히 동물을 빌어 생명의 신비한 탄생을 노래하고 있다는 측면에서는
생태주의 각도에서 읽을 수도 있는 시다. 시의 제1연과 제2연은 곰의
출현, 제3연은 쑥과 마늘에 의한 여인으로의 환생, 제4연은 인간의 탄생
과 인간세상의 360가지 일에 대한 관장과 인간세상의 흥성, 제5연은 인
간 세상을 위한 웅녀의 위업에 대한 찬미로 꾸며져 있다. 시작 중 "끓는
피와 담즙을 젖으로/ 무던한 성미와 도량을 풍채로/ 끈질긴 의지와 강기
를 뼈대로/ 날카론 발톱마저 도끼와 활촉삼아/ 인생의 초행길 떳떳이 헤
쳤나니……"라고 하는 것은 중국의 창세신화의 하나인 "반고의 천지개
벽"에서 반고의 눈이 태양과 달, 별 등 천체가 되고 기타 신체의 모든
부분들이 자연만물이 되었다는 발상법과 아주 근사한데 이 부분은 작가
가 상상을 펼쳐 창조한 부분으로 여전히 자연천체는 인간 외 별개의 것

이 아니라 바로 그 신체, 몸통의 한 부분이다. 인간과 자연을 동일체, 또는 인간의 자연의 한 부분에 불과하다는 일원론적인 세계관의 반영으로 크게 말하면 자연에 대한 훼손 그 자체가 인간이 자기 자신에 대한 훼손으로 이어질 가능성은 언제든지 있다는 측면에서 해석이 가능하다.

거의 동일한 사상의식을 보여준 남영전의 다른 시 한 수 「신단수」에서도 "신단수"는 "광막한 우주에서 지성을 깨치고" "지혜를 부름"과 동시에 "무연한 녹음 뭉게뭉게 펼치면서" "생의 영원을 갈망하"는 존재로 묘사된다.

> ......
> 만물의 령험과 정수를 모아
> 세상의 폐기와 의지를 모아
> 의젓하고 영준한 신으로 화해
> 아릿다운 웅녀와 인연을 맺었습니다
> 하여
> 고요함이 사라지고
> 묵묵함이 사라지며
> 사람 없던 땅우에 밥짓는 연기
> 사람 없던 내가에 노래소리
> 수렵하는 사나이들 자래우고
> 직포하는 아가씨들 자래우며
> 크나큰 기맥으로 얼음산 이겨
> 아늑한 인간락원 펼쳤습니다.
> ......

– 「신단수」 일부

신단수와 웅녀의 아름다운 인연으로 세상이 펼쳐지고 인간낙원이 만들어질 제 여기에서 신단수는 단순한 신앙의 대상으로서가 아니라 신비로운 조물주와 마찬가지로 세상을 만들고 생의 영원을 창조하고 아늑한 인간세상 펼지는 신비스런 존재로 부각된다.

「사자」는 남영전의 동물관련시중 가장 잘 된 작품의 하나이다.

망망한 초원에 질주하는 태양이다

어두운 초원
캄캄한 초원
초원은 어둠속에 잠들고
초원은 암흑 속에 잠들어
수억년 오랜 세월
악마는 풀숲에서 날뛰고
요괴는 호수에서 작간한다

사자의 웨침
팔방을 진감하고 사자의 갈기
금빛으로 눈부셔
우뢰 되고
눈사태 되고
선회하는 태양 되고
질주하는 유성이 되어
캄캄한 밤 멀리멀리 달아나고
악마와 요괴는
숨을 곳을 찾지 못한다
때문에
명명한 광야에서
생기 넘치는 초원에
삶의 환희가 소생한다

하여
백수의 왕으로
덕망높은 대성으로
희망의 사신으로 존재받아
높다란 다리목에 서있다
위엄스런 돌탑에 서있다
영원한 광명을 지키며

망망한 초원에 질주하는 태양이다.

-「사자」 전문

현대 모더니즘시를 연상시키는 "망망한 초원에 질주하는 태양이라"는 구절로 시작된 이 시에서 사자는 여전히 초원의 광명과 환희를 부르는 신 같은 존재이다. 사자의 존재로 악마가 날뛰고 요괴가 작간하던 초원에 생기가 넘치고 만물이 다시 소생하게 된다. 생명을 부르는 사자(使者), 생명을 지키는 사자(使者), 녹색을 지키는 사자(使者)로 사자는 망망한 초원에서 오늘도 질주하며 녹색을 지키고 있다. 시에서 "망망한 초원에 질주하는 태양이다"는 모두와 결말에서 중복되면서 초원의 구세주로서의 사자의 이미지를 각인시키며 주제를 심화시키고 있다. 시의 제1연은 사자를 망망한 초원에 질주하는 태양으로 초원의 모든 생명과 사자의 연관성과 초원 생명에서의 사자의 중요성을 환기시킨다. 제2연에서는 악마와 요괴가 날뛰는 초원의 어둠을 묘사한다. 어두우면 어두울수록 암흑하면 암흑할수록 사자의 형상이 돋보이며 사자의 중요성이 각인된다. 제3연에서는 사자의 외침과 함께 등장한 초원의 상황, 컴컴한 밤이 날아가고 악마와 요괴가 몸 둘 곳을 찾아 헤맨다. 동시에 광야에는 생기가 넘치고 삶의 환희가 소생한다. 사자의 출현과 함께 나타나는 초원과 생명의 소생은 제2연의 어두운 초원과 암흑의 초원과 대조를 이루면서 구세주로서의 사자의 형상이 더 또렷해진다. 제4연은 사자의 마멸할 수 없는 존재감에 따른 사자의 명예, 백수의 왕, 희망의 사신으로 광명을 지키는 신으로 화해 오늘도 위엄스럽게 존재하면서 영겁을 시사하고 있다. 이 부분은 시의 눈으로 제3연의 거대한 작용과 인과관계를 이루면서 시전체가 하나의 통일체를 이룬다. 마지막 연에서는 다시 제1연의 "망망한 초원에 질주하는 태양이"란 구절로 시를 마무리하면서 제1연과 조응관계를 설정해 하나의 큰 원을 그리며 다른 시들과 같이 생명에 대한 예찬과 더불어 그 영원을 노래한다.

3) 남영전의 생태주의 문학의 예술적 특징

자연천제 및 동식물과의 교감과 공존, 나아가서는 생명의 영겁을 노래한 남영전의 시는 그 표현상에서도 아주 독특한 특색을 보여주고 있는데 남영전시의 성과 및 유감도 여기에서 표현된다.

남영전의 시는 예술상 여러 가지 특색을 보여주고 있는데 그 가운데서 가장 돋보이는 것이 시의 이념성과 관념성이다.

앞에서 간단히 언급했듯이 남영전은 시에서 모든 서정의 대상들을 한 민족의 신화나 전설에서 찾고 있다. 이것은 남영전의 시가 창작이 그 어떠한 이념의 지도하에 시를 창작하였다는 증거가 된다. 남영전은 시에서 언제나 그 어떠한 관념을 선양하고자 한다. 우리 민족의 신화나 전설에서 시의 서정대상을 물색하였다는 이것은 우리 민족이 익숙한 동물이기에 생신함보다는 그 어떠한 책무감을 주는 것은 바로 이 때문인 것이다. 남영전은 이러한 방식을 통해 우리 민족의 우수성을 선양하고

자 하였는데 여기에서 작가는 민족의 사명이라는 무거운 책임감을 가지고 시를 썼다는 것을 말해 준다. 시는 마음의 소리고 자연적인 서정이라고도 할 수 있다는 사정을 감안할 때 남영전의 이러한 시작법은 모종 관념에서 출발한 시, 주제선행, 관념선행, 의식 과잉의 시란 평을 피치 못할 것이다. 그러나 작가는 분명 엄청난 사명감으로 시를 썼다. 단군신화나 기타 민족의 전설에서 나오는 천체와 자연, 그리고 동식물들인 「곰」, 「신단수」, 「범」, 「거북」, 「백학」 등 이러한 자연, 천체와 동식물들을 서정의 대상으로 선정했을 경우, 작가는 민족의 뿌리, 또는 민족의 혼, 적어도 민족적인 정서에서 시의 맥, 나아가서는 혼의 맥을 잇기 위해 창작을 하였을 것은 분명하다. 문학을 하나의 단순한 여기(餘技), 문학을 하나의 괴설(怪說)로, 혹은 근자의 문학을 하나의 돈거래의 수단으로 생각하는 문학가들에 비하면 남영전의 이러한 시적 태도는 참으로 귀중한 것으로 마땅한 평가를 받아야 할 것이다.

남영전 시가의 다른 한 특점은 시에서 자주 사용되는 대구법이다. 남영전은 시에서 대구법을 능란하게 사용하고 있다. 그런데 남영전의 시에 사용되는 대구법은 기타 시에 나오는 대구법과는 좀 달리 많이는 인간의 육체와 연계되면서 사용되고 있는데 이러한 사정은 인간과 자연을 하나로 보려는 작가의 일원론적인 세계관, 또는 인간과 자연을 융합하려는 작가의 의도에서 산생한 것일지도 모른다. "별을 눈으로/ 달을 볼로/ 이슬을 피로 받아"란 대목이나 "끓는 피와 담즙을 젖으로/ 무던한 성미와 도량을 풍채로/ 끈질긴 의지와 강기를 뼈대로/ 말카론 발톱마저 도끼와 활촉삼아"(이상 「곰」); "돌을 뼈로/ 물을 피로", "망망한 수림은 흙의 손가락/ 광활한 초원은 흙의 머리칼/ 출렁이는 호소는 흙의 눈동자"(이상 「흙」); "크나큰 근골/ 크나큰 육체/ 크나큰 혈맥", "자신의 피/ 자신의 살/ 자신의 정기/ 자신의 팔로"(이상 「산」); "살에 녹아들고/ 피에 녹아들고/ 뼈에 녹아들고/ 넋에 녹아들어"(이상 「해」) 등은 남영전의 시에서 임의로 선정한 것인데 이 외에도 얼마든지 있다. 이러한 대구법은 작가의 의식을 전달하는 데 있어서 상당히 형상적인 구실을 하고 있으나 그 반면에 대구법의 과도적인 사용은 시와 시어의 응축성에 지장을 주며 시작의 밀도에도 일정한 영향을 주고 있다.

남영전 시가의 다른 한 특징은 남영전의 시는 인생이나 삶에 대한 깊은 고뇌나 몸부림보다는 인간과 자연의 조화, 인간 생명의 예찬으로 일관하고 있으며 인간 삶의 조명이나 인간 삶의 고뇌보다는 그렇게 되어야 할 삶을 보이고 있다. 이것은 남영전이 낭만적으로 세계를 바라보고 그럼직한 생활을 갈망하고 있었다는 것을 입증해 주고 있는데 사실 자연과 인간의 융합이나 생명의 영겁 그 자체가 이상이고 낭만일지도 모른다. 그러나 남영전은 시종 그러한 이상을 가슴에 안고 그러한 이상을 실현하기 위해 시를 쓰고 글을 썼다. 따라서 우리는 그의 시에서 현실의 어두움이나 현실의 심각한 고민을 볼 수 없다. 도리어 작가는 여전히 그러한 이상에 젖어 생명을 예찬하고 민족의 혼을 찬미하였는데 여기에 남영전 시의 개성이 있다.

남영전 시의 또 하나의 특징은 용어에서 표현된다. 남영전의 시를 산책하노라면 우리는 이상이나 낭만에 맞는 밝고 명랑한 시어들과 만나게 된다. 그러나 그러한 시어들과 다른 좀 어렴풋하고 아리송한 색채나 시어들과도 종종 만나게 된다. 「달」이란 시에 나오는 "얇다란", "은밀한", "희붐한 산", "퍼어런", "남몰래 남몰래", "살며시 비껴내리는", "가벼이 떠오르는", "보이잖는 이슬", "몽롱함", "아리숭함", "교교한 달밤", "수줍게", "사뿐사뿐", "살짝", "부드러운", "은은히, 은은히", "흐릿한",

"몽롱을" 등은 모두 상술한 이미지를 주는 시어들이다. 「곰」이란 작품에 나오는 "음침한", "컴컴하고 적막한"이라든가, 「신단수」에 나오는 "파아란", "무연한", "고요함", "묵묵함", "아늑한", 그리고 「범」에 나오는 "자취없이", "소리도 없이", "고요속에", "묵묵히", 「장닭」에 쓰인 "머얼리", "아스라한", "으슥하니", "우거진", "혼돈" 등 모두 분명하고 명랑하다기보다는 어렴풋하고 아리송하다. 이것은 작가가 서정대상에 신비성을 부여하기 위해 사용된 용어들로 보이어진다. 실로 그의 시는 이러한 용어들에 의해 신비성이 강화되며 심오함과 현묘함이 증폭된다.

3. 결론

이상에서 우리는 생태주의 각도에서 남영전의 시를 읽어 보았다. 남영전은 자신의 시에서 주로 우리 민족의 신화나 전설에 등장하는 천체와 자연, 그리고 동식물을 서정의 대상으로 선정하여 환경이나 생태보다는 만물의 생명 창조의 신비와 생명의 영겁이란 측면에서 그러한 서정대상들을 찬미하고 있다. 천체나 자연을 테마를 한 시나 동식물을 테마로 다룬 시에서나 모두 이러한 측면에서 다루고 있다는 것은 작가가 의도적으로 이러한 소재를 서정테마로 삼았다는 증거로 된다. 동시에 남영전은 이러한 의도를 시에 용해시키기 위해 목적의식적으로 강렬한 책임감과 의무감을 가지고 시를 썼다. 남영전의 시에서는 대구법이 많이 사용되고 있으며 시의 초점은 생활의 감수보다는 생명의 예찬과 영겁에 치우치고 있으며 신비성이 현묘함을 강화하기 위해 명랑하고 밝은 시어보다는 어렴풋하고 아리송한 시어들을 많이 사용하였다.

청운의 꿈과 백의 혼의 그리움의 시화

박운호의 시집 『쑥대밭』을 읽고

1. 서론

박운호는 지금 중화 대륙의 남부 광동에서 우리의 시문학을 지키는 고독한 싸움을 계속하고 있다. "적적한 타향살이 외롭고 천한 나날"(「고향단상」)에 "하늘에는 묵어 갈 주막도 없어/ 이 밤도 잘 못 자고 헤매"(「달」)기도 하고 "맘속 깊이 간직한 그립고 정든 땅"(「고향단상」), "이따금 밤마다 빼앗겼던 고향 땅"(「조각달」)을 꿈속에서 그려보기도 하고 "오늘도 갈매기만 끼루룩 울어가는 먼 하늘"(「고향생각」)을 바라보며 "백의동포의 흰 그림자"(「눈은 아직 녹지 않아」)를 찾아보기도 하면서 청운의 꿈을 찾아, 민족의 혼을 지키기 위해 필사의 노력을 하고 있다. 박운호의 시집을 읽노라면 시장 경제의 충격 속에서 문학이란 그 자체도 실존의 위기를 맞고 있는 상황에서 그 먼 광동 땅에서 우리 문학을 지키려는 일념으로 고독한 싸움을 계속하고 있는 작가의 내면풍경이 또렷이 안겨온다.

박운호에게 있어서 시는 민족의 얼을 지키는 파수꾼과 같은 것이며 청운의 뜻을 펼치지 못한 한풀이의 장이기도 하다. 따라서 그의 시에는 "다양한 체험"과 "폭넓은 사고력"을 비롯하여 인생에 대한 탐구, 생활에 대한 애정이 있지만 가장 돋보이는 것이 청운의 뜻을 펴지 못한 한탄과 민족혼에 대한 그리움이다. 그러나 박운호의 시에서 이것은 고달픈 삶과 바다의 회한과 결합되면서 박운호식의 독특한 시세계를 구성하는 거대한 정서적 바탕으로 되어 그 시속에서 밑거름으로, 정신적인 지주로 작용하고 있다. 본문은 이러한 의미에서 박운호의 청운의 뜻을 펴지 못한 무한한 회한과 민족에 대한 그리움의 시화되고 있는가를 분석하면서 그의 독특한 시세계를 설파해 봄으로써 박운호시인의 시세계를 이해하는데 일정한 도움을 주고자 한다.

2. 본론

1) 집요한 청운의 꿈과 그리움의 정서

박운호의 시에서 가장 많이 쓰인 시어는 "밤"과 "꽃"인데 "꿈"도 자주 출현하는 시어의 하나이다.(향이란 시어도 종종 보여진다) "비탄의 옛 꿈만 수풀처럼 무성하다"(「고백」), "내 가슴 속 꿈이야/ 꽃으로 피지만", "내 마음의 꿈/ 꽃으로 피어"(「꽃과 꿈」), "무수한 살구꽃이/ 꿈속에서"(「꿈속 마을에서」), "내 볼에 파랑 댕기 스치던/ 꿈 많던 시절"(「파랑 댕기」), "꿈이라 해서 다 아름다울 수 없고/ 꽃이라 해서 다 아름다울 수 없다", "차라리 꿈같이 슬픈 해몽/ 아니면 마지막 작별의 손짓이다"(「향기일 수 없는 꽃」), "달 잡고 꿈을 깨니 남월청에 올랐구나"(「북산에 올라」), "꿈 많은 사춘기 눈서리에 파묻혀서"(「송화강 3부곡」), "눈에 묻힌 푸른 꿈 찾

아"(「눈은 아직 녹지 않아」), "나는 꿈에 뽑아 보았다", "깨여 나는 꿈속의 동
창은 봄볕인데/ 해몽의 손들이여 갈라진 뼈들이여"(「이객의 손 그리고 뼈」),
"하늘에 별을 꿈처럼 노리고 나서", "꿈 같은 해몽, 길 같은 길"은 모두
박운호의 시에서 찾은 것들이다. 이외에 「꿈」, 「꽃과 꿈」, 「꿈속마을에
서」, 「꿈의 향연」 등은 모두 직접 꿈을 쓴 시들이며 제2의 시집 『환혼
몽기(還魂夢記)』는 책제목에 바로 꿈이 들어가 있다. 사실 꿈은 서정시인
들의 시에서 단골손님의 하나인데 박운호 역시 그러한 이치를 떠날 수
없었지만 박운호의 시에 등장하는 꿈은 다른 일부 시인들의 시에 나오
는 이상이나 바라는 바의 생활 등 아름다운 미래생활보다는 언제나 지
나간 시간, 잃어버린 젊은 시절의 동년의 꿈과 연계되면서 시 세계가
펼쳐지고 있다. 박운호의 시에서 꿈이 가장 많이 등장하는 「꿈」이란 시
를 보기로 하자.

> 꿈속에서 꾸던 꿈은 황홀한 세상
> 꿈결에도 보던 꿈은 새파란 단 꿈
>
> 실생활에 두 손 꼽아 세어 본다면
> 그 언젠가 꾸던 꿈도 많지 않아라
>
> 오늘 꿈도 깨여 나면 사라지지만
> 오는 꿈을 박살내야 새 꿈을 꾸지
>
> 깨여지면 다시 꾸다 깨날 값에도
> 파아란 꿈 잔디 위에서 자고 깨리라
>
> 꿈만 꾸면 젊었을 때 즐겨 꾸던 꿈
> 나이보다 나는 아직 젊었니 보다
>
> - 「꿈」 전문

지천명(知天命)의 나이 50고개를 훌쩍 넘어 이순(耳順)의 나이 60문턱에 바싹 다가선 박운호는 어린 시절 꿈이 각별히 많았던 모양, 그의 시를 읽노라면 우리는 그러한 꿈을 이루지 못한 무한한 회한의 정서와 종종 만나게 되는데 이 이루지 못한 꿈은 작가의 커다란 콤플렉스로 되어 작가의 시상을 무르익히곤 한다. 짧은 서정 단시에 "꿈"이란 용어를 무려 11차나 사용하면서 꿈을 설파한 이 시는 작가의 인생이상을 짚어볼 수 있는 가장 중요한 시작의 하나인데 제1연에서는 "꿈속에서 꾸던 꿈은 황홀한 세상"이었고 "꿈결에도 보던 꿈은 새파란 단 꿈"이라고 지적하면서 어린 시절 청운의 꿈을 설파하며 제2연에서는 그러한 청운은 실생활 속에서는 "손꼽아 보"아도 "그 언젠가 꾸던 꿈이 많지 않더라"고 하면서 제1연에 나오는 꿈과 현실 속의 꿈을 대립시키면서 현실 속에서의 "꿈결에도 보던 새파란 단 꿈", 즉 청운의 부재를 역설함과 동시에 꿈의 부재의 삭막한 현실의 무의미를 부각시키고 제3연에서는 "오늘 꿈도 깨여나면 사라지"기에 이러한 허황한 꿈을 "박산내야 새 꿈을" 꾼다고 하면서 다시 제1연의 "꿈결에도 보던 새파란 단 꿈"의 소중함을 역설함과 동시에 제2연을 거부하면서 오늘의 꿈과 어제 날의 꿈의 단절을 시도하고 제4연에서는 깨여지는 꿈은 버리고 "파아란 잔디 위에서" 어린 시절의 "새파란 단 꿈"을 다시 꿀 결의를 하면서 청운의 소중함을 다시 한번 부각시키고 제5연에서는 "꿈만 꾸면 젊었을 때 즐겨 꾸던 꿈"의 다시 한번 각인시키면서 어린 시절의 꿈, 즉 청운에 대한 갈망을 설파함으로써 오늘의 꿈을 부정한다. 꿈을 소재로 한 이 시는 이처럼 내적 구조상 긍정과 부정, 다시 부정에서 긍정으로 승화하면서 청운의 꿈의 소중함을 집요하게 파고들면서 잊지 못할 그 꿈을 역설하고 있는데 박운호의 작품에서 아주 중요한 작품의 하나로 되기에 아무런 부족함이 없다.

그런데 이 시에서 보다시피 박운호의 청운은 실현되지 못한 한 아쉬움, 즉 회한으로 남는다. 왜냐하면 그러한 청운이 현실적으로 실현되지 못했기 때문이다. 주지하다시피 박운호는 "문혁"의 불운아이며 "문혁" 후, 불문곡직 "하해(下海)"[1]바람에 저 남방으로 흘러간 사람이다. "문혁" 때문에 지학(志學)의 나이에 공부는커녕 매일 "혁명"과 노동을 해야 했고 약관의 나이에 꿈을 접고 "하해"란 선택을 했어야만 했던 박운호는 그런대로 그 세대의 행운아라고 해야 한다. 그런데 박운호의 청운은 "하해"가 아니었다. 이 점은 그의 시 「낙향」에서 분명하게 표현되고 있다.

　1
　바다, 망망한 바다
　출렁이는 바다
　덧없는 세파 속에
　겹쳐 오는 파도
　부서진 창파 속에
　하얀 물보라 쏴아…

　적신 몸 차돌같이
　모도 각도 없이
　자도 호도 없이
　파묻혀 철썩 철썩
　사라지는 내 이름 석 자

　내성은 밑동 박

---

1) "하해(下海)"란 중국에 시장 경제제도가 도입되면서 거기에 매료되어 장사길이나 기업을 꾸리는 길에 나간 사람들을 "하해"했다고 한다.

이름은 구름 운 넓을 호
맨 밑층 바닥으로
구름처럼 밀려와
여기 넓은 바다에
흠뻑 적신 몸과 마음
청운이 되기 전에
일락천장(一落千丈)
떨어진 물방울

하늘 높이 채운이 되지 못한
먹장구름이 되어
빗물이 되어
후드득 후드득
거센 풍랑에 풍덩
아 깊은 바다

2
…
바다 깊이 나는 스며
바다 깊이 나는 빠져
…
흘러간 파멸의 머나먼 풍경 속에
누리던 벼슬은 거품처럼 사라지고
소실된 나날은 파문처럼 역력한데
세파에 묻혀 가냘프던 추억이여
…
서서히 가라앉는
합류(合流)의 혼탁
무작정 선택한
일루의 투명
마비의 결속

나태의 침몰
물은 점점 짜다
열처럼 쓰다
…

–「낙향」 부분

박운호는 「낙향」 외에도 기타 많은 시들에서 작가는 자기의 어린 시절의 꿈과 현실 간의 커다란 콘트라스트를 역설하고 있는데 이점은 분명 그에게는 어린 시절의 색다른 "꿈"이 있었음을 말해 준다. 그럼 박운호의 어린 시절의 꿈, 즉 청운은 무엇이었는가? 사실 이것은 박운호의 시를 해독하는 가장 중요한 키워드인바 박운호는 여러 편의 시들에서 어린 시절의 꿈을 추출해 볼 수 있는 단서를 제공해 주고 있는데 그 가운데서 가장 명료한 것이 「파랑댕기」이다. 「파랑댕기」는 작가가 어린 시절의 심경을 토로한 작품인데 이 작품에서 그는 어렴풋이나마 어린 시절에 대한 그리움을 그려 보이고 있다. 그 시 전문은 다음과 같다.

찬란한 아침 이슬 나란히 밟으며
학교로 가는 길에 풀 뜯어 풀피리
그러면 파랑댕기 나풀나풀
동심의 시절

연분홍 곱게 물든 강변에 나와
매미 소리에 귀 기울이면
매 볼에 파랑댕기 스치던
꿈 많던 시절

그리워라 파랑 댕기 어디 갔느냐

애절토다 청춘시절 어디로 가고
간다 온다 말없이 할 수도 없이
세상에 그 누구도 모르리 이 심정

파아란 진실 속에 확신을 보라고
푸른 꿈 남겨 놓고 홀로 갔구나
지금도 파랑 댕기 팔랑팔랑
내 가슴 푸름 속에 살아 있어라.

－「파랑댕기」 전문

이 시를 관통하고 있는 시어는 "파랑댕기"이다. 시에서 이 "파랑댕기"는 여러 가지 이미지를 가지고 있는데 그 가운데서 우리가 가장 손쉽게 연상할 수 있는 것이 파랑댕기를 드린 소녀이다. 아니, 바로 소녀일지도 모른다. 만일 이것이 사실이라면 이 시는 작가가 사춘기 소년이 한 소녀에 대한 그리움을 설파한 시라고 해야 마땅하다. 시로 보아서는 분명 이러한 해석도 가능하다. 그런데 사실 이 시를 자세히 음미해보면 파랑댕기, 소녀는 그리움의 대상이지만 여기에는 또 천진하고 깨끗한 사랑, 세정에 물들지 않은 순수한 사랑에 대한 갈망도 있어 천진함과 진실함, 그리고 순수함과 깨끗함으로도 해석이 가능하며 더 나아가서는 순진무구한 동심에 대한 그리움이라고도 할 수 있다. 사실 이 시는 바로 "순진무구한 동심"에 대한 그리움을 설파한 시다. 물론 작가는 저 기억의 깊은 곳에 잠들어 있는 소년시적의 어느 한 이성에 대한 그리움을 쓰고자 했을지도 모르지만 이 시를 곰곰이 음미해보면 바로 이것이다. 따라서 이 시에서는 작가의 미학 이상을 잘 표현한 작품이라고 할수 있는데 그것이 바로 세정에 물들지 않은 순수하고 깨끗한 "무구한 동심"과 그 세계이다.

시작에서 무구한 "동심"의 세계를 추구하는 것은 박운호 뿐이 아니다. 명나라 말기 이지(李贄)는 문학의 진수(眞髓)는 "진심(眞心)"이고 "진심(眞心)"은 "동심(童心)"에서 비롯된다는 "동심설(童心說)"을 제기하였는데 그의 이 이론은 중국고전문학사상에서 상당히 중요한 위상에 있다. 물론 이지(李贄)의 "동심"과 박운호의 "동심"은 꼭 같은 것이 아니다. 이지(李贄)는 "동심설"에서 주로 동심과 같은 진실을 역설하면서 거기에 포인트를 두고 있는데 반해 박운호는 동심과 같은 순수함에 역점을 두고 있으며 이지(李贄)는 문학의 창작방법을 이야기하는 반면 박운호는 문학창작에서 이상을 말하는 것이다. 따라서 이것은 서로 다른 문제를 이야기하고 있는 것인데 무구한 "동심"이라는 데서는 그 궤를 같이 하고 있다. 따라서 박운호의 "순진무구한 동심"의 세계는 그의 깨끗하고 순수한 미세계와 직결되면서 그의 시 세계를 구축하고 있다고 해야 할 것이다.

　「갈망」이란 시도 작가의 이상을 설파한 작품의 하나인데 여기에서도 그는 "순정"을 이야기하고 있다.

　　　내가 죽어 만약 넋으로 살아
　　　천국에 간다면
　　　내가 만약 원혼이 되어
　　　지옥에서 여생을 기다린다 해도
　　　송화, 너를 맞으리

　　　묘연한 천국인줄 번연히 알면서도
　　　자꾸만 살려 보는 스스런 네 눈길
　　　차라리 담벽을 넘지 못하면
　　　오히려 숨을 정을 느끼련만

순정이 무엇이기에 이다지도
사랑이 무엇이기에 이다지도
뚝심으로 담벽을 허물 수만 있다면
천국에로 대문을 활짝 열련만

그래도 지금을 그럴 수 없는
아직은 모르는 사연
그러면 좋다, 송화야 내 사랑아
지옥에로 가 주마 문 열어 다오

－「갈망」 전문

　작품은 헌신적인 사랑을 쓰고 있다. 시적화자는 시에서 천국과 지옥
을 넘나들면서 "송화"에 대한 사랑을 쓰고 있는데 시적화자가 "송화"를
사랑하는 것은 바로 "순정" 때문이다. 이 "순정"은 앞서 말한 "동심"의
순수와 밀접하게 연계되어 있는데 바로 시인이 바라는바 인간성과 연계
되기도 하는데 그는 어린 시절부터 이러한 "동심"으로 "순정"과 "순수"
함을 바라고 살아왔다. 그런데 "문혁"은 그의 이러한 여린 꿈들을 여지
없이 짓밟아 놓았고 그는 세파에 실려 "하해"하였으며 여기에서 그는
인생의 태반을 보내면서 동전에 물든 인정세태와 모든 것을 금전으로
대신하려는 세상물정을 맛보았다. 오늘 시간적인 여유를 얻어 뒤돌아온
길을 돌아보니 그것은 청운의 뜻과는 완전히 다른 하나의 가시밭길이었
고 "쑥대밭"이었다. 이러한 이상과 현실간의 커다란 격차는 시인의 크
나큰 동년의 꿈을 비롯한 회한의 정서를 불러일으키고 있는데 이러한
정서는 다시 그의 시가 창작을 지펴주며 그러한 정서를 시에 녹여 넣고
있다. 박운호의 『쑥대밭』은 바로 이런 시상의 발로이다. 따라서 그는 시
에서 그 아름다웠던 순진무구한 어린 시절의 꿈을 집요하게 파고드는

것이다.

2) 뒤틀린 "하해(下海)"의 고달픔과 청운의 꿈

박운호가 어린 시절의 꿈을 자주 들먹이는 것은 잃어버린 청운에 대한 그리움에서 비롯되는 것이다. 사실 박운호의 마음속에서 동년의 꿈은 무척 아름다운 것으로 마음속 깊이 뿌리박고 시시로 그의 깊은 그리움을 자아내곤 한다. 현대 심리학은 인간은 모두 마음속 저 깊이에 무의식중 인간의 정서와 감성을 격발시킬 수 있는 내재적 힘이 존재하고 있다고 인정하고 있다. 이것을 프로이드는 잠재적인 의식이라고 규정했다. 이러한 잠재적인 의식은 외부 환경만 구비되면 부지부식 중 뛰쳐나와 인간의 행위를 지배하게 되는데 동년의 추억과 동년의 생활 같은 것들도 이러한 범주에 속할 수 있다. 박운호의 경우, 동년의 아름다운 추억과 그 시절의 꿈들을 저 마음속 깊이에 간직하고 있었다. "하해"란 어려운 현실적인 생존경쟁 속에서 치열하게 살아온 나날들에는 그러한 것들이 간혹 나타날 수도 있지만 이제 생활의 여유가 생기고 한 쉼, 또는 한 박자 쉬어가면서 걸어온 길을 뒤돌아봐도 무방할 경우, 그러한 그리움은 더욱 표면화되면서 가끔 뛰쳐나와 그 내심의 풍경의 한 축을 이루면서 어린 시절의 꿈을 파고들게 된다. 이리하여 나타난 것들이 그의 기타 여러 가지 사향(思鄕)과 관련된 시들이다. 고향은 언제나 작가들의 정서에 강렬하게 작용하기 마련이며 이루지 못한 꿈 역시 마찬가지다. 바로 저자가 말하고 있는 것처럼 "무수한 살구꽃이/ 꿈속에서/ 빛깔고운 색채로/ 향기를 피우다가/ 이른 새벽 사라지고 말았다." 박운호에 따르면 하해(下海)의 10여 년간은 꿈같은 것이었을지도 모른다. 따라서 그 꿈에서 깨고 보니 빛깔 고운 청운의 꿈은 어느덧 저 역사의 뒷안길로 사라지고 남은 것은 무한한 회한과 지나간 장밋빛 꿈에 대한 그리움이었다. 그래서 박운호는 오늘도 "마음의 꽃나무를 흔들어/ 까마득히 날아가 버린 향기와/ 남겨진 색깔을 떠올리며/ 꿈속에서 살구꽃을 찾"고 있는 것이다.

"무구한 동심"에 대한 박운호의 이러한 추구는 박운호의 시세계의 기조를 이루고 있는데 그 내면에서는 그 맘속의 그리움도 상당히 중요한 역할을 하고 있지만 거기에는 또 현실적인 요소도 적당하게 작용을 하고 있는데 여기에서 현실적인 요소와 그의 그리움은 또 하나의 정비례적인 역학관계 속에서 서로 존재하며 서정을 불태운다. 쉽게 말하자면 동심에 대한 박운호의 추구는 현실의 참혹성과도 밀접한 관계를 가지고 있을 뿐만 아니라 그것과 정비례되어 현실이 참혹할수록 순수한 동심에 대한 갈망도 깊어지면서 서정의 세계가 펼쳐진다.

박운호의 시에는 현실의 비정과 현실생활의 고달픔에 대한 묘사도 적지 않다. 특히 "하해(下海)"의 고달픔은 상상외로 심각한 것이었다. 이러한 인생살이의 고달픔은 「갈망」을 비롯한 여러 시에서 그 내면 풍경이 그대로 안겨오는데 여기에서 몇 수 인용해 본다.

마음에 피곤하던
역사(役事)의 모래밭에
세상 모든 수고 끝나
편히 쉴 곳 없는데
갈증난 삶의 역동에
마른 영혼 여위네

가슴에 뜨거운
지탱의 열사(熱砂)속에
도무지 해소 못할
끝 모를 인생사막
목축일
한 모금 물에
더 바랄 것 무엇이랴

-「갈망」 전문

시초의 혼돈 속에
갈 길을 헤매다가
길 없어 서슴없이
뛰어든 바다(下海)인가
무작정 열토(熱土)를 찾아
가자고 한 것이

갈망에 굶주려서
허기(虛氣)에 목말라서
차려진 물 한 모금
마셔 보니 쭙쭐한데
숙명을 만끽한 바다
탓하여 무엇하리

갈 곳이 저기라면
세례(洗禮)라도 좋으련만
기왕이면 빠진 김에
되도록 솟구쳐서
호올로 대안을 찾아
헤쳐헤쳐 갈거나

-「회귀의 론도(回旋曲)」

내가 오던 길은 도망 오던 길
도망쳐 쫓겨오다 헤매이던 길
헤매다 휘청이다 쓰러지던 길
쓰러졌다 다시 일어서던 길
일어섰다 또 꼬꾸라지던 길

산 넘고 영 지나 숲을 헤치며
그 길에 믿음의 새벽 부상시키고
아침 햇살 맞아 나설 제
가슴 울려 주던 개벽의 노래

가슴 뭉클 되새기는 망각의 흔적 속에
슬며시 살아나는 기억만은
남에게 차마 말할 수 없어
속으로만 앓으며 지내 온 나날들

떠나온 그 길은 멀고 먼 쫓김의 연속
험난하고 고달팠던 길은
지금도 쫓기고 있다, 누군가를 쫓고 있다

- 「나의 길」

　　제1편은 인생살이 피곤한 내면 풍경을 읊은 시인데 펼쳐지는 "끝 모
를 인생사막"의 고단함을 제시하고 있다. 첫 연에서 작가는 "세상 모든
수고 끝나/ 편히 쉴 곳 없는데" "갈증난 삶의 역동에/ 마른 영혼이 여
윈"다고 하면서 제2연에서 갈망을 표현할 토대를 마련하며 제2연에서는
"목축일/ 한 모금 물에/ 더 바랄 것이 무엇인"가고 설문하면서 삶의 고
달픔 속에서의 해탈의 기반을 마련하고 있는데 그러한 해탈은 그 무슨
부귀영화가 아니라 물 한 모금, 즉 갈증을 풀 수 있는 한 모금의 물이

바로 그 해탈의 마음의 거처이다. 남영전은 박운호의 시를 "담정(淡定)", 즉 "명예나 물욕에 탐닉하지 않"는 담담한 마음가짐이라고 했는데(남영전 『환혼몽기』 서문 참조) 이 시에서 표현되고 있는 것이 바로 이러한 정서이다. 제2편 「회귀의 론도」는 "하해"한 박운호의 심경을 읽어볼 수 있는 시인데 갈망에 굶주려서 뛰어든 바다지만 상상 속의 그러한 탄탄대로가 아니었고 바라는 바 마음의 안식처가 아니었으며 동년의 꿈은 더구나 아니었다. 따라서 그의 청운의 꿈은 한물가게 되며 갈망과 허기에 목말라서 물 한 모금 마셔보니 "쭙쓸하"여 여전히 바라는 바 생활과 인생살이가 아니었다. 그렇지만 박운호는 "기왕이면 빠진 김에／ 되도록 솟구쳐서" 대안을 찾아 가야겠다고 다짐하면서 어려움 생활을 극복하려는 의지를 보여주고 있다. 어렵지만 사람마다 한 몫 잡아보고자 하는 일확천금의 꿈인 금전과 직결된 "하해"지만 박운호에게 있어서 이것은 분명 자기 어린 시절의 꿈이 아니었다. 따라서 생활의 어려움이 클수록 청운의 꿈에 대한 그리움이 갑절 증폭될 수밖에 없었는데 나중의 그의 시들에서 어린 시절의 꿈을 자주 들먹거리는 것은 바로 이러한 이유에서였다. 제3편 「나의 길」역시 제2편과 마찬가지로 박운호의 "하해"과정과 "하해"과정에서의 생활의 고달픔을 적은 작품이다. 시에서 작가는 "망각의 흔적 속에" "속으로만 앓으며 지내 온 나날들"을 회고하면서 "떠나온 길은 멀고 먼 쫓김의 연속"이라고 못 박으며 그것은 "험난하고 고달팠던 길"이었다고 역설하고 있다. "하해"과정의 이러한 험난함과 고단함은 박운호에게 청운의 꿈을 다시 한번 되돌아보는 계기가 되었으며 이러한 되돌아봄 속에서 젊은 시절의 꿈은 고달픈 삶과 정비례적으로 엮어지면서 회한의 정서가 업그레이드되고 있는 것이다.

3) 고향산천으로 대변되는 백의 혼과 청운의 꿈

박운호의 시에 나타나는 동심에 대한 그리움은 현실적인 요소도 있지만 고향 산천에 대한 그리움도 한 몫을 하고 있다. 고향은 언제나 우리 마음의 고향이다. 특히 타향살이를 하는 젊은이에게 있어서 고향은 그의 무한한 그리움을 자아내는 동경의 공간이며 젊음의 꿈과 연계되어 무한한 상상과 이상을 무르익히는 시적상대이고 공간이다. 박운호의 경우, 어린 시절 고향에서 청운의 꿈을 키웠고 또 거기에 소중한 추억을 심었다. 방황 길에서 무작정 뛰어든 "하해(下海)"의 "바다", 거기에서 작가는 삶의 고달픔을 만끽하였을 뿐만 아니라 고향을 떠나고 청운의 꿈을 구겼기에 무한한 고독을 느낀다. 이러한 고독은 다시 고향에 대한 그리움을 산생시키면서 박운호의 시적 정서를 불러일으킨다.

> 눈길에 나서니 눈이 부셔라
> 눈 등을 비비고 감았다 떠봐도
> 눈길 가는 곳마다 햇살이 부시네
>
> 발자국을 이리저리 찍기가 싫어
> 누가 밟은 자국 따라가다 멈추니
> 눈앞엔 티없이 하얀 숫눈길
>
> 뒤를 보고 머리 들어 앞을 보니
> 온 길은 구불구불 갈 길은 곧으련만
> 온 길에 비기면 갈길 더 까맣다
>
> 가야 할 눈길은 눈가늠하고
> 자박자박 발자국 지려 밟으며
> 아득한 숫눈길을 홀로 가누나

— 「숫눈길」 전문

...
내 본향
가는 길에 눈을 들어 앞을 보니
고요한
밤하늘에 자정은 깊어 가고
별 하나
어둠 속 멀리 고독하게 빛나네

- 「귀속」 일부분

소외의 느낌 속에 밤의 내용 가득하고
자아의 완성보다 밤의 윤곽 선명한데
오늘도 명상으로 걸어가는 이 밤길
귀뚜라미 우는 소리 자정만 깊어가네

- 「고요한 밤길」 부분

이러한 시들은 모두 소외 속에 밀려오는 고독의 정서를 읊은 것이다. 아득한 숫눈길을 홀로 가야 하는 서정주인공, 멀리 밤하늘에 어둠 속 고독하게 빛나는 별 하나, 귀뚜라미 우는 소리에 자정만 깊어 가는데 시적화자는 여기에서 무거운 소외감을 느끼며 간밤을 지새운다. 고향산천에 대한 그리움은 이러한 소외감 속에서 날로 더 깊어 갈 수 밖에 없는데 시적화자는 그럴 때일수록 낯익은 고향의 산천과 민족의 얼이 깃든 고향 산수들을 읊조리면서 마음의 고독을 달래고 다시 분발할 의지를 다진다. 고향산천과 고향의 산수들이 박운호의 시속에서 동년의 꿈과 더불어 다른 한 시적 테마로 자리 잡은 원인은 여기에 있다.

박운호의 시에는 고향산천과 송화강, 용담산, 송화호, 동경성, 경박호, 백두산, 천지 등 민족의 상징물들이 자주 등장하고 있는데 이러한 것들은 상기 서술한 바와 같이 『쑥대밭』에서 다른 한 서정의 대상으로 되어 박운호의 시세계를 장식한다.

앞에서 언급한 바와 같이 "하해"바람에 청운의 뜻을 버리고 무작정 뛰어든 "바다", 거기에서 박운호는 인생의 쓰라림을 만끽하였고 생활의 어려움을 맛보았다. 정다운 고향산천을 떠나 이역 땅에서 고달플 때마다 그는 북녘하늘을 바라보면서 고독을 달리곤 했다. 그의 이러한 행적은 사향의 정서를 그의 시의 한 테마로 자리 잡게 했는데 사실 그의 시에 있어서 이러한 사향은 어린 시절의 꿈과도 밀접한 연계를 가지면서 박운호의 시세계 내면을 구축하고 있다.

> 더위 더위를 등에 지고
> 뻘뻘 땀을 흘리노라면
> 저 멀리 북방 강물이 그리워진다
> …
> 날씨에 달아오른 몸
> 향수에 달아오른 마음
> 한 겨울 살며시 내리는
> 북방의 하얀 눈송이가 그리워진다
>
> 하, 더위! 더욱
> 뜨겁게 달아오르는 여름날 오후
> 나는 북방 생각으로 온몸을 식힌다
> 나의 진실 나의 숨결, 아, 그리운 북방이여!
>
> 「북방생각」

> …
> 송화강 푸른 물에 동심을 잠글 때
> 해맑은 하늘가에 꽃구름 피었던가
> 모래톱에 뒹굴며 잔뼈를 굳힐 적에

비 개인 동산 위에 무지개 걸렸던가

푸른 하늘 푸른 산 푸른 강변에
천진한 어린 가슴 그 언제 움텄더냐
푸른 물결 푸른 숲 푸른 기슭에
싹 푸른 여린 맘 그 언제 자랐더냐
...

- 「송화강 3부곡」

눈에 묻힌 푸른 꿈 찾아
가슴에 솟은 성산(聖山)을 찾아
백두 절정에 오르노라

봇나무 우거진 하얀 숲엔
눈이 내려 더더욱 하얗구나
한데 모여 아득히 아득히 보고픈 곳
바라보는 백의 동포의 흰 그림자 아니냐
...

- 「눈은 아직 녹지 않아」

고향산천과 민족의 상징물들을 읊은 시 가운데서 임의로 선택한 시들
이다. 첫 수는 남방의 열대야 속에서 북녘하늘을 바라보며 고향에 대한
그리움을 읊은 시다. 북방은 시인이 자라나고 청운의 꿈을 키우던 곳이
다. 그래서 이곳은 언제나 그의 곁에 있으면서 시정을 무르익히는데 이
시에서 "하얀 눈송이"는 겨우내 북방을 덮고 있는 눈을 가리키기도 하
지만 여기에서는 백의민족, 즉 하얀색으로 대변되는 우리 민족을 지칭
하기도 하는 것으로서 사향은 여기에서 디아스포라적인 정서는 물론 무
한한 민족애과 겹쳐지면서 아름다운 시적 이미지를 파생시킨다. 두 번

째 시는 「송화강 3부곡」 중의 일부분이다. 백두산 천지에서 발원하여 동북평원을 가로지르며 유유히 북으로 흐르는 송화강, 백두산과 연결되어 있어 민족의 강으로 이름이 있기도 하지만 박운호가 나서 자란 북녘의 어머니 강이다. 그 기슭에서 그 물을 마시고 자란 박운호에게 있어서 송화강은 고향과 같은 존재이며 언제나 잊을 수 없는 어머니 강이다. 그는 여기에서 푸른 꿈을 키웠고 청운의 뜻을 키웠다. 오늘 날, 그 꿈이 역사의 뒷안길로 사라졌지만 마음속에 깊이 자리 잡은 그 강의 이미지는 영원한 것이다. 따라서 이 시에서 시적화자는 "옛 물결에 묻혀진 푸른 꿈 어디 갔"느냐고 물으며 시상을 토로하고 있는 것이다. 세 번째 시는 백두의 절정에 오르면서 서정을 토로한 시인데 눈과 봇나무, 백의동포라는 이미지로 백색과 연계시켜 읽을 수 있는 시다. 거기에 민족의 성산이라고 일컬어지는 백두산까지 이 시에서 박운호는 통일이라는 민족의 큰 꿈을 꾸며 아직은 눈이 녹지 않아 그러한 큰 꿈이 이루어질 수 없는 현실에 대한 안타까움과 더불어 그 큰 꿈의 그리움을 역설하고 있다.

박운호는 그리움에 지친 사나이다. 청운의 꿈을, 이루지 못한 청운의 꿈은 박운호의 시에 강열하고 추호의 가식도 없는 시정을 불어넣었는바 박운호의 시는 이 때문에 언제나 추호의 가식도 없이 솔직하고 순수하게 엮어지고 있다. 솔직함과 순수함 이 역시 박운호 시의 일대 특징의 하나인데 여기에서 그의 시는 일부 다듬어야 할 부분들이 있지만 여전히 독자들의 심금을 울리며 미적 효과를 불러일으키고 있는 것이다.

3. 결론

이상에서 우리는 박운호의 시를 "꿈"을 키워드로 집요한 청운의 꿈과 그리움 정서, 뒤틀린 "하해"의 고달픔과 청운의 꿈, 고향산천으로 대변되는 백의 혼과 청운의 꿈, 이 세 개 부분으로 나누어 정리해 보았는데 그의 시는 주로 포기할 수 없는 어린 시절의 꿈에 대한 그리움으로 시작하여 청운의 꿈을 이루지 못한 꿈에 대한 갈망과 그리움으로 결속되고 있다고 해도 과언이 아닐 정도로 집요하게 청운의 꿈을 추구하면서 시정이 전개되고 있다. 이것은 그의 어린 시절의 꿈이 그만큼 소중했다는 반증이기도 하며 그 꿈을 이루지 못한 한이 그의 가슴 속 깊이 서려 작가의 시정을 익히고 있다는 증거이기도 하다. 사실 박운호의 인생길은 고난의 연속이었지만 응당 인생의 성공자라고 해야 마땅하다. 그런데 박운호가 이렇듯 그것을 집요하게 파고드는 것은 그의 적극적인 인생태도를 비롯하여 인생길에서 탐구와 추구를 그치지 않는 그의 적극적인 삶의 의지를 표현한 것으로써 그러한 의지가 시로 녹아 그의 시집 속에 깃들어 그의 시세계가 구축되고 있다.

이외에도 박운호의 시는 "가로세로 보는 시"를 비롯하여 기타 여러 방면에서도 더 깊이 더 넓게 분석되어야 하지만 이 부분의 논의는 뒤로 미루고 시인이 앞으로도 더 좋은 더 아름다운 시작들을 우리에게 선사해 줄 것을 기대하면서 붓을 놓는다.

조선족 소설 연구

빈곤한 이론과 이론의 빈곤

중국조선족소설문학의 어제와 오늘

광복 후, 중국 조선족문학은 광복 전에 이 지역에서 전개된 문학과는 사뭇 다른 방식으로 전개된다. 자유로운 이론 선택으로 창작을 해오던 광복 전 문학과는 달리 이 지역의 문학은 중화인민공화국의 창건이라는 거대한 역사적 사건과 마오저둥의 「연안문예좌담회에서의 강화」와 사회주의 사실주의 이론의 변종인 "혁명적 사실주의와 혁명적 낭만주의의 결합"이라는 이론의 지도하에 자체의 본질을 떠나 혁명과 이데올로기의 대용물로 전락되었고 작가들도 그러한 입장에서 이른바 소설을 창작하고 있었다. 계급이란 일원론에 입각한 빈곤한 이론은 문학을 일색화시키며 문학의 본질을 무색하게 만들었고 현실과 문학, 사회와 작가, 작가와 작품, 작품과 독자의 관계를 교양과 교육이라는 단순 논리로 단축시켰다. 결과 정치대용품 비슷하거나 복잡다단한 현실을 무시하고 현실을 분석하며 만세만 불러대는 소설이 판을 쳤고 현실논리와 모순은 만세소리 요란한 가운데 망각되면서 악순환을 거듭했다. 그 결과 "문화대혁명" 이전 17년 중국조선족소실은 거의 답보상태에 있었고 소설의 양식도 거의 변함이 없었다. "문화대혁명" 후에는 상황이 어느 정도 개선되어 자유로 여러 가지 창작방법을 선택할 수 있는 여건이 생겼으나 이론의 빈곤은 계속되면서 그렇다고 할 만한 성과가 나오지 않고 있다. 1945년 광복으로부터 50여년, 1949년 중화인민공화국의 설립으로부터 47년, 문화대혁명의 종결로부터 30년, 시간은 퍽이나 흘렀으나 중국조선족문학에는 일부 작가들의 극소부분 작품을 제하고는 답보는 계속되고 있다. 빈곤한 이론이 풍요한 문학을 산생하지 못했듯이 이론의 빈곤도 문학에 풍요로움을 주지 못할 것은 당연한 논리라면 논리라고 하겠다. 중국조선족작가들이 사상을 철저히 해방하고 풍부한 이론으로 창작수양을 제고하지 않는 한 오늘과 같은 중국조선족문학의 현상은 계속될 것이며 문학은 더 고갈되어 갈 것이다. 그럼 이러한 현상을 타개하고 문학의 빈곤을 극복하는 대안은 없는가? 필자는 본문에서 문화대혁명을 계기로 전후 두 개 시기로 나누어 이론의 전개양상과 그 이론을 바탕으로 전개된 문학양상, 그리고 오늘도 빈약한 이론을 기반으로 전개되고 있는 중국조선족소설의 현 상태를 살펴보면서 그 대안 마련에 일조를 해 볼까 한다.

광복 후, 중국조선족의 소설문학은 중화인민공화국이 창건된 직후인 1950년으로부터 시작되고 있다. 광복 전에 『만선일보』에 「두 번째 고향」(1938), 「암야」(1939), 「낙제」(1939), 「청공」(1940) 등 작품을 발표하면서 이 지역의 문단을 장식하였던 김창걸은 이 시기에 수년간의 절필을 결속하고 공화국 창건 이후의 농촌이 새 생명을 맞이하고 새 출발을 하고 있다고 전제하면서 「새로운 마을」(1950)이란 작품을 발표하는데 이것은 광복 이후 중국조선족소설문학의 본격적인 출발을 알리는 소설이라고 할 수 있다.[1] 그 이후로 연변에 와 정착한 김학철을 비롯하여 이홍규, 이근전, 염호열, 백호연, 김순기, 김용식, 최현숙 등이 가세하여 창작을 진행하면서 중국조선족소설은 부흥기를 맞아 「소골령」(염호열, 1950), 「마을사람들」(김강철, 1951), 「새집드는 날」(김학철, 1953), 「뿌리박은 터」(김학철, 1953), 「마을의 승리」(김창걸, 1951), 「행복을 아는 사람들」(김창걸, 1954), 「첫 승리」(최현숙, 1954), 「홍수질 때」(이근전, 1955) 등 100편의 작품들이 발표된다.[2] 이 시기는 중국조선족문학사에서 소설이 가장 많이 발표된 시기의 하나로 중국조선족문학사에서 상당히 중요한 위상에 있다고 할 수 있다.

그러나 간과할 수 없는 것은 이러한 작품들이 대부분이 제제, 주제를 비롯하여 인물 형상, 소설구성, 슈제트 전개 등 면에서 모두 강열한 이데올로기적인 경향을 보여주면서 예술적인 표현이 무시되고 있는 것이다. 이것은 "문화대혁명" 전 17년간의 작품들이 거의 모두가 가지고 공동한 병증의 하나이다. "문화대혁명" 이전 시기의 소설들이 가지고 있는 이러한 모병은 당시 중화인민공화국내에서 성행하고 있던 문학이론과 밀접한 관계를 가지고 있는데 소설이 가지고 있는 이러한 경향은 당시 성행하던 일원론의 빈곤한 이론에서 파생한 이른바 "혁명적 사실주의와 혁명적 낭만주의가 결합된" 창작방법의 소치라고 할 수 있다.

주지하다시피 당시 중국에서 성행하던 것은 이른바 "혁명적 사실주의와 혁명적 낭만주의의 결합"이라는 경직된 이론이었다. 이 이론은 마오저우둥의 「연안문예좌담회에서의 강화」가 그 발단으로 지적되고 있지만 사실 마오의 이론도 구소련의 문학이론에 근저를 두고 있었다. 당시 구

---

1) 광복 후에 염호열, 이홍규, 목일성 등 작가들의 작품이 『문화』, 『건설』 등 잡지에 발표되었으나 광복 후 중국조선족소설이 본격적으로 발표되기 시작한 것은 1949년 이후로 보는 것이 상례이다.

2) 이광일, 『해방 후 조선족 소설문학연구』, 민족문제연구소편, 경인문화사, 2003 참조.

소련에서는 장기간 "계급사회에 있어서는 중립적인 예술이 있을 수 없다"[3] 는 단순한 계급주의에 입각하여 "목적의식론"을 비롯한 문학의 대중화, 유물주의 창작방법론, 사회주의 사실주의 등이 강조되고 있었는데 이 모든 것은 문학을 계급적이고 정치적인 측면으로부터 파악하면서 예술 그 자체의 가치를 부정한 이론들이다. 물론 구소련에서도 문학의 본질을 비롯하여 문학과 현실의 관계, 문학과 정치의 관계, 문학의 진실성문제, 전형성문제, 작가의식과 창작문제, 문학의 내용과 형식 등 문학의 여러 가지 문제에 대한 이론적인 연구를 진행하여 문학의 진실성, 전형적인 형상창조, 심리묘사와 인물성격부각 등 면에서 상당한 업적을 거둔 것만 사실이다. 그러나 "목적의식론"을 비롯한 정치돌출주의, 이념지상주의 등 관점은 후세 문학, 특히는 공산권문학과 그러한 경향을 띤 프롤레타리아 문학에 막대한 영향을 주어 문학의 굴곡적인 발전을 초래했다는 것 역시 사실이다.

중국의 경우, 현대문학이론은 30년대 구소련의 문학이론을 바탕으로 전개되는데 40년대를 경과하면서 논쟁이 없었던 것은 아니나 마오저우 등의 「연안문예좌담회에서의 강화」가 발표되면서 문학이 노동자, 농민, 병사와 지식인을 위하는 계급문학이라는 데서 한 단락을 지으며 중국 현대문학이론의 기본 틀이 마련된다. 이글에서 마오는 문학이 누구를 위해 어떻게 복무해야 하는가 하는 문제는 문학의 가장 근본문제라고 지적하면서 이 문제가 해결되면 문학의 기타 문제는 쉽게 풀릴 수 있다고 지적하였다. 이를 토대로 그는 중국의 현대문학은 노동자, 농민, 병사와 근로대중과 지식인을 위한 문학이어야 한다고 규정하면서 그들을

---

3) 장전진 외 편, 『소련문학사략(蘇聯文學史略)』, 녕하인민출판사, 1986년 6월판 참조.

위해 어떻게 봉사할 것인가를 비롯하여 문학의 보급과 제고문제, 문학 전통의 계승과 창조문제 외 중국현대문학이론의 정립에 대한 여러 가지 문제를 언급하였는데 이 글은 현대중국의 강령성적인 문학이론으로서 줄곧 문예계에서 반드시 준수해야 할 규범으로 되었다. 건국 후에도 중국의 문예이론은 줄곧 이 "강화"의 내용을 중심으로 전개되는데 문제는 50년대 중후기에 이르면서 그것이 일부 관념론적인 문학이론가들과 일부 "좌"적인 사상을 지닌 문학인들에 의해 문학이 프롤레타리아 정치를 위해 복무해야 한다고 하는데 가닥이 잡히면서부터 "좌"적인 색채가 농후해지기 시작했다. 이를테면 중국현대문단에 가장 직접적인 영향을 준 "혁명적 사실주의와 혁명적 낭만주의의 결합"이란 이론이 바로 그러한 것인데 여기에 대해 마오는 이렇게 지적하였다. 문학에서 "형식은 민가이고 내용은 사실주의와 낭만주의의 대립적 통일이어야 한다. 너무 현실화하면 시를 쓸 수 없다."[4] 1958년 3월에 성도(成都)에서 있은 중공 사업 회의에서 한 마오의 이 연설은 대약진 속에서 나타난 민요문제를 논한 것인데 여기에서 두 가지 내용이 돋보인다. 하나는 "사실주의와 낭만주의의 대립적 통일"이란 말이고 다른 하나는 "너무 현실화하면 시를 쓸 수 없다"는 대목이다. 첫째, "사실주의와 낭만주의의 대립적 통일"이란 관점은 세상만물은 모두 대립물의 통일체로 구성되었기에 투쟁을 통해야만 통일에 이를 수 있다는 마오의 철학사상에서 비롯되는 것으로서 모든 문제의 해결에서 언제나 투쟁을 선차적으로 내세우는 마오의 개성적 성격과도 통하는 데가 있다. 그러니 마오다운 해석이라고 하겠다. 둘째, "너무 현실화하면 시를 쓸 수 없다"는 말은 위대한 정치가이면서도

---

4) 이명학, 『중국당대문학사』, 연변대학출판사, 1997, 23쪽 재인용.

많은 시를 써온 마오 자신의 창작경험에서 온 것이라는 평도 가능하지만 더 중요한 것은 언제나 낙천적이고 낙관에 차 있던 마오의 기질과도 관계되는 것이다. 평생 혁명에 몸을 담그고 처절한 투쟁 속에서 살아왔고 또 그러한 투쟁 속에서 언제나 승리를 맞보아온 마오에게 있어서 시란 바로 이런 것이었을지도 모른다. 따라서 마오에게 있어서 이것은 자기의 성격과 기질에 따른 민요에 대한 평이었지 일반적인 창작요구인 연안문예좌담회에서의 관점을 수정한 것이 아니었다. 만일 기어이 마오의 이 관점을 연안문예좌담회에서 제기한 문학관점과 같은 맥락에서 이해하려고 한다면 사실주의와 낭만주의의 대립통일 속에서 노동자, 농민, 병사, 지식인을 위한 문학을 창조해야 한다는 해석이 가능할 것이다. 그런데 문제는 그 뒤로 곽말약(郭沫若), 주양(周揚) 등 당시 중국의 문단을 주름잡던 문인들에 의해 그것이 이른바 "혁명적 사실주의와 혁명적 낭만주의의 결합"이라는 창작방법으로 해석되면서 현대작가들이 창작가운데서 반드시 지켜야 할 "새로운 예술창작방법"으로 되었다. 중국 문학예술가 제3회 대표대회에서는 이 문제에 대해 아래와 같은 강령성적인 결론을 내려졌다. "우리가 지금 제기하는 혁명적 사실주의와 혁명적 낭만주의의 결합방침은 과거의 문학예술 가운데서 사실주의와 낭만주의의 우수한 전통을 비판적으로 계승하고 종합한 것이다. 새로운 역사 환경 속에서는 마르크스주의 세계관을 토대로 이 두 가지를 결합하여 완벽한 새로운 예술방법으로 형성시켜야 한다."5)

혁명적 사실주의와 혁명적 낭만주의가 과거의 사실주의와 낭만주의의 우수한 전통을 비판적으로 계승하고 종합한 것이라고 하지만 사실 여기

___
5) 『중국 문학 예술가 제3회 대표 대회 문건집』.

에서 말하는 혁명적 사실주의란 전통적인 "있는 그대로"의 리얼리즘인 것이 아니라 "있어야 할", "마땅히 그래야 할" 현실로 해석된다. 있는 그대로의 현실이 아니라 있어야 할 현실로 혁명적 사실주의가 해석될 때 리얼리즘의 정수(精髓)는 무시되고 현실은 이상화되어 가며 그 속에서 현실의 참혹성은 외면된다. 그러한 현실과 그래야 할 현실 사이에서 이른바 혁명적 사실주의는 후자를 선택함으로써 작가들은 현실에 대한 예리한 관찰과 해부나 현실모순과 갈등에 대한 리얼한 묘사보다는 현실을 미화하고 분식하며 나아가서는 현실모순과 갈등을 무시하고 현실을 이상화하기에 급급했다. 제제선택, 주제표현, 인물부각, 표현수법 등 모든 면에서 유형화, 관념화 경향은 이러한 이론의 직접적인 산물로서 현대 중국문학사상에서 반드시 대서특필해야 할 침통한 교훈의 하나이다. 혁명적 낭만주의 역시 이러한 측면에서 해석될 수 있는데 마르크스주의에 대한 확고한 신념, 혁명에 대한 철저한 충성, 미래에 대한 맹목적인 동경 등으로 풀이할 수 있다. 이러한 맹종과 추종, 그리고 공상과 공허한 외침 속에서 여전히 현실은 무시되고 현실논리보다는 현실의 당위성이 강조되었다. 여기에 따라 창작이 지도되어 문학은 가장 귀중한 자유를 통제 당했고 상상이 비상의 나래를 잃었고 무형의 틀 안에서 문학은 배회하다가 고갈될 위기를 맞게 된다. 계급적인 단순한 일원논리에 따른 이러한 유치하고 빈곤한 이론의 지도하에서 문학에서는 날이 갈수록 유형화, 관념화 경향이 짙게 나타나기 시작하였고 그 뒤를 이은 "반우파 투쟁"과 "문화대혁명"에서 극에 치달아 문학은 고갈 상태에 이르게 되었다.

현대중국의 이러한 문학이론은 "문화대혁명"에 이르면서 극단으로 나아갔는데 결과적으로 말하면 이렇게 전개된 문학이론은 문학이 문학으로서의 존재적 가치를 부정하고 이데올로기의 도구 즉 무산계급의 정치를 설교하는 도구로 보았는바 그 결과로 문학창작상의 도식적인 경향, 인물형상부각상의 유형화 경향, 가치판단상의 단순화 경향이 나타났으며 또 그 결과로 문학이 인간의 창조적인 활동으로서의 기능보다는 정치적인 효용론이 강조되었고 인간성에 대한 묘사나 부각보다는 정치적인 교양이 선행하게 되었다. 문학의 교양작용에 대한 강조도 이와 맥락을 같이 하는 것으로서 문학의 계급화와 이데올로기화의 가장 전형적인 표현의 하나라고 할 수 있다.

중국조선족문학도 대체로 이러한 문학이론을 기반으로 하여 전개되는데 우리말 우리글로 창작을 진행한다는 문자적인 특수성 외에 중국문단과 색다른 것은 거의 찾아보기 어려운 실정이었다. 공화국 건립이후로 겨끔내기로 들이닥치는 여러 가지 정치운동과 상술한 문학이론은 아무리 우수한 문학작품이라도 노동자, 농민을 떠나서는 안 되며 무산계급의 혁명이라는 이 논리를 떠나서는 존재할 수 없다는 것을 작가들에게 거듭 알려주었다. 특히 1957년부터 시작되는 "반우파투쟁"과 그 뒤로 잇따라 진행되는 정치투쟁은 확고한 무산계급 입장과 이데올로기를 구축한다는 미명하에 진행된 것이지만 결론적으로 말하면 자유 작가들을 제거하고 작가들의 이데올로기를 일색화하기 위한 것으로서 창작을 고갈시키는 작용밖에 더 하지 못했다. 고압적인 정치공세와 경직된 문학이론의 공세 속에서 많은 문학가들은 문학하면 무산계급정치를 위해 복무해야 하며 문학하면 그러한 사상으로 독자들을 교육할 수 있는 교양적의의가 있어야 하는 것으로 이해하였다. 50년대 중국문단을 휩쓴 송가나 찬가는 모두 이러한 문화풍토에서 나타난 것이다.

주지하다시피 50년대 중국조선족문학은 대부분이 송가나 찬가로 되어 있다. 어떤 평론가들은 이 시기의 중국조선족시가문학에 대해 다음과 같이 평가하고 있는데 이 시기 문학이 송가나 찬가로 되어 있다는 좋은 반증으로 된다.

건국 초기 7년 동안에 무엇보다도 먼저 우리의 이목을 끄는 것은 민족 재생의 새 봄을 안겨주고 행복한 생활의 요람을 마련해 준 조국, 당, 수령에 대한 조선족인민들의 다함없는 흠모와 존경, 최대의 찬양과 칭송의 마음을 앙양된 정서적 체험과 생동한 형상으로 뜨겁게 노래한 작품들이다.[6]

이러한 상황은 이 시기에 씌어진 작품명으로도 확인되는데 임효원의 「새 국기밑에서」, 서헌의 「영예는 조국에」, 김례삼의 「공산당의 붉은 기발」, 김창석의 「7월의 붉은기 인민의 자랑으로 휘날려라」, 박응조의 「모주석의 초상화」 등은 그 제목자체로부터도 이러한 시가들이 모종 송가형식을 띠고 있다는 것을 알 수 있다. 이러한 상황은 당시 중국조선족 시단의 경직된 정서와 단일한 가치추구 및 문학의 이데올로기화 상황을 극명하게 보여주고 있는데 당이나 수령, 그리고 혁명의 승리 등에서 서정의 실마리를 찾고 그것으로 소기의 목적에 도달하려 했다는 것을 말해준다.

당시 가장 우수한 작품으로 평가받고 있는 김철의 「지경돌」이라는 작품을 보자.

해토 무렵 두 령감
지경돌을 뽑는다

---

6) 조성일 외, 『중국조선족문학사』, 연변인민출판사, 1990, 306쪽.

물싸움에 삽자루 동강나던
지난 일을 생각하여 얼굴이 붉었는가

아니 지경 없는 이 밭을
임경소 뜨락또르 척척 갈아엎으리니

오늘부턴 한집식구 두 령감
오, 행복의 노을 비꼈노라.

　　작품에서 아래위를 이어주는 모멘트는 "붉은 얼굴"인데 이것은 작가
가 가장 재치 있게 처리한 부분이다. 짧은 시구에서 작가는 지경돌을
뽑노라니 더워서 붉어진 얼굴과 석양에 붉게 물든 두 노인의 얼굴을 서
로의 물싸움에 삽자루 동강나던 지난 일이 부끄러워 붉어진 얼굴로 비
화시켰다가 다시 미래의 아름다운 생활에의 동경에로 전화시키며 "행복
의 노을"로 승화시키고 있다. 서정이 진지하고 예술적 승화가 자연스럽
고도 설득력 있게 처리되면서 저녁노을에 붉게 물든 한 폭의 그림을 방
불케 한다. 그러나 간과할 수 없는 것은 여기에서 작가가 읊조리고 있
는 것은 중국농민들이 농업 합작화의 길로 나아가는데 있어서의 희열과
감격, 그리고 그러한 길을 트여준 당과 수령에 대한 감격의 정이다. 말
하자면 당의 합작화 시책을 노래하면서 당시 유행하던 이데올로기를 구
상화한 것이다. 그런데 그 시기 농업합작화가 역사발전의 필연적인 발
전의 결과나 농민들의 본의가 아니고 국가 수뇌부의 "좌"적인 노선에
의해 급진적으로 추진된 운동이었다는 것과 개혁개방 후, 다시 땅을 배
분하고 지경돌을 박아야 했다는 역사사실을 감안할 때, 역사적인 아이
러니라고 하지 않을 수 없다. 이러한 경향은 "문화대혁명" 이후에도 상

당히 긴 시간 계속되고 있는데 임효원의 「찬란한 태양」, 「위대한 중국 공산당」, 김철의 「날이 개었습니다」, 이욱의 「조국송가」, 김성휘의 「그이 는 영원히 우리 마음속에 계십니다」, 「9월 9일은 왔건만」, 이상각의 「당이여, 자애로운 어머니」, 「당을 따르는 마음」 등 헤아릴 수 없이 많다.
임효원의 「위대한 중국공산당」이란 시 한 수를 더 보기로 하자.

언제나 우리들을 승리에로 이끌며
행복을 안겨주는 중국공산당
위대한 수령 모택동이 세우고 키우신
무산계급 선봉대, 혁명의 정당.

불비와 가시덤불, 칼산을 넘으며
만 리 길 걸어 나온 중국공산당
위대한 모택동의 기치를 높이 든
무산계급 선봉대, 계급의 사령부.

장정의 새 길에서 국제가를 부르며
새 세계를 창조하는 중국공산당,
원쑤들의 음모와 침략을 족치며 나가는
무산계급선봉대, 승리의 향도자.

위대하고 정확하고 영광스러운 당,
인민을 영도하여 앞으로 앞으로.

시가의 끝머리에 "1977. 7. 연길"이라고 적혀 있는 것을 보면 작품이 문화대혁명 후에 씌어진 작품이라는 것을 말해준다. 그런데 보는 바와 같이 시에 반드시 있어야 할 상징이나 가슴속 깊이에서 울려나오는 진 실한 감정은 물론 시인이 가지고 있어야 할 내적 고민과 갈등도 없다.

비유도 서정도 문제고 행을 나누었다는 것 외에는 시적인 멋이 거의 없다. 구호를 열거해 놓은 것뿐이다. 그만큼 경직되어 있었다는 얘기로서 송가가 유행하고 판을 치는 문학의 이데올로기 세월이라 어느 정도의 이해도 가능하지만 작가들의 문학하면 송가 식으로 되어야 한다는 작가들의 의식에도 문제가 있다. 이러한 경직된 사고방식과 시상은 상술한 그릇된 문학이론과 사상, 즉 문학의 이데올로기화에서 오는 것으로서 근본문제는 그러한 가운데서 문학이 문학으로서의 본연을 멀리 떠나 특정한 이데올로기의 소유물로 전락되었다는데 있다. 이러한 전락과 함께 문학은 날로 더 황폐화되어 갔고 작품은 거의 볼 멋이 없는 교양물로 되어 갔다.

소설 쪽의 사정도 이와 비슷한데 어떤 평론가들은 이 시기의 중국조선족소설문학을 이렇게 평가하고 있다.

> 건국 후 소설발전의 첫 단계의 단편소설들은 사회주의 제도의 우월성과 새 생활에 대한 희열과 긍정, 자기 운명을 자기 손에 틀어쥐고 새 사회, 새 생활을 가꾸어가는 근로대중의 전형적 성격창조, 사건얽음새의 비복잡화, 묘사의 진실성과 소박성 등을 자기의 특징으로 하고 있다.

> 건국 후 첫 7년 동안의 단편소설창작에서 무엇보다 먼저 사회주의 제도가 마련해 준 새 생활에 대한 희열과 감격, 나라의 주인으로 된 농민들의 로력적 투쟁, 애국증산의 열정을 반영한 작품들이 전면에 나섰다.[7]

소설의 경우, 물론 시처럼 그렇게 직접적이지는 아니지만 역시 비슷한 경향으로 흐르고 있었다. 공화국 창건 후, 중국조선족문단에 나타난

---

7) 조성일 외, 『중국조선족문학사』, 연변인민출판사, 1990, 332쪽.

김창걸의 「새로운 마을」을 비롯한 작품들은 거의 모두가 건국 후 농촌에서 일어난 엄청난 변화를 쓰고 있는데 당의 영도 하에 농촌에 전에 없던 변화가 일어나고 있다는 선행주제와 기성관념을 위수로, 당의 지도아래 사회주의혁명과 건설을 위해 열심히 일하는 노인이나 청년들의 형상을 부각하고 있는데 그들은 하나같이 당에 충직하고 땅의 주인이 된 무한한 감격의 정을 안고 헌신적으로 일하고 있다. 이러한 소설의 테마와 슈제트는 일정한 이데올로기적인 각본에 따르고 있으며 등장인물과 그들의 성장과정은 살아 숨 쉬는 인간으로서가 아니라 꼭두각시나 인형같이 그 어떠한 무형의 틀에 의해 움직이고 있다. 또 작품의 주제도 그 어떠한 기성 개념이나 관념으로부터 출발하여 그것을 도식화하는데 만족하고 있다. 예술적 감화력이란 거의 운운할 여지조차 없고 소설이 가져야 할 형상성은 더 말할 것도 없으며 테마의 확장이나 주제의 심화는 고갈되어 있고 심도 있는 인간성의 설파나 묘사는 더 말할 여지도 없다. 소설은 하나같이 과도기의 사회의 참혹상을 외면하고 있으며 한 측에서 사람들이 무더기로 죽어나가지만 한 측에서는 "만세"소리 요란한 가운데 송가만 불러대면서 현실을 분식하기에 바쁘다. 소설이 반드시 직시하여야 할 현실은 저 뒷전으로 사라져 갔고 현실의 비극은 망각가운데 날로 처참해만 갔다. 이를테면 당시 우수작으로 알려져 있는 소설 「새로운 마을」은 토지개혁 후에 새롭게 각성한 갑식이라는 농민이 개인의 토지소유권을 아무런 미련 없이 버리고 합작화의 길로 나아갔다는 이야기를 쓰고 있는데 토지소유권의 소실가운데서 있음직한 공과 사의 갈등이나 모순, 합작화라는 미지에 세계에 대한 심리부담감 같은 것은 거의 찾아보기 힘들고 판에 박은 듯이 합작화 과정에서 희열과 감동을 느끼면서 열성을 부리고 미래를 개척해 나간다고 하고 있으며 「박창

권 할아버지」는 다섯 살에 아버지를 여위고 정처 없이 떠돌아다니며 갖은 고생을 다 하다가 새 사회를 만나 변신하면서 사회주의 제도의 따사로움을 만끽하면서 집단을 위해 헌신적으로 일하고 있다는 이야기를 쓰고 있는데 과도기 농촌에 있어야 할 법한 신구사상의 모순과 충돌, 토지소유권과 농업합작사를 둘러싼 농민들의 갈등과 충돌 등은 거의 찾아보기가 힘들다. 일부 평론가들은 이에 대해 이렇게 평가하고 있다.

> 건국 후 첫 7년 동안의 조선족소설문학은 표토를 가르고 나온 새싹처럼 따사로운 시대적 각광을 받으면서 건실하게 자라났다. 하지만 방금 자기 발전의 나래를 펴기 시작한 이 시기의 소설문학 특히 단편소설창작이 자기의 미흡점도 발로시켰다. 이 시기에 소설작품이 대폭적으로 창작되지 못했을 뿐만 아니라 발표된 작품들이 다룬 소재 범위도 협소하였다. 적지 않은 작품들은 구체적인 정책의 해석에 머물러 도식화, 개념화 경향이 엄중하고 예술적 감화력이 크지 못한 폐단들을 내포하고 있다.[8]

사정은 중국조선족문학의 거장으로 알려져 있는 김학철의 경우에 있어서도 마찬가지였다. 물론 이 시기 김학철소설은 당시 성행하던 소설들과 일부 차이를 보여주고 있다. 이점에 대해 필자는 「주체의식의 확립과 김학철의 후기 창작」란 글에서 이렇게 썼다. "그러나 그렇다 하여 김학철의 초기 창작이 아무런 가치도, 의의도 없다는 것은 아니다. 사실 김학철의 초기 창작도 나름대로의 의의를 가지고 있다. 공화국의 건립을 위해 피를 흘린 김학철에게 있어서 공화국의 건립은 더 없는 기쁨이었다. 따라서 당을 노래하고 공화국을 노래하고 사회주의를 노래하고 새 생활을 노래하는 것은 필연적인 귀처(歸處)였을지도 모른다. 그러나

---

8) 조성일 외, 『중국조선족문학사』, 연변인민출판사, 1990, 339쪽.

김학철의 초기 창작에서 남달리 귀중한 것은 그것보다도 진리에 충성하는 작가적 태도와 인격적 신념 및 참말을 하는 작가적 자세였다. 그의 이러한 신념과 자세는 그의 전반 생애에 관통되어 있는 것으로서 김학철은 오늘도 진리에 철저히 충성하면서 참말을 하기를 게을리 하지 않고 있다. 그의 후기 창작이 큰 성과를 거두게 된 것도 이것과 갈라놓고 생각할 수 없다."[9] 그러나 김학철 역시 공중누각에서 생활하는 인간이 아니었다. 그 시기 그는 승리의 기쁨과 함께 당의 모든 시책을 정확한 것으로, 또는 정확할 것이라는 맹종에 가까운 상태에 처해 있었다. 따라서 「맞지 않은 기쁨」, 「괴상한 휴가」와 같은 현실의 비리를 비난하는 작품을 썼지만 「새 집 드는 날」, 「뿌리박은 터」와 같은 소설을 쓰면서 현실을 분식하고 시책을 미화하였다. 분명 이것은 추종적인 성격을 띤 것이고 문학의 이데올로기화에 따른 것이다. 이점에 대해 어떤 평론가들은 "김학철의 초기 허다한 작품은 그리 성공적이 못된다. 특히는 공화국건립 이후에 펴낸 「뿌리박은 터」, 「새 집 드는 날」 등이 그러하다. 사실 그것은 추종의 문학이었는데 이점에 대해서는 작가도 시인하고 있는 실정이다"[10]고 평가하고 있으며 또 어떤 평론가들은 김학철의 50년대 창작은 "정치적 설교의 경향이 너무 짙"고 "김학철 답지 않은 멋쩍은 설교", "소설은 정치 이념을 설명하고 해석하는 도식으로 변해버렸다"고 하면서 "그 주인공들은 특정한 사상의 메가폰적인 신분으로 등장했다"고 평가하고 있다.[11] 나라의 덕택으로 새로운 구조로 된 집에 들게 되어 무한한 긍지감을 느끼게 된다는 「새 집 드는 날」이나 정열적으

9) 윤윤진, 『픽션과 현실사이』, 신성출판사, 2002, 291쪽.
10) 위의 책, 290쪽.
11) 김호웅, 『김학철연구』, 일본 와세다대학 논문집.

로 새 생활의 창조하기 위해 노력하는 주인공의 형상을 그린 「뿌리박은
터」는 실로 이러한 평을 받아야 마땅한 작품이다. 「뿌리박은 터」에는 이
런 구절이 있다.

> 나도 잘 모르기는 하겠소만--사회주의, 공산주의란 각자가 다 자기
> 의 뿌리박은 터를 사랑하고 존중하고 그 터의 무한한 번영을 위하여 노
> 력 분투하면 자연히 이루어지는게 아닐는지.

이 말은 김학철이 독자들에게 이 소설을 통해 하고픈 얘기였을 것이
고 또 갓 연길에 와서 자리 잡은 김학철이 자기 자신에게 하는 얘기였
을 것이다. 그런데 문제는 여기에서 하고자하는 뜻이 너무 노골적으로
표출되고 있기에 문학작품이라고 하기보다는 정치적 강연 비슷한 데가
더 많다는데 있다. 정치적인 교양을 목적으로 한 것이고 문학을 특정
이데올로기의 점유물로 보는 데서 오는 것이다. 그래서 어떤 학자들은
그의 이 시기의 창작을 "멋쩍은 설교"라고 못 박는 것이다.

하지만 개혁개방 후, 중국조선족문학에는 엄청난 변화가 일어난다.
특히는 개혁개방 후, 4인방을 타도하고 10여 년간 연변문단을 지지누르
던 이른바 "민족문화혈통론"12)이 부정되면서 문단을 정비기를 맞이하였

---

12) 「민족문화혈통론」이란 1969년 7월 29일자 『연변일보』에 발표된 연격문(필명)의
글 「"민족문화혈통론"을 철저히 짓부시자」는 글에서 나온 것인데 그 핵심은 민
족지구에서의 민족문화정책을 말살하는 것이었다. 글은 이렇게 쓰고 있다. "이른
바 "민족문화혈통론"이란 바로 연변지구당내의 자본주의 길로 나아가는 으뜸가
는 집권파의(주덕해를 가리킴) 매국투항주의 문예 검은 선의 핵심이다. 그의 논
법대로 한다면 문화는 계급에 속하는 것이 아니라 민족에 대하여 착취계급이나
피착취계급이나를 막론하고 한 가지 민족문화, 한 가지 민족정신, 한 가지 민족
감정이 있을 뿐이다. 그는 민족문화유산을 "구원"하고 몽땅 계승하여야 한다고
무척 고아댔으며 계급내용을 몽땅 뽑아버리고 계급모순을 뽑아버리는 이른바 민
족정신을 대대적으로 수립하고 자산계급 민족주의의 검은 물건짝을 팔아먹는 것

고『연변문예』,『아리랑』,『장백산』,『도라지』,『북두성』,『갈매기』,『송화강』,『은하수』,『진달래』 등 간행물들이 속출하면서 김학철, 이근전, 김용식, 이홍규 등 노작가들이 다시 문단에 돌아와 노익장을 과시하고 이원길, 정세봉, 임원춘 등 중견들과 최홍일, 우광훈, 유연산, 이혜선, 허련순, 이선희, 최국철, 김혁과 같은 젊은 작가들이 가세하면서 중국조선족소설계는 부흥조짐을 보여주기 시작하였다.

문화대혁명 이후 중국조선족소설문학의 가장 큰 특점의 하나는 사회비판의식이 강화되고 있는 것이다. 이 시기 작품들은 문화대혁명 전에 발표된 작품처럼 선명한 교훈적이거나 교육적인 기능을 수행하면서도 개인숭배와 문화대혁명, 그리고 "좌"적인 사상에 대한 역사적인 문화반성을 거쳐 이른바 금지구역이 타개되고 문학의 인간성이 강화되었으며 역사의식, 자아의식, 민주의식, 주체의식이 강조되면서 전통적인 사상의식과 가치 관념의 변화를 보여주고 있다. 노익장을 과시하고 있는 김학철의 소설을 위수로 재래의 송가와 만세식 소설은 자취를 감추기 시작하였고 작가들은 과감히 현실과 자기를 직시하고 현실을 예리하게 해부하였는바 이것은 소설문학이 이제 진정으로 자기의 삶에 대해 관심하기 시작했다는 표징으로서 소설문학이 한 단계 더 높은 차원으로 올라섰다는 징표의 하나이다. 이원길, 임원춘, 정세봉의 상처소설과 반성소설을 중심으로 제재의 폭이 넓어지고 저변이 확대되고 있으며 최홍일, 우광훈, 유연산, 김혁 등 젊은 세대 작가와 이혜선, 허련순, 이선희 등 여성 작가들이 의해 내면화되면서 복잡한 인간의 내면 풍경들이 속속 연출되

<hr />

으로서 이것이 바로 그의 "민족문화혈통론"의 핵심이다." 이 글은 문화대혁명시기 연변문단에 가장 큰 영향을 준 논조로서 여전히 계급 일원론에 입각한 논리였다.

고 있다. 소설이 단순논리와 일원적인 창작방법에서 탈피되어 새로운 방향모색을 하고 있다는 징표이다. 역사소설의 출현도 이런 맥락에서 풀이할 수 있는데 여기에서 강조되는 것은 민족의식으로서 나는 누구며, 어디서 왔는가를 묻는 것이다. 이 모든 것은 중국조선족문학이 재래의 단일한 참여의식에서 인간본연으로 돌아와 진정으로 자기와 자기의 삶을 직시하기 시작했다는 표징으로서 문학의 엄청난 변화를 예고하는 것이다.

그러나 짚고 넘어가야 할 것은 중국조선족문학 특히는 소설문학에서 괄목할 만한 성과를 거두지 못하고 90년대 이후로 거의 답보상태에 머물러있다는 점이다. 원체 "4인방"에 대한 반발에서 출발한 상처문학과 반성문학은 자체의 탄탄한 이론이나 새로운 창작방법을 구비하지 못했기 때문에 애초부터 더 높은 차원에서의 성과를 기대한다는 것은 무리였을지도 모른다. "4인방"에 대한 적개심과 그들의 부정과 비리에 대한 반발이 그 저변에서 작용을 했을 뿐이다. 또 거의 열광이나 맹종에 가까운 정열이 빛을 다 발하고 나니 뒷심이 모자랐고 한계를 드러낼 수밖에 없었다. 그 뒤로 전개된 문학 역시 이론의 부족을 비롯하여 작가들의 안계, 사고방식, 문학에 대한 이해, 그리고 대담한 창조의식 등 여러 면에서 적지 않은 문제를 보여주고 있는데 그것은 주로 아래와 같은 몇 가지에서 표현되고 있다.

첫째, 사고범위가 한정되어 있고 사고방식이 아직도 모종 틀에 얽매어 있기 때문에 제재범위가 아직도 협소하며 작가들의 안계가 아직도 자기의 생활을 비롯한 좁은 공간에 머물러있으며 생활체험이 부족하다. 사실 지금 우리 사회는 크게 변하고 있으며 우리 생활도 크게 변하고 있다. 문학이 인간사회생활의 반영이라는 낡은 관념으로 보아도 사회상의 모든 변화는 우리 소설의 제재로 될 수 있다. 그런데 우리 소설은 이러한 변화에 적응되지 못하고 있으며 많이는 기존제재에 머물고 있다. 물론 소설의 성공은 꼭 제재의 혁신에 있다고 하기는 어렵지만 지금 우리의 처지와 입장에서 이야기할 때 제재상의 혁신은 얼마든지 가능한 것이다. 이를테면 지금 우리에게는 가족이 한반도남북과 중국, 지어는 일본이나 미국 등지에 갈려져 살고 있는 경우가 적지 않으며 우리 민족의 적지 않은 분들이 상기 지역은 물론 저 멀리 유럽이나 지어는 라틴아메리카나 호주 등 지역에까지 진출하여 자기가치를 실현하기 위해 노력하고 있는데 거기에서는 끝없는 인생이야기와 드라마가 전개되고 있으리라는 생각이 든다. 특히는 원래부터 가족주의사상을 기반으로 하고 살아온 우리들에게 있어서 이러한 상황은 좋은 소설제재가 아닐 수 없다. 그리고 여기에 민족의 분단에 따른 아픔, 분단의 장기화에 따른 동족간의 모순과 갈등, 특히는 친지들 간의 오해, 그리고 몰이해 등을 첨가한다면 꼭 인심을 격동시키는 충격적인 소설도 나올 가능성이 있다. 그러나 이것은 아직도 요원(遙遠)한 이야기로 사고방식상의 변화가 없이는 기대하기 어렵다.

둘째, 문학에 대한 이해의 부족으로 우리 작가들은 아직도 소설을 꾸밈에 있어서 자기의 경험적인 사실기록에만 급급해 하고 있으며 소설의 기본으로 되고 있는 허구(虛構)의 작용을 충분히 발휘시키지 못하고 있다. 우리는 소설이란 허구이고 픽션이라는 점을 명기할 필요가 있다. 소설이 모두 경험적인 것이라면 경험해 보지 못한 일은 쓸 수가 없다는 얘기가 되는데 사실은 그와 반대로 소설이란 픽션이다. 소설이 픽션이라면 소설에서 상상도 아주 중요하다는 얘기가 되는데 이야기를 꾸미거나 엮어나갈 때 작가들은 합리한 상상을 할 수 있다. 위에서 제기한 제재의 소설일 경우, 친척들의 모순과 갈등, 그리고 몰이해에 적당한 상상에 따른 허구가 결합된다면 그 이야기는 상당히 인기적인 것으로 될 수 있을 것이다.

셋째, 창조의식의 결핍으로 우리의 많은 소설들은 아직도 묘사단계에 머물러 있다. 물론 소설은 묘사를 떠날 수 없고 묘사는 소설에서 상당히 중요한 위상에 있다. 그런데 우리의 작가들은 영화나 텔레비전 예술의 출현과 함께 소설에서의 묘사의 위상은 날로 격하되고 있다는 것을 알아야 한다. 원래 소설이란 어떤 사람이, 무엇을, 어떻게 하고 있다는 것을 주로 묘사하면서 그것을 기본으로 존속하여왔는데 지금은 상황이 많이 달라졌다. 특히는 영화와 텔레비전예술의 출현은 소설의 묘사를 무색하다할 정도로 궁지에 몰아넣고 있다. 그들은 누가, 무엇을, 어떻게 하고 있다는 것을 소설보다도 월등 형상적으로 보여주고 있는데 이것은 소설예술에서의 묘사의 중요성이 엄정한 도전에 직면하였고 새로운 출로를 찾지 않을 경우, 존속의 기능성이 문제로 될 수 있다는 것을 설득력 있게 보여주고 있다. 그러니 우리 소설이 계속 존속하기 위해서는 새로운 출로를 찾아야 했다. 그래서 새롭게 대두하고 있는 것이 이른바 심리소설이다. 인간심리의 제시에는 소설이 영화나 텔레비전이 무색할 정도로 월등 우월하다. 인간의 복잡한 심리, 자그마한 일에도 복잡하게 돌아가는 인간심리, 열 길 물속은 알아도 한 길 사람 속은 모른다는 우리 속담처럼 인간의 심리는 복잡하다. 그리고 그것은 또 하나의 세계이다. 그러니 우리 소설들은 이러한 인간심리의 제시에도 중시를 돌려야할 때가 된 것 같다. 지금 우리의 어떤 소설은 심리소설의 문턱에 와있다. 이것은 경하해야 할 것이다. 그런데 이러한 소설들도 아직은 문제가 적지 않은데 그 가운데서 하나만 제시한다면 그들은 인간의 심리를 논리에 맞는 심리로만 파악하고 그것을 제시하고 있는데 인간의 심리는 복잡한 것인 만큼 논리에 적응되는 면도 있지만 논리에 적응되지 않는 면도 있다는 것을 알아야 한다. 특히 인간의 무의식, 상상, 환상, 환각, 하의식과 꿈은 원초부터 논리, 특히는 형식적인 논리를 거부하는 것이다. 이 면에서 우리 소설들은 아직도 무궁무진한 잠재력이 있다고 필자는 본다.

마지막으로 현대문학이론과 현대소설에 대한 천박한 이해 때문에 우리 소설들은 아직도 이야기 위주로 전개되고 있어 기존소설의 틀을 벗어나지 못하고 있다는 감을 주고 있다. 소설에서 이야기는 상당히 중요한 구실을 하고 있다. 그러나 그것은 기성소설의 서사책략이었다. 현대소설에서는 이야기의 위상이 날로 격하되고 있는데 이 문제는 아주 복잡한 문제이므로 여기에서는 롤랑 부르뇌프와 래알 월레의 말을 인용하여 장황한 논술을 대처할까 한다.

"소설가란 바로 이야기를 잘하는 사람이다"라는 생각은 오늘날까지도 널리 퍼져 있는 터이지만, 로브 그리예는[13] 1957년에 바로 그러한 생각에 다시 한번 도전하고 나선다. "작품은 처음부터 끝까지 소설가를 사로잡는 이른바 이야기를 들려주는 즐거움이란 것이 작가의 소명의식인 양 여겨지고 있다. 가슴을 흔들 만큼 감동적이고 극적인 우여곡절을 엮어가는 일을 작가의 기쁨인 동시에 존재이유가 되고 있다." 거기에다가 한술 더 떠서, 순전히 지어낸 것일 뿐인 그런 내용이 문헌이요, 전기요, 실제로 체험한 이야기로 소개된다. 이런 짓거리를 가능하게 만드는 것은 "독자와 작자 사이의 어떤 묵계다. 작자는 자기가 하고 있는 이야기

---

13) 프랑스의 작가, 신소설파의 대표적인 인물, 주요한 작품으로는 「고무」, 「들여다 보는 사람」 등이 있다.

를 사실이라고 믿는척하고 독자 역시 모두가 다 지어낸 것이라는 사실을 잊어버리기로 한 묵계이다." 독자와 소설가는 서로서로를 환상의 세계 속으로 인도하여 최면을 걸어주기로 되었던 것이다. "문제는 심심풀이를 제공하는 것에 그치지 않고 한걸음 나아가 안심을 시켜 주자는데 있다." 로브 그리예에 의하면, 이 같은 암암리의 약속은 현실이란 파악 가능한 것이고 이 세계는 설명 가능한 것이라는 편안한 확신을 근거로 하는 것이다. 목표는 부르주아적인 안도감에 물러앉아 있는 것이다. 골치 아픈 이야기, 전에 못 보던 새로운 안목, 내가 잘 모르는 국면, 내가 알고 있는 내용을 근원부터 흔들어놓고 나를 불안하게 하는 것 따위는 싫다. 그저 재미있는 이야기만 끝없이 들려다오. 이것이 독자의 주문이고 작가는 그 같은 주문에 응하여 재미있게 이야기를 지어낸다. 이리하여 쌍방은 다 같이 안심한다. 그러나 이것은 "시효가 지난 개념"이다.[14] 여기에서 로브 그리예는 전통소설의 플롯 개념의 붕괴를 선언하고 소설 속에서 이야기라는 것의 새로운 개념을 구상하면서 "글 쓰는 행위"자체를 소설의 핵심으로 규정하려고 한다. 현대소설의 엄청난 변화를 예고한 것이다.

이외에도 중국조선족 소설에는 개성적인 인물성격의 결여를 비롯하여 섹스의 남용, 모두(冒頭)의 상식성 등 문제가 있는데 가장 중요한 것은 여전히 이론의 빈곤에서 오는 문학에 대한 천박한 이해라고 생각한다. 그러므로 풍부한 이론 수양 구비와 문학에 대한 깊은 이해야말로 우리 문단의 풍작을 기하는 유일한 출로라고 생각한다.

한마디로 현재 중국조선족소설문학에 절박하게 요구되는 것은 신선한

---

14) 롤앙 부르뇌프·레알 월레 공저, 『현대소설론』, 김화영 편역, 문학사상사, 1992, 59~60쪽 참조.

이론과 문학에 대한 독자적인 이해이다. 우리 작가들의 이론수준이 높아지고 문학에 대한 이해가 더 깊어질 때 거기에서 우수한 우리 문학이 탄생하지 않을까 필자는 이렇게 기대해 본다.

중국조선족서사문학의 최근 행방

개혁개방이래, 특히는 90년대 이후로 중국조선족의 서사문학은 비약적인 발전과 변화를 거듭하고 있다. 이것은 소설을 중심으로 한 서사문학의 질적 양산을 말하는 것이 아니라 주로 서사적 전략을 두고 하는 말이다. 최근 들어 우리 소설은 재래의 이야기와 인물 중심에서 서서히 인간의 영혼과 정신, 그리고 심리로 서사가 옮겨지고 있다. 엷어지는 이야기성, 개성적인 인물성격부각보다 깊어지는 고민과 정신의 표출, 이것이 지금 우리 소설의 한 풍경으로 자리 잡으며 소설의 서사적 변신을 준비하고 있다. 이것은 우리 작가들이 성숙되었다는 표징의 하나이며 우리 소설이 현대적인 소설로서의 전환을 의미하는 것으로서 중요한 의의를 가지고 있다고 해야 할 것이다.

사실 지난 시기 우리 소설의 가장 보편적이고 기본적인 서사전략은 이야기 중심이었다. 작가들은 재미나는 이야기나 충격적인 이야기, 또는 인상적인 이야기를 중심으로 소설을 꾸미면서 서사의 기본을 이야기 전개와 그 형식에 두었다. 50~60년대 소설이 그러했고 70~80년대 대부분 소설이 그러했으며 지금노 가끔 그런 소설이 나오고 있는 것도 사실이다. 이점에 있어서는 중국조선족문단을 대표하는 김학철의 경우에 있어서도 예외가 아니었다. 김학철의 소설은 초기의 역작들인 「해란강아 말하라」를 비롯하여 후기에 발표된 「격정시대」, 「항전별곡」, 「최후의 분대장」, 「20세기의 신화」, 「밀고제도」 등은 거의 모두가 이야기 중심이었다. 그래서 어떤 평론가들은 그의 문학을 평하면서 "문학이 가져야 할 가장 기본적인 형상성의 미흡을 부득이 소홀히"[1]했다고 하고 있는데 일리가 있는 얘기다. 그러나 이것은 '역사기록에의 의지와 조급성'[2]보다는 이야기를 중심으로 하는 작가의 서사관습에서 오는 것이라고 해야 더 마땅할지도 모른다.[3]

사실 김학철을 비롯한 노세대 작가들은 거의 비슷한 이야기 중심으로 서사를 전개하는 관습을 가지고 있다. 이것은 김학철에 한정되는 것이 아니고 중국조선족의 많은 작가들에 해당되는 것이다.

중국의 한 저명한 문학평론가는 문학의 역사를 논하면서 서사문학의 역사는 대개로 세 개 단계를 거쳤는데 그 첫 번째 단계가 이야기를 꾸미는 단계였고, 두 번째 단계가 인물 형상을 부각하고 인물 성격을 창조하는 단계였고, 그 세 번째 단계는 인간의 내심 세계를 미적으로 승화시켜 전시하는 단계라고 지적하였다.[4] 개개 소설을 논의 대상으로 할 때 이러한 지적은 부당하다고 해야 하겠지만 거시적으로 우리 인류의 서사문학, 즉 소설문학의 변천과정을 살펴볼 때 수긍 가능한 지적이며

1) 이상갑, 「역사증언에의 욕구와 형상화수준 : 김학철론(1)」, 『조선의용군 최후의 분대장 김학철』 (2), 연변인민출판사, 289쪽.
2) 이상갑, 위의 책.
3) 여기에는 이외에도 또 체험을 바탕으로 한 제재상의 문제도 있으며 여타 다른 문제도 있을 수 있다. 이 문제에 대해서는 앞으로 더 깊은 연구가 바람직하다.
4) 유재복, 『성격조합론』, 상해문예출판사, 1986, 32~48쪽 참조.

경우에 따라서는 복잡한 소설문학의 발전을 작가가 소설에서 보여주는 서사전략에 따라 정확하게 귀납한 결론이라고 평할 수도 있는 결론이다.

소설의 역사를 살펴보면 확실히 이 평론가가 제시한 바와 거의 비슷한 발전 도정을 걸어왔다. 소설의 산생단계와 초기 발전단계에 소설가들은 소설을 지을락 하면 우선 이야기를 생각했고 이야기가 없으면 소설이 안 되는 줄로 알았다. 그래서 모두 이야기를 꾸미기에 바빴다. 이것이 어쩌면 롤랑 부르뇌프나 에알 월레가 말하는 독자의 주문에 대한 저자의 대답일지도 모른다. "그저 재미나는 이야기만 끝없이 들려다오. 이것이 독자의 주문이고 작가는 그 같은 주문에 응하여 재미있게 이야기를 지어낸다"[5]라고 말하는 그들은 이러한 사정을 머리에 두고 했을지도 모를 일이다. 거시적으로 말하면 우리의 고전 작가들이 바로 이러한 범주에 속하는데 그들에게 있어서 이야기는 상당히 중요한 것이었고 소설을 지으라면 으레 이야기를 꾸미면 되는 줄로 알았다. 그래서 그들은 기이한 이야기, 신기한 이야기, 나아가서는 손에 땀을 쥐게 하는 아슬아슬한 이야기를 찾아 나섰고 이야기를 할 때에서 그 이야기성과 스토리성에 역점을 두고 재미나는 이야기를 재미있게 꾸며서 독자들에게 내놓았다.

그런데 역사상에서 인간을 재발견하고 인간의 위상이 승격되면서 소설에서의 이야기는 한물 간 존재로 서사영역에서의 일인자로 군림한 인간에 의해 밀려나기 시작했다. 이러한 상황은 유럽에서 먼저 선을 보이기 시작하는데 시간적으로는 대개 르네상스이겠고 작가들로는 섹스피어나 세르반테스, 라블레 류(類)가 여기에 속할 것이다. 인간중심주의, 인간

---

5) 롤랑 부르뇌프 · 레알 월레 공저, 『현대소설론』, 김화영 편역, 문학사상사, 1992, 60쪽.

성의 회복이라는 시대적인 분위기 속에서 그들은 그러한 시대에 걸맞게 인간을 서사의 정면에 내세우고 개성적인 인간성격과 전형적인 인물을 부각하기에 바빴다. 이 시기의 소설을 읽노라면 우리는 당연히 이 시기의 서사문학에서 확실히 전시기의 소설에 비해 이야기가 적어지고 이야기성이 엷어지고 있다는 것을 느끼게 된다. 물론 이것은 소설에 이야기가 없다는 말이 아니라 그 전 시기 소설처럼 완정한 이야기나 수미일관한 이야기가 아니라는 말이고 소설에서 요긴한 것이 슈제트가 아니라는 말인데 이러한 사정은 유럽에서 상당히 긴 시간 지속되면서 많은 우수한 작가들과 작품들을 배출시킨다.

대개로 19세기말 20세기 초에 오면서 유럽에서는 인간가치에 대한 회의를 비롯하여 전반 자산계급의 근대적인 가치 관념에 대한 회의의 정서가 나타나면서 서사에서도 신격화되어 있던 인간의 위상이 현저하게 떨어지기 시작하면서 인간의 의식이나 심리가 그것을 대체하는 현상이 나타나고 있다.

현대소설에서 인간의 의식이나 심리, 그리고 정신이 개성적인 서사인물을 대체하기 시작한 데는 자본의 독점시대에 들어서면서 나타난 인간가치의 폭락과 거기에 따른 근대사상체계에 대한 회의적인 정서에 있지만 영화나 텔레비전의 출현과도 밀접한 관련이 있다. 유럽에서 근대는 사실주의 문학의 대성으로 그 성과를 개괄할 수 있다. 예술영역에서 섹스피어나 다윈치의 사실주의, 플로베르 이후로 서구에서 대성한 리얼리즘, 그 뒤를 이은 자연주의는 모두 있는 그대로의 현실을 강조하면서 예술성을 기했다. 말하자면 서사의 핵심이 사실주의 즉 현실에 대한 진실한 묘사, 그것을 예술의 최고 가치로 인정하였다. 문예부흥기에 성행한 나체화, 19세기에 서사문학의 고봉을 이룬 사실주의 작품들, 그 모든 것은 진실을 미로 삼는 미학관의 집적적인 산물이었다. 그런데 20세기에 들어서면서 영화예술은 서사, 즉 문자로 묘사된 현실의 진실성을 무색하게 만들었다. "한 사냥꾼이 활을 당겨 날아가던 새를 쏘아 떨어뜨렸다"라는 장면에서 서사는 아무리 사실적으로 리얼하게 묘사한다고 해도 영화처럼 리얼하게 보여 줄 수 없으며 영화 장면보다 더 형상적으로 진실하게 되지 못할 것은 불 보듯 한 일이다. 그러나 인간의 정신과 심리, 그리고 정서나 의식의 묘사는 다르다. 이것은 오히려 서사에서 더 상세하게, 구체적으로, 진실하게 보여줄 수 있다. 그래서 현대에 이르러 서사는 영화와 자라나는 텔레비전에 인물의 성격묘사의 진실성을 맡기고 자기는 변신하여 인간의 내심과 영혼의 묘사에로 나아가고 있다.

서사가 인간의 영혼과 정신의 묘사에 치중하게 된 데는 진실성에 대한 현대 작가들의 새로운 이해와도 관련이 있을지도 모른다. 사실 서사에서 외부 묘사의 진실은 19세기 이르러 이미 최고봉에 달했다고 필자는 생각한다. 발작의 고고학적인 묘사, 플로베르의 냉정한 눈으로 바라보는 묘사, 졸라나 공쿠르 형제의 과학에 토대한 실증적인 묘사 등은 리얼리즘의 극치이다. 그러나 근대에 오면서 진실성에 대한 사람들의 인식도 바뀐다. 말하자면 한 인간을 놓고 말할 때, 그 사람의 외모는 아무리 상세하게, 구체적으로, 진실하게 묘사한다 해도 그것은 어디까지나 외모이고 외각일 뿐, 진정한 그 인간 본체가 아니고 진실이 아니라는 것이다. 그럼 그 인간 본체는 무엇이고 진정한 인간의 진실은 무엇인가? 그것은 바로 그 사람의 영혼과 정신과 심리에 있다고 현대 모더니스트들은 생각한다. 우리말에 "열 길 물속은 알아도 한 길 사람 속은 모른다"는 말이 있다. 이것은 그 사람과 사귀면서 그 사람을 아주 잘 알고 있지만은 그것은 그 사람의 껍데기만 알고 있었을 뿐, 진정한 그 사람은 그 사람 속에 들어가 보지 않은 이상, 영원히 알 수 없다는 말이다. 이것은 현대 인간에 대한 불가지론의 일종으로서 회의주의나 비관주의로 전락할 가능성이 있지만 인간의 본질에 대한 더 깊이 있는 이해와 인간을 더 깊이 있게 인식하려는 서사의 노력과도 갈라놓을 수 없으며 서사에서 보다 진실한 인간을 묘사하려는 예술적인 시도와도 갈라놓을 수 없다. "동상이몽"이란 말이 바로 이러한 상황을 아주 잘 설명해 주고 있는데 평생을 함께 살아온 부부가 서로 아주 잘 아는 사이인 것만은 사실이나 그것은 영원히 껍데기에 불과한 것으로서 진정으로 그 사람을 알려면 그 사람의 정신과 영혼을 알아야 하고 정신을 알아야 하고 심리를 알아야 한다는 것을 말해 준다. 이런 의미에서 말하면 서구 현대파의 산생과 모더니스트들이 추구하고 있는 인간의 정신세계에 대한 끈질긴 추적과 영혼과 의식에 대한 묘사는 사실주의의 연장이요, 그 발전이고 계속이라고 해야 할 것이다. 이것이 바로 서구의 모던이고 서구 서사문학의 대체적인 역사이다.

서구와의 접촉과 교류가 활발해지면서 우리 문단에도 이러한 변화가 나타난다. 그것이 어느 때라고는 꼭 짚어 말하기는 어렵지만 우리에게 이러한 변화의 바람이 불기 시작한 것은 80년대부터이라고 해야 할 것이다. 80년대에 이르면서 우리 문단에는 중, 청년 작가들이 두각을 내밀기 시작하고 90년대를 이어가면서 이야기도 이야기지만 뚜렷한 개성적인 인물들을 부각하려는 노력들이 엿보인다. 임원춘의 「몽당치마」를 비롯하여 정세봉의 「하고 싶던 말」, 이원길의 「백성의 마음」, 홍천용의 「구촌조카」, 최홍일의 「생활의 음향」 등 작품들이 보이고 있는 것이 바로 이러한 것이다. 여기에서는 분명 재미있는 이야기보다 개성적인 성격을 가진 인물이 서사의 주인이요, 작가의 관심대상이며 독자의 흔상 대상이다.

　김학철의 소설도 총체적으로 보아서는 이야기 중심의 소설이고 앞에서 언급한 바와 같이 형상성이 떨어지는 작품이다. 그러나 이 시기 중국의 모든 조선족 작가들은 의식 무의식적으로 이야기보다는 개성적인 인물 형상부각에 눈을 돌렸는데 김학철에게도 그러한 인물이 없는 것은 아니다. 「최후의 분대장」에 나오는 서선장은 김학철의 소설 가운데서 가장 선명한 개성적인 성격을 가진 인물로 되고 있는데 수수하고 별로 빼어난 데가 없지만 강직하고 고집스러우며 하고자 하면 그 생각을 거침없이 행동에 옮기는 것이 바로 그의 성격적 특징이 있다. 이러한 의미에서 말하면 서선장도 유일한 "이것"으로 된다.

　우리 문단에 나타난 이러한 변화는 서사에 대한 우리 작가들의 인식이 한층 더 높은 차원으로 올라갔다는 징표의 하나이다. 그들은 자기의 창작실천과 이국문학에서 이야기가 서사의 유일한 수단만이 아니라는 것을 느끼기 시작했기 때문이다. 그런데 문제는 우리 문단에는 이야기가 바로 소설이고 소설이라면 반드시 굴곡적인 슈제트가 있어야 한다는 인식이 팽배되어 있었고 우리 문단은 전통적으로 그러한 서사에 익숙해 있었기 때문에 그러한 변화가 눈에 띠게 선명하게 나타나지 못한 것이다. 그러나 다른 한 측면에서 이것은 우리 서사문학에서의 커다란 변혁을 의미하는 것으로서 상당한 의미를 지닌 것이라고 해야 할 것이다.

　90년대 이후로 우리 문단에는 자신의 정신적인 고민과 현실의 고민을 그리는 내면화 경향이 나타난다. 이 역시 서사전략이 이야기에서 성격부각에로 이행하는 과정과 마찬가지로 어느 때부터라고 꼬집어 말할 수 없게 서서히 이루어졌다. 특히는 90년대에 이르러 청년일내들이 문단에 대두하면서 자기의 정신적이 고민을 비롯하여 자기의 내심풍경을 보여주는데 주력하고 있는데 이것은 분명히 서사전략의 또 한 차례의 변혁을 의미하는 것이다. 특히 근자에 오면서 감수성이 강한 여성 작가들의 소설에서 이러한 경향이 짙게 나타나고 있는데 인간의 운명을 적은 이혜선의 「서로의 감옥」을 비롯하여 허련순과 이선희, 그리고 권선자나 조성희 등 작가들의 소설은 사랑과 혼인, 그리고 가정 등 문제에서 오는 인간들의 심리적 고충을 적고 있는데 선명한 내면화적인 경향을 보여주고 있다.

이면에서 최근 『도라지』 잡지에 발표된 박미옥의 「달아 달아」는 보통 인간의 잡다한 인생생활을 두서없이 적으면서 선명한 탈이야기성과 탈성격 부각성을 보여주면서 철저한 내면화 경향을 보여 준 소설의 하나이다. 소설은 프롤로그와 「포수의 딸 그리고 슬픔」, 「사랑의 무거움과 낯설음, 고독의 실체」, 「폭력의 무기력, 일상의 련속성 그리고 다시 떠나는 새벽」으로 구성되고 있는데 작품에는 통일된 이야기가 없다. 개성적으로 선명하게 부각된 인물도 없다. 그저 잡다한 생각이요, 의식의 흐름이며 내면의 풍경이다. 매일과 같이 번복되는 단조롭고 따분한 생활에 지친 주인공의 정신세계를 설파하는 이 작품은 주인공의 고단한 정신을 두서없이 적고 있다. 필자는 「엷어지는 이야기성과 깊어지는 고민」이라는 글에서 이렇게 썼다. "이 소설은 전편에 유유히 흐르고 있는 그 자체가 곧 고단한 현대인들의 정신세계를 절묘하게 파악한 정신적 권태다. 낭만과 현실의 엇박자 속에서 나타나는 권태와 슬픔과 고독과 무기력, 단조롭고 따분한 생활의 반복, 무파격적인 생활가운데서 끝없이 밀려드는 나태와 번민, 그러나 또 그러한 현실을 감안하고 숙명적으로 살아가야만 하는 육신과 정신의 고단함, 그리고 거기에서 파생되는 권태, 생활의 우연성과 필연성, 그리고 그 반복에서 오는 정신적인 피곤, 이것이 「달아 달아」를 구성하고 있는 기본 정서이고 분위기다."[6] 이 소설이 전통적인 소설이나 다른 소설들과 다르다는 것은 바로 수미를 관통하는 이야기가 없고 주인공의 무미건조하고 고단한 정신을 보여준다는데 있다. 이것은 단순한 기법문제인 것이 아니라 소설의 서사전략의 개변이고 우리 소설이 새로운 서사전략에 대한 탐구이고 실천이다. 이런 의미에서 근자에 소설 영역에서 나타나고 있는 새로운 풍조에 대해 높고도 긍정적인 평가를 주어야 할 것이다.

최근 우리 소설에서 또 가끔 보게 되는 풍경의 하나로 우리 작가들의 정신적인 체험을 들 수 있다. 체험은 어디까지나 소설의 한 소재이고 또 중요한 소재의 하나이다. 최서해의 소설은 거의 모두가 뼈와 살, 즉 육신으로 철저하게 경험한 체험이 소설의 골격을 이루면서 독자들에게 커다란 감동을 준다. 그러나 근자에 나타나는 체험은 육신적인 체험보다는 정신적인 체험에 치우치고 있는 것 역시 사실이다. 이 역시 주로 여성 작가들에게서 많이 나타나고 있는데 이 역시 이야기성의 축소에 한 촉매로 작용하고 있다. 현대 심리학에 따르면 현대인들은 무서운 정신적인 고통 속에서 살고 있다고 한다. 날마다 무거워지는 정신적인 고통과 고민은 현대를 살고 있는 사람이라면 거의 모두가 직접적으로 체험하고 있을 것이다. 가정적인 압력, 사회적인 압력, 직장에서 오는 압력, 아무튼 사람들은 가지가지 압력에 시달리고 있다. 이러한 정신적인 압력들이 스트레스를 초래하는 가장 기본적인 원인으로 사람을 피곤하게 만든다. 근자에 우리 소설에는 이러한 무거운 정신적인 압력들을 묘사하는 작품들이 심심찮게 나타나고 있는데 청년 일대 뿐만 아니라 노

---

6) 윤윤진, 「엷어지는 이야기성과 깊어지는 고민」, 『도라지』 2007년 2호, 94쪽.

세대 작가들도 여기에 가세하여 그것이 우리 서사문학의 한 풍경으로 자리 잡고 있다. 이를테면 강효근의 경우, 작품집 『둥지를 떠난 새』에는 모두 여섯 편의 소설이 수록되어 있는데 작품의 주인공들은 거의 모두가 "문화대혁명" 속에서 청년시절을 보낸 중년층인데 그들은 모두 이름 못할 고뇌 속에서 영혼의 안식처를 찾지 못하고 배회하는 인간들이다. 이것은 우리 서사문학이 인간이 정신적인 진실의 전시라는 새로운 영역으로 나아가고 있다는 징표의 하나이다. 앞으로도 우리 소설은 계속하여 인간의 정신적인 진실을 설파하는데 진력해야 할 것이다.

그런데 정신적인 진실을 전시한다고 해서 슈제트나 개성적인 인물을 완전히 배격해야 한다는 말이 아니다. 이것은 인물 성격부각에 역점이 있다하여 슈제트가 완전히 소실되지 않은 것과 마찬가지로 인간의 내면을 설파한다하여 슈제트를 완전히 배제할 수 없다는 말이다. 사실 서구적인 의식의 흐름 소설이나 순수한 객관주의를 부르짖는 신소설과 우리 소설 간의 차이가 여기에 있다고 생각한다. 서구의 의식의 흐름소설은 인간의 의식만을 진실로 보면서 그 흐름을 객관적으로 기록하는 것에서 만족한다면 신소설은 순수한 객관주의를 고취하면서 인물보다는 그를 둘러싸고 있는 객관 사물을 쓸 것을 주장하고 있다. 그 결과 의식의 흐름은 불가지론과 허무주의에 빠질 소지를 충분히 가지고 있고 신소설은 신비주의와 회의주의에 빠질 소지를 가지게 되었다. 우리는 우리의 소설이 이러한 미궁에 빠지기를 원하지 않는다. 이것은 인물을 치중하여 부각하는 성격 소설이나 인간의 정신을 전시되는 심리소설이라고 하더라도 슈제트를 철저히 배격하지 말라는 말이다. 서사문학으로서의 소설의 기본은 여전히 스토리성이다. 인물성격소설이나 정신전시소설이라고 하여 이야기가 전혀 없다는 말이 아니다. 서사의 역점이 슈제트에 있는 것이 아니라 인물이나 정신에 있다는 얘기다. 특히 자고로 슈제트를 소설의 가장 기본으로 삼고 그것으로 소설을 꾸며 온 우리 동방의 경우 더욱 그리해야 할 것이라고 필자는 생각한다.

근자에 유행하고 있는 인터넷 소설의 경우도 이와 마찬가지인데 인터넷에서의 서사는 또 엄청난 서사의 변화를 예고하고 있다. 그러나 어떤 학자들이 제기하고 있는 것처럼 그러한 엄청난 서사방식의 변화에도 불구하고 인터넷 소설에서도 슈제트는 여전히 작품의 기본으로 자리 잡고 있다는 사실은 우리의 상술한 견해를 뒷받침하여 주는 좋은 근거라고 하겠다.

요컨대 우리 소설은 서서히 모습을 달리하고 있다. 꾸며지는 이야기, 부각되는 성격, 전시되는 심리, 이 모든 것은 우리 소설들의 변화양상을 그대로 보여주는 대목으로서 우리 소설의 내일 예고하는 것이라고 필자는 생각한다. 따라서 우리 문학애호가들은 이러한 것들을 주의 깊게 살피고 귀납하면서 우리 문학의 건전한 발전을 위해 한몫해야 할 것이라고 생각한다.

해방공간 민족수난과 각성의 역사적 증언
강효근의 역작 「산 너머 강」을 읽고

1945년 8월 15일, 우리 민족의 독립으로부터 1949년 10월 중화인민 공화국 건립에 이르기까지, 한국에서 말하는 이른바 해방공간은 중국 조선족들에게 있어서도 비상한 역사시기로서 중국조선족들은 해방의 기쁨이나 환락보다는 일제 강점기에 못지않은 수난의 연속이었음과 동시에 민족각성의 역사이기도 하다.

물론 이 시각 반도에서도 부동한 이념과 이상지향으로 첨예한 대립각이 이루어져 있었고 그 결과로 남과 북에 상반된 이상을 지향하는 두 개 정부가 들어서면서 향후의 동족상잔과 분단의 역사에 불씨를 심어놓았다. 한반도와의 직접적인 연관은 운운하는 것은 논리적인 비약이겠지만 이 시각 중국조선족도 한반도에 못지않은 수난을 겪었다. 이로보아 8 · 15광복은 우리 민족의 독립이었다고 하지만 다른 한 측면에서는 또하나의 색다른 수난의 시작으로서 지속되는 이념 대결의 연속이었고 세계사적인 이념대결의 한 표본으로 대결구도는 여전히 존속하면서 우리 민족에게 새로운 수난의 역사를 강요하였다.

그러나 다른 한 측면에서 이 시기는 우리 민족이 각성에 각성을 거듭하는 시기이기도 하였다. 엄청난 수난을 밟고 중국조선족은 새로운 이념을 선택하고 그것을 실현하기 위해 자신을 불태우면서 이 지역의 새로운 역사 전개에 피어린 역사의 발자취를 또렷하게 남겼다. 그들이 이 지역에 남긴 피와 눈물, 나아가서는 영광과 희생은 모두 값진 것으로서 중국 현대사는 물론 중국조선족 역사에 있어서도 굵직한 한 페이지로 자리매김 되어야 할 것이다.

그런데 이러한 중차대한 역사적이고 세계사적인 중요성과는 달리 그 뒤로 이어지는 이념의 대립으로 말미암아 이 시기 중국조선족 역사는 우리 문인들의 관심을 받지 못했고 더욱이 그 시기를 거대한 역사적인 화폭으로 형상화한 작품들은 거의 전무하다고 해도 과언이 아닐 정도로 미비한 상태이었다.

사실 우리 문학사에는 우리 민족의 역사를 다룬 작품들이 적지 않다. 저 처절했던 삼국시기를 비롯하여 후삼국과 고려, 그리고 조선으로 이어지는 역사의 긴 강은 언제나 뜻있는 문인들의 서사의 대상으로 되어 그들의 정열을 달구었고 서구열강의 침략에 따른 수난의 근대사는 더 많은 문인들의 관심의 대상이 되어 우리 서사문학에 오르내렸다. 특히 19세기 말부터 시작되는 우리 민족의 수난사와 이민사, 그리고 개척사는 현대 이래로 작가들의 선망의 대상이 되어 우리 문단을 장식하였는데 이기영의 「두만강」을 비롯하여 염상섭의 「삼대」, 안수길의 「북간도」 등 작품들은 바로 이러한 역사현실을 서사화한 것으로서 모두 우리 문학사에서 중요한 한 자리를 차지하고 있다. 중국조선족문학의 경우에도 이 시기 우리 민족의 이민사와 개척사를 심심찮게 다루고 있는데 이근전의 「고난의 년대」, 최홍일의 「눈물젖은 두만강」을 비롯하여 김혁의 「조모의 전설」 등은 모두 이러한 측면에서 높이 평가되고 있다.

그러나 그와는 반대로 해방공간 즉 광복으로부터 중화인민공화국의 건립까지 이 시기는 우리 민족에게 있어서 드라마적인 역사시기였던 것과는 달리 문학적으로 소외된 공간으로 작가들의 관심 밖에 나 있었으며 거의 서사화 되지 않았던 것만은 부인할 수 없는 문학사적 사실이다. 이런 의미에서 강효근의 「산 너머 강」은 상당한 문학사적 의미를 가지는 것이며 우리 중국조선족문학사상에서 유일하게 이 소외된 공간과 시간과 역사를 드라마화한 작품으로 높이 평가되어야 할 것이다. 뿐만 아니라 작품은 이 역사적인 시간을 수많은 역사사건들을 삽입함으로써 소설에 역사적 진실을 부여하고 있는바 이러한 것들은 이 시기 중국조선족이 수난과 각성의 한 역사적 증언으로 우리 문학사에 길이 남을 것이며 날이 갈수록 그 빛을 더해 갈 것이다.

소설은 앞에서 언급한 것과 같이 해방공간을 시간적 배경으로 설정하고 있다. 남북의 첨예한 이념대결과 마찬가지로 중국에서도 이 시각 이념이 첨예한 예각대결구도를 이루고 있던 시기이다. 일제의 투항으로 말미암아 민족의 독립은 이루어졌지만 중국공산당과 국민당으로 대변되고 요약되는 중국 내의 첨예한 이념의 대결은 표면화되기 시작하여 다시 그러한 대결과는 아무런 관계가 없는 사람들도 거기에 끌어들여 처절한 역사적인 드라마를 연출한다.

주지하다시피 동북지역은 중국의 다른 지역과 달리 일제강점기에 중국 나아가서는 아시아에서의 패권을 노리는 일제의 전초기지로서 일본, 중국, 러시아를 비롯한 세계열강들의 패권쟁탈의 한 각축장으로 되어 처절한 전쟁이 계속되었고 일제의 무조건 투항 후에도 소련군, 중국공산당, 국민당을 비롯하여 조선 좌우 이념의 광장으로 되어 모두가 지기의 세력범위를 확대하기 위해 사활을 건 각축전을 벌렸고 특히는 중국

에서의 전략적 우위를 쟁탈하기 위한 중국공산당과 국민당의 투쟁은 각
일각 그 투쟁수위가 높아가 피어런 투쟁은 계속되었고 백성들은 광복
후에도 여전히 도탄 속에서 허덕이고 있었다. 이러한 상황은 우리 민족
에게도 다를 바 없었는바 일제 항복 후, 귀국하지 않았거나 귀국하지
못한 우리 민족도 그 틈에 끼여 또 다른 역사적인 수난을 겪어야만 했
다. "표풍부종조, 취우부종일(飄風不終朝, 驟雨不終日)" 즉 "광풍은 아침 내내
지속되는 법이 없고 폭우는 하루 종일 계속되는 법이 없다"란 자연불변
의 도리로 자연과 인생의 변증법을 설파한 「도덕경」의 말을 빌려 시작
되는 이 소설은 일제가 망했지만 거기에서 그치지 않고 지속적으로 덮
쳐드는 우리 민족의 수난의 일단을 형상적으로 보여주고 있다.

소설은 광복 후, 이러저러한 사정으로 귀국이 늦추어졌거나 아예 귀
국을 포기한 중국조선 족의 생활현장인 길림 지역의 한 조선족 마을을
배경으로 펼쳐진다. 우에서 말한 바와 같이 중국에서의 전략적인 지배
권과 실질적인 통치권을 쟁탈하기 위한 중국 공산당과 국민당의 투쟁의
최전방이나 다름없던 동북지역에서 국공 양당의 공방이 시작되는 가
운데 중국조선족들도 시국의 흐름에 따라 이념의 선택을 강요당한다.
공산당이냐, 국민당이냐 그들은 8·15해방의 커다란 기쁨을 느껴보기도
전에 이같이 첨예한 이념선택의 길에 들어서게 된다. 이 시각 우리 민
족의 수난의 역사는 여기에서 시작된다.

국공 양당의 공방전, 바로 그 역사의 현장이었던 길림 지구, 여기에서
우리 민족은 그 양대 세력의 틈새에서 전쟁을 겪었고 그 외에도 시도
때도 없이 출몰하는 토비들의 약탈에 시달려야 했으며 공산당의 집권
후에는 일부 "좌"적인 사상으로부터 오는 슬픔과 고통을 맛보아야 했다.
소설에서 묘사된 길림과 장춘지역을 둘러싼 국공양당의 공방전, 귀국

중이던 하동촌 사람들 앞에 나타난 비적들과 황해하숙집을 쑥밭으로 만든 비적들, 그리고 태평촌에서 진행되는 토지개혁 중에서 나타나는 허다한 황당한 일들, 이 모든 것은 우리 민족이 그 사이에 겪은 수난의 역사를 고스란히 제시해 주고 있는데 우리 민족의 각성의 불씨는 바로 이러한 수난 속에서 싹트면서 처절한 역사를 연출한다.

민족의 각성, 이것은 작가가 작품에서 가장 품을 넣어 서사화한 부분인데 8·15 당시 중국조선족이 처한 위상과 제반 중국에서의 중국 조선족의 처지에서 그들이 공산당을 선택할 것은 자명한 일이었다. 왜냐하면 그들이 당시 노고 대중들의 이익을 대변하고 있었기 때문이었다. 그러나 그들의 선택과정은 그리 순탄한 것이 아니었으며 그러한 인식을 가지기까지는 상당한 시간과 현실적 갈등을 겪어야만 했다. 「산 넘어 강」은 이 역사의 필연성을 저변에 깔고 일준이를 비롯한 등장인물들의 진실한 생활과 투쟁의 역사를 통해 그 선택의 굴곡성과 필연성을 제시하고 있다.

소설에서 일준이는 서사비중을 가장 많이 차지하고 있는 인물이며 순자와의 사랑과 거의 소설의 전반을 관통하고 있어 이 소설의 주인공임과 동시에 소설에서 작가가 가장 많은 필묵을 들인 인물이라고 할 수 있다. 소설에서 일준이의 일가는 다른 이주민들과 꼭 같이 엄청난 만주 드림을 안고 이 땅으로 왔다. 그러나 그 시절 세정은 반도나 만주나 별반 다를 것이 없었다. 만주, 이 꿈의 땅에 왔어도 가난은 그를 떠나지 않았고 인생의 온갖 쓰라림은 겨끔내기로 그에게 찾아든다. 그 가난 때문에 그의 아내는 도망갔고 또 엎친 데 덮친 격으로 강제징병에 끌려가서 갖은 시련을 다 겪는다. 문제는 여기에서 끝나는 것이 아니다. 소설의 제목과 같이 산 넘어 강이라고 8·15광복 뒤에도 그의 고통은 계속된다. 구사일생으로 군에서 빠져나와 집으로 돌아 왔으나 어머니는 이미 작고하였고 미구에 아버지마저 저승길로 떠나며 다시 마을 사람들과 함께 귀향길에 오르나 토비들의 약탈에 빈주먹만 남는다. 커다란 만주드림이 풍비박산으로 고난이 거듭되면서 슬픔과 수난으로 이어지는 순간이었다. 귀향할 수도, 다시 생활을 영위할 수도 없는 막다른 길에서 그가 선택해야 할 길을 오직 하나, 그것은 즉 자기 손으로 자기를 구하는 길 뿐이었다. 이러한 생활 경력으로 보아 일준이가 민주연군의 일원으로 되어 무장해방의 길을 선택한 것은 당연한 역사적인 선택과 귀추일 수밖에 없었으며 거기에서도 일심으로 민족의 해방을 위해 헌신적으로 싸우는 것도 당연한 논리적인 귀결점으로 된다.

그러나 소설은 일준이의 각성과 선택과정을 단순한 노고대중의 이익, 또는 다른 역사소설에서 흔히 보게 되는 단순한 계급의 논리에 따른 것이 아니라 거기에 그의 수난의 경력과 이념선택과정의 어려움, 그리고 선택이후의 성장과정을 통하여 역사의 진실을 부여하고 있으며 일준이를 속세를 떠나 공중누각에서 살아가는 인물이 아니라 당시 역사적 현실에 발을 붙이고 그 역사의 발전행정 속에서 날로 커가고 있는 역사적인 인물로 부각하고 있다. 황금산이를 비롯한 적대계급에 대한 그의 견결한 태도는 그의 성장사와 관련되는 그의 의식을 보여주며, 순자와의 애틋한 사랑관계, 뚱메이에 대한 사모의 정, 이것은 일개 청장년으로서의 그의 진실한 정감의 역사를 보여주며 토지개혁가운데서 보여주는 그의 일거일동은 그의 굴곡적인 성장과정을 진실하게 표현하고 있는바 역사적 현실에 발을 붙이고 역사의 진실을 파헤치며 진실한 역사적 현장감으로 소설을 한 역사의 현장 증언으로 남기려고 하는 이 작품의 목적은 이러한 묘사 속에서 그 성공의 가능성에 한발 더 다가간다.

언제나 정의감에 차있던 일준이의 이념선택과정과는 달리 그와 거의 동일한 운명선상에 놓여 있는 기타 등장인물들의 이념선택과정도 그리 순탄한 것이 아니었는데 저자가 표현하고자 하는 역사적 현장감은 그들을 통해서도 아주 잘 표현되고 있다.

옥치복의 선택과정과 장덕칠의 선택과정이 바로 이러한 것인데 저자는 그들을 통하여 당시 수많은 중국조선족대중들의 이념의 선택과정을 형상적으로 보여주고 있다. 그들의 형상은 당시 수많은 조선족들이 걸어온 역사과정을 집대성하고 있음으로써 보편성을 지니고 있는 것들로서 상당한 의미를 가진다. 소설에서 옥치복은 병들어 누운 아버지 때문에 귀향길을 늦춘 사람의 하나이다. 아버지의 병이 원만하여 고향으로 돌아갈 수 있게 되자 이번에는 토비들의 약탈 때문에 고향으로 돌아갈 수 없게 된다. 이래저래 옥치복의 귀향은 삼수갑산인 셈이다. 그러나 그는 일준이처럼 즉시 민주연군의 일원으로 되는 것이 아니라 시가지에 들어가서 거기에서 한 몫을 볼 구멍수를 노리고 있다. 곧고 바른 일준이에 비하면 그만큼 원활하고 실제적이고 세속적인 것으로서 당시 중국조선족들의 상황으로 미루어 보면 오히려 그 굴곡적인 과정이 역사의 진실에 더 가까울지도 모른다.

황해하숙집에 온 이후, 옥치복은 상당히 현실적인 치부계획을 세우고 그 각본에 따라 부지런히 움직인다. 소련군의 세력을 본 그는 러시아어를 배우면 세도깨나 쓸 것 같아 어깨너머로 러시아어를 배우기 시작했고 소련군이 귀국하자 다시 해방동맹회에 가담하여 권세욕을 부풀린다. 이 시각 그에게는 민족의 이익이요, 민족의 해방이요 하는 것은 모두 빈 말에 불과한 것이었다. 그에게 있어서 모든 것이 자기의 이익과 개인적인 출세라는 이 현실적인 논리와 직결되어 있는바 그것을 위해서라

면 그는 무슨 일이든지 서슴지 않고 할 수 있었다. 한마디로 그의 일거
일동은 모두 자기의 이익이라는 잣대에 의해 계산된 행위였다. 조직의
긴요한 용돈에 손을 댄 것도, 한국교민회를 찾아간 것도 모두 이러한
속셈에서였고 그 어떤 세력을 등에 업고 세도를 피우고 자기 이익을 채
우기 위한 것이었다. 태평촌의 토지개혁에 앞장서게 된 것도 사실은 그
의 이러한 기회주의 관념에서였다. 시국이 변해 국민당이 도주하고 민
주연군이 세도를 잡고 토지개혁을 한다고 하니 민주연군이나 토지개혁
공작대를 따라야 한몫 볼 것 같다는 타산이 바로 그것이다. 그러나 그
에게는 또 인간으로서의 정이 있었고 순수한 일면도 있었다. 바로 이러
하였기에 그는 그 다재 다난했던 시국에서 용케 정의로운 길을 선택할
수 있었고 종당에는 토지개혁을 비롯한 인민정권의 수립에서 선진계급
의 일분자로 될 수 있었다.

옥치복이와는 좀 달리 장덕칠은 자기 땅이 없어서 만주로 왔고 만주
에 와서는 갖은 수난을 겪으면서 땅마지기나 장만한 사람이다. 그가 귀
향하지 않은 것은 바로 만주에서 얻은 이 땅 몇 마지기 때문이다. 고향
을 그리는 부모님을 흔쾌히 고향으로 돌려보내고 만주에 홀로 남아 좀
자유롭게 살아보기를 원한 그였지만 시국은 그를 그냥 놓아두지 않았다.
국민당과 공산당, 이 양당의 세력다툼이 처절하게 진행되고 있을 무렵,
그는 황금산의 아들인 경춘이의 꼬임으로 계집과 도박에 손을 대게 되
고 거기에서 모든 재산을 탕진하고 빈털터리로 전락하게 된다. 그러한
궁지에서 벗어나기 위해 그는 순진한 순자를 유곽에 팔아먹고 복수에
대한 일념으로 국민당에 가입한다. 그의 이 모든 행위는 이 '세상은 본
시 이기적이고 자사자리적인 것이다'라는 인식에서 비롯되는 것이며 무
정현실에서 누가누구를 동정하고 도와준다는 것은 거의 없는 일이라고

생각하고 있었기 때문이었다.

그러나 인정사정돌보지 않는 국민당군대의 행실과 실패의 일로를 거듭하고 있는 국민당의 운명은 그에게 커다란 충격으로 다가오면서 국민당에 대한 회의감을 느끼게 하며 태평촌에 와서 치안대 대장일을 맡아본다. 그러나 그 시각까지도 그의 사상에는 근본적인 전환이 없었는바 황금산이나 토우화를 대함에 있어서 언제나 보복이나 복수심리 같은 것들이 작용한다. 그러나 따지고 보면 그 역시 비극적인 인물로서 재산을 탕진한 것을 제쳐놓고서라고 태평촌에 돌아와 보니 그토록 그를 따르던 아내도 이미 황금산의 생산도구로 전락하였다. 자신의 지난날에 대한 후회의 정한도 없는 것은 아니지만 현실 속에서 복수의 일념으로 불타 있는 그로서는 그러한 심리로 혁명에 참가한다. 그러나 그에게는 또 선량한 일면도 있었는바 순사를 구하기 위해 결사적으로 적진으로 뛰어드는 그의 행위는 심심한 양심적인 가책에서 우러나오는 것으로서 거기에서 우리는 깊은 인간애와 동포애를 느끼게 된다. 수많은 우리 선조들이 걸었을 그런 길을 장덕칠의 형상을 통하여 작가는 그 역사적인 현장을 업그레이드 하여 우리에게 보여주고 있다. 해방공간의 우리 민족의 수난과 각성의 역사는 바로 이러한 인물들을 통하여 형상적으로 재현되고 있다.

우리 민족의 수난사에서 또 하나 간과할 수 없는 것은 황해하숙집의 몰락과정이다. 소설에서 황해하숙집은 전체 등장인물들의 활동공간이며 당시 우리 민족의 수난사를 가장 집약하여 보여주는 곳이다. 저자는 여기에 대해 이렇게 쓰고 있다. "여기서 특별히 말하고 싶은 것은 소설에서 취급된 황해하숙집의 몰락과정은 거개 사실에 준했다는 것이다. 내가 바로 황해하숙집의 막내아들이었고 오합지졸들에게 집 재산을 몽땅

털린 사실은 지금도 내 기억 속에 잔흔으로 남아 도시 망각할 수가 없다.”(작가의 「창작후기」에서) 어렵게 창업하여 작은 하숙집으로 생계를 유지하고 있는 재령댁, 어지러운 시국을 피해 시골로 가라는 권고에도 마다하고 일본으로 건너간 아들을 기다리기 위해 하숙집 일을 고집하고 있는 재령댁은 저자가 각별한 애정을 가지고 부각한 형상이며 독자들에게도 뚜렷하게 각인되어 있는 인물이기도 하다. 그의 의식은 그냥 고착된 듯 시국의 변화와는 거의 상관이 없다. 특히 그는 어리무던한 것 같지만 강인하며 상냥하나 시비도리가 분명하며 세상의 모든 사람들을 받아들일 수 있는 넓은 흉금을 가지고 있기에 뭇사람들의 존경을 받고 있으며 산전수전을 겪고 세파에 부대끼면서 세정을 깊이 터득한 어른으로서 도처에서 어른다운 일들을 하고 있기에 존경해야 할 인물로 독자들에게 다가온다. 일본인 하루꼬에 대한 상냥한 태도, 황해하숙집에 머문 손님들에 대한 하나같은 대접, 순자의 억울함을 풀어주기 위한 동분서주, 장덕칠의 재결합을 위한 노력, 그리고 응삼이의 비극적인 죽음에서 받은 충격 등은 모두 그 하해 같은 인간애와 어머니라는 본성에서 기인된 것이다. 그러나 시대는 이런 선량한 사람들의 삶터도 빼앗으며 종당에는 비극의 운명을 면치 못하게 된다. 일제치하에서 우리는 우리민족의 이러한 비극을 심심찮게 보아왔다. 그렇기에 그것은 당연한 역사로 받아들여지고 있다. 그러나 일제 항복 후에도 우리민족에게 이와 같은 역사가 있었다는 것은 실로 충격적인 사실로 안겨오지 않을 수 없다. 산위에 산, 강 넘어 강, 우리 민족의 역사는 여기까지 내내 거듭되는 비극으로 쓰이어지고 있다는 것을 소설은 추호의 꾸밈도 없이 잘 보여주고 있다.

소설에서 또 하나 주목되는 것은 일부 역사사실과 행정에 대한 문화적인 반성이다. 소설은 앞에서 말한 바와 같이 해방공간이라는 짧은 4~5년간의 생활을 쓰고 있지만 일제의 무조건 투항, 국공전쟁, 토비숙청, 토지개혁 및 항미원조(한국전쟁) 등 우리민족의 근대사와 밀접한 관련을 가지고 있는 굵직굵직한 역사사건을 서사화하고 있다. 거기에 민생단사건, 장춘과 길림 포위전, 중국 인민해방군 제4야전군의 동북해방전쟁, 국민당의 반격, 서울의 함락, 낙동강 전투, 인천상륙작전, 지리산 입산 등 역사사건들을 추가하면 소설이 취급하고 있는 역사사건은 상당한 한 것이다. 그러나 거기에서 저자가 가장 큰 필묵을 들어 쓰고 있는 것은 해방 후 중국 동북지역에서 공산당의 영도 하에 진행된 토지개혁운동이다.

토지개혁운동은 중국공산당이 해방구에서 진행한 하나의 중요한 개혁운동이었다. 그 동기는 "경자유기전(耕者有其田)"이란 사상과 균등사상으로서 중국의 전통적인 소유제방식에 대한 대규모적인 혁신이었다. 중국공산당에서는 이것을 사회주의 소유제형식의 수립의 기본으로 삼고 지주계급이 점하고 있던 토지를 농민들에게 균등하게 분배하여 줌으로써 중국 역사상에서의 가장 철저한 혁명을 지향하고 있었다. 소설에서 묘사된 태평촌의 토지개혁운동이 바로 그 역사적 과정을 적은 것이다. 그러나 소설에 묘사되고 있는 바와 같이 이 과정에서는 무자비한 투쟁과 성급하고 기계적인 계급투쟁 형식에 의해 일부 "좌"경 오류가 나타났으며 급진적인 사회주의 사상에 의해 적지 않은 사람들이 피해를 입었고 균등이라는 동기와 다른 결과도 초래하였다. 태평촌의 투쟁대회에서 적대계급으로 인정되어 끌려 나온 박인덕의 상황이 바로 계급투쟁 확대화에서 비롯된 것으로서 박인덕은 "좌"경 사상의 피해자로 되어 그릇된 비판을 받고 자결의 길을 선택하고 있으며 그 외에도 황금산의 마름인

조가에 대한 비판, 토우화에 대한 학대, 옥심이의 죽음 등도 바로 이러한 사상에서 초래한 것으로서 결국은 자기의 동지들을 죽음의 구렁텅이에 몰아넣었다.

소설에서 뚱메이는 아주 이색적인 인물로서 시종 일준이를 동지로 도와주던 인물이며 혁명에 동조하고 있는 인물이다. 그러나 혁명은 그가 바라던 바와 달리 무한 극대화되고 있으며 무자비한 투쟁으로 치닫고 있었다. 여기에 대해 그는 이해할 수가 없었다. 일준이와의 일장 대화는 그의 이러한 인식을 가장 선명하게 드러내는 부분으로서 혁명 속에서 나타난 "좌"적인 경향에 대해서는 가차 없이 비판을 가하고 있다. "제가 알기로는요, 재래의 관습, 제도, 방식을 깨뜨리고 새것을 세우는 것이 혁명이거든요. 그렇다고 꼭 무자비하게 투쟁하고 유혈해야 됩니까? 전날 심판한답시고 총살한 몇 사람에 대해 전 잘 모르겠습니다만 옥심의 죽음 어떻게 보세요? 제 오빠의 자식을 잉태한 것이 죄인가요? 순자라는 여자도 그렇지요, 길림 복흥리에 있던 매춘부들은 모두 공장 같은 데로 살길을 찾아주었다는데 여기선 왜 투쟁을 합니까?" 이것은 뚱메이가 일준이를 만났을 때 그에게 따지며 묻는 대목이다. 뚱메이의 이해에 의하면 혁명이란 낡은 것을 타파하고 새것을 세우는 것이지만 꼭 무자비하게 투쟁하고 피를 흘려야 된다는 도리가 없다는 것이다. 물론 혁명에 대한 뚱메이의 이해에도 문제가 있다. 그러나 혁명이라는 허울아래 급진적으로 문제를 해결하려는 "좌"적 경향의 급소를 찌른 것으로서 시사하는 바가 상당히 크다. 특히 그의 죽음은 시사하는 바가 상당히 큰 바 단순한 계급논리와 혁명의 논리로서는 해석하기 어려운 문제이다. 소설에서 저자는 이러한 역사사건들을 통하여 그 시대의 주류인 "경자유기전(耕者有其田)"이란 혁명을 옹호하면서도 그 과정에서 나타난 일부 문제들에 대해 커다란 물음표를 던져주고 있다. 여기에서 실사구시와 먼 안목에서 역사를 바라보는 저자의 사관이 그대로 드러나면서 작품에 무게를 더해 주고 있는데 저자의 이러한 사관은 소설의 마무리부분에서 일준이의 불교귀의에 의해 더 선명하게 표현되고 있다. 여기에서 저자는 일준이의 파란만장한 역사를 통하여 동족상잔을 비롯한 모든 전쟁을 부정하면서 무한한 인간애를 표현하고 있는데 이것은 우리 모두가 가슴에 손을 얹고 실로 냉정하게 심사숙고하여야 할 문제라고 생각한다. 특히 오늘과 같은 글로벌시대에 이러한 인간애는 상식적인 단순논리나 계급논리를 초월하는 것으로서 특별한 의의가 있다고 하겠다.

소설은 또 저자가 표명하고 있는 바와 같이 중국해방전쟁에서의 중국조선족들의 역사적인 공헌에 대해서도 역사의 흐름 속에서 높이 평가해 주고 있다.

주지하는 바와 같이 중국해방전쟁에서 중국조선족은 진리를 수호하기 위해 중국공산당을 따라 피땀을 흘렸다. 동북이란 이 땅에는 힘겨운 개척에 쏟은 우리 민족의 피땀이 있는가 하면 국민당을 몰아내기 위해 투쟁에서 쏟은 우리 민족의 피땀도 스며있다. 이점에 대해서 작가는 다음과 같이 쓰고 있다. "해방전쟁시기 제4야전군에는 주로 조선족 젊은이들로 구성된 사단이 많았다. 그들은 하나같이 모두 국민당군대를 물리치고 토비숙청에서 청사에 빛날 위업을 남겼다. 불행하게도 목숨을 바친 자가 적지 않았다. 그냥 묻어두어서는 절대 안 되는 업적들이다." 뜻인즉 작가는 소설에서 중국 혁명을 위해 소리 없이 죽어간 무명영웅들을 추모하고 있다는 것이다. 소설에서 묘사된 민주연군이 바로 그 대표적인 것으로서 작가는 그들의 투쟁에 대해 긍정적인 필치로 묘사하고 있다. 가열처절한 싸움에서 그리고 동서의 이념의 대립이라는 경직된

구도 속에서 그들은 모두 역사의 피해자로 되어 역사의 뒤안길로 소리 없이 사라져 갔다. 작가는 그들의 숭고한 모습을 기리기 위해 이 시기의 역사를 서사화하여 후세에 알리고자 한 것이다. 이점에 있어서도 이 소설은 대서특필할 의의를 가지고 있는바 역사의 긴 안목에서 볼 때 조금만 시간이 지나면 파묻혀 버릴 역사의 한 증언으로 우리 민족의 역사의 일단을 기록하였다는 데서도 상당한 평가를 받아야 할 것으로 인정된다.

이밖에도 소설은 형상부각을 비롯한 여러 가지 측면에서 예술성을 확보하고 있는데 다른 역사소설과는 달리 영웅화되기 십상인 역사인물을 역사시기에 놓고 그 성격의 다양한 측면들을 부각하고 있으며 다양한 역사인물들로 역사의 현장감을 진하게 하고 있는바 이 모든 것은 이 소설의 성공적인 측면을 그대로 보여주는 대목이라고 하겠다.

요컨대 소설은 진실한 역사적 행정 속에서 우리 민족의 군상을 부각하고 그들의 이념선택과정과 그 굴곡적인 과정을 형상화함으로써 해외 우리 민족의 한 역사의 증언으로 문학사에 길이 남을 것이다.

소중한 동년의 추억과 자아의 완성

구호준의 「빨간 벽돌」을 읽고

누구에게나 모두 동년이 있다. 일반적으로 말해 동년은 흔히 아름다운 추억으로 나중에 자아 인격완성의 중요한 밑거름으로 작용하게 된다. 물론 그 가운데는 되돌아보기 싫은 추억도 있어 나중에 인간을 종종 괴롭히곤 하는데 이 경우, 그러한 동년추억은 인간의 인간완성에 부정적인 작용을 하게 된다. 이러한 것들을 현대 심리학의 창시자 프로이드는 콤플렉스, 잠재의식, 또는 전의식으로 규정하면서 그것이 인격완성과의 관련을 역설하면서 현대 심리학을 창시하였다.

프로이드가 아니더라도 우리 인간의 삶을 돌이켜 보면 일개인의 동년이 그 한생에 상당히 큰 작용을 하고 인격완성에 엄청난 영향을 주며 그 심신발전에 상당한 역할을 한다는 것을 알 수 있다. 그러므로 동년생활은 일개인의 미래발전을 규정한다고 해도 과언이 아닐 정도로 주목받고 있는 것이다.

구호준의 「빨간벽돌」은 동년의 추억과 오늘의 연관성을 적은 작품이다. 인간의 잠재의식을 탄생으로부터 동물로서 천연적으로 가지고 나오는 부분과 생후 생활 속에서 생겼지만 저 의식의 깊은 곳에 적치되어 있는 부분, 이 두 가지로 나눈다면 작품의 "빨간 벽돌"은 분명 후자, 즉 어린 시절 작가가 경험했던, 그러나 의식의 깊은 곳에 적치되어 있는 그 부분의 잠재의식이다. 그런데 이러한 잠재적인 의식은 늘 무의식적으로 인간의 행위를 지배하게 되는데, 그 의식이 천연적으로 가지고 있던 무의식의 경우, 그것은 어떠한 의미에서 공통성을 띠게 되지만 그것이 나중에 생활 경험 속에서 산생한 것이라면 허다한 경우, 그것은 개성적인 행위나 의식으로 표현되는데 작가들이 작품 속에서 표현하고 있는 많은 무의식들은 바로 이러한 것들이며 또 작가로서는 이러한 것들을 표현함으로써 작품이나 작중인물에 개성을 부여하며 이러한 것들은 작품 속에서 인물의 개성적인 행위나 의식으로 표현되면서 작품에 개성을 주입시켜 주고 있다.

작품 「빨간벽돌」에서 가장 중요한 포인트는 "빨간 벽돌"로부터 오는 나의 히프에 있던 "빨간 벽돌"과 그 처녀의 히프에 찍혀 있는 "빨간 벽돌"이다. 작품의 주인공 나는 동년을 빨간 벽돌집과 함께 보냈는데 이 벽돌집은 나의 동년에 좋은 인상을 남겨 준 것은 아니다. 이 빨간 벽돌집은 원래 농기공장의 기숙사였는데 농기공장의 공장장이었던 아버지 때문에 나의 동년은 이 빨간 벽돌집에서 보내게 된다. 그런데 아이러니하게도 이 벽돌집은 나에게 동년에 대한 아름다운 추억보다는 아픈 추억을 더 많이 남겨두고 있는데 하나는 아버지가 무슨 모범이 되어 상으로 받았다는 거울을 깸으로써 아버지에게 "죽도록 매를" 맞았던 일이고 다른 하나는 할아버지 집으로 가기 위해 입었던 새 옷을 빨간 벽돌에 어지럽힘으로써 어머니에게 매를 맞은 일이었다. 10살이 되어 이 벽돌집을 떠나 이사를 가면서 나는 이 집에 침을 뱉고 다시는 찾지 않는다고 다짐하였다. 그런데 우연이라고 해야 할까? 나의 히프에 있던 "빨간 벽돌"과 한 계집애의 히프에 찍혀 있는 "빨간 벽돌"로 하여 이 벽돌집은 다시 나의 생활에 껴들며 나중에는 없어서는 안 될 존재로 된다.

내가 처음으로 그 계집애를 본 것은 시골에 있는 외삼촌의 집에 갔다가 냄비를 돌려주라는 심부름으로 이웃집을 찾았을 때였다. 한 계집애가 할머니에게 뭔가를 두고 야단을 맞고 있었는데 송곳이 사이에 난 덧이와 인중에 박혀 있는 기미가 인상적이었다. 그런데 냄비를 돌려주고 되돌아 나오려는 순간, 나의 눈을 사로잡은 것은 그 처녀 엉덩이에 찍혀 있는 "빨간 벽돌 자국"이었다. "빨간 벽돌집"에서 살고 있는 것도 아닌데 엉덩이에 나 있는 "빨간 벽돌 자국"은 처녀 생리에 의한 것이었는데 그 처녀애는 그것 때문에 옷을 적셨다고 할머니에게 야단을 맞은 것이다. 그날 저녁, 사춘기에 들어서 있던 나는 외숙모와 알몸으로 목욕하는 꿈을 꾸었는데 외숙모가 나중에 묘하게 그 처녀애로 바뀌면서 그의 잠재의식에 깊은 인상을 각인시켜준다. "빨간 벽돌" 자국으로 연계되는 나와 처녀, 빨간 벽돌 자국과 처녀의 생리란 원체는 아무런 상관도 없는 두 현상이 나의 무의식 속에서 하나로 이어지면서 나와 그 처녀의 숙명적인 만남과 관심이 시작되는데 이러한 운명은 나중에 외숙모가 가출하고 외삼촌이 정신병원으로 들어가자 다시는 시골에 갈 일이 없게 되어 나는 그 처녀를 다시 볼 수 없게 되면서 마무리되는 듯싶었다. 성도 이름도 모르는 계집애, 지금쯤은 분명 그 당시 엉덩이에 있던 빨간 벽돌 자국은 없어졌을 것이고 송곳이 사이의 덧이와 인중에 박힌 까만 기미만으로는 계집애를 찾을 수 없다는 것은 너무나도 분명한 것이었다. 그런데 강렬한 느낌 속에서 운명적으로 나는 대학교 도서관에서 그 계집애를 다시 만나는데 "여자에게서 풍기는 이상한 기운"은 그 계집애가 바로 엉덩이에 찍혀 있던 빨간 벽돌로 인해 할머니에게 매를 맞던 그 계집애라는 것을 직감적으로 느끼게 한다. 운명이랄까? 숙명이랄까? 그 계집애와의 재회는 다시 그 계집애와의 관계를 형성시켜 주는데 여기에서 그들의 현실적인 새로운 관계가 형성되면서 스토리가 전개되고 개성적인 인물이 부각되면서 소설이 완성된다.

이 소설에서 또 하나 짚고 넘어가야할 것은 앞에서 말한바와 같이 인간의 잠재의식이 인간의 성장에 부정적인 영향을 끼치는 경우가 많은데 이 소설의 경우는 그와 반대로 적극적이고 긍정적으로 작용하고 있다는 점이다. 특히 그 "빨간 벽돌"이 나의 기억에 좋은 추억이 아님에도 불구하고 나중에 이것이 한 처녀애의 "빨간 벽돌", 그리고 다시 그것이 사춘기 소년의 성적심리, 그리고 현실적인 관심과 직결되면서 "빨간 벽돌"이란 콤플렉스가 한 여성에 대한 숙명적인 사랑으로 승화되면서 긍정적인 결과를 초래하고 있다. 분명 이것은 독자들의 기대시야와는 어느 정도의 거리를 두고 있는 것이지만 소년 콤플렉스의 긍정적인 측면으로서의 변화는 참으로 소설에 이색적인 색채를 부여해 주는 예술적 장치로서 현실과 생활에 대한 작가의 긍정적이고 진취적인 태도를 보여주는 대목이라고 하겠다.

물론 작가는 소설에서 그들의 미래를 선명하게 제시해 주지 않고 있다. "또 한번 내 눈앞에서 사라"진 처녀를 나는 회사에서 다시 만나고 그 처녀와 가까이 하기 위해 다시 직장에서 뭇사람들의 반대에도 불구하고 7분사에 옮기고 그 처녀를 보고 알은체를 하고 출장도 만들었고 또 공항에서 헤어져야 한다고 생각하고 손도 덥석 잡았다. 그러나 그녀를 잡지 못했을 뿐만 아니라 불러온 것은 그 처녀의 사표였다. 절명의 시각이라 긴장감이 거듭되는 가운데 여자한테서 전화가 걸려오고 "봄의 소리"에서 그들은 데이트를 하는데서 막을 내리고 있는데 "갑갑하게 짓

누르고 있던 막막함이 떠나면서 긴 한숨을 토해내"는 것을 보면 그들의 관계는 해피엔딩으로 끝날 충분한 소지가 있는 것이다. 이처럼 작가는 작품에서 미래나 비전을 확실하게 제시해 주고 있지는 않지만 이미 묘사된 내용에 근거해도 독자들은 그러한 결말을 충분히 도출해 낼 수 있을 것이다. 작가의 진취적이고 긍정적인 생활 태도도 여기에서 그 근거가 마련되는데 이것은 이 작품이 다른 이런 유형의 작품들과 구별되는 가장 중요한 포인트의 하나다.

사실 구호준의 작품, 적어도 「빨간 벽돌」을 비롯하여 여기에 게재된 이 몇몇 작품들은 모두 생활에 대한 작가의 진취적이고 적극적인 태도를 보여주는 작품이라고 할 수 있다. 수필 「배낭을 위한 여행」은 신문사로부터 문학상 수상 통지를 받고 브랜드 배낭을 산 이야기를 쓰고 있는데 한국에서 아득바득 일한 돈으로 아파트나 장만해 보려는 대부분 중국조선족들의 염원과는 달리 작가는 매일 매일을 충실하게 보내고 있는데 그는 인간의 행복이란 아파트에 있는 것이 아니라 그때그때 자기가 하고 싶은 일을 하고, 하고 싶은 일을 열심히 하는 것이 행복이라고 생각한다. "아파트를 사지는 못했지만 나는 금년에 배낭을 샀고 그 배낭이 있어 금년 한해는 가장 행복하고 즐거운 날들을 보낼 수 있"을 것이라고 작가는 쓰고 있다. 나젊은 작가, 돈이나 재부에 욕심도 있고 어느 정도의 욕심을 부려보아도 별 문제가 있을 그러한 나이가 아니지만 작가는 아주 소탈하고 초연한 태도로 생활을 대한다. 돈이나 재부와 담을 쌓은 것은 아니지만 그것을 아주 가볍게 보면서 주어진 삶에 충실하고 주어진 삶을 잘 영위해 가려고 한다. 한국에 갔지만 지하철도 바로 탈 줄 모르고 심심산골에서 집 한 채 마련해 보겠다는 일념으로 열심히 노력하는 친구들에게도 참으로 경의를 표해야 할 것이고 한 달에 한주

만 일하고 한화 천만 원을 받는 친구들도 대단하다고 해야 할 것이다. 그러나 그것보다는 그러한 동년배 청년들과는 달리 금전적으로는 부자가 아니지만 정신적으로 아주 건실하고 건강하게 유쾌하게 생활을 영위해 나가는 청년들이 더 감동적이다. 특히 금전이 없으면 아무 일도 성사될 수 없다고 생각하는 요즘, 돈을 위해서라면 인격이고 인간으로서의 최저 윤리나 도덕도 서슴지 않는 오늘, 이러한 정신은 참으로 경의를 표할만한 일이 아닐 수 없다. 여기에서 우리는 작가 구호준의 낙천적인 생활태도를 볼 수 있으며 이러한 낙천적인 태도 때문에 배낭하나만으로 세상 어디도 갈 수 있는, 세상 그 어느 부자보다도 더 부유하게 사는, 겁 없는 청년에게 갈채를 보내는 것이다.

이어지는 「행복타임」도 구호준의 이러한 생활태도를 잘 보여주는 작품이다. 자동차부품회사에서 고된 노동에 시달리지만 2시간의 힘든 노동 뒤에 반드시 찾아오는 10분간의 행복타임, 저자는 이 10분간의 티타임을 행복타임으로 이름 짓고 그것을 향수하고 있다. 메마른 직장생활에 매달려 눈코 뜰 사이 없이 맴돌아 치다가도 친구만 만나면 그 무슨 대단한 직장에서 세상없는 요란한 일을 하는 듯이, 척하는 인간들에 비하면 이 수필의 주인공은 훨씬 더 대단한 인간이다. 2시간을 일하고 찾아오는 10분간의 휴식, 2시간을 정신없이 일하고 10분간을 향수해야 하는 이 "타임에는 누군가를 원망하고 누군가를 미워할 여유가 없다." 이 10분간에 "담배를 피우고 커피를 마시면서 스마트폰으로 게임하는 것이 요즘은 내게 가장 즐거운 일이다. 짧은 순간이지만 스스로 즐거움을 찾아 향수하는 것만큼 행복한 일은 없"다는 주인공, 요즘과 같은 세상에서 살다보면 이러저러한 유혹이 많으련만, 이 주인공만은 그 모든 것을 잊고 자기 생활에 충실하고 있다. 비관이나 실망보다는 낙관과 긍정을 보기 어려운 요즘, 작가의 이러한 낙천적인 생활태도는 참으로 신선한 충격으로 다가오고 있으며 신선한 바람을 불어넣어 주고 있다. 더욱이는 "감사하고 사랑해야 할 사람들, 그 사람들도 남은 8분에서 쪼개여 드려야 하는데 언제 타인에 대한 원망으로 소중한 내 행복 타임을 깨버릴 수 있으랴"하는 대목에서 우리는 요즘 주변에서 들리어 오는 원망보다 완전히 다른 소리와 생활 태도를 보게 된다. 여유 있고 자기 생활에 충성을 다하는 젊은이를 우리는 여기에서 보게 되는데 앞 소설에서 나오는 마무리부분의 긍정적이고 적극적인 태도도 작가의 이러한 항시적인 적극적인 생활태도에서 비롯되는 것이라고 해야 할 것으로 이러한 생활태도 때문에 작가에게는 아름다운 미래가 마련될 것이라는 믿음을 가지게 된다.

이 소설에서 주목되는 동년의 추억은 그 소녀의 "빨간 벽돌"을 생리가 아닌 그냥 "빨간 벽돌"로서의 기억으로 남기고 싶다는 대목이다. 사실 그날 그 처녀는 생리에 대한 부주의로 옷을 빨갛게 물들었던 것이다. 그러나 나는 그것을 "바꾸고 싶은 마음이 없었다." 여기에서 작가는 "그런 순리보다는 빨간 벽돌 자국이고 그래서 그날 할머니에게 옷 버렸다고 야단맞았다고 생각하는 것이 내게는 더 즐거운 일이니깐"라고 쓰고 있는데 이것은 자기도 새 옷을 빨간 벽돌 때문에 버리게 된 사실과 그 처녀의 경우를 동등한 위치에 놓고 거기에서 "동병상련"에 가까운 정체성과 동질성을 얻음으로써 자기와 그 처녀를 하나로 연결시키고 있음과 동시에 그 옛날과 오늘을 하나로 연계시키면서 작품에 현실성을 부가하고 있는데 여기에서 나와 그 처녀의 오늘의 만남이 단순한 어제를 추억하기 위한 만남이 아니라 만남의 의미를 훨씬 초월하여 한 인간의 완성, 또는 사랑의 무르익음으로 이어져 가고 있는 것이다.

이 작품에서 또 하나 지적해야 할 것은 소설 주인공의 개성적인 성격이다. 이 소설의 주인공 나는 그럴듯한 가정, 말하자면 근사한 가정에서 태어났다. 아버지는 농기공장 공장장으로부터 시정부 사무실 주임을 거쳐 부시장으로 승진한 지방 간부이며 어머니는 부련회 주임으로부터 통계국 부국장으로 사회적으로는 근사한 가정이라고 할 수 있다. 목하 2세들의 직장이나 취직을 위해 그 구직자들의 능력이나 지력보다는 부모님들의 주머니나 안면이 더 중요한 경쟁대상으로 되고 있는 중국의 실정에 있어서 이러한 가정 출신은 대도시에서는 모르지만 그 지방에서는 가히 웬만한 경쟁 상대는 거의 무시해도 좋을 정도로 무엇을 하고 싶으면 무엇을 할 수 있으며 모든 조건이 구비되어 있다고 할 수 있다. 그런데 이 작품의 주인공은 그러한 시체에 물젖지 않은 개성적인 청년이며 부모님들의 이러한 후광을 오히려 부담으로 느끼며 되도록이면 자기 자신의 손으로 자기의 앞길을 선택하고 개척해 나가고자 한다. 정치나 법률을 선택하라는 아버지의 요구를 완강하게 거절하고 컴퓨터학과를 선택한 것도, 대학교 졸업 후, 공안국(公安局)에 배치해 준다는 아버지의 말씀을 거역하고 소프트웨어회사에 취직한 것도 모두 아버지의 그늘로부터 벗어나기 위한 것이었다. 손오공이 여래불의 손바닥을 벗어나지 못하듯이 결국은 아버지의 그늘에서 벗어나지 못했지만 주인공의 이러한 심리상태와 생활에 대한 추구는 요즘 청년들에게서는 찾아보기 어려운 아주 개성적인 인간으로 독자들에게 다가오고 있다. 아버지의 권세욕과 권모술수에 염오감을 느끼며 부모님에 의거하지 않고 자기 힘으로 자기의 길을 걸어가려는 요구 역시 요즘 청년들과는 엄연히 구별되는 상당한 개성적이면서도 자기적인 사상을 가지고 있는 인간으로 부각되고 있다. 이러한 평범한 인간다운 측면이 있었기에 그는 그 "빨간 벽돌"의 처녀애에 집착을 가지게 되며 나중에는 사랑의 결실을 맺으면서 자기완성의 길을 걸어가고자 할 것이다.

　이외에도 구호준의 작품은 역사와 현실과 교차적인 묘사, 등장인물에 대한 모호한 묘사로부터 오는 궁금증의 확장, 도망가려는 처녀와 그것을 잡으려는 주인공 지간의 긴장감 넘치는 스토리 등 측면에서도 작가의 예술적인 처리능력을 비롯하여 예술 감각과 능력을 유감없이 보여주면서 미래 비전도 함께 잘 보여주고 있다. 이러한 측면으로 미루어 보아, 구호준은 미래가 촉망되는 소설가임과 동시에 여기에 게재된 글들로써 작가적인 개성을 비롯하여 미래 소설적인 비전과 발전가능성을 충분하게 보여주고 있다.

김금희 소설의 예술적 특징

김금희는 최근 중국조선족 작가 중 가장 활약적인 작가의 하나이다. 그는 자기의 절실한 체험과 섬세한 관찰력과 감수성을 바탕으로 소설을 구성하고 있는데 여기에 수록된 「버스 정류장에 핀 아이리스」, 「제비야 제비야」, 「노마드」 등 중편소설과 「파란 리본의 모자를 쓴 소녀」, 「아리랑을 연주하는 바이올리니스트」 등 작품들은 모두 작가의 실생활과 밀접한 관련을 가지면서 우리에게 많은 감동과 미감을 주고 있다.

그러나 작가는 자기의 이러한 체험을 아무런 여과 없이 작품에 기록하는 것이 아니라 자신의 실생활을 고도로 응축시켜 농축된 생활로써 생활에 대한 자신의 감수와 태도를 보여주고 있다.

중편소설 「버스정류장에 핀 아이리스」는 중국의 개혁개방 속에서 산전수전을 다 겪어보고 선택한 농촌 행을 결정한 남편을 따라 농촌에 내려가서 생활해야만 하는 나의 생활편린을 적은 소설인데 농촌행이라는 남편의 결정에 미지근하게 대응하며 마지못해 농촌으로 가야만 했던 소설 속의 나, 농촌의 생활에 적응하지 못해 모든 생활을 처음부터 시작해야만 했던 나, 거기에 도농 간의 생활 격차에 따라 나타나는 여러 가지 생활고, 여기에는 최근 남편을 따라 농촌에 가서 생활하고 있는 작가의 실생활 체험이 고스란히 묻어 있다. 자기의 생활체험을 자기의 소견에 따라 엮은 소설, 그러나 여기에서 작가는 자기의 실생활 체험을 날 것으로 보여주고 있는 것이 아니라 거기에 도시보다는 시골에서 다시 사업을 시작하여 재기를 꿈꾸는 남편, 따분한 농촌생활과 거기에 따른 나의 불만, 나아가서는 도시 사람들과의 접촉 속에서 시골 생활에 권태를 느끼고 아무런 미련 없이 도시생활에 뛰어든 샹과 같은 인물들을 통하여 격변하고 있는 중국 도시와 농촌의 현 상태를 비롯하여 농촌의 도시화, 도시의 농민공으로 인해 나타나는 많은 문제에 대한 작가의 문학적인 사고를 보여주고 있다. 물론 작가는 이러한 문제에 대한 자신의 관점을 소설에서 명확하게 제시하지 않고 있다. 하지만 독자들은 이러한 소설을 통하여 목하 상기한 문제로 인해 나타나고 있는 중국의 도시와 농촌의 실상을 파악하게 되며 이런 현상 속에서 생기는 다른 여러 가지 문제도 생각하는 계기를 마련하게 된다. 이러한 목적에 달성하기 위해 작가는 슈제트를 전개함과 동시에 가끔씩 이러한 생활에 대한 자신의 관점을 피력함으로써 농축된 체험에 따른 깊은 인식을 예술화시키고 있다.

소설은 디테일 면에서도 작가의 실생활체험과 섬세한 관찰력을 잘 보여주고 있는데 농촌에 대한 남편의 애착, 도시 사람들에 대한 농촌사람들의 인식, 농촌에서 일하면서 즐거워하는 남편에 대한 나의 태도, 나와 농촌생활 사이에서 나타나는 생활의 간격과 커다란 문화적인 격차, 특히는 샹의 행동을 통해 보여준 그의 심리, 그러한 아이를 바라보는 나의 심리 상태 등에 대한 묘사는 실로 작가의 실제적인 생활체험과 섬세한 관찰력, 그리고 감수성이 없으면 거의 불가능한 것이다. 이러한 실생활에 뿌리를 박고 있는 생활과 그 세부적인 묘사는 분명 소설에 객관성과 현실성을 더해 주고 있으며 이 역시 우리가 이 소설을 읽을 때 깊이 있게 체득해야 할 부분들이다.

자신의 실생활 체험에 따른 소설이라는 측면에서 「제비야 제비야」도 상기 「버스 정류장에 핀 아이리스」와 다를 바 없는 소설이지만 전자는 주로 자신의 어린 생활체험을 예술적으로 농축시키고 있으며 후자가 현재진행형의 생활체험이라면 전자는 주로 자신의 어린 시절의 체험과 결부하여 거기에서 이어지고 있는 현실적인 마찰음들을 형상화하고 있다. 삼촌과 오빠의 태몽이었다는 두 마리의 제비, 그 두 마리 중 한 마리는 "둥구리"에, 다른 한 마리는 밖으로 "휘여" 날아갔다는 할머니의 이야기로부터 시작되는 이 작품은 조손 3대의 애환을 통해 중국 조선족의 지난날을 집약적으로 형상화하고 있을 뿐만 아니라 그 지난날과 이어지고 있는 오늘날 중국조선족들의 희로애락을 그리고 있다. 소설의 모두(冒頭)에 나오는 태몽, 그리고 그것으로 인해 일어나는 듯한 숙명적인 운명이 소설 전반에 관통하고 있는데 삼촌과 오빠의 오늘날이 그 태몽과 운명적으로 연결되면서 소설에 궁금증을 더 하면서 읽는 재미를 보태고 있는데 소설에서 이야기되고 있는 이야기는 우리 조선족의 어느 가정에서나 편린을 찾아 볼 수 있는 이야기들이다. 특히 그 과거로부터 이어지는 오늘, 한국바람과 장사, 그리고 출국이나 연해 장사붐에 의해 해체되고 있는 중국조선족사회와 그리고 가족과 가족관계는 바로 오늘 중국조선족사회의 실생활 정경인 것이다. 부자간, 부부간, 특히는 형제간이나 숙질간, 사촌지간의 경제적인 원인으로 인해 산생하는 갈등은 오늘날 조선족가정에서 흔히 찾아볼 수 있는 이야기이다. 저자는 어린 시절의 자신의 성장경력과 결부하여 그러한 지난날과 운명적으로 이어지고 엮여지는 오늘날의 중국조선족사회의 가족, 친인척관계를 보여주고 있는데 담담한 애수와 더불어 독자들을 감동시킴과 동시에 많은 사색의 공간을 조성해 준다. 전통적인 가족제도와 가족관계의 해체, 기나긴 역사의 장하(長河)에서 이러한 해체는 정녕 있어본 적이 없는 것이다. 따라서 이러한 상황을 우리는 역사의 필연이라고 해야 할지, 아니면 우연한 운명의 작간이라고 해야 할지, 우리는 심각하게 고민해야 할 문제인 것이다. 이 소설 결말에서 할머니 동네를 찾아갔다가 상공을 날아예는 제비 두 마리를 보면서 작가는 다음과 같이 쓰고 있다. "다만 나는, 아직 지나가지 않은 멀지 않은 우리의 장래마저도 그렇게 흐지부지 하는 중 돌이킬 수 없는 아쉬움만을 남긴 채 그렇게 사라져버리지 않을까 하는 그것이 맘에 내키지 않았다. 차창 문을 닫아 올리면서 나는 아직 천방지축 하늘을 날고 있을 철없는 제비들에게 혼자 속으로 그렇게 말했었다. 둥지에 앉아 있어도 좋고, 훨훨 날아다녀도 좋지만, 다시는 아이를 잉태한 어떤 어머니의 꿈속에 날아들지 말라고. 설령 그것이 하나의 장난이었거나 실수에 불과 하였더라 할지라도."운명의 작간이라고 해야 할지, 아니면 역사발전변화의 필연이라고 해야 할지, 작가는 우리의 미래 생활에 그러한 무한한 아쉬움이 중복되지 않기를 바라는 아련한 마음을 독자들에게 간곡한 마음으로 전하고 있다.

소설「노마드」는 한국행으로 인해 빚어진 중국조선족사회의 현상을 그린 작품이다. 작품에서 작가는 여유 있는 유머를 섞어가면서 박철이란 청년의 이야기를 적고 있지만 그 유머 속에서는 커다란 어찌할 수 없음의 야속함이 다분히 묻어나고 있다. 중한 양국의 수교와 더불어 중국조선족사회에 나타난 한국붐, 원래 재부와 기아에 허덕이던 중국조선족 앞에 나타난 한 차례의 계기, 이 기회는 중국조선족사회의 해체를 가속화하여 많은 조선족들이 코리안 드림에 젖어 한국행 비행기에 올랐다. 이 작품의 주인공 박철 역시 그 중의 한 사람이었다. 물론 소설 중 박철은 한 번의 한국행이었지만 다른 사람들은 한국과 중국 사이를 오다가다를 몇 번이고 반복했거나 반복했는지 모른다. 그래서 그들의 생활을 장철 떠돌아다니며 살아가는 몽골인들처럼 떠돌이라고 비유해 "노마드"라고 하고 있는데 요즘은 일부 한국인들도 거기에 가세하여 우리 민족의 이 "노마드"는 점차 크고 자라나고 있는 가운데 이러한 "노마드"는 언제 가야 끝나고 언제 가야 종말일지 모르는 현재진행형으로 아직까지도 진행되고 있다. 이 소설은 주인공 박철이의 귀국으로부터 모두(冒頭)가 시작되는데 거기에 한국인 아줌마의 중국진출이 가담하고 다시 박철이의 친구 호영이, 다시 한국에서 중국으로 돌아오는 수미와 박철의 누이와 그 매형의 한국에서 중국, 중국에서 한국으로, 이렇게 끝없이 반복되는 유랑생활 속에서 작가는 이제는 그러한 무의미한 유랑생활에 종지부를 찍고 안정한 생활을 시작할 것을 갈망하고 있다. 분명 이것은 작가의 직접적인 체험에 의한 스토리가 아닐 수 있지만 그의 가족, 그의 친구, 그리고 그의 주변에서 비일비재로 일어나는 일로서 작가로서는 아주 익숙한 테마인 것만은 틀림없다. 이 소설의 마무리 부분에서 작가는 "정처 없이 풀밭만 찾아다니던 유목민들처럼, 끝없이 떠나고 시작하기를 반복하던 노마드 하나가 돌아왔다는 것, 그녀도 이제 그만 텐트를 내려놓고 누군가와 집이라도 짓고 싶어 한다는 것, 그것보다 박철이에게 더 중요한 것은 지금 없었다"라고 쓰면서 박철이의 공항 행을 기정사실화하고 있지만 목전 중국조선족사회의 실태에 따르면 작품에 등장하고 있는 그 누구도 다시 노마드 생활을 하지 않을 것이란 보장은 없다. 현재 중국조선족사회의 심각성은 여기에 있다. 날로 해체되어 가면서 날로 이기주의로 치닫고 있는 중국조선족사회의 사회문제, 이러한 문제는 우리 모두가 심사숙고하여 해결해야 할 문제로 눈앞에 다가 서 있다. 소설에서 작가는 이러한 문제를 직접적으로 제시하고 있지는 않지만 우리 의무감과 책임감과 사명감이 있는 엘리트들은 반드시 심사숙고하고 해결해야 할 중차대한 문제라고 할 수 있다. 이러한 의미에서 이 소설은 타이틀도 그러하지만 소설에서 전개된 이야기도 우리에게 많은 문제를 시사해 주고 있다고 할 수 있다.

이 소설에서 묘사되고 있는 한국과 중국조선족들 사이에 나타나고 있는 커다란 문화적인 격차, 그리고 그러한 격차에 의해 나타나는 여러 가지 모순과 갈등도 우리가 심사숙고해야 할 부분들이다. 한 뿌리에서 나왔지만 부동한 사회 문화 환경 때문에 나타나는 이질감, 역시 우리는 "노마드"일 수밖에 더 없다는 생각을 떨쳐버릴 수 없게 한다. 이 소설에서 작가는 이러한 차이를 다음과 같이 서술하고 있다. "그것은 태어나서부터 사람에게 순화되어 살고 있던 세퍼드가 어느 날 갑자기 같은 혈통을 가지고 생활하는 야생 이리무리를 만났을 때 느낄 수 있는 흥분 같은 것이라고나 할까. 문득 몸에서 잠잠히 흐르고 있던 피줄기들이 요동을 치면서 자신의 원천을 그리워하는, 강렬한 소망 같은 것이 불쑥 생겨난 것이었다." 좀 야하여 적절한 표현이라고 하기는 어렵지만 상황과 현상은 바로 그러한 것이다. 그래서 박철이는 "종족은 한 종족이되 이제는 도무지 한 무리에 어울려 살아갈 수 없는 야생 이리와 세퍼드처럼, 액체는 같은 액체지만 한 용기에 부어 놓아도 도무지 섞일 수 없는 물과 기름처럼, 박철이는 결코 그들 중의 한 사람이 될 수 없음을 인정해야 했었다"고 생각하는 것이다. 한 족속이되 서로 다른 환경에서 자랐기에 하나로 될 수 없는 상태, 하나로 되고 싶으나 될 수 없는 상태,

그래서 그들의 비애는 클 수밖에 없으며 내심 담담한 애수를, 한의 정서를 가지지 않을 수 없게 한다. 이러한 상황은 한국인들을 접촉해본 중국조선족이라면 거의 모두 한 두 번은 체험하였던 것으로서 작가도 분명 이러한 체험을 하였을 것으로 파악된다. 한 족속으로서 이러한 문화간격을 어떻게 치유하고 다시는 "노마드"가 아니게 할 수는 없을런지, 그것은 다만 우리의 하나의 소박한 염원이고 바람일지도 모른다. 그러나 다른 한편으로 그것은 다만 소박한 염원이나 바람이 아니기를 빈다.

이외에 여기에는 김금희의 단편소설 7편이 수록되어 있다. 이 7편의 단편소설들은 모두 제재를 서로 달리 하고 있지만 여전히 작가의 생활적인 체험을 비롯하여 섬세한 관찰력과 감수성으로 특징지어지고 있다. 「파란 리본의 모자를 쓴 소녀」는 내가 그린 한 장의 소녀그림을 매개로 한 정열로 넘치는 한 낭만시대의 소녀로부터 결혼 후의 평범한 여인으로부터 불가능하지만 다시 소녀시대를 그리는 한 여인의 일상을 담담한 어조로 쓰고 있는데 낭만의 소녀로부터 한 사내의 아내로, 다시 한 어린 아이의 어머니로, 누구와도 거의 다를 게 없는 한 평범한 가정주부로, 다시 낭만으로 들어찬 소녀시대의 꿈이 사무치게 그리워지는 인간의 역정에는 그러한 인생행로를 걸어온 작가의 생활체험이 스며들어 있을 것이며 「딸랑이북 흔들던 날」은 혼후 우울증으로 아이를 학대하던 내가 다시 사랑으로 돌아서게 되는 과정을 통하여 인정의 회귀를 그리고 있으며 「슈뢰딩거의 상자」는(슈뢰딩거 : Schrodinger, 1887~1961, 오스트리아 물리학자, 물질의 파동이론과 양자역학의 새로운 이론으로 1935년에 노벨물리학상을 수상, 슈뢰딩거의 상자는 슈뢰딩거가 양자역학에서 미시적인 세계에서 일어나는 사건은 그 사건이 관측되기 전까지는 확률적으로밖에 계산할 수가 없으며 가능한 서로 다른 상태가 공존하고 있다는 사실을 증명하기 위해 고안한 실험인데 하나의 가능한 상태는 그 상자를 열었을 때에만이 사람들에게 인식된다는 이론이다.) 유혹의 가상 세계와 평범한 현실세계의 선택에서 방황하고 고민하는 한 여인의 형상을 통하여 그 어느 세계도 모두 미지의 세계라는 필자의 고민을 역설하고 있는데 요지경으로 변화되고 있는 현실에 대한 필자의 예리한 관찰력과 감수성이 돋보이고 있으며 그 외의 「아리랑을 연주하는 바이올리니스트」를 비롯한 기타 다른 작품들에서도 작가의 민감한 감수성이 돋보인다. 작가는 이러한 작품들에서 자신의 실생활에서 얻은 체험과 생활감수를 심심한 사고 속에서 독자들에게 펼쳐 보이면서 작품에 진실성과 무게를 더해 주고 있다.

　김금희 작품에서 또 하나 우리가 유의해야 할 것은 이야기 꾸밈능력과 언어사용이다. 김금희는 자기의 생활체험을 형상화하기 위해 늘 자신의 주변에서 일어나거나, 자신이 일찍 경험했거나 보아왔던 평범한 일상으로 소설을 꾸미고 있는데 그러한 잡다한 이야기들을 소설화하면서도 그러한 것들을 아무런 여과 없이 소설에 도입하는 것이 아니라 그 가운데서 자신의 생활체험을 가장 집약적으로 반영할 수 있는 부분들을 선택하여 소설에 기입한다. 이러한 기입을 위해 작가는 또 우연한 만남이란 소설적 장치를 사용하기도 하는데 우에서 언급한 「버스 정류장에 핀 아이리스」에서 나오는 샹과의 만남, 그리고 소설 결말 부분의 샹, 「제비야 제비야」에 나오는 삼촌과 오빠의 어제와 오늘, 「노마드」에 등장하는 나와 한국 여인의 몇 차례의 만남과 나와 수미의 관계 등은 모두 이러한 소설적 장치로서 어찌 보면 우연인 것 같지만 소설의 슈제트를 꾸밈에 있어서 모두 필요하고도 자연스럽게 쓰이면서 소설에 재미를 더해 주고 있으며 「버스 정류장에 핀 아이리스」에 등장하는 샹, 「제비야 제비야」에서의 제비, 「노마드」의 한국여인과 수미, 「파란 리본의 모자를 쓴 소녀」 중의 그림 등도 모두 모두(冒頭)와 결말부분이 묘한 조응관계를 이루며 기다란 여운을 남기고 있다. 특히 「버스 정류장에 핀 아이리스」에 등장하는 샹과 「노마드」 중의 수미는 결말부분에서 명확한 해답을 주지 않고 그 답을 독자들에게 남김으로써 깊이 있는 여운을 길게 만들고 있는데 이러한 것들은 모두 작가의 소설 꾸밈방식에 대한 부단한 탐구와 직결되어 있는 것이라고 하겠다.

언어적인 측면에서 작가가 이 작품집에서 보여준 가장 큰 특징은 반어적인 특징인데 김금희 소설을 읽노라면 자연히 「문여기인(文如其人)」이란 말이 저절로 떠오를 정도로 개성적인 언어가 많으며 또 자기가 살고 있는 장춘의 지명이나 중국어도 많이 사용하여 소설의 현장감을 높여주고 있다.

그러나 김금희는 소설에서 가끔 생활과 현실에 대한 어찌 할 수 없음을 보여주고 있는데 이것은 세계의 횡포와 세상의 난폭함에서 기인되는 것이라고 생각된다. 김금희 소설에서 세계와 세상은 언제나 강자이고 주인공은 거개가 나약한 여인이고 피동형이다. 가장 전형적인 것은 「버스 정류장에 핀 아이리스」에 등장하는 서술자인 나이며 기타 소설에 등장하는 주인공도 이러한 측면에서 해석 가능한 인물들이다. 「슈뢰딩거의 상자」에서 작가는 다음과 같이 쓰고 있다. "그녀는 알 수 없다. 그녀가 살았던 세상이 진실한 건지, 지금 사는 세상이 진실한 건지, 아니면 거울 속 세상이 진실한 건지, 거울 밖 세상이 진실한 건지. 그날 밤 본 것들이 진실이었는지 마저 그녀는 알 수 없다. 진실을 알 수 있는 사람은 없는 것이다. 슈뢰딩거의 고양이처럼, 사람은 바로 그 진실 속에 살기 때문에." 작가의 이러한 의론과 표현은 다른 작품들인 「깨여진 계란처럼」, 「우주를 떠다니는 방」, 「계단 없는 오피스텔」과 같은 작품에서도 쉽잖게 찾아볼 수 있는데 이것은 예측불가능으로 변화하는 현실과 겨끔내기로 변화되고 있는 고달픈 세상에 대한 작가의 불만족에서 기인되는 것으로서 시사하는 바가 상당히 크다고 하겠다. 나젊은 작가로서 세계와 현실에 대한 이러한 인식은 어느 정도의 무기력함을 표현하고 있다는 평도 가능하지만 세계와 세상에 대한 작가의 예리한 해부에서 기인된다는 평도 가능하다는 측면에서 우리는 작가의 이러한 인식을 절대 과소평가해서는 안 될 뿐만 아니라 그 반대로 높은 평가를 주어야 하며 앞으로도 많은 기대가 있는 작가라고 해야 할 것이다.

한국문학과 비교문학 연구

중국, 조선문학의 영향과 일본의 국문시가

일본의 전통 국문시가인 와까(和歌)는 그 산생과 발전과정에 있어서 중국과 한국문화의 커다란 영향을 받았다. 그 대표적인 실례로 우선은 한자를 들 수 있다. 사실상 일본의 와까는 한자와 밀접한 관계를 가지고 있는바 한자를 이야기하지 않고서는 그 산생과 발전을 운운할 수 없다.

한자가 언제 어떻게 일본에 전해졌는가 하는 것은 여러 가지 설이 있으나 확인하기 힘든 실정이다. 현전하는 역사문헌과 자료에 의하면 늦어도 5세기 초로 잡을 수 있을 듯싶은데[1] 그 근거로 기원 487년에 왜왕(倭王)이 중국남조(南朝)의 유종순제(劉宗順帝)에게 보낸 국서(國書)를 들 수 있다.[2] 정갈한 한문으로 되어 있는 이 국서는 한문이 일본에서, 적어도 궁중에서 상당히 보급되어 있었던 것을 확인해 주는 귀중한 자료라 하

---

1) 일본 『고사기』의 기재에 의하면 응신(應神)조(기원 285년)때 조선의 和爾吉師(『일본서기』에서는 왕인(王仁)이라고 한다)가 『논어』, 『천자문』을 일본에 전해주었다고 쓰고 있다. 그런데 『천자문』은 량(梁)나라시기에 나온 것이라 와전이 아닌가 생각되나 『논어』는 사실에 부합될 것으로 짐작된다. 만일 이것이 사실이라면 일본에는 늦어도 3세기 또는 그보다 좀 더 일찍 한자가 전파된 것이 아닌가 하고 추측해 볼 수 있다.
2) 이 국서는 왜왕이 남조의 유종순제에게 보낸 것인데 한문으로 되어 있다.

겠다. 아무튼 한자는 적어도 5세기 전에 일본에 전해진 것만은 틀림없는데 이렇게 전해진 한자는 일본에 상당한 영향을 주었던 것만은 의심할 나위 없다. 특히는 서사방식에 준 영향은 더없이 크다. 그리하여 구두로 전승되던 일본의 신화, 전설, 민담 그리고 시들은 문자로 기록되었고 일본고대의 역사문헌인 『고사기(古事記)』, 『일본서기(日本書紀)』와 고대 시가총집 『만엽집(万叶集)』 등이 나타나기에 이르렀으며 일본의 고전문학도 한자에 힘입어 자기발전의 길에 들어서게 되었다.

그러나 한자가 일본에 준 영향은 여기에만 그치는 것이 아니다. 사실 여기에는 더 큰 의의가 부여되고 있는데 그것은 몇몇 고전 문헌이 문자로 기록되어 오늘까지 전해졌다는 것뿐만 아니라 한자에서 일본의 독특한 문자─가나(假名)가 산생한 것이다. 사실 이것은 일본의 역사에서 중대한 의의를 가지는 대목으로서 이로부터 일본에는 자체의 문자가 있게 되었다. 일본의 『고어습유(古語拾遺)』에는 "상고시기에 문자에 없어 귀천한자나 노소를 막론하고 모든 것을 구두로 전승하고 있었다"[3]라는 기록이 있는데 한자의 도래와 함께 "구두로 전승하"던 역사가 종결되고 새로운 시대가 펼쳐진 것이다. 그들은 한자를 이용하여 이른바 가나(假名)를 창조하였으며 또 그것으로 자기들의 언어를 기록하는 서사방식을 창출해 냈다. 이 가나를 역사상 "만엽가나(万叶假名)"라고 한다. "만엽가나"는 조선의 이두(吏讀)처럼 한자의 음과 뜻을 빌어 일본어를 기록하는 것인데 주로 시가창작에 이용되기도 하였다. 일본최초의 시가총집으로 인정되고 있는 『만엽집』은 바로 이러한 가나로 기록한 것인데 그 가나를 "만엽가나"라고 하는 것도 이러한 사정에서 기인된 것이다. 그때로부터

---

3) 왕금명, 『간명일본고대사』, 천진인민출판사, 1984, 116쪽.

일본의 시가는 두 갈래로 갈라지는데 하나는 앞에서 말한 것처럼 가나로 쓰이어진 국문시가이고 다른 한 갈래는 한자로 쓴 한시인데 국문시가나 한시나를 막론하고 모두 중국과 밀접한 관계를 가지고 있다. 그럼 그 구체상황은 어떠한가? 본문은 이 문제를 가지고 일본의 만엽시가와 와까(和歌)의 한 변종인 하이꾸(俳句) 등 일본의 국문시가를 중심으로 중국문학과의 관계를 살펴보려고 한다. 동시에 그 가운데서 보이는 조선문학과의 관계에 대해서도 일부 논하게 된다는 것도 부언해 둔다.

『만엽집』은 앞에서 말한 것처럼 일본 고대의 시가총집이다. 따라서 일본의 국문시가를 말할 때 『만엽집』을 거론하지 않을 수 없다. 전후 80여 년이란[4] 시간을 들여 편찬했다는 이 시가총집은 20권으로 되어 있는데 전후로 450년에 이르는 기간의[5] 여러 가지 시가 무려 4,500여 수나[6] 수록되어 있어 그 규모나 범위 및 내용이 방대하여 역대로 일본 고대의 "백과전서"로 불릴 만큼 귀중한 자료로 되고 있다. 그런데 이것은 중국문학의 영향이 없었더라면 거의 상상조차 할 수 없는 것이었을지도 모른다.

『만엽집』과 중국문학의 관계는 여러 면에서 표현되고 있는데 아래와 같은 몇 가지로 귀납할 수 있다.

첫째는 『만엽집』의 편찬 동기와 경과 및 목적과 『시경』과의 관계이다. 대형가집으로서의 『만엽집』은 고대 일본의 각 지역의 시가를 거의 다 수록하고 있는데 거기에는 야마도국의 시가가 수록되어 있을 뿐만

---

4) 여기에는 여러 가지 설이 있는데 본문에서는 연변대학출판사에서 펴낸 허호일 주편의 『일본문학사』의 관점을 인용하였음.
5) 팽은화(彭恩華), 『일본와까사』, 학림출판사, 1986, 참조.
6) 4533수, 4560수, 4515수, 4496수 등 여러 가지 설법이 있는데 일반적으로 4500수라고 한다.

아니라 동북지방이나 규슈지역의 시가도 수록되어 있다. 분명 이것은 그 후에 나온 가집(歌集)이 비할 수 없는 것이다. 이것은 본 가집(歌集)의 광범위성을 확인해 주는 것인데 사실 여기에는 널리 수록하여 후세에 전하려는 편찬자들의 편집동기가 뚜렷이 나타나고 있다. 이런 편찬 동기는 『만엽집』이라는 그 책이름에서도 나타나고 있다. 지금 학술계에서는 '만엽'이라는 이름에 대해 여러 가지 설이 있는데 하나는 '만엽'이란 '만언엽(萬言葉)'인데 일본어에서 '언엽(言葉)'는 언어 또는 언사(言辭), 즉 말이라는 것이다. 따라서 만엽은 다언(多言) 또는 다가(多歌)로 풀이된다는 것이고 다른 하나는 '만엽' 속의 '엽'은 '세(世)'와 통하는 것인데 이른바 '만엽'은 곧바로 '만세상전(萬世相傳)'이라는 것이다.7) 만일 그렇다면 어떻게 풀이되는가와는 상관이 없이 모두 편찬자들의 편집동기가 잘 설명되고 있다. 주지하다시피 『시경』은 중국문학사상의 첫 번째 시가총집이다. 시집은 상하 200여 년간의 300여 수의 시를 수록하고 있는데 역시 어느 한 지역의 시가묶음인 것이다. 『국풍(國風)』만 보아도 거기에는 지금의 섬서(陝西), 산서(山西), 산동(山東), 하남(河南), 하북(河北) 및 호북(湖北) 등 지역의 시들이 수록되고 있는데 그 편집동기 역시 『만엽집』과 함께 널리 수집하여 후세에 전하려는데 있었다.

두 시집의 수록과정도 아주 비슷하다. 지금 학술계에서는 『만엽집』의 편찬자문제를 둘러싸고 칙선인데 橘諸兄8)이 완성했다는 관점, 오오도모노 야까모찌(大伴家持)9)가 편찬하였다는 설, 선행 몇몇 개인가집의10) 기초

---

7) 팽은화(彭恩華), 『일본와까사』, 학림출판사, 1986, 12쪽.
8) 일본 나라시기의 저명한 가인.
9) 저명한 만엽시인, 『만엽집』에는 그의 시가 가장 많이 수록되어 있다.
10) 『만엽집』이 출현하기 전에 일본에는 가끼모도노 히도마로(柿本人麻呂)와 몇몇 가인들의 개인 시집이 있었다.

상에서 여러 사람이 함께 편찬한 것인데 그 편찬자속에 오오도모노 야까모찌가 끼여 있다는 관점 등 몇 가지가 있다. 이 네 가지 관점은 모두 일리가 있는 이야기나 아래와 같은 문제에 중시를 돌릴 필요가 있다. 첫째는 고대에 이렇게 방대한 규모의 와까집을 편찬하는데 칙령이 아니고서는 힘들다는 것이고 다음은 이렇게 방대한 가집은 한 두 사람으로서는 거의 완성하기 어려울 것이며 그 다음은 그 후에도 여러 사람의 손을 거쳐 완성되었을 것이라는 것이다. 만일 그렇다면 이것은 칙령에 의해 여러 사람이 편찬한 것인데 그 속에는 오오도모노 야까모찌가 끼여 있지 않았을까 하고 필자는 추측해 본다. 10세기 이후에 편찬된 일본의 와까집들인 『고금와까집(古今和歌集)』, 『신고금와까집(新古今和歌集)』, 『신고금집(新古今集)』 등 가집들도 칙령에 의해 편찬된 것들인데 이것은 다른 한 측면에서 『만엽집』이 칙령에 의해 편찬되었을 것이라는 추측을 뒷받침하여 주고 있다. 만일 이 추측이 성립된다면 그 과정은 『시경』의 형성과정과 너무나도 비슷한 것이다. 왜냐하면 『시경』도 주왕조(周王朝)의 지령에 의해 조직적으로 수집한 것이기 때문이다. 이점에 대해 하휴(何休)는 이렇게 말한다. "그들로 하여금 민간에서 시를 수집하게 했는바 향에서 읍으로, 읍에서 나라에, 나라에서 천자에게 수집하여 바쳤다."[11] 반고(班固)도 '행인'들이 시를 수집하여 태사(太師)에게 바쳤다는 기록을 남겼는데[12] 이것은 『시경』이 칙령이나 정부의 조직적인 행위에 의해 완성된 것이라는 것을 알려 줄뿐만 아니라 적어도 주왕조(周王朝)에서 설치한 '행인'과 밀접한 관계가 있다는 것을 말해준다.

다음은 만엽시가와 중국시가형태의 관계문제이다. 『만엽집』에 수록된

---

11) 유국은(游國恩) 외 편, 『중국문학사』 제1권, 1964, 26쪽.
12) 유국은, 위의 책.

시가는 여러 가지이다. 그러나 일반적으로 잡가(雜歌), 상문가(相問歌), 만가(挽歌), 비유가(比喩歌), 동가(방인가를 포함), 문답가(問答歌), 연유가 등 몇 가지로 나눈다. 그 가운데서 주요한 것은 잡가, 상문가, 만가 이 세 가지라고 할 수 있는데 잡가란 여러 가지 내용을 담은 단시들을 말하고 상문가는 '기거(起居)나 안부를 묻는 화답가(和答歌)'이고 만가(挽歌)는 문자 그대로 죽은 이를 추모하는 노래이다. 이런 시가는 형태상에서 5. 7. 5. 7. 7. 다섯줄 형식, 또는 5. 7, 5. 7, 5. 7, 5. 7. 7. 7의 형태로 10줄로 된 장가형식, 또는 5. 7, 7. 5, 7. 7로 여섯 줄로 구성된 선두가(旋頭歌) 형식을 취하고 있는데 그 가운데서 가장 흔히 보게 되는 것이 5. 7, 5. 7. 7로 된 단가형식이다. 따라서 다섯줄, 31자로 된 5. 7, 5. 7. 7로 된 이 단가형태를 와까의 가장 대표성적인 형태로 보게 되며 5. 7조를 와까의 기본 음률이라고 할 수 있다.

문제는 일본의 고대시가가 원래부터 5. 7조가 아니었다는 그 점이다. 「기기(記紀)」[13]가요를 보면 여러 가지 형태가 있는데 5. 7음절이 있는가 하면 4, 6조가 있으며 지어는 3, 8조도 있다. 이것은 일본의 원시가요의 형태는 아주 자유스러웠으며 음절에 대한 엄격한 요구가 없었다는 것을 말해준다. 아울러 이것이 가요의 원시형태에 더 부합된다. 그러면 잡음절이던 일본시가가 어떻게 되어 5. 7조를 기본으로 하는 와까로 되었는가?

이것은 중국의 시가형태와 이러저러한 관계가 있지 않을까 하고 생각해 본다. 주지하는 바와 같이 중국시가는 대부분이 5언과 7언으로 되어 있는데 근체시가 특히 그러하다. 물론 그 가운데는 잡언(雜言)이 없는 것

---

13) 『고사기』, 『일본서기』를 "기기(記紀)"라고 하며 거기에 수록된 시가를 "기기가요(記紀歌謠)"라고 한다.

은 아니나 대부분이 5언과 7언인 것만은 사실이며 어떤 것은 바로 5. 7
조 형식을 띠고 있다. 이를테면 악부 「목란사(木蘭詞)」의 어떤 구절은 5.
7조로 되고 있는데 이런 시가 형태는 5언이나 7언에 비해 음악성이 더
강하며 음률도 더 영활하고 형식이 더 활발한 특점을 가지고 있다. 따
라서 접착어인 일본어에 더 적합하여 널리 사용되었는지도 모른다. 아
무튼 와까가 5. 7조로 되어 정형시의 형태를 가지게 된 데는 중국시가
형태의 영향을 무시할 수 없다.

와까는 중국문학과 이러저러한 관계가 있을 뿐만 아니라 조선의 향가
와도 일정한 관계가 있을 것으로 짐작된다. 왜냐하면 "만엽가나"는 "이
두"와 이러저러한 관계가 있기 때문이다. 주지하다시피 "이두"는 한자
의 발음과 뜻을 빌어 조선어를 적은 것이다. 그러므로 "이두"는 한어인
것이 아니라 조선어이다. 「대명률직해(大明律直解)」의 한 구절을 적어보면
다음과 같다.

凡奴婢毆打家長者皆斬 殺者皆凌遲處死 過失者絞(이상은 한문)
凡奴婢家長乙把打爲在乙良 幷只斬齊 致殺爲在乙良 幷只車裂 失錯殺害爲害
爲在乙良絞死齊(이상 이두문)

두 번째 구절은 전형적인 이두문이다. 그 가운데서 乙, 爲在乙良, 幷只
등은 모두 한자의 음을 빌어 조선어를 적은 것이다. 그러므로 한자의
뜻으로는 풀이할 수 없다.

이제 향가와 와까를 한 수씩 적어본다.

東京明期月良 夜入伊遊行如可
入良沙寢矣見昆 脚烏伊四是良羅

二肹隱吾下於叱古　二肹隱誰支下焉古
本矣吾下是如馬於隱　奪叱良乙如何爲理古(이상　향가)

이것은 저명한 「처용가」의 원문인데 한자로 풀어서는 그 뜻을 도무지
알 수 없다. 왜냐하면 良, 伊, 隱, 於叱古, 焉古 등은 한자의 음을 빌어 조
선어를 적은 것이기 때문이다.

勿念迹　君者雖言
相時　何時迹知而加
吾不戀有乎

이것은 저명한 만엽가인인 가끼모도노 히도마로(柿本人麻呂)의 작품인데
절절한 석별의 정을 읊은 것이다.[14] 상술한 「처용가」와 마찬가지로 이
것은 한어로 풀 수 없다. 왜냐하면 迹, 者, 而加, 乎 등은 한자의 음을 빌
린 것인데 이두의 良, 伊 등과 같이 음만 있고 뜻이 없다. 따라서 그것
은 일본어인 것이다.
　이로부터 알 수 있는바 만엽가나는 이두에 흡사하다. 만일 그렇다면
여기에서 제기되는 또 하나의 문제는 이두와 만엽가나 사이에 그 어떠
한 관계가 있지 않느냐 하는 문제이다. 물론 그 구체적인 사정이 어떠
한가 하는 문제는 진일보 탐구되어야 할 문제이나 아래와 같은 몇 가지
문제는 확실히 우리의 주의를 불러일으켜야 한다고 생각한다.

---

14) 원문을 우리말로 옮기면 다음과 같다.
　　생각지 말라는 그 한 마디 말
　　그토록 쉽게 나오지만
　　기약 없는 이별을 앞두고
　　어찌 근심과 걱정이 없으리오.

첫째는 만엽가나도 이두처럼 한자의 음과 뜻을 빌어 일본어를 적은 것인데 그 차용방식이 비슷하다는 것이고 둘째는 역사기재에 왕인이 일본에 가서 한문을 전했다는 기록이 있는데 그 한문이 조선화한 한문일 가능성도 배제할 수 없다는 것이고 셋째는 가장 중요한 것인데 이두문은 변화를 거듭하여 이러저러한 변모양상을 보여주고 있으나 만엽가나는 그렇지 못하고 이두문의 초기형태와 비슷한 점이 많다는 것이다. 이를테면 한어와 조선어, 일본어의 최대 구별은 어순에 있는데 한어는 일반적으로 주어, 술어, 보어의 순으로 되고 있으나 조선어와 일본어는 주어, 보어, 술어의 순으로 되어 있다. 그런데 이두의 초기 형태는 문법까지 포함하여 한문(漢文)식이다. 그러다가 서기체로 변했는데 기원 566년의 문자로 확인되고 있는 글 한 단락을 적어보면 다음과 같다.

丙戌二月中漢城下後部小兄文達節自此西北行涉之[15]

이것은 고대의 한 건설자가 돌에 남긴 글이라고 한다. 사실 이것은 저질 관광객이 관광지에 남긴 "×××가 여기에 와 여행했다"는 낙서와 별로 다를 것이 없다. 그런데 그것이 출토된 후에 값이 껑충 뛰어 올랐는데 그 원인은 그것이 우리가 고대 한글을 연구하고 고대 조선어의 변천과정을 연구하는 귀중한 자료로 되고 있기 때문이다.

이제 서기체를 몇 구절을 적어 보면 다음과 같다.

---

15) 이 단락의 대의는 병술년 2월, 한성(서울)하후부의 소형문달이라고 하는 사람이 이곳으로부터 서북쪽 방향을 책임지고 건설했다는 것이다.

한 문	서 기 체
自三年以後	今自三年以後
執持忠道	忠道執持
誓無過失	過失無誓
若失此事	若此事失
誓得天大罪	天大罪得誓[16]

　이상의 예문에서 볼 수 있는바와 같이 서기체의 어순, 문법관계는 한어와 다르다. 여기에서 우리는 이두문이 아래와 같은 몇 개 단계를 겪었다는 것을 알 수 있다. 우선은 한자로 음을 적는 계단인데 그 례로 弗矩內, 徐伐, 그리고 훈독인 大山(한뫼) 등을 들 수 있다. 다음은 한자에 토(조사)를 단 구결식 방법인데 學而時之面, 不亦樂乎阿, 有朋是自遠方來面, 不亦樂乎阿[17]와 같은 것이다. 그 다음은 우에서 말한 서기체인데 어순이나 문법이 모두 조선식으로 되고 있다. 일본의 와까도 초기에는 한자의 음만 빌렸다. 『고사기』에 나오는 시 한 구절을 보면 다음과 같다.

　　伊莾波豫, 伊莾波豫
　　阿阿時夜塢[18]

　여기에 나오는 한자는 아무런 의의도 없다. 따라서 한자로 해독해서는 절대 그 뜻을 알 수 없다. 『만엽집』에 나오는 오오도모 야까모찌(大伴家持)의 시는 이와 좀 다른 형태를 보여주고 있는데 발전된 모습이라고 할 수 있다.

---

16) 리득춘, 『고대조선어』에서 재인용.
17) 리득춘, 위의 책.
18) 일문으로는 다음과 같다. いまはよ, いまはよ, ああしやお.

叢今者 秋風寒

將吹烏 如何獨

長夜乎 將宿[19]

    분명 이것은 우에서 말한 시와 다르다. 어찌 보면 조선어의 구결식에 상당한 것 같기도 하다. 그 가운데서 者, 烏, 乎는 조사이고 기타는 한자의 뜻을 빈 것인데 그 어순은 또 한문식이다. 마지막으로 역사적으로 보아 만엽가나가 이두의 영향을 받았을 가능성이 크다는 점이다. 신라의 아직기(阿直岐)와[20] 백제의 왕인이 일본에 한문을 전했다는 것은 주지의 사실인데 여기에서의 문제는 그들이 전한 한문이 도대체 어떤 한문이었는가 하는 것이다. 이것은 고증키 어려운 문제이나 『일본서기』에는 백제의 악사가 일본에 갔다는 기록이 있는데 그것은 기원 554년이다. 그 외에도 중국의 기악을 일본에 전한 백제의 미마지(味摩之)가[21] 있는데 그것도 기원 612년의 일이며 660년과 668년에 망한 백제와 고구려의 난민과 이민들도 문화의 전파자로 되어 조선 문화를 일본에 가져갔을 것이다. 이와 동시에 『고사기』의 편찬시간이 712년이고 『일본서기』는 720년이고 『만엽집』은 구체적인 편찬시간은 확인할 길 없지만 7세기말, 8세기 초에 편찬된 것으로 알려지고 있는데 그렇다면 그것은 바로 조선의 도래인(渡來人)들이 건너가서도 30~40년이 지나서 일본의 고대문헌들이 편찬되었는데 그 가운데서 이두의 영향이 상당했을 것으로 짐작해

---

19) 이 시의 대의는 다음과 같다. 가을바람은 오늘도 쌀쌀히 불어오는데 독수공방에 긴긴 밤 잠 이룰 길 없네.
20) 4세기 중, 후반 일본에 건너가 활동한 백제의 유학자. 『일본서기(日本書紀)』에는 아직기라고 하고 있으나, 『고사기(古事記)』에는 아직길사(阿直吉師)로 되어 있다
21) 미마지(味摩之)는 백제 무왕 때의 무용가이다. 오(吳)나라에서 기악무(伎樂舞)를 배우고 612년(무왕 13년)에 일본에 귀화하였다고 전해지고 있다.

볼 수 있다.

　이외에도 와까와 집적적관계가 있은 일본의 국문시가로 하이꾸가 있다. 하이꾸는 하이까이(俳諧)라고도 하는데 '해학과 골계'라는 뜻이다.[22] 하이꾸는 16세기에 나타났지만 근세 일본의 가장 중요한 시가형식으로서 일반적으로 와까와 함께 일본 고대시가문학의 쌍벽을 이루는 시가형식으로 인정되고 있다.

　예술형식이 짧고 영활한 하이꾸는 세계적으로도 가장 짧은 예술형식의 하나인데 17자, 세 줄로 되고 있다. 그러나 하이꾸는 계절에 대한 요구가 상당히 높은바 매수에 반드시 하나의 계절어가 있어야 한다고 규정하고 있다.

　총체적으로 보아 하이꾸는 정형시의 일종으로서 사실은 와까에서 온 것으로 보이어진다. 그러나 하이꾸를 이야기하려면 연가(連歌)를 이야기하지 않을 수 없다. 앞에서 말한바와 같이 일본의 와까는 5, 7, 5, 7, 7이라는 단가형식을 위주로 하고 있는데 평안조(平安朝)에 이르면서 두 사람이 그것을 낭송하면서 5, 7, 5조로 변모하게 된다. 말하자면 한사람이 앞의 5, 7, 5를 읽으면 다음 사람이 7, 7을 읽는데 그 가운데서 그 형식도 변화되어 먼저 7, 7를 읽으면 다음에 5, 7, 5를 읽기도 하였는데 5, 7, 5라는 하이꾸의 기본형식은 이 가운데서 형성된 것이다.

　이러한 와까들은 대체로 해학적이고 유모아적인 내용을 기본으로 하고 있었으므로 하이까이(俳諧)라고도 불렀으며 연가(連歌), 단련가(短連歌), 이인련가(二人連歌)라고도 하였다. 평안조 말, 가마꾸라(鎌倉)초에 이르러 또 장련가라는 연가(連歌)가 산생하였는데 이른바 장련가란 5, 7, 5, 7, 7

---

22) 西鄕信綱, 『일본문학사』, 인민문학출판사, 1978, 174쪽.

또는 7, 7, 5, 7, 5의 형식으로 여러 번 반복하는 형식으로 되고 있다. 그리고 또 두 사람이 서로 부를 수도 있고 여러 사람이 부를 수도 있었는데 대체로 100구절로 되고 있다. 이러한 장련가에서 첫 마디, 즉 5, 7, 5조를 서장(序章)이라고도 하는데 전반 연가(連歌)의 주제를 제시하는 부분으로 되고 있다. 16세기에 이르러 그 장련가의 서장이 점차 독립되는 추세를 보여 주었는데 그것이 변화하여 지금 우리가 말하는 하이꾸로 되었고 17세기에 일본의 저명한 하이꾸의 시성(詩聖)으로 떠받들리고 있는 마츠오 바쇼(松尾芭蕉)의 가공과 개조를 거쳐 일본 특유의 시가 예술형식의 하나로 정착되기 시작하여 오늘에 이르고 있다.

이로부터 알 수 있는바 하이꾸는 와까로부터 연가(連歌)를 거쳐 완성된 것이다. 그러나 그 형성과정에 있어서 중국의 백량체(柏梁体)의 영향도 무시할 수 없는 것이다. 백량체(柏梁体)란 중국 한 나라 시기에 나타난 시가 형식의 하나인데 7언시와는 달리 매 구절마다 운을 사용하게 되어 있다. 전하는데 의하면 이 시가 형식은 한무제(漢武帝)가 대(臺)를 만들어 놓고 군신들과 서로 화답하면서 이루어진 것이라고 한다. 『삼보황도·대사(三輔黃圖·台榭)』의 기재에 의하면 백량체는 시가의 한 형식이기도 하지만 더 많이는 오락성을 띤 것이라고 한다.[23] 따라서 중국 시가문학의 발전에는 큰 영향을 주지 못 했을 뿐만 아니라 얼마 되지 않아 자취를 감추고 말았다고 한다.[24] 와까가 연가(連歌) 형식으로 변화하였을 때 사실은 오락성을 띤 것이었다. 하이까이라고 하는 자체가 이점을 입증해 주고 있다. 그런데 마츠오 바쇼를 거쳐 예술화되기 시작하였는데 만일 그의 노력과 피타는 탐구가 없었더라면 하이꾸의 산생은 운운하기 어려

---

23) 유국은 외, 『중국문학사』, 인민문학출판사, 1964, 26쪽 참조.
24) 유국은 외, 위의 책.

운 것이었다. 다시 말하면 바로 마츠오가 있었음으로 하여 하이꾸는 점차 해학적이고 오락적이었던 연가(連歌)형식으로부터 하이꾸로 변모하였는데 이것은 일본문학이 중국문학의 접수가운데서 거둔 또 하나의 성과의 하나이다.

뿐만 아니라 하이꾸는 표현수법, 언어사용, 이미지의 창조 등 면에서도 중국문화의 영향을 받은 흔적을 보여주고 있다. 이를 테면 마츠오 바쇼가 주장하는 「물아일체(物我一體)」와 「풍아(風雅)의 진실」에는 중국문학의 관념과 사상의식들이 그대로 보이어지고 있으며 그의 하이꾸 「秋日今向暮, 枯枝有鳥栖」에는 한어의 '枯木寒鴉'의 이미지가 깃들어 있으며 다니구치 부손(谷口蕪村)의 자연에 대한 동경지심에서도 중국문화의 흔적이 엿보이고 있으며 그의 시구 "行行重行行, 行行復行行, 此處步夏日, 原野无窮盡"의 앞에 두 구절은 중국의 고시 「行行重行行」에서 온 것이다. 이것은 일본의 하이꾸가 내용으로부터 형식 등 많은 면에서 중국문화의 깊은 영향을 받고 있다는 것을 말해 준다.

이외에 일본의 하이꾸와 조선의 시조(時調)와의 관련도 주의 깊게 살펴야 할 문제라고 생각한다.

주지하다시피 13, 4세기에 조선에서는 시조라는 새로운 시가형식이 나타났는데 형태상 10구체 향가를 답습한 것으로 볼 수도 있다. 10구체 향가는 10구로 되고 있으나 뜻으로 보면 대체로 세 개 의미군(群)으로 되고 있다. 이를테면 10구체 향가 중 앞의 넉 줄과 뒤의 넉 줄이 각각 하나의 의미군을 이루고 마지막 구절이 또 하나의 의미군을 이룬다. 그렇다면 이것은 이미 시조처럼 3구로 될 수 있는 요소를 다분히 띠고 있는 것이다.

와까 중 단가는 5행으로 되어 있는데 다시 연가(連歌)를 거쳐 3행으로 되었다. 만일 10구체 향가가 다섯 단으로부터 3행으로 되었다면 일본의 하이꾸도 그렇게 되고 있다. 이것은 우연한 일치인가, 아니면 그 어떠한 영향관계가 있는가? 이것은 아직 결론을 내릴 수 없지만 심입된 연구를 필요로 하고 있는 것이다.

이상에서 우리는 일본 국문시가와 중국문학의 관계를 대충 살펴보았는데 일본의 국문시가는 그 산생으로부터 발전에 이르기까지 모두 중국문학의 영향을 받았으며 그 가운데는 조선문학의 영향도 있을 것으로 짐작해 볼 수 있다. 후자의 경우, 앞으로 더 심입된 연구를 필요로 하고 있다.

양백화의『홍루몽』연구에 대한 비교문학적 고찰

1. 서론

양백화는 현대 조선의 저명한 소설가일 뿐만 아니라 고대로부터 근대로의 문화전향이란 이 역사적 시기에 시종일관 중국문학에 커다란 관심을 갖고 깊이 있는 연구를 함과 동시에 대량의 중국문학작품을 한국에 번역 소개하여 중한현대문학교류의 새로운 한 페지를 연 중국문학연구가로서 중한현대문학교류사상에서 중요한 위치를 차지하고 있다.

양백화, 그의 본명은 양건식(梁建植)이고 백화란 그의 호이다. 그는 1889년 5월, 경기도 양주에서 태어났고 1915년으로부터 문학 활동을 시작하는데 그해 3월에『불교진흥회월보』제1호에 처녀작「석사자상」을 발표하여 문단에 데뷔하였고 그 뒤로 육속 문학작품을 발표하는 한편 3·1운동 이후에는 외국문학이입에 몰두하면서 중국문학을 비롯하여 서구의 많은 문학작품을 조선에 번역 소개하여 문학전신자로서의 위치를 굳혔다. 그는 1944년 2월 7일 서울 紅坡洞에서 56세를 일기로 생애를 마치기까지 도합 소설 14편, 각종 평론과 雜俎 20여 편, 시 14편, 소설과 희곡 20여 편을 번역하였는데 그 가운데서 대부분이 중국문학작품이며 평론가운데서도 상당한 부분이 중국문학과 연관되어 있다. 따라서 양백화의 주요 업적은 중국문학작품번역과 그 연구에 있다고 해도 과언이 아니며 어떤 의미에서 말하면 조선현대에 있어서 양백화의 위상은 여기에서 결정된다고 할 수도 있다. 양백화는 1920년 9월 일본의 중국문학가 靑木正兒가『지나학』잡지에 발표한 「호적을 중심으로 물결치는 중국문학혁명」을 번역하였는데 이것은 반도에 제일 처음 소개된 중국현대문학상황이었다.[1] 양백화가 번역한 많은 소설과 희곡들, 이를테면 「노라」, 「젊은 웨르터의 번민」 등 작품들에서 우리는 작가의 인입의도를 엿볼 수 있으며 중국문학작품들인 「봄 맞은 여신의 노래」[2]와 같은 작품이나 『홍루몽』에 대한 전격적인 연구에서 작가의 깊은 뜻을 충분히 읽을 수 있다. 그리하여 춘원 이광수는 그를 "조선유일의 중화극 연구가요 번역가"라고 평가하였으며 월탄 박종화는 "그가『紅樓夢』,『水滸誌』,『魯迅小說』등을 번역하여 中國文學의 通인 것은 세상이 다 아는 일이다"고 격찬하기도 하였다.

한국현대문학에서의 양백화의 이러한 특수한 위상으로 하여 1920년대로부터 일부 평론가들이 양백화와 그 문학에 대해 이러저러한 평론을 하였다.

필자의 조사에 의하면 양백화에 대한 연구는 이광수, 조용만으로 부터 시작되는데 1924년 2월호『개벽』지에 이광수는 「량건식군」이란 글을 써서 작가 량백화에 대한 인상담을 발표하였고 조용만은『民聲』지에 「백화의 음서벽」이란 글을 발표하여 독서광으로서의 양백화를 이야기하

---

1) 간행위원회 편,『韓中文學比較研究』, 국학자료원, 1997, 368쪽 참조.
2) 곽말약,『녀신』.

고 있다. 그런데 이러한 글들은 모두 일화적인 성격을 띤 것들로서 양백화문학에 대한 본격적인 연구라고 하기 어렵다. 양백화문학에 대한 본격적인 연구는 1976년부터 이석호를 비롯하여 시작되는데 그 뒤로 고재석, 박재연, 김영복, 양문규, 한점돌, 최용철, 정정숙 등 문인, 학자들에 의해 연구논문들이 발표되어 지금까지 12편에 이르며 1995년 10월에 남윤수, 박재연, 김영복 등에 의해 도합 3권으로 되는『양백화문집』이 간행된다. 본 문집에는 양백화의 소설 18편, 번역시 15수, 번역희곡 11편, 산문, 평론 69편과 양백화에 대한 연구논문 5편, 일화 3편이 수록되어 있는데 양백화의 문학연구에 대한 가장 중요한 자료로 되고 있다. 그런데 그 뒤로는 눈에 띄는 연구논문이 나오지 않고 있는데 지금까지 연구논문가운데서 본문과 직접적인 관계가 있는 것으로는 이석호의 「중국문학 전신자로서의 양백화」3)와 최용철의 「양건식의『홍루몽』평론과 번역문 분석」4) 등이 있는데 그것을 구체적으로 분석하여 보면 다음과 같다.

이석호의 「중국문학의 전신자로서의 양백화」란 글은 처음으로 비교문학의 시점에서 양백화의 중국문학에 대한 연구, 전파 및 중한 두 나라 현대문학교류에서 일으킨 양백화의 작용에 대하여 연구를 진행하였다는 점에서 주목된다. 그런데 그 반면에 양백화를 전신자(轉信者)에만 국한시킨 제한성도 보인다. 사실 중한 문학교류에서의 양백화의 위치는 전신자에만 그치는 것이 아니다. 양백화는 전신자이기도 하고 번역가이기도 하며 더욱이는 중국문학연구가였다. 양백화는 번역의 형식을 빌려 많은 중국문학작품을 한국에 소개했을 뿐만 아니라 수필, 평론들을 통

---

3)『연세론총』(인문사회과학편) 제13집, 1976.
4) 남윤수 · 박재연 · 김영복 편,『양백화문집』제3권, 강원대학교출판부, 1995.

하여 중국의 작가, 작품, 문예사조 등에 대해서도 많은 연구를 진행하였다. 1926년 『동아일보』에 발표된 「『홍루몽』시비-중국의 문제소설」이란 글은 『홍루몽』에 대한 중요한 평론문의 하나인데 그 가운데서 그는 『홍루몽』의 창작배경과 그 배경에 대한 네 가지 설을 논하는 한편, 『홍루몽』과 『수호전』의 특징을 비교논술하면서 『홍루몽』의 역사적 작용에 대해 논하고 있는데 이것은 양백화가 단지 중국문학에 대한 소개자나 전파자에 한정되는 것이 아니라 당시 한국의 상황으로서는 상당한 조예를 갖춘 중국문학연구가였음을 말해 준다. 따라서 전신자의 한계를 넘어서 더 폭넓게 연구할 필요성이 있다고 보이어진다.

다음으로 주목되는 것은 최용철의 「양건식의 『홍루몽』평론과 번역문분석」이라는 글이다. 이 글은 (1) 머리말, (2) 양건식의 중국문학소개, (3) 양건식의 『홍루몽』 평론, (4) 양건식의 『홍루몽』 번역, (5) 맺는 말 등 다섯 개 부분으로 되었는데 우선 양백화의 중국문학연구정황을 시간적 순서에 따라 열거하고 나서 양백화의 중국문학연구에서 대표적이고 성취가 가장 많은 『홍루몽』평론과 번역에 대하여서만 연구를 진행하였다. 『홍루몽』평론에 대한 연구에서는 1926년 7월 20일부터 9월 28일까지 17회에 걸쳐 『동아일보』에 발표한 「『홍루몽』시비-중국의 문제소설」과 1930년 5월 26일부터 6월 25일까지 138회에 걸쳐 『조선일보』에 발표한 「중국의 명작소설-『홍루몽』의 고증」이라는 이 두 평론문장을 둘러싸고 연구를 진행하고 있으며 『홍루몽』의 번역연구에서는 1918년 3월 23일부터 10월 4일까지 138회에 걸쳐 『매일신보』에 발표한 『홍루몽』과 1925년 1월 12일부터 6월 8일까지 17회에 걸쳐 『시대일보』에 발표한 『석두기』, 이 두 문장을 대상으로 연구를 진행하였다. 최용철의 이 논문은 대표적인 것을 선택하여 중점 있게 분석하여 양백화의 평론과 번역연구의 새장을 마련한 것이다. 본 논문은 이상의 연구 성과들을 기반으로 하면서 주로 『홍루몽』 평론에서 보이어지는 작가의 전신의도, 연구목적 외에 그것이 중한 현대문학교류사상에서 가지는 의의 등에 대하여 더 전면적인 연구를 시도한다.

문학에 대한 양백화의 관심은 1915년으로부터 시작된다. 이 시기는 한국 신문학의 초창기로서 서구 문학작품과 기타 사회인문과학저서들이 쏟아져 들어오는 시기였다. 당시 나라의 운명과 민족의 운명에 깊은 관심을 가지기 시작했던 양백화는 당시 모든 지성인들과 마찬가지로 외국문화에 흥취를 가지지 않을 수 없었다.

그는 「지나의 소설과 희곡에 대하여」[5]란 평론에서 중국문학이입과 연구목적에 대하여 다음과 같이 쓰고 있다.

> 대저 외국문학을 연구하는 목적은 자국문학에 발달에 資고저 함이니, 저 지나문학은 조선에 수입된 지 삼천여년 이래에 큰 영향을 미쳐 심한 根底가 있는 故로 지나문학을 不解하면 我 문학의 一半을 이해키 불능하다 하여도 불가치 않게 되었거든 하물며 지나문학은 일종의 특성을 갖추어 세계의 문단에 이채를 放함이요.

이것은 양백화가 명확한 목적과 뜻을 가지고 중국문학인입에 진력하였다는 것을 말해 주는데 이어서 그는 1918년에는 중국의 고전명작 『홍루몽』을 번역하여 『매일신보』에 138회로 나누어 반년 남짓이 연재한다.[6] 그 후에도 그는 『석두기』란 제목으로 『홍루몽』을 재차 번역하는

---

5) 1917년 11월 6일~11일자 『매일신보』, 남윤수, 박재연, 김영복 편, 『양백화문집』 제3권, 강원대학출판사, 1995.
6) 이 『홍루몽』의 번역상황에 대해서는 최용철, 「양건식의 『홍루몽』 평론과 번역문 분석」을 참조하라.

데[7] 이것은 양백화가 『홍루몽』에 대해 각별한 관심을 가지고 있다는 것을 말해 준다.

그럼 왜서 양백화가 모든 사람들이 서구문학에 눈을 돌리고 있을 때 『홍루몽』에 그처럼 큰 관심을 보이게 되었는가? 이것은 외국문학에 대한 양백화의 나름대로의 이해에 관계될 뿐만 아니라 세계 문학사상에서 『홍루몽』이 가지는 위상과도 밀접한 관계가 있다.

주지하는바와 같이 『홍루몽』은 중국의 고전명작일 뿐만 아니라 세계 문학상에 있어서도 중요한 한 자리를 차지하는 작품으로서 일찍부터 세계 연구가들의 평론과 중시를 받아왔다.

그러나 『홍루몽』은 처음부터 평론계의 높은 평가를 받은 것은 아니다. 사실 기타 소설도 그러했겠지만 『홍루몽』은 탄생한 그날부터 유학자들에 의해 '회음지서(誨淫之書)'로 지목되고 있는데 청조의 양공신(梁恭辰)은 "『紅樓夢』一書, 誨淫之甚者也"라고 하며 '금절(禁絶)'할 것을 요구하였고[8] 왕곤(汪坤)도 『홍루몽』이 "宣淫縱欲, 流毒無窮"하여 부녀자들 가운데서는 타락자가 속출하고 있다고 대성질호하였다.[9] 『홍루몽』의 「緣起」에서 저자 조설근은 "滿紙荒唐言, 一把辛酸淚, 都云作者痴, 誰解其中味?"라고 쓰고 있는데 이것은 『홍루몽』의 이러한 기구한 운명을 적중한 것으로서 저자 자신도 이 소설의 운명에 대하여 어느 정도의 이해를 하고 있었다는 것을 말해준다. 그러나 다른 한 측면에서 『홍루몽』은 저자 자신이

---

7) 『석두기』는 1925년 1월 12일부터 6월 8일까지 17회로 나누어 『시대일보』에 연재한다. 그러나 『매일신보』에 연재된 『홍루몽』과 마찬가지로 모두 완역이 아니고 『홍루몽』은 원저의 1회부터 28회까지, 『석두기』는 1회부터 3회까지 번역되어 두 번 모두 중도에서 중단된다.
8) 주일현 편, 『<홍루몽> 자료회편』, 남개대학출판사, 2001, 32~33쪽 참조.
9) 주일현 편, 위의 책.

지적하고 있는 것처럼 그 작품의 심오성으로 많은 독자들과 평론가들의 깊은 주의를 불러일으킴과 동시에 높은 평가를 받았는바 이러한 평가 역시 작품이 세상에 나와서부터 거의 한시도 중단된 적이 없었다. 청조의 유월(兪樾)은 「曲園雜纂」이란 글에서 "『紅樓夢』一書, 膾炙人口"라고 칭찬을 아끼지 않고 있으며 이방(李放)도 「八旗畵泉」에서 "『紅樓夢』小說,稱古今平話第一"이라고 격찬하고 있다. 특히는 근, 현대에 들어서면서 중국의 호적(胡適), 노신(魯訊), 유평백(兪平伯), 채원배(蔡元培)를 비롯하여 많은 문인들이 『홍루몽』을 격찬하면서 중국에서는 이른바 「신홍학」 붐이 일게 되며 그에 따라 한국, 일본 등 아시아 여러 나라에서도 『홍루몽』 연구붐이 일었다. 이것은 『홍루몽』이 중국을 떠나서 세계적인 관심을 받게 되었다는 유력한 근거의 하나로 된다.

『홍루몽』이 이처럼 세계 여러 나라 평론가와 연구가들의 중시를 받게 된 데는 여러 가지 원인이 있겠지만 그 중에서도 가장 중요한 것은 깊은 사상성과 높은 예술성이라고 필자는 인정한다.

『홍루몽』에 대한 양백화의 흥취도 대개는 이와 비슷하였다고 하여야 할 것이다. 그러나 『홍루몽』에 대한 평론문을 볼 때, 양백화의 경우, 적어도 두 가지 면이 돋보이는데 하나는 양백화의 『홍루몽』 평론은 중국의 현대문학거장들인 호적, 유평백, 채원배 등 『홍루몽』 평론가들이 『홍루몽』에 관심을 가지고 평론에 참여하기 그 이전이라는 점이고[10] 다른 하나는 양백화 자신이 중국고전문학에 대한 자기 나름대로의 인식이다.

---

[10] 중국에서의 신홍학의 붐은 1921년 3월 호적이 『"홍루몽"고증』을 발표해서부터라고 한다. 노신이 북경대학에서 『홍루몽』 강의를 시작한 것도 1920년이다. 그런데 양백화가 제일 처음으로 『홍루몽』에 관한 글을 발표한 것은 1918년 3월 21일이다. 그러니 시간적으로는 중국보다 앞서 있는 것이다.

그럼『홍루몽』에 대한 양백화의 관심은 언제부터 시작되었으며 그 동기는 무엇이었는가? 이 문제는 꼭 짚어 말할 수는 없지만 두 가지는 아주 분명하다. 하나는 양백화가『홍루몽』에 접촉하게 된 것은 1917년 이전시기, 즉 한문을 배우면서『홍루몽』을 접촉하였다는 점이고 다른 하나는 1917년 11월 이전에는『홍루몽』에 대해 깊은 이해나 인식이 없었으나「지나의 소설과 희곡에 대하여」를 완성한 후에『홍루몽』에 대해 새로운 인식을 가지게 되었으며 다시 20년대에 들어서서 중국에서 "홍학" 붐이 일자 거기에 대해 더 깊은 이해를 가지게 되었다는 점이다.

양백화는 '한문을 배우다가 중국문학을 연구하여 보자'는 생각을 가졌다고 한다.[11] 양백화의 연보를 보면 5~6세로부터 사숙에서 한문을 배운 것으로 되어 있다. 한국의 사정에 따르면 양백화가 사숙에서 배운 것은『3자경』이나『천자문』이었을 것으로 짐작되나 한문을 읽힌 다음에는「소설을 편기」하고 열작(劣作), 걸작, 신구소설을 읽었다고 하니『홍루몽』을 접한 것도 대개는 이 시기가 아닌가 한다. 그는「춘원의 소설을 환영하노라」라는 글에서 이렇게 쓰고 있다. "나는 春園의 소설을 환영하노라. 나는 어려서부터 소설을 偏嗜하는 특성이 있어 다소 劣作, 걸작, 신구 소설을 읽었으며 이로 인하여 知友의 조소와 부형의 질책도 많이 들었다. 그러하나 이에도 불구하고 기호하는 이유는 나 자신도 알지 못하거니와 하나는 천성이 그러함이요 하나는 인생에 관한 제 현상을 알 수 있는 까닭이다. 무슨 말이냐 하면 인정의 機微와 세태의 변환을 나는 소설에서 구함이다."[12] 필자는『홍루몽』도 이때에 읽은 것이 아니었을

---

11) 양백화,「내가 붓을 잡기는」, 남윤수 · 박재연 · 김영복 편,『양백화문집』제3권, 강원대학교 출판부, 72쪽 참조.
12) 양백화,「춘원의 소설을 환영하노라」, 남윤수 · 박재연 · 김영복 편,『양백화문집』

까 하고 짐작해 본다.

그러나 뒤에서도 논의되겠지만 이 시기『홍루몽』에 대한 양백화의 이해는 상당히 깊었다. 이것은 1917년에 완성된「지나의 소설과 희곡에 대하여」란 글에서 표현되는데 여기에서 그는『홍루몽』을『수호전』과 더불어 평하면서 이렇게 쓰고 있다. "『홍루몽』은 120회의 대작으로서 235인의 남자와 213인의 여자를 錯交하여 가보옥 및 金陵十二釵의 정화를 經으로 하고 영국, 녕국 二府와 성쇠를 緯로 한 명작이니 결구가 광대하고 국면이 紛糾하여 능히 精緻한 관찰로써 幽艶淸麗한 글을 이루어 멀리 저『수호전』의 웅장과 상대하였도다."[13] 그러다가 20년대에 들어서서 중국에서 호적을 위수로『홍루몽』에 대한 연구가 열을 올리자 양백화는 본격적으로『홍루몽』평론과 번역에 종사하는데『홍루몽』의 완역을 시도하였고 또「『홍루몽』에 就하야」,「『홍루몽』시비」,「『홍루몽』고증」등 여러 편의 관련문장을 썼다는 것은『홍루몽』에 대한 작가의 깊은 관심을 보여주는 대목인 동시에 작가의 깊은 연구수준을 보여주는 것이라고 하겠다.

양백화가『홍루몽』에 대한 관심은『홍루몽』에 대한 한국문단의 무관심상태와 관련된다. 그는「『홍루몽』에 就하야」라는 글에서 다음과 같이 쓰고 있다.

조선에 夊히 지나의 소설이 수입된 이래로『수호전』의 譯書는 임의 世에 此가 전하거늘 此와 並稱하는『홍루몽』이 姑無함은 조선문단의 치욕이라. 所以로 본 역자가 ?에 蔑學을 불구하고 가장 대담히 모험적으로 此書

제3권, 강원대학교출판사, 1995, 115쪽 참조.
13) 위의 책, 162쪽 참조.

를 현대어로 역술하야 강호에 薦하노니 다만 恐컨대 역자의 淺學으로 因하야 원작자에게 累를 及할까 함이라.[14]

　이것은 『홍루몽』에 대한 당시 한국문단의 일단을 보여주는 대목으로서 당시 문단의 실정에 부합되는 것이다. 최용철에 따르면 『홍루몽』이 한국에 전파된 것이 1800년에서 1830년 사이라고 하고[15] 중국학계에 따르면 『홍루몽』이 사본으로 중국에서 유행된 것이 1754~1790년 사이라고[16] 하니 이것은 『홍루몽』이 나타나서 4, 50년 만에 한국에 전파되었다는 이야기이다. 최용철에 따르면 『홍루몽』이 조선에 전파된 다음 1830년 이규경이 완성한 「五洲衍文長箋散藁」에 그 이름이 나오고 1850년대에는 조재삼(趙在三)에 의해 다시 언급되며 완역이 나온 것은 1884년 전후시기인데 이종태 외 여러 문인들이 궁중의 명을 받아 120회본 전체를 원문과 발음 및 번역을 함께 수록하고 그 이름을 「낙선재본」이라고 했다 한다.[17] 그러니 민간에서는 거의 『홍루몽』을 보지 못했거나 알지 못하고 있었을 가능성도 배제할 수 없다.(그 원인은 아래에서 분석함) 뿐만 아니라 주지하는바와 같이 1910년대와 20년대 한국에는 서구문학의 영향으로 전국적으로 서구풍이 불어치던 시기이다. 동시에 중국은 유가문화의 본거지로 중국, 특히는 유가문화하면 낙후하고 후진적인 문화로, 비판하고 척결해야 할 문화로 인식하고 있었다. 이것이 바로 일부 학자들이 말하는 이른바 '해바라기' 현상이다. 사실 양백화도 이러한 사상과 관점을 가지고 있었다. 따라서 중국에서 오우(吳虞), 진독수(陳獨秀) 등을

---

14) 위의 책, 465쪽 참조.
15) 최용철, 「양건식의 『홍루몽』 평론과 번역문 분석」 참조.
16) 馬積高·黃鈞, 『中國古代文學史』(下), 湖南文藝出版社, 1992, 428쪽 참조.
17) 최용철, 「양건식의 『홍루몽』 평론과 번역문 분석」 참조.

위수로 유교 파괴론이 성행할 때 그것에 동감되어 격찬을 하였고 이광수가 「무정」, 「개척자」 등 소설을 써서 유교와 전통문화에 대해 질타할 때 '춘원의 소설을 환영'한다고 흥분하였던 것이다. 그 실례로 양백화의 「吳虞씨의 유고파괴론」에서 한 단락을 옮겨본다. "중화민국이 새로이 건설되자 이 정치상의 혁명 다음으로 문화상의 혁명이 도래하였다. 그중에 도덕사상의 혁명도 실로 통쾌하였으니 이는 수천년이래로 길이 着根되었던 유교도덕의 파괴와 이에 대신할 신도덕을 歐洲문화로부터 수입하고자 하는 노력이었다. 솔선하여 그 파괴의 정면에 서서 분전하기는 吳虞씨와 진독수씨였으니 하나는 사천의 성도, 하나는 상해에서 서로 호응하여 분기하였다. 兩氏 논조의 입각점은 모두 정치학 상에서 출발하여 공자의 도는 현대생활에 불합하다 하는 결론에 귀착한 것이니 진씨는 정치학적 견해에 서양의 윤리와 종교의 설을 가하여 이를 근거로 논하였고 오씨는 중국 고래의 문헌을 徵하여 이를 주로 법제상의 견지에서 유교가 신사회에 부적당함을 논하였다."[18] 그러나 『홍루몽』에 대한 양백화의 태도는 완전히 달랐다. 이것은 소설이 봉건가족제도의 몰락을 선고하였다는데도 있지만 사실 양백화는 유가문화를 부정하고 중국문화의 영향을 숙청한다하여 전면적으로 부정하고 숙청한 것이 아니라 자신의 수요와 관점에 따라 외국문화를 선택하였던 것이다. 그러므로 그는 서구문화가 판치던 문화 환경 속에서도 확고부동하게 중국문학을 선택하고 그것을 조선에 인입하기 위해 많은 노력을 했던 것이다. 당시 상황 하에서 이것은 실로 조련찮은 일로서 마땅히 역사적인 평가를 받아야 한다. 이점에 대해 김영복은 「白華의 文學과 그의 一生」에서 다음과

---

18) 남윤수・박재연・김영복 편, 『양백화문집』 제3권, 강원대학교출판사, 1995, 85쪽 참조.

같이 쓰고 있다.

당시의 풍조가 일본을 통한 서양의 사상과 문화가 급속도로 수입되고 전통적으로 내려오던 중국의 영향은 급속도로 퇴진하여 몇몇 사상가나 번역 소개되고, 중국문학은 해외문학에 끼지도 못할 때에 시종일관 중국문학을 번역, 소개, 연구하는데 일생을 바친 백화는 소설과 비평은 실패하였을지 몰라도 그가 이룩하여 놓은 여러 번역물과 소개는 기금 현시점에서 볼 때 지금까지도 이루어지지 않고 있는 것이며, 우리가 앞으로 중국문학을 연구하고 전통적인 우리 국학을 연구하는데 있어서 양백화선생만은 한번쯤 스쳐 지나가야 할 줄 안다.

『홍루몽』에 대한 이해에서 또 하나 특기해야 할 것은『홍루몽』에 대한 양백화식의 이해이다. 양백화는 「『홍루몽』에 就하야」란 글에서 이렇게 쓰고 있다.

本紙 次號브터 連載홀 小說『홍루몽』에 對ㅎ여는 先히 讀者 諸氏에게 譯者로브터 豫히 一言의 企望이 可○치 못ㅎ도다. 人이 若 淸朝 三百年間 許多홍 小說中에 推ㅎ야 第一노 應홍 것이 何오 ㅎ면 本 譯者는 曹雪芹이 作혼『홍루몽』을 擧ㅎ야 此에 應코자 ㅎ노니, 『홍루몽』은 明代에 著作된『金瓶梅』의 系統에 屬혼 人情小說노 元代의『水滸傳』과 共히 上下 四千載를 通ㅎ야 比流가 無혼 傑作이나 儒敎를 專尙ㅎ고 小說 戲曲을 賤視ㅎ는 支那에서 金陵 十二美人의 佳話를 描寫ㅎ야 纖巧를 極ㅎ고 二百三十五人의 男子와 二百十三人의 女子를 配ㅎ야 風流幽艶의 筆노 一百二十回나 編혼 것은 寧히 文壇의 一奇蹟이라 可謂ㅎ리로다.

이것은 양백화가 1918년 3월에『매일신보』에『홍루몽』을 연재하기 앞서 독자들에게『홍루몽』을 소개하기 위해 쓴 글의 한 단락인데 여기에서 주목되는 것은『홍루몽』을『금병매』계통에 속한 인정소설로 보는 것인데 그 후에 「『홍루몽』시비」란 글에서는 다음과 같이 쓰고 있다.

중국의 소설은 원래 패관(稗官)에서 비롯되어 그 의도가 전혀 '善述故事'에 있어 많이 역사적 작용을 겸하였기 까닭에 소설과 역사의 구별이 명확하지 못하였다. 그러므로 중국에 있어서는 전대의 사회상황을 연구하는데 소설을 읽는 것이 왕왕히 역사를 읽는 것보다 나은 점이 많았다. 그러하다가 근대에 이르러서 점차로 이것이 많이 '善寫人情'방면으로 기울어지기는 하였지마는 아직도 그 범주에서 다 벗어나지를 못하여 저 서양의 소설과 같이 근대에 와서 실증과학의 방법을 가지고 완전히 '善寫人情' 방면은 소설로 '善述故事'방면은 역사로 가르듯이 분명한 경계선을 그어놓지 못하였다. 그래서 이같이 소설로 역사를 겸한 까닭에 한편으로는 소설의 가치를 감케 하고 또 한편으로는 역사의 정확성을 결케 하여 이에 대한 적지 아니한 논의를 학계에 일으켰다. 이제 말하려고 하는 청대의 소설『홍루몽』도 그 중의 우심(尤甚)한 하나이다.

이것은 중국고전소설에 대한 양백화의 관점을 대변해주는 대목으로서 상하문장에서 모두『홍루몽』을 인정세태소설로 보고 있으며 역사소설과 인정소설을 엄연히 구분하고『홍루몽』을 인정세태소설의 대표작으로 보고 있다.

『홍루몽』을 인정세태소설에 귀결시키고 사람이 사는 그 모습을 그대로 묘사한 사실주의소설에 포함시킨 것은 양백화의 창조가 아니다. 사실 중국에서도 많은 작가들이 이렇게 보았고 그러한 평을 주었다. 청조의 孫桐生은 일찍『홍루몽』은 "描繪人情, 雕刻物態"의 극치에 이르렀으므로 어릴 적부터 즐겨 읽었다고 회술하였고[19] 림서(林紓)는『홍루몽』을

---

19) 孫桐生,「妙復軒評石頭記序」참조. 朱一玄 편,『<홍루몽> 자료회편』, 남개대학출판사, 2001, 708쪽 참조.

"敍人間富貴, 感人情盛衰"한 작품이라고 격찬하였으며20) 노신 선생도 "敍述皆存本眞, 聞見悉所親歷, 正因寫實, 轉成新鮮"라고 하였다.21) 그러나 그는 여기에서 『홍루몽』과 중국전통소설의 구별을 분명히 지적하고 있으며 그 원인을 '선사고사(善述故事)'와 '선사인정(善寫人情)'에서 찾고 있다.

'선사인정'이란 주로 인정을 쓴다는 이야기인데 주지하는바와 같이 중국에서는 전통적으로 소설을 홀시하였고 문학도 사학이나 경학과의 관계 속에서만 그 존재적 가치를 가지고 있었다. 따라서 소설에서는 주로 사학과 관련된 이야기나 인물중심으로 한 전기체가 중심으로 되고 있었는데 중국문학에 강사(講史)소설이 많은 것은 이것과 밀접한 관계를 가진다. 그런데 명대에 들어서면서 이러한 상황이 서서히 개변되는데 그 대표적인 작품이 곧 『금병매』라고 할 수 있다. 그 뒤로 『홍루몽』을 비롯하여 이른바 『홍루몽』을 모방한 소설이 속출하면서 중국의 고전소설은 탈이야기 시대로 들어서는데 여기에서 양백화가 이 두 작품을 인정세태소설로 지목한 것은 전적으로 「선사인정」 견지에서 하는 이야기이다. 말하자면 양백화는 이야기위주냐, 인정위주냐 하는 각도에서 『홍루몽』을 접수하는데 분명 여기에서는 사학이나 경학의 부속물로서의 문학, 즉 다시 말하면 문학의 공리성보다는 문학성 그 자체가 인정된다. 이것은 문학가로서의 양백화의 혜안을 그대로 보여주는 것으로서 여기에서 양백화의 『홍루몽』 연구와 평론이 시작된다고 할 수 있다.

양백화는 전후하여 『홍루몽』 관련문장을 도합 세 편 발표하였는데 그것인즉 「『홍루몽』에 就하여」, 「『홍루몽』시비」, 「중국의 명작소설 『홍루몽』의 考證」 등이다. 이제 그 내용을 잠간 열거해 보면 다음과 같다.

---

20) 림서, 『孝女耐兒傳序』 참조.
21) 노신, 『중국소설사략』 제24편 참조.

「『홍루몽』에 就하여」는 1918년 3월 21일자 『매일신보』에 발표된 것인데 3월 23일부터 연재될 『홍루몽』을 독자들에게 소개하기 위해 쓰이어진 것이며 최용철에 의하면 한국 내 최초의 『홍루몽』 평론이라고 하므로 그만큼 의의 있는 평론이라고 하겠다.[22]

본문은 2000천자 정도의 짧은 글로서 모두 네 개 단락으로 되어 있다.[23]

첫 번째 단락에서는 『홍루몽』 소설을 『금병매』 계통의 인정소설에 귀속시키면서 『수호전』과 더불어 상하 4천년을 통하여 이와 견줄만한 소설이 없는 걸작으로서 문단의 일대 기적이라고 높이 평가하고 있으며 두 번째 단락에서는 작품의 주요내용을 개괄하는 한편 구체적인 수자를 들면서 등장인물을 소개하고 각양각색의 인물들을 피차간에 맥락이 분명하게 묘사하여 독자들의 경탄을 자아낸다고 극찬하고 있으며 세 번째 단락에서는 『홍루몽』의 저자와 모델문제에 대한 부동한 설을 간략하게 언급하고 『홍루몽』에 대한 상층계층과 민간에서의 부동한 반향에 대하여 서술하고 있으며 네 번째 단락에서는 『홍루몽』이 당시 조선에 제대로 소개되지 못한 문단의 상황을 가석하게 생각하면서 자신의 번역입장과 태도 그리고 번역기준을 표명하고 있다.

이상에서 보는바와 같이 본문은 엄격한 의미에서의 평론문이 아니다. 어떤 의미에서 말하면 이것은 평론이라기보다는 오히려 일반적인 소개

---

22) 최용철, 「양건식의 『홍루몽』 평론과 번역문 분석」, 『양백화문집』 제3권, 463~464쪽 참조.

23) 『홍루몽』과 관련되는 평론에 대해서는 최용철이 「양건식의 『홍루몽』 평론과 번역문 분석」이라는 글에서 자세히 분석하였음으로 본문에서는 그 외 일부 생각나는바와 동감이 나는 부분만 쓰기로 한다. 자세한 내용은 최용철의 문장을 참조하라.

문이라고 하는 것이 더 타당할지도 모른다. 그런데 여기에는 그냥 소개문으로 취급하기에는 석연치 않은 점도 더러 있는데 그 가운데서 가장 주목되는 것이 마지막부분, 즉 네 번째 부분인데 여기에서 그는 한국에 여태껏 『홍루몽』이 번역되지 않은 것은 "조선 문단의 치욕"이라고까지 하면서 이제 그것을 현대문으로 번역하겠는데 원작이 원체 방대하고 난해함으로 오역이 있을 수도 있고 또 어떤 부분에서는 우리말에 따라 개역도 할 것이라고 하고 있다. 외국문학접수에서 전신자로서의 엄밀한 태도를 그대로 보여주는 대목이라고 하겠다. 그러므로 최용철은 이것을 근대번역사의 중요한 이정표라고 하는 것이다.[24]

1926년 7월 20일부터 9월 28일까지 『동아일보』에 17회로 나뉘어 연재된 「『홍루몽』시비」는 양백화의 연구가 본격적인 단계에 진입하였다는 것을 알려주는 중요한 글이다.

「『홍루몽』에 就하여」와는 달리 「『홍루몽』시비」는 3만여 자에 달하는 장문인데 중국의 소설은 패관에서 비롯되어 「善述故事」에서 「善寫人情」으로 변화되어 『홍루몽』과 같은 훌륭한 작품이 나타났다고 지적하고 나서 「홍학」이란 명칭의 유래, 『홍루몽』 창작과 관련되는 네 가지 설, 즉 강희조(康熙朝) 재상의 가사를 모델로 하였다는 설, 청세조와 동악비의 정사를 모델로 하였다는 설, 강희시대의 정치이면사라는 설, 작자 조설근의 자서전이라는 설을 자세히 소개분석하고 있는데 최용철에 따르면 이것은 호적을 비롯한 중국학자들의 관점을 정리한 것이라고 한다.[25] 그런데 작가는 그 어느 누구의 설에도 수긍하지 않고 청세조와 동악비를 모델로 하였다고 주장하는 왕몽환의 관점이건, 강희조의 정치 이면사를

---

24) 최용철, 위의 문장 참조
25) 최용철, 위의 문장 참조

모델로 하였다는 채원배의 관점이건, 조설근의 자서전이라는 호적의 관점이건 모두 일리가 있다고 일축하면서도 그 문제점도 지적하고 있다.

　　…고씨의 이 말로 보면 채씨의 강희조의 정치소설이란 것은 한 억설에 지나지 못하고 호씨의 작자의 자서전이란 말은 옳은 듯하다. 옳을 성은 싶으나 거기에 이 위에서 말한바와 같이 채씨의 말대로 보지 아니하면 모순이 있고 의미를 명확히 알 수 없는 곳과 쓸데없는 인물이 있다. 그러고 보면 호씨의 말도 또한 새로운 주장에 지나지 못한다. <홍루몽>은 이만치 중국에 있어서 여러 말이 많은 문제의 소설이다. 더욱이 우리 외국사람으로서는 上海靈學會의 힘을 빌어 원작자 조설근선생을 지하에서 불러다가 물어보기 전에는 영원히 이 여러 시비를 판단하여 말할 수 없는 소설이다.[26]

　그런데 바로 여기에 『홍루몽』의 매력이 있을지도 모르는 일이다.
　이 평론에서 가장 주목되는 것은 『수호전』과의 비교 속에서 『홍루몽』을 거론한 점이다. 양백화의 중국고전평론을 보면 이제 뒤에서도 본격적으로 논의되겠지만 양백화는 『수호전』에 심취되어 있었고 그것을 중국고전서사문학의 전범으로 보았다. 따라서 『홍루몽』을 평하면서도 『수호전』을 곁들고 있는데 과연 이색적이 아니라고 할 수 없다. 그는 이렇게 쓰고 있다. 「소설 『홍루몽』은 청조 삼백년의 제일 걸작으로서 상하 사천년을 통하여 다시없는 대장편이니 명대의 『수호전』과 아울러 중국소설의 日月이다.」[27]
　『홍루몽』과 『수호전』이 중국소설의 일월이라고 하는 것은 그것이 중

---

26) 남윤수·박재연·김영복 편, 『양백화문집』 제3권, 강원대학교출판부, 1995, 244~245쪽 참조.
27) 남윤수·박재연·김영복 편, 『양백화문집』 제3권, 219쪽 참조.

국소설을 대표한다는 뜻인데 오늘의 시점에서 이러한 관점은 퇴고의 소지를 다분히 남겨주는 이야기이다. 그러나 양백화로서는 자기 나름대로의 관점에 있었으며 문학에 대한 독자적인 이해가 있었던 것은 말할 나위 없다.

양백화가 『홍루몽』과 관련된 마지막 글은 1930년 5월 25일부터 6월 25일까지 『조선일보』에 발표한 「중국의 명작소설－『홍루몽』의 고증」이란 글이다. 이 글은 『홍루몽』을 번역한 장지영의 부탁에 따라 쓴 것인데[28] 앞의 두 글과 별반 차이가 없다. 새로운 점이라면 『홍루몽』의 산생과 관련되는 네 가지 설에 다른 여섯 가지 설을 더 보충하여 10가지로 나누어 서술하고 있는데 호적이후로 중국에서 인 『홍루몽』 연구 가운데서 거둔 많은 성과를 참조한 것으로 보인다. 이 점에 대해서는 상기 최용철이 상세하게 고찰하였음으로 여기서는 약하기로 한다.

한마디로 양백화는 상당히 긴 기간 중국의 명작소설 『홍루몽』에 대하여 거대한 흥취를 가지고 번역과 더불어 연구평론활동을 진행하여 상당한 성과를 거두었다. 그러나 여기에는 아무런 문제도 없는 것은 아니다. 사실 양백화는 일찍부터 『홍루몽』에 남다른 취미를 가지고 그것을 번역하고 평론하였지만 오늘의 시점에서 볼 때 그 대부분은 인상평론의 범주에 속하며 그 형식도 중국고전의 평점(評點)에 불과하다는 것은 더 말할 나위 없으며 많은 관점들도 선행 중국학자들의 연구 성과에서 온 것임은 분명하다.[29] 그러나 서구문학만이 성행하는 당시 한국의 상황에서 중국문학에 이처럼 큰 애착을 가지고 그 번역과 연구에 몰두해 오면서

---

28) 최용철의 앞의 문장 참조.
29) 이를테면 『홍루몽』의 저자와 관련되는 몇 가지 설과 그 창작연대 등은 중국학자들의 연구 성과에서 온 것이다.

중한현대문학교류의 새로운 한 페지를 연 량백화의 공적은 마멸할 수 없는 것이며 한국에서의 『홍루몽』연구의 제일인자라는 측면에서도 마땅한 평가가 주어져야 할 것이다.

양백화와 『홍루몽』의 관계연구에서 또 하나 특기해야 할 것은 그 시대와 『홍루몽』의 관계인데 양백화가 『홍루몽』을 번역하고 연구하던 시기는 1910년대, 다시 말하면 앞에서 잠간 이야기한바와 같이 서구문화가 밀려들면서 중국문화는 전통문화이고 보수적인 문화로 인정되어 이광수를 비롯한 청년계층, 특히는 서구파 청년들의 맹렬한 비판을 받던 시기이며 다른 한 측면으로는 새로운 가치관이 형성되어 개성해방과 자아해방이 시대적인 흐름으로 되고 있던 시기이다. 이광수의 장편소설 「무정」이 청년계층의 열광적인 환영을 받은 것은 이러한 시대적 풍조와 갈라놓고는 생각할 수 없다. 이광수의 장편 「무정」이 발표되자 김동인은 이것은 '반역의 선언'으로서 "조선의 온 청년은 장위(將位)를 다투려는 한 마디의 불평도 없이 춘원의 막하에 모여 들었다"[30]고 그 때, 그 시기의 상황을 이야기하였는데 「무정」이 한국사회에 준 충격이 얼마나 컸는가를 그대로 보여주는 대목이다. 당시 한국 청년들이 가장 관심하는 문제는 자유연애, 혼인자주 등이었다. 이광수는 당시의 상황을 이렇게 쓰고 있다. "사회 제 방면으로 보아도 정신적자각의 징조가 도처에 보였다. 청년학도 간에 흔히 번민이라는 말을 듣고 이혼문제, 결혼문제가 토론되는 것도 그 실정이었다."[31] 이러한 시기에 「무정」이 나왔으니 청년들의 관심을 끌지 않을 수 없었다.

『홍루몽』에 대한 양백화의 관심도 이러한 시대적 분위기와 갈라놓을

---

30) 김동인, 「근대소설고」, 『조선일보』, 1919.
31) 이광수, 「현상문예심사후감」 참조.

수 없다. 그러므로 이광수가 「무정」을 발표하자 그는 「춘원의 소설을 환영하노라」라는 글을 써서 그를 격찬하였고 또 이 시기에 『홍루몽』을 번역하여 청년들에게 새로운 한 출로를 제시해 주려고 했던 것이다. 그러나 『홍루몽』에 대한 관심은 여기에만 한정되는 것이 아니다. 그는 모든 청년들이 구문화 탈피의 길을 서구에서 찾고 있을 때 독자적으로 중국문화에 눈길을 돌리고 거기에서 문제해결의 단서를 찾으려고 하였는 바 여기에는 전통문화와 현대문화의 접목이라는 중대한 문화학적문제가 제기되고 있으며 다문화시대와 전통이라는 문제도 제기되고 있다. 물론 양백화가 이러한 심각한 문화심리학적 문제를 얼마만큼 이해하고 있었는가는 미지의 문제로 남아있지만 이 현상은 한국현대문학에서의 기이한 한 현상으로서 이러한 분석을 가능케 한다.

일반적으로 말하여 문화 전향기에는 낡은 문화는 비판의 대상으로 되는데 이는 새문화의 건설을 위한 것이다. 한국의 현대문학초창기가 그러했고 중국의 5·4시기가 그러했다. 그들은 모두 서구에 집념하고 전통문화비판에 열을 올리고 있었다. 그런데 그 가운데서 일부 학자들은 자기의 전통에 얼굴을 돌리고 거기에서 구문화탈피의 근거를 찾으려고 하였다. 중국의 경우, 5·4시기의 많은 청년들은 서구문화의 이입에 떨쳐나섰다. 민주와 과학이 바로 그들의 주장하는 새문화의 근저였다. 그러나 그러한 와중에서도 일부 지성인들은 『홍루몽』을 비롯한 고전문학에도 지대한 관심을 보여주었는데 여기에서 일종 문화적 융합현상이 나타난다. 이것은 다른 한 측면에서 문화의 현대화란 전통을 전혀 무시할 수 없다는 것을 웅변적으로 대변해주기도 하는 대목이다. 어떤 학자들은 "5·4소설의 출현은 『홍루몽』의 사실주의전통의 복귀를 대표하는 것이다"라고 하면서[32] 5·4소설의 사실주의문학의 근거를 전통에서 찾으려고 하는데 사실 5·4소설의 사실주의는 서구의 사실주의와 직결되는 것이다. 그러나 오늘의 시점에서 볼 때 전통적인 사실주의의 영향도 부인할 수 없는 것이다. 5·4시기에 중국에서 「신홍학」이 홍기하고 호적, 오밀 등 미국유학생들이 『홍루몽』에 관련된 글을 써서 거대한 관심을 보여주었고[33] 노신도 1920년부터 북경대학에서 중국소설사강의를 시작한다. 복고의 경향을 다분히 띤 현상 같지만 이것은 복고주의와는 엄연히 구별되는 것으로서 그 궁극적인 목적은 신문화창출에 있었다고 할 것이다. 그 일례로 개성해방문제를 들 수 있는데 5·4시기에 개성해방은 시대적 외침이었다고 할 수 있다. 그 문제에 대해 종백화(宗白華)는 다음과 같이 증언하고 있다. 당시 그는 곽말약, 전한과 함께 '중대하고 박절한 사회도덕문제를 제기하'였는데 "이 문제는 무엇인가? 이 문제의 범위는 상당히 넓은데 한 마디로 말하면 "혼인문제"이고 나누어 보면 (1) 자유연애문제, (2) 부모가 혼인을 정해주는 문제, (3) 부모가 혼인을 정해주는 제도 하에서의 자유연애문제, (4) 부모의 지정혼인과 자유연애, 이 두 형식의 충돌에서 생기는 후과를 누가 책임지는가 하는 문제"[34] 등이었다고 한다. 이것은 결혼문제와 거기에서 비롯되는 고민이 청년학도들의 가장 큰 관심거리였다고 하는 이광수의 말과 얼마나 비슷한가. 『홍루몽』에 대한 양백화의 관심도 이러한 시대적문화환경과 밀접한 관계를 가지고 있는바 『홍루몽』에 반영되고 있는 낡은 가족제도의 멸망, 개성해방과 구문화의 탈피라는 곳에서 한국 신문화의 기반을 찾으려고

---

32) 양의, 『중국고전소설사론』, 중국사회과학출판사, 1997, 468쪽 참조.
33) 이 시기에 호적은 「『홍루몽』 고증」이란 글을 썼고 오밀(吳宓)은 「『홍루몽』 신담」 이란 글을 써서 신홍학 붐을 일으킨다.
34) 『삼엽집·종백화서』 참조.

했던 것이다. 이러한 시점에서 볼 때 양백화의 『홍루몽』 번역과 연구에는 그 자체를 초월하는 심각한 문화심리학적 문제가 뒷받침되어 있다고 할 수 있다.

요컨대 양백화는 한국 현대문화전향기에 독자적으로 『홍루몽』을 비롯한 중국문화와 문학에 관심을 가지고 꾸준히 그것을 한국에 소개하는 한편 나름대로의 연구를 진행하여 커다란 성과를 거두었다. 이것은 한국에서의 『홍루몽』 연구뿐만 아니라 중한 현대문학교류관계상에서도 상당한 의의를 가지는 현상이었다고 할 수 있다.

○

『滿洲朝鮮文藝選』 수록 작품 분석

1. 시작하는 말

『滿洲朝鮮文藝選』은 30년대 용정에서 발행한 동인지 『북향』과 그 뒤에 『만주시인집』, 『재만조선인시인집』, 『북원』, 『싹트는 대지』 등 광복전 만주에서 나온 한국문학 작품집과 『만선일보』 문예란에 수록된 문학 작품과 더불어 그 시기 만주에서 나온 가장 중요한 작품집의 하나로 이 시기 문학사에서 중요한 위상에 있다. 그런데 이러한 중요한 작품집임에도 불구하고 중국에서는 장기간 『滿洲朝鮮文藝選』은 그 제목만 알려져올 뿐 원문은 전해지지 않고 있는 상황이었다. 최근 필자는 이 작품집의 복사본을 구득해 봄으로써 『滿洲朝鮮文藝選』의 진면모를 파악하게 되었다. 여전히 신영철의 편으로 되고 있는 이 작품집에는 최영, 김종서, 남이, 황진이, 양사언 등 한국 고전 작가들의 시조 14수가 수록되어 있는데 이것을 제외하면 도합 23편의 작품이 수록되어 있는 것으로 되어있다. 이 23편[1] 작품가운데는 시가 2수, 산문이 21편이 망라되어 있는

---

1) 『滿洲朝鮮文藝選』에는 고시조 두 부분에 나누어 수록한 14수를 2편으로 보면 모두

데 광복 전 만주에서의 한국현대문학의 전개양상을 살펴 볼 수 있는 중
요한 사료로 인정되어 그 출간 동기를 비롯하여 구체적인 작품을 내용
별로 나누어 간략한 평을 달아보고자 한다.

2. 『滿洲朝鮮文藝選』 서문을 통해 본 편찬 동기

『滿洲朝鮮文藝選』에는 신영철이 쓴 서문이 있는데 문장이 그리 길지
않기에 그대로 옮겨본다.

序文

여기에 二十五編의 文章을 실리게 되엇습니다. 數章의 古時調를 除하고
는 全部가 四五年間을 두고 현지에서 發表된 朝鮮文藝로서 大槪 敍情, 敍景
等文과 若干의 論評, 記述等文인바 이것을 모으기에는 역시 三年의 時日을
싸헛습니다.

採錄한 範圍에 勿論 疎略한 点이 잇슬줄 미드며 더구나 拙作數(數)題를
加한것은 甚히 僭越과 愧赧을 不禁이오나 古時調를 除하고는 모다 現地에
서 一次 發表되엇든 것인만큼 무엇보다도 滿洲의 色彩가 흐르고 잇는것만
은 自負하는바 적지 안습니다.

이것이 正式으로 上梓치 못하고 이와 가튼 貧弱한 假劁劂의 형식으로
나오게 된 것과 綴字 等의 不一致한것은 本佞의 힘이 미치지 못하엿슴에
오직 赧然할뿐이나 그는 後日의 機會를 기다리거니와 이것으로서 多少라
도 滿洲에 在住하는 朝鮮靑年에게 參考되는바 잇다하면 光榮과 幸甚이 여
기에 지남이 업슬가 할뿐이오이다.

康德八年十月二十三日渡滿三週年을 맞는 날

新京에서 申瑩澈 識

25편의 작품이 실려 있다. 이 고시조를 빼면 만주에서 창작된 작품 모두 23편이
수록되어 있다.

여기에서 말하는 강덕 8년은 기원 1941년을 말한다. 『만주시인집』과 『재만조선시인집』이 모두 강덕 9년, 즉 1942년임을 감안할 때, 이 『滿洲朝鮮文藝選』은 만주 땅에서 『북향』에 이어 제일 먼저 나온 재만 조선인 작품집이라고 해야 할 것인데 상기 짧은 서문에서 우리는 이 『滿洲朝鮮文藝選』의 출간 과정을 비롯하여 편자의 편집사상, 『滿洲朝鮮文藝選』에 수록된 작품 등 여러 가지 정보들을 파악할 수 있는데 그것을 귀납해 보면 다음과 같다.

첫째, 이 작품에 수록된 작품들은 고시조를 제하고 전부가 최근 4, 5년간 만주에서 창작, 발표된 것이다.

둘째, 『滿洲朝鮮文藝選』에 수록된 작품들은 대개가 서정, 서경문과 약간의 논평, 기술 등 문체가 위주이다.

셋째, 이 작품집을 편찬하기에 3년의 시일이 걸렸다,

넷째, 편자 신영철의 글도 수록되어 있다.

다섯째, 수록된 작품들에 만주의 색채가 흐르고 있다고 자부한다.

여섯째, 본 작품집이 상재되지 못하고 이 같은 등사본으로 된 것에는 본영(本倭)의 힘이 미치지 못한 까닭이다.

일곱째, 이 작품집이 만주체재의 조선청년들에게 참고가 된다면 영광을 느낀다.

여덟째, 이 『滿洲朝鮮文藝選』은 신영철이 도만(渡滿) 3주년이 되는 날인 8월 23일에 간행되었다.

상당히 겸손한 투의 유리한 문체에서 우리는 신영철의 고민과 노력을 엿볼 수 있는데 신영철로서는 이 『滿洲朝鮮文藝選』을 그 뒤에 편찬한 『싹트는 대지』와 더불어 자매편으로 구상하고 있었는지도 모른다. 『만주시인집』, 『재만조선인시인집』이 두 시집이 만주 시문학의 쌍벽을 이루면서 그 성과를 자랑하고 있었다고 한다면 신영철의 이『滿洲朝鮮文藝選』도 그 뒤에 나온『싹트는 대지』와 더불어 이 시기 재만 조선인 소설과 산문서사문학의 성과를 집대성하고 있으며 이 시기 이 지역에서 발표된 산문문학의 대표적인 작품들로서 그 성과를 자랑하고 있다. 뿐만 아니라 이 작품집에서 신영철은 "만주의 색채가 흐르"는 현지에서 일차적으로 발표되었던 것, 즉 다시 말하면 철저하게 "현지주의" 원칙을 견지하고 있는데 이것은『싹트는 대지』의 편집동기에서 신영철이 철저하게 "현지주의"를 견지하였다는 것과 일맥상통하는 것으로서 신영철이 이러한 문학작품의 편찬과정에서 철저하게 현지주의를 견지하였다는 방증이기도 하다. 이러한 측면에서 말하면 이『滿洲朝鮮文藝選』은 물론『싹트는 대지』도 철저한 만주현지주의를 견지하면서 우리 민족문학의 성과를 보여주기 위한 것이었다.

이『滿洲朝鮮文藝選』은 신영철의 편찬으로, 발행은 "朝鮮文藝社"로 되어 있다. "朝鮮文藝社"는 당시 장춘시 동부에 위치하고 있었는데 그 구체적인 주소는 新京特別市 東長春大街로 현재 장춘시 남관구(南關區) 소속으로 전에는 동이마로(東二馬路)라고 불렀다.2) 이 지역은 만주시기 한인들이 집거해 있던 조일통(朝日通, 현재의 상해로)거리와 멀지 않은 곳에 자리잡고 있으며 편찬자 신영철의 주소도 장춘대가(長春大街) 304-B6번지임을 감안하면 이 지역이 한인들의 주요 활동 지역이었고 거기에 그들을 대상으로 하는 여러 가지 시설들이 있었다는 것을 확인할 수 있다.

이밖에『滿洲朝鮮文藝選』은 프린트본으로 되어 있으며 "康德八年 十一月 一日 印刷, 康德八年 十一月 五日 發行"으로 되어 있으며 가격은 "六拾

---

2) 장춘시 지명위원회 편,『장춘시지명록』, 1984 참조.

五錢"이다.

3. 『滿洲朝鮮文藝選』에 수록된 시가 내용 분석

앞에서 잠깐 언급했지만 『滿洲朝鮮文藝選』에는 고시조 14수를 비롯하여 2편의 창작 시가 수록되어 있는데 고시조는 두 개 부분으로 나누어 첫 번째 부분에는 최영 장군의 시조를 비롯하여 김종서, 남이, 황진이, 양사언, 효종, 남구만의 작품 각각 한 수 씩, 모두 7수를, 두 번째 부분 역시 월산대군정(月山大君婷), 장현, 주의식, 김유기, 조명이(趙明履), 이승보 (李昇輔), 안민영(安玫英) 등 7명의 작품 한 수 씩, 도합 7수를 수록하고 있다.

한국 고전 시조문학의 대표작으로 회자되고 있는 시조작품 가운데서도 그 정화를 선정하여 수록하였다는 점도 매우 중요하지만 첫째 부분의 대부분 작품들은 최영 장군이나 남이 장군의 작품을 비롯하여 애국충절을 표현한 작품들이 주조를 이룬다. "녹이상제 살찌게 먹여 시냇물에 씻겨 타고/ 용천설악 들게 갈아 둘러메고/ 장부의 위국충절을 세워볼까 하노라"란 최영 장군의 시조를 위시하여 "삭풍은 나무 끝에 불고 명월은 눈 속에 찬데……", "장검을 빼어들고 백두산에 올라서니……"와 같은 시들은 사나이의 기백으로 넘치는 애국충절을 노래한 시조로 독자들에게 회자되고 있는 작품이다. 『滿洲朝鮮文藝選』을 낸 편찬자의 의도가 엿보이는 대목으로서 이국타향에서 망국의 한을 애국충절로 씻어보려는 의도가 깔려있지 않을까 추측해 본다.

두 번째 부분에 수록된 시조들은 첫 번째 부분에 수록된 작품들과는

달리 애국충정보다는 여러 가지 사상의식을 표현한 작품들인데 그 가운
데서 돋보이는 것은 조명이, 이승보, 안민영의 작품들인데 그것을 인용
해 보면 다음과 같다.

> 城津에 밤이 깊고 大海에 물결칠 제
> 客店 孤燈에 故鄕이 千里로다
> 이제는 摩天嶺 넘었으니 생각한들 어이리
>
> ―趙明履

> 菊花는 무슨 일로 三月 東風 다 보내고
> 落木 寒天에 네 혼자 피였나니
> 아마도 傲霜孤節은 너뿐인가 하노라
>
> ―李昇輔

> 바람이 눈을 몰아 山窓을 부딪치니
> 찬 기운 새여 들어 잠든 梅花을 침노한다
> 아무리 얼구려한들 봄뜻이야 앗을소냐
>
> ―安玟英

조명이의 시조는 이국타향에서 고향을 그리는 노래로서 이 시기 만주
지역에서 망국의 한을 가슴에 안고 살아가는 이주민들의 정서에 아주
잘 어울리는 작품이며, 이승보의 작품은 국화를 매개로 그 오상고절(傲霜
孤節)을 노래하고 있는데 국권상실의 현 상황에서도 민족의 절개를 꿋꿋
이 지키려는 의지와 연결되면서 많은 여운을 남기고 있으며, 안민영의
작품 역시 매화를 침노하는 한기가 매화의 봄뜻은 빼앗을 수 없다고 하
고 있는데 나라를 빼앗은 일제지만 민족의 얼은 빼앗을 수 없다는 당시
의 상황과 어울리면서 깊은 사색의 여지를 남겨두고 있다. 그 어려운

시기에 『滿洲朝鮮文藝選』을 편찬했다는 것도 쉬운 일이 아니지만 거기에 이러한 깊은 뜻이 있는 고시조들을 엮어 넣음으로서 민족의 자강을 도모하려고 했다는 점에 이 작품집의 가치는 한결 더 돋보인다.

다음은 『滿洲朝鮮文藝選』에 수록된 창작 시 두 수인데 하나는 김복락(金福洛)의 「大海」이고 다른 하나는 장기선(張起善)의 「구름」이란 시조인데 그 가운데서 바다를 노래한 김복락의 「大海」을 인용해 본다.

물결은 千里
바다는 萬里

가도가도 끗업는 하늘 밋
어머니 저-기 저기엔 무엇이 사나요?

검은 바위 옹기종기
힌 갈매기 떼 아믈아믈 사라지는데

바다는 萬里
물결은 千里

가도가도 끗업는 뱃길
어머니 저-기저기엔 무엇이 있나요?

구름이 흐터진 기슭
돗배 가는듯 마는듯 아득히 뵈는데

－金福洛, 「大海」 전문

신석정의 「그 먼 나라를 알으십니까」란 시를 연상시키는 작품인데 비유, 상징과 같은 시에 필요한 시어들이 결핍하지만 소박한 언어로 천리, 이역 만 리 타향에서 떠돌아다니는 나그네의 생활체험을 비롯하여 미지의 세계에 대한 두려움이 혹독한 만주의 시대적 상황과 어울려 정서적으로 표현되면서 독자들에게 어느 정도의 공감을 주는 시라고 하겠다. 더욱이 일제 치하 만주국이라는 특수한 지역에서 창작된 시라는 점에서 다른 시들처럼 가볍게 다룰 수 없는 작품이라고 할 수도 있는 것으로서 시적인 형식보다는 망국의 설움을 안고 이국타향에서 떠도는 방랑자의 시로서 『만주시인집』이나 『재만조선인시인집』 또는 『만선일보』 문예란에 수록된 기타 동 제재, 동 주제의 우수한 작품과도 비견할 수 있는 시로서 나름대로의 의미가 있다고 해야 할 것이다. 특히 천 리, 만 리 길을 떠돌아다니면서 발붙일 곳을 찾지 못하는 당시 나그네들의 정서를 읊었다는 점에 있어서는 향수와 더불어 타향살이를 하는 인간들의 보편적인 정서를 읊었다는 점에 있어서는 마땅한 평가를 받아야 할 것이다.

4. 『滿洲朝鮮文藝選』에 수록된 수필 문학 작품 내용 분석

『滿洲朝鮮文藝選』은 문예선이란 제목과는 달리 산문선, 또는 수필집이라고 해야 할 정도로 많은 수필들을 수록하고 있는데 앞에서 말한 바와 같이 23편 중 수필이 21편으로 절대 대부분을 점한다. 수필 저자들로는 기성문인들인 최남선을 비롯하여 염상섭, 안수길, 현경준, 박팔양, 신영철, 전몽수, 함석창 등이 있으며 최남선의 작품이 5편으로 제일 많고 다음은 신영철의 작품이 3편, 전몽수와 함석창의 작품 각각 2편, 다른 문인들은 모두 한 편씩이다. 그리고 앞에서 말한 것과 같이『滿洲朝鮮文藝選』은 수필집이라 수록된 작품도 각양각색이지만 게재된 작품들의 테마또한 각양각색이다. 그러나 서술의 편리에 따라 크게 만주에서의 이주민들의 생활상을 묘사한 작품들, 만주 각 지역의 인상을 적은 작품들및 기타 작품 등 세 개 부분으로 나누어 서술하고자 한다.

1) 만주에서의 이주민들의 생활을 묘사한 작품들

만주 이주민들의 생활을 묘사한 작품들로는 현경준의「봄을 파는 손」, 함석창의「吉林迎春記」, 안수길의「이웃」, 전몽수의「春心」, 신영철의「新京片信」, 박팔양의「밤 新京의 印象」등이 있다. 그 가운데서 현경준의「봄을 파는 손」은 천사 같이 천진난만한 두 어린아이의 대화 속에서 봄을이끌어 내면서 봄에 대한 그리움을 호소한 작품이다. 작품에는 얼음이풀리고 봄을 그리는 두 어린아이가 등장하고 있는데 천진난만한 그들은소꿉놀이를 하면서 봄을 이야기하고 있다. 이미 입춘이 지났으나 만주의 봄은 아직 잠자코 있다. 이맘때면 고향은 봄이 찾아오고 아지랑이가피어오르는 계절이리다. 그러나 툰두라의 만주는 이와 다르다. 만주의추위에 떨면서 애들이 무심코 하는 봄의 대화였으나 듣는 나로서는 무심한 얘기가 아니었다. 더욱이 남쪽 하늘을 바라보면서 고향산천의 봄과 비교하면서 뒤늦게 찾아오는 만주의 봄을 얘기하는 애들의 얘기를나는 무심코 듣고 있을 수만은 없었다. 나는 그 즉시로 애들을 데리고마을 앞 냇가와 뒷동산에 봄을 찾으려 나선다. 을묘년(乙卯年), 즉 1939년2월에 도문에서 쓴 것이라고 하는 이 작품은 바야흐로 도래하고 있는 만주의 봄을 빌어 따뜻한 봄을 그리는 마음을 유감없이 표현하고 있다. 만주의 엄동설한에서, 더욱이는 망국이라는 엄한에서 봄을 그리는 마음, 그 상징성은 의의가 있는 것이며 작품에서 묘사되고 있는 고향과 남쪽 하늘 등은 향수를 무한히 자극하는 촉매제로서 상당한 구실을 하고 있다. 이 시기 이 지역의 시작들에서나 흔히 보게 되는 이러한 고향의 이미지는 식민 현실과 이국타향이라는 현실적인 모순과 커다란 대조를 이루면서 현실 극복의 강열한 염원을 표출하고 있으며 이러한 염원이 다시 봄이라는 서사대상과 어울리면서 장밋빛 미래에 대한 갈망이 유감없이 드러난다. 이러한 측면에서 말하면 이 작품은 조국의 봄을 그리는 실향민의 정서를 일반화한 작품이라고 해야 할 것이다.

함석창의 「吉林迎春記」 其一은 봄을 맞은 해빙기의 송화강을 적은 것인데 서정의 대상으로 된 "봄을 맞은" "송화강의 해빙기"란 상징적인 이미지와 더불어 開氷期의 송화강의 장엄함과 이 강이 이 지역의 숙신(肅愼), 읍루(挹婁), 고구려(高句麗), 부여(扶餘), 발해(渤海), 여진(女眞) 등 제 족속을 키웠을 뿐만 아니라 그들의 어머니 강이었음을 역설하면서 집중적으로 송화강신묘(松花江神廟)를 이야기하고 있다. 송화강신묘는 건융 43년의 칙령에 따라 건융 44년에 준공된 신묘인데 원래는 송화강의 신을 제사지내던 곳으로서 청나라 시기에는 베이징 북해의 제천과 동등한 위상에 있던 중요한 祭奠 장소로서 유서 깊은 곳이다. 함석창의 제2작 「吉林迎春記」 其二 역시 其一과 같이 길림근교의 소백산 망제전신묘(望祭殿神廟)를 묘사한 작품이다. 이 신묘는 옹정(雍正)11년(기원 1733)에 황제의 어명에 의해 신축된 것인데 만주족이 민족의 신으로 모시고 있는 장백산신(長白山神)을 제전하던 곳이다. 소백산의 형태가 장백산과 비슷하고 또 송화강반에 있어 멀리 장백산을 바라보며 민족의 조상을 기리는 가장 적합한 곳으로 인정되었기 때문에 길림장군이 상주하고 황제가 윤허하여 신축한 신묘이고 봄, 가을로 제사를 지내던 곳이라고 전해지고 있으며 그 위상이 가히 태산에 비할 수 있었다고 한다. 지금은 전해지지 않고 있는 이 신묘는 앞에서 말한 송화강 신묘와 더불어 길림 지역의 가장 중요한 유적지로서 상당한 의미가 있다. 함석창의 제2작 「吉林迎春記」 其二는 바로 이 신묘를 방문한 과정을 적은 것으로서 한국인으로서는 처음으로 이 유서 깊은 곳을 기록한 글이 아닌가 한다. 지금 그 유적지 가 소실됨으로 하여 그 의미가 더욱 크다고 해야 할 것으로 짐작된다.[3]

1933年에 찍은 吉林小白山의 長白山望祭殿의 모습

---

3) 최근에 이것을 복원한다고 하는데 그렇게 되면 그 의미가 더욱 크게 될 것이라고 생각된다.

이 글에서 함석창은 상기 신묘(神廟)에 대한 소개와 더불어 고향의 봄과의 비교 속에서 길림의 봄과 소백산의 봄을 얘기하고 있는데 봄을 빌러 향수를 달래고 이국타향에서 봄을 그리는 이러한 표현방법은『滿洲朝鮮文藝選』에 수록된 작품들에서 심심찮게 보게 되는 표현법으로서 당시 만주지역에서 생활하던 이주민들의 향수와 고향을 그리는 마음을 엿볼 수 있는 대목이 아닌가 한다.

안수길의 「이웃」은 자기가 살고 있는(만주인 여관의 한방에서 살고 있는데 여기에는 조선사람 외에 일만로 30여 호가 살고 있었다고 한다) 동리(洞里)의 교통을 비롯하여 모든 것이 편리하다는 이야기를 비롯하여 거기에는 중국인이 꾸리는 소포(小舖) 하나 있는데 그 집주인이 자기의 아이를 극진히 귀엽게 대해 주었다는 이야기를 통하여 인정과 아량이 있는 동리라는 자랑거리를 쓰고 있다. 한국인과 중국인, 그리고 만주인, 러시아인, 일본인을 비롯하여 몽골인 등 다민족의 거주지였던 만주생활의 일단을 짚어볼 수 있는 작품이지만 구체적으로 어느 곳인지는 알 수 없고 상당히 부유한 거리였고 빈민들이 생활하는 곳이 아니었다는 것은 짐작케 하는데 당시 한국인들이 주로 조일통(朝日通 : 지금의 상해로)나 팔도통(八島通 : 지금의 북경대가) 주변에 집거하여 살았다는 상황으로 미루어 보아 지금의 북경대가와 상해로 근처가 아닌가 한다. 앞의 두 작품에 비해 향수나 혹독한 시대적인 상황을 극복하려는 노력보다는 생활편린을 별 선택이나 여과 없이 속기(速記)식으로 기록했다는데 의미를 둘 수밖에 없는 작품이다.

신영철의 「新京片信」은 아림(啞林)이란 형에게 편지로 신경과 만주의 사정을 알리는 형식으로 되어 있는데 모두 세 개 부분으로 구성되어 있다. 첫 번째 부분은 "싸구려 寫眞師"이란 부분에서는 봄만 되면 공원에

싸구려 사진사들이 나타나 사진을 찍어주는데 신경의 봄 풍경의 하나로 되고 있다고 쓰고 있으며, 두 번째 "살구꽃 필 때면"은 마지막 부분에서 "만주는 決코 꽃 안 피는 곳도 아니며 봄 안 오는 곳도 아닙니다. 아모리 늦고 期間은 짜를망정 봄이 올 것만은 틀림 업을 것을 나는 스스로 밋고 밋습니다"라고 쓰면서 만주의 봄은 고향에 비해 늦은 편이지만 꼭 오게 되어 있다고 역설하면서 만주에서 봄을 그리는 내면 풍경을 쓰고 있으며, 세 번째 "제비와 꾀꼬리"에서는 제비의 도래와 함께 시작되는 고향의 봄 경치를 묘사하면서 향수를 달래는 작품이다. "조선에 오는 봄이 滿洲에 아니오며 조선에 오는 제비와 꾀꼬리 만주라 하여 아조 업으리까 方今 봄의 발자욱은 한거름 두거름 南쪽에서 北쪽을 向하여 옴겨 것고 잇나이다" "늦기는 느질망정 郊外에 제비도 날르고 綠陰에 꾀꼬리도 우는 이 滿洲에서 한편 모자라는 마음을 스스로 달래며 누르며 봄을 보내고 여름을 맞고 할 것"라고 하면서 고향이 사무치도록 그립지만 만주에서 살아갈 의지를 다지는 문장으로 보아지지만 만주에서도 고국의 봄—진정한 민족독립과 나라의 광복의 그날을 그리는 작품으로도 해석이 가능한 작품이다.

전몽수의 「春心」은 역시 봄을 그리는 마음을 그린 작품인데 만주의 늦은 봄에서 고향의 봄을 그리면서 고향에 계시는 친인척들을 생각하는 것으로서 향수를 그린 작품이다. 만주의 봄은 "春來不似春"인데 비해 "아지랑이와 함께 아장아장 걸어오"는 "조선의 봄은 아닌게 아니라 조타." 뿐만 아니라 고향생각을 하는 것으로서 "이 부칠 곳 업는 마음을 따뜻한 어머니와 누나의 고은 사랑을 통해서" 붓잡고 싶다고 하면서 상기 여러 작품과 마찬가지로 이국땅에서의 고향의 봄을 그리고 있다. 이와는 좀 달리 박팔양의 「밤 新京의 印象」은 신경의 밤경치를 보면서 서정을 펼친 것인데 눈에 보이는 택시, 거리의 네온사인, 거리를 달리는 차, 이 모든 것을 정답게 바라보면서 낭만에 젖는다. 그러면서 이 밤을 "유명한 모스코오의 밤이 아니다. 그리고 파리의 밤이 아니다. 로마의 밤이 아니라 質朴은 하나 우리 신경의 밤이 이제 기퍼간다"고 쓰면서 "이 도시의 이 밤을 가슴속에 깨끗이 간직하여 두어도 조타"고 쓰고 있다. 충분한 이유 없이 낭만과 감상에 젖어 있는 듯한 글이지만 만주에 대한 애정이 묻어나는 작품인데 위에서 말한 안수길의 작품과 더불어 향수보다는 만주의 풍경을 스케치한 작품으로 읽을 수 있는 작품이다.

2) 만주 각 지역 인상기

나서 자란 고향을 떠나 괴나리 짐을 싸지고 이국 타향으로 온 만주지역의 문인들, 그들에게 있어서 만주는 미지의 지역이었고 또한 여기에서 보고 듣는 것 모두가 고향과는 다른 새로운 것, 또는 생경한 것들이었을지도 모른다. 그래서인지 이 작품집에 수록된 작품가운데서 양적으로 가장 많은 것이 여행기를 비롯한 만주의 인상들을 적은 것들인데 최남선의 「千山遊記」, 신영철의 「정차장의 표정」, 「南滿洲平野의 아침」등이 그 대표적인 작품으로 독자들을 만주지역으로 끌어간다.

최남선의 「千山遊記」는 其一과 其二로 나누어 천산(千山)을 찾아 가는 과정을 그리고 있는데 천산의 경물을 통하여 조선 고향의 경물과 역사를 이끌어 내고 또 그것을 통하여 천산과 조선의 관련을 적은 작품이다. 이글에서 작가는 눈에 들어오는 경물마다에서 조선의 그림자를 찾고 있는데 천산을 찾아가는 과정을 이렇게 쓰고 있다. 위가둔(魏家屯) 등 부락을 지나서부터는 "산도 가깝고 松林이 드믄드믄 잇고 花崗石 부스러진

모래 바닥으로 흐르는 개울이 만주에서는 희한하달만큼 맑기도 하야 滿
目景物이 죄다 朝鮮的임에 말할 수 업는 반가운 情이 난다"고 하면서
"雰圍氣가 마치 金剛山中으로 다니는 듯한 느낌이 있"으며 또 산에 올라
가면 "北漢山의 白雲臺와" 같은 곳이 나오며 협편석(夾扁石)은 북한(北漢)의
"안들이"와 "지돌이"를 "한데 가저다가 부첫다할 곳"이라고 한다. 뿐만
아니라 "花崗岩의 風化"에서 비롯된 기석미(奇石美), 그리고 울창한 송림,
장곡과 청계를 보면서 "風景構成의 要素가 꼭 우리 故土와 틀림이 없다"
고 하고 있으며 바로 그러하기에 천산의 많은 경물들이 "生面이 아니라
舊識과 갓기로 웨 그런고하고 삷혀보니 여긔까지의 洞壑은 마치 逍遙山
의 入口와 비슷하고 이 우에서 나려다보"면 "흡사히 小藏山의 碧蓮岩 前
面과 갓다"고 한다. 이어 그는 "만주에서 朝鮮山川의 風韻을 맛보기를 吉
林의 松花江에서 한번하고 東寧의 萬鹿溝에 두 번 하얏엇지마는 이제 千
山에서 가치 錦繡江山 그대로를 對해보기는 일즉이 經驗도 업고 또 이
뒤에 거듭하기를 긔필치 못할 뜻하다"라고 하고 있다. 천산의 경물들이,
아니 여기에서 최남선이 묘사한 경물들이 조선의 경물과 꼭 같을 수도
있지만 분명 이것은 만주의 천산의 경물이지 반도의 경물일 리는 없다.
그러나 적어도 최남선의 눈에는 그것들이 그렇게도 닮아 있는 것은 그
자연적인 닮음보다는 그것을 바라보는 최남선 마음의 눈에 있었을 것이
다. 이역만리에서 방황하는 나그네의 눈에 고향의 그림자가 나타날 법
도 하며 그것으로 나그네는 어느 정도의 향수에 젖으면서 그것으로 향
수를 달랠 수도 있는 것이다. 그러나 최남선에게 있어서 천산의 경물은
그저 반도의 경물과 닮아 있는 정도의 경물뿐만이 아니었다. 사실 천산
에서 최남선은 향수보다는 거기에 깃들어 있는 한반도와의 관계를 파혜
치고 있으며 천산과 민족역사의 관련성을 설파하고 있는 것이다.

최남선의 이러한 목적은 「千山遊記」其二에서 분명하게 나타나는데 여기에서 작가는 천산과 조선인과의 인연에 대해 아래와 같이 서술하고 있다. 최남선에 의하면 천산은 한반도와 밀접한 관계를 가지고 있는데 그 하나는 요동반도(遼東半島)란 조선반도와 매한가지로 백두산의 한 기슭이란 것이다. 말하자면 천산이 자리 잡고 있는 요동반도는 지리적으로 조선반도와 마찬가지로 백두산의 한 줄기에 속한다는 것이다. 따라서 여기에 조선반도의 경물 비슷한 경물들이 있는 것, 한국인들의 눈에 익은 자연이 있는 것은 자연스러운 일일 것이며 역사로 말하면 "千山의 左右가 古朝鮮의 主要한 地域으로서 高句麗, 渤海의 歷代에 언제든지 根本部的 意味를 가젓든 郡縣地이얏스니 이들에는 先民의 어루만진 자리가 잇고 이 흙에는 先民의 흘린 땀이 심여 잇슬 것이다"라고 쓰고 있다. 이뿐이 아니다. 이어 최남선은 "아득한 녯일뿐일가 近代의 滿洲封禁期에 千山을 踏遍하야 그 拳石撮土로 하야금 항상 現實界와 因緣을 가지게 한 者는 鴨綠江方面으로부터 山蔘을 케러 다니는 우리의 '심뫼꾼'들이얏다하니 말하자면 千山의 開發은 朝鮮人으로 더부러 서로 終始하얏다 할 것이다. 無量觀境內에 康熙十四年建立 '重修觀音閣羅漢洞姓名碑記'가 잇서 그 中에 '千山天地之鍾秀 三韓之巨觀'이란 句가 잇고 容堂의 扁額에도 '三韓丁鶴年書'를 뿔한 것이 잇스니 이러케 千山을 三韓視함이 진실로 偶然한 일이라 할 수 업다. 내 이제 千山의 一峰頂에 서서 흠빡 滿洲를 이저버리고 슬몃이 故土의 생각을 품음을 누가 구태 탓할 者이냐"라고 쓰고 있다. 천산이 만청정부의 봉금정책을 무릅쓰고 조선의 "심뫼꾼"들이 산삼을 캐러 다니던 곳이었고 또 그로부터 천산의 개발이 시작되었으니 천산은 조선과 이러저러한 관련 속에 놓여 있다는 논조를 펴고 있다.

신영철의 「정차장의 표정」은 작가가 장춘에서 기차를 타고 길림 강밀봉 훈련소를 찾아가는 과정을 그린 것인데 철도 연선의 풍경과 더불어 이 지역의 길림을 비롯하여 화피창(樺皮廠), 고점자(孤店子), 구참(九站), 강밀봉(江密峰) 등 지역의 풍경, 그리고 송화강, 용담산(龍潭山) 등 지역의 풍경과 더불어 이주민과 일본인, 그리고 만주인들이 뒤섞어 생활하고 있는 거리의 모습을 리얼하게 그리고 있다. 작품에서 작가는 조선화된 강밀봉의 역전을 묘사하면서 이렇게 쓰고 있다. "역전에는 시골장터만한 거리가 형성(形成)되어 잇는데 조선촌이나 거의 틀닐 것이 업다. 길 좌우에는 한집 두 집씩 걸러 가게가 버려잇고 촌공소를 위시하여 우급학교 농사합작사교역장(交易場)도 잇스며 심지어는 평양냉면집까지 진출하여 왓다. 조선 사람과 인연 기픈 북선의 냉면 남선의 떡국과 비빔밥, 서울의 설렁탕은 각기 입맛을 따라 조와하는 품이 달르겠지만 북선에서 조와하는 냉면이 만주에까지 이동된 것은 괴이할 것도 업는 일이다. 서양요리가 도시마다 드러오고 지나요리가 세계 각국에서 환영밧고 일본인 개척촌에는 아모리 궁벽한 데라도 된장, 우메보시와 연어, 고동어가 수입된다 하니 김치, 고초가루와 떡국 냉면이 조선 사람을 따라다닌다고 남으람할 것은 업슬 것이다." 조선이주민을 따라 만주 땅에 들어온 조선음식을 비롯한 풍속들을 묘사하고 있는데 향수를 자아내기에 충분한 도시 풍경화임은 틀림없다. 이외에도 이 글에서도 조선과는 다른 만주의 풍경들이 묘사되고 있으며 모두(冒頭) 부분에서 "광명은 동방에서부터 비처오고 연기와 나무까지도 동방을 향하여 머리를 수그리고 예배를 함인지 모르겠다"고 쓰고 있는데 여기에서 나오는 "동방"은 자기가 떠나온 고향과 겹치면서 고향에 대한 저자의 그리움과 더불어 많은 문제들을 시사해 주고 있다. 그런데 문제는 이 글에서 동방의 중요성을 강조하면서도 조선인과 만주인 그리고 일본인이 뒤섞여 생활하는 모습을 묘사하면

서 만주가 협화의 나라임을 설파하고 있으며 만주인과 조선이 이야기를
주고받는 모습을 통하여 민족협화를 강조하고 있어 "오족협화"란 만주
국의 건국이념에 동조하는 듯한 느낌을 주기도 한다.

一面山역 전경(옛고려문의 전경-지금의 邊門鎭에 있음)

신영철의 다른 한 작품 「南滿洲平野의 아침」은 신경역에서 기차를 타
고 봉천(奉天)에 갔다가 거기에서 부산행 열차를 타고 안동(오늘의 단동)으
로 가는 과정을 적은 것인데 주로 연선에서 본 만주의 광경들을 보여주
고 있다. 글에서 저자는 혼하(渾河)를 지나면서 산도 있고 물도 있으며
맑은 냇물이 흐르고 있어 "만주의 널따란 벌판을 이저버리고 산곱고 물
맑은 조선을 연상케 하였다"고 쓰고 있으며 특히는 봉황성(鳳凰城) 근처
부터는 조선 사람으로서 잊어버릴 수 없는 논이 많이 보였고 담뱃재배
도 하고 있었고, 오룡배(五龍背)를 지나면서는 논뚝으로 "하연 옷을 입은

조선 소년 두엇이 아랫도리를 거더부치고 고무신을 손에 들고 거러가면 도란도란 이야기하는 광경, 철교밋 시냇가에 노랑저고리 분홍치마를 입은 조선각시와 색시가 빨래방맹이를 드럿다 노앗다 하는 풍경은 누가 만주를 멀다 하리까. 조선은 가까워 오는 것입니다"라고 쓰고 있다. 뿐만 아니라 이글에는 지금도 익숙한 신경(新京), 호석대진(虎石臺鎭), 봉천(奉天), 소가둔(蘇家屯), 화련채진(火連寨鎭), 본계(本溪), 혼하(渾河), 봉황성(鳳凰城), 고려문(一面山 : 지금의 邊門鎭에 있음), 안동 등 지명들이 많이 나오는데 이러한 지명들은 거개가 지금도 그대로 이름을 쓰고 있으며 그 가운데 일부는 조선인들에게도 아주 익숙한 것들이다.

3) 기타 작품들

이 부분에는 염상섭의 「雨中行路記」를 비롯한 작품이 망라되는데 상기 두 가지 제재의 작품 외의 작품들이 여기에 속한다. 그중 염상섭의 「雨中行路記」는 우중에서 형과 동행하여 금천으로 가는 도중, 비에 막혀 내일 갈 길을 걱정하다가 30년 전 낙동강변에서 또 이와 같이 비에 막혀 길을 못 가던 옛 일을 떠올리며 여름철이 되면 떠오르는 옛 생활의 한 토막이라고 하면서 감회를 적은 단문이며, 신언용의 「감자의 記憶」 협화회중앙본부주최(協和會中央本部主催)로 동만선계개척지위문대(東滿鮮界開拓地慰問隊)에 참가하여 왕청현(汪淸縣) 사인반지방(四人班地方)에 가서 보고 들은 개척민들의 생활을 쓰고 있다. 심심산골로서 그 험한 길을 무릅쓰고 이곳을 방문한 사람은 개척민과 개척관계자 이외에는 아마도 금번이 처음이었을 것이라고 하면서 개척민들의 간고한 생활을 목격하고 또 그들이 건네주는 감자를 받아들고 그 감자가 어떤 과정을 거쳐 자기 손에까지

들어오게 되었는가를 생각하면서 감개무량하였다는 이야기를 적고 있다.

이 외에 김조규의 「白墨塔序章」은 부모의 연이은 사망으로 2학년생이었던 최군이 퇴학하고 다시 동경으로 건너가서 신문배달을 하면서 공부를 계속한다는 편지를 받고 그의 전도를 축복하여 준다는 내용의 글인데 선생으로서의 서술자의 동정심이 묻어나는 작품으로 여기 수록된 작품 중 가장 인정에 넘치는 작품이며 전몽수의 「前間先生과 나」는 양주동의 소개로 일본의 한국고대어연구영역의 前間恭作 선생의 저서 『龍歌故語箋』과 『麗言攷』가 있음을 알고 그 선생에게 편지를 해 이 두 저서를 얻어 읽어보고 장편 논박문을 썼는데 선생은 자기의 치기(稚氣)를 너그럽게 대해주고 일면식조차 없는 자기에게 책을 보내주고 또 답장까지 써준데서 무한한 감동을 받았다는 내용의 작품으로 모두 우에서 이야기한 작품에 비하면 사상 의식성향 면에서나 예술적 표현 면에서 얼마간의 거리가 있는 작품들이다.

5. 마무리하는 말

이상에서 우리는 『滿洲朝鮮文藝選』 수록 작품들을 간단하게 분석해보았다. 저자에 따라 각기 부동한 제재의 글이 발표되었고 또 작품에 따라 부동한 사상의식성향을 보여주고 있지만 그것을 대체로 귀납해 보면 다음과 같다.

첫째, 『滿洲朝鮮文藝選』에 수록된 작품 가운데는 봄에 관련된 글들이 가장 많다. 의도적으로 봄 관련 문장들을 모아 편찬하였는지는 알 수 없지만 봄을 그리고 봄을 기다리는 내면 풍경을 그린 작품들이 많아 기다림과 그리움의 미학 정서들이 보여지고 있다.

둘째, 글속에서 만주의 경물이나 환경, 그리고 생활을 묘사할 때, 그 비교의 대상이 거의 모두가 한국인데 봄의 경우도 한국 자기의 고향의 봄과 비교하고 산일 경우에는 금강산과 비교하고 역전의 상황도 한국 기차역의 상황과 비교하고 거리 모습의 경우도 한국의 거리와 비교하면서 서술을 전개하고 있어 이 부분이 작가들의 내면풍경을 짚어 볼 수 있는 대목이 아닐까 한다.

셋째, 극히 개별적인 작품에 "오족협화"를 찬미하는 듯한 내용이 있기는 하지만(이를테면 최남선의 「事變과 教育」 등) 절대 대부분 작품들은 모두 민족적인 내용과 이주민의 생활을 묘사한 작품으로서 이 『滿洲朝鮮文藝選』의 산생 연대인 1941년과는 다른 모습과 색채를 보여주고 있다.

이상에서 우리는 『滿洲朝鮮文藝選』에 게재된 작품들에 간단한 평을 달아 보았다. 일제의 식민체제가 각일각 심화되고 있는 이 시기에 만주지역에 이러한 작품집이 태어났다는 자체만으로도 문학사적으로 대서특필해야 하겠지만 이 작품집에 게재된 작품들은 그 뒤시기에 나온 작품집에 비해 월등 순수하고 소박한 민족적인 색채를 지닌 작품들로서 이 지역의 가장 훌륭한 작품집의 하나라고 해야 할 것이다.

풍류로 파악되는 동학혁명-민중의식

유현종의 『들불』의 예술특징에 대하여

동학혁명은 그 시대적인 위상과 근대 문화 격변기에 국가의 운명과 민족의 생사존망 그리고 사활을 건 거국적인 혁명이었다. 그러므로 거기에는 전통문화의 한계를 비롯하여[1] 여러 가지 문화학적인 문제가 있지만 많은 문학가들의 시선을 잡는 대목이다. 한국의 경우, 유현종을 비롯하여 최인옥, 박연희, 서기원, 박태원, 문순태[2] 등 많은 작가들이 거기에 관심을 보이면서 그 격변기를 나름대로 파악하고 예술화하고 있는데 각자 나름대로의 특징을 가지고 있다고 하겠다. 그들에 의해 파악된 동학혁명도 여러 가지 양상을 보이고 있는데 동학을 조선사회의 농민운

---

1) 동학은 어느 면으로 보다 전통적인 성격과 보수적인 성격을 다분히 띠고 있는 혁명이었다. 이 점은 여러 가지에서 표현되고 있는데 삭발을 거부하거나 "민비사건" 후 "국모의 원쑤를 갚자"고 하는 것 등은 그들의 혁명에 아직도 한계가 있다는 것을 입증해 주는 대목이다. 동학이 "역성혁명"이 아니었다는 관점도 이것에 해당되는 관점이라고 할 수 있다. 이점에 대해서는 졸저, 『한국현대소설예술모식연구』 (1997, 요녕민족출판사)에서 비교적 상세하게 논술하였다.
2) 한국에는 동학을 소설화한 작품으로는 최인옥의 『전봉준』, 박연희의 『전봉준』, 서기원의 『혁명』, 박태원의 『갑오농민전쟁』, 문순태의 『타오르는 강』, 송기숙의 『녹두장군』, 한승원의 『동학제』 등이 있다.

동으로 규정하기도 하지만 종교와 무관한 차원에서 서술하면서도 종교적인 면도 강조되고 있는 것 역시 사실이라면 사실이다. 그런데 유현종의 경우는 이와 다르다. 그는 동학혁명을 한국의 전통과 직결되어 있는 것으로 파악하면서도 한국의 전통을 풍류로 규정하고 동학의 근간을 그러한 풍류를 이어받은 것으로 인식하고 한국 전통적인 풍류와의 연관 속에서 동학을 파악하고 있는데 이점은 동학인식에 있어서 뿐만 아니라 동학을 예술화한 소설가운데서도 퍽 돋보이는 것이며 아울러 한국의 고대 풍류 사상을 단순한 도교선술(道敎仙術)이나 풍수지리로 귀착시킨 역사적인 착오를 시정하고 거기에 큰 의미를 부여하는데 있어서도 괄목할만한 의의를 가지고 있다고 할 수 있다. 삶과 나라의 위기 속에서 일어나야만 했던 그 번 농민운동을 삶의 현장이나 위기의식에서보다는 관념에서 파악할 수 있는가 하는 당위성보다는 그러므로 해서 동학을 일개 일반적인 농민운동보다는 풍류라고 하는 전통적인 역사의 흐름 속에서 그의 독특한 역사인식과 더불어 아주 돋보이는 것이다. 본문은 이러한 의미에서 저자의 공약에 따라 소설 속에 반영된 작가의 역사인식과 그 소설화과정을 살펴보면서 동류 소재의 작품과 다른 특점을 점검해 보고자 한다.

유현종의 소설 『들불』은 관노 임여삼 일가의 비참한 운명과 동학에 참가하여 사회비리에 맞서 용감하게 싸우는 농민들을 형상화하고 있는데 소설에서 임여삼의 일가는 아버지 임호한을 비롯하여 모두 순박한 농민이었다. 그런데 임호한이 관리들의 학정에 견디다 못 해 민란을 일으키고 현감을 죽이었는데 그것이 죄가 되어 탈가하고 동학에 참가한다. 그 탓으로 임여삼은 어머니와 함께 관가에 잡혀가 관노로 되고 짐승 같은 생활을 하고 있는데 그의 여동생 상녀를 사랑하고 있던 곽무출이 신임 현감 최동진의 첩이 된 상녀를 구하려고 잠입했다가 체포되자 관청에 불을 지르고 정처 없이 유랑하다가 선비 이진악을 만나 산적에 들고 다시 거기에서 관청을 습격하던 도중 동학군에 자기도 모르는 사이에 가담하여 김개남의 휘하에서 전봉준을 따라 동학혁명에 참가하게 되는데 여기에서 여삼은 "비로소 자기가 살 수 있고 숨 쉴 수 있는 땅"을 발견하고 동학혁명을 위해 헌신적으로 싸우게 된다. 그러나 작가는 그의 일가의 동학혁명과정을 묘사하면서도 추호의 동요도 없이 그것은 민중운동이었다고 역설하면서 민중의 힘에 큰 역점을 두고 있다. 그런 의미에서 말하면 유현종은 소설 『들불』의 기조는 민중사상이라고 하겠다. 사실 소설에서 작가는 동학이 동학으로 한국 초유의 민권운동으로 될 수 있었던 근본원인은 동학이 가지고 있는 민중사상이고 동학의 주력은 민중이고 그 저력은 민중의 뒷간의 잿더미나 장독 속에 있다고 역설함과 동시에 새로운 시각, 즉 한국의 전통적인 사상인 풍류도에서 그 기반을 찾고 있는데 여기에서도 관통되고 있는 것이 민중의식이다.

유현종의 민중의식은 우선 동학을 자기적인 방식인 풍류로 파악하는데서 표현되고 있는데 그는 한국의 전통이념에 전래 유교나 불교와 다른 자기 독자적인 이념이 있다고 생각한다. 『들불』의 가이드라고도 할 수 있는 모두(冒頭)의 「작가의 말」에서 그는 다음과 같이 말하고 있다. "'나라에 현묘한 도(道)가 있으니 그것을 일러 풍류도(風流道)라 한다.' 이것은 나말(羅末)의 석학 최치원(崔致遠)의 말이었다. 유교나 불교와 다른 그 풍류도의 정체가 무엇인가 작품을 써오는 동안 그것이 풀리지 않는 수수께끼였다. "화랑도"라 말하는 이들도 있고 "풍수학(風水學)"이라 말하는 이도 있고 한국적 샤머니즘이라 말하는 이들도 있으나 어느 한 가지 흡족한 결론은 없었다."[3] 그런데 그는 역사소설을 써오면서 민족자주성이 강한 지도자 모두가 도교선술(道敎仙術)이나 풍수지리에 미친 사람이었다는 『삼국사기』나 『삼국유사』의 기록을 보면서 그것은 사대주의사상의 지배하에 씌어진 것이었기 때문에 그들을 폄하하여 그렇게 된 것이라고 생각하였다. 그리하여 그는 최치원이 말한 "「풍류도」야말로 가장 한국적인 신앙 내지는 사상"이라고 역설하면서 그것이 민간에 깊숙이 뿌리박고 있다가 '잿더미 속에 남아 있는 꺼지지 않은 불씨'로 되어 다시 동학으로 되었다고 지적하고 있다.

삶의 핍박 그리고 제국주의 침략에서 나라를 지키고 삶의 조건을 개선하기 위해 일어난 동학을 단순한 풍류사상으로 파악하려는 정당성도 그렇지만 동학에 대한 작가의 이러한 인식은 아주 이색적인 것으로서 유현종 자신으로서의 특징이 있다. 동학이 '역성혁명'이 아닌, '군신의 의, 부자의 윤리, 상하의 위계'가 무너진데 나라의 위기가 있다고 보고 그것을 회복하는데 초점을 맞추고 일으킨 혁명이라고 상정할 때, 그 혁명이 진정으로 농민들의 근본적인 이익을 철저히 대변했다고는 하기 어렵다. 그렇지만 작가는 여기에서 민중을 그렇게 단합시킨 힘, 즉 산하를 뒤흔드는 민중의 힘과 그들의 응집력을 격찬하고 있을 뿐만 아니라 그 응집력을 한민족의 전통으로 파악하면서 그것이 저 개천이래로 끈끈히 이어져오고 있다고 지적한다.

사실 개천 이래 이 땅에는 많은 민중운동이 있었다. 시국에 불만을 느낀 지성인들은 언제나 그 어떠한 사상과 의식으로 민중을 깨치며 그들의 힘을 빌려 바라는 바 목적에 도달하고자 했다. 저 유현종이 이야기하는 것처럼 연개소문이 그러했고, 궁예가 그러했으며 묘청이 그러했

---

3) 유현종, 『들불』, 중앙일보사, 1993, 작가의 말 중에서.

다. 그들은 하나 같이 모두 민중을 현혹시킬 수 있는 사상과 이데올로 기를 내걸고 그들을 하나로 묶었다. 동학의 경우도 이와 비슷한데 최제 우가 동학을 창시한 것은 작가가 지적하고 있는 것처럼 "이 땅에 동학 이 필요하다는 사명감 때문"이었다. 시국이 어수선하고 나라에 어두운 그림자가 드리우고 민중의 불만이 커져 가고 있을 때, 민중의 이러한 정서를 파악하고 모종 사상을 제기하면서 민중을 하나로 묶는 그 힘은 도대체 무엇일까? 유현종은 그것이 바로 풍류라고 그 진수에 대해 이렇 게 지적하고 있다. "현묘한 풍류도는 자부진인(紫府眞人) 단군으로부터 내 려오는 진민족(震民族) 교유한 신앙 및 사상을 말함"인데 그것인즉 "만민 평등의 백성 신앙"이다. '만민평등', 인간이 인간이상의 인간을 만들지 않은 이상 인간이라면 평등할 수밖에 없다는 평등논리가 풍류도의 진수 라는 이야기가 되겠다. '인내천'을 전제하면서 거기에서 형식논리 형식 으로 추출되는 만민평등사상, 이것은 저 천지개벽 이래 확고부동한 철 칙이었고 우리 민족의 장독 속에 깊숙이 잠들어있고 사랑방에서 도란도 란 들려오는 민초들의 이야기 속에 깊숙이 스며있으면서 민초들이 시국 이나 부정과 비리를 판단하는 잣대로 작용했다. 바로 손화중이 말하고 있는 것처럼 "하늘 아래 백성은 다 똑 같은 것이지 날 때부터 발바닥에 흙 안 묻히고 살으라는 사람 없습니다." 그런데 세상에 있는 자와 없는 자가 나타나면서 사유제가 나타나고 만민 평등은 깨여지고 불평등은 시 작된다. 그래서 역사상 수많은 영웅들이 나타나 그것을 다시 회복하기 위해 싸웠고 농투성이들도 그것을 바라고 살아왔고 또 투쟁도 했지만 그것은 언제나 악성순환을 거듭하면서 제자리걸음을 걸어왔다. 전에 없 다던 동학도 결과적으로는 제자리로 돌아온 것처럼 말이다. 그런데 그 러한 민중들의 갈망이 없어졌던 것은 아니다. 그것은 혁명의 실패와 함께 사라진 것이 아니라 그들의 생활에 깊숙이 스며 있었으며 영원히 꺼지지 않는 불씨로 되어 기회만 되면 다시 되살아나 거대한 저력을 발휘했던 것이다. 소설『들불』은 바로 이러한 견지에서 동학을 바라보고 있고 묘사하고 있다. 따라서 소설에는 동학혁명의 당위성이 설득력 있게 제시되고 있고 동학의 민중성도 더 설득력 있게 제시되고 있다.

소설『들불』의 인물설정도 특색을 가지고 있는데 이 역시 작가의 독특한 민중의식과 사관을 보여주는 대목이다. 주지하는 바와 같이 동학혁명은 원래 최제우가 불교, 유교, 도교 나아가서는 서학까지 두루 섭렵하고 무엇인가에 기대하면서 살아가야 하는 농투성이들을 위해 천도를 열고 '인내천'이라는 사상을 비롯하여 '만민평등' 사상을 편 것인데 시운이 기울어져 가는 가운데서 나온 이 사상을 시대와 전통이 잘 조화되면서 '혼돈과 절망에서 갈피를 잡지 못하던' 일반 백성들에게는 안성맞춤의 신앙으로 되어 최시형을 거치면서 일시에 수십만을 이루는 대군을 이루면서 한국 근대의 가장 위대한 민권운동과 더불어 가장 위대한 반제, 반침략의 민족운동으로 된 것이다. 그런 의미에서 말하면 이 민중운동을 주도한 것은 최제우를 위시하여 북접의 경우는 최시형을 필두로 손병희, 김연국, 손천민 등이었고 남접의 지도자는 서장옥, 황하일을 필두로 전봉준, 손천중, 김개남이었다.4) 그러므로 동학을 이야기하려면 그들을 이야기하는 것이 상식이다. 그러나『들불』은 이와는 달리 상술한 북접의 지도자나 남접의 지도자를 전면에 내세운 것이 아니라 농민도 아닌 관노 임여삼의 행각을 통해 그 전쟁을 묘사하고 있는데 자체의 독특한 역사인식과 사관의 작용이라고 보아진다. 이점에 대해 황국명은

---

4) 이리화, 『동학농민전쟁과 역사소설』, 유현종, 『들불』, 중앙일보사, 1993, 391쪽.

이렇게 말한다. "농민전쟁을 취급함에 있어 농민군 지도자를 작품의 전면에 내세우지 않은 것은 『들불』의 중요한 특징이다. 이런 의미에서 『들불』은 위기에 처한 변동사회를 헤쳐나간 다양한 계층의 삶을 전체적으로 형상화하면서 역사의 추동력을 해명하려는 소설이라 하겠다."[5]

앞에서 잠간 언급한 것과 같이 이 소설은 임호한으로부터 임여삼, 임정한에 이르는 임씨네 3대에 이르는 가족사적 소설인데 작가가 가장 무게를 두고 묘사한 주인공은 임여삼이다. 소설의 모두(冒頭)에서 그는 "검정황소처럼 우락하고 기골이 장대하"지만 처음에는 아버지 임호한과는 완전히 다른 유형의 인물로 수걱수걱 일하는 것은 사주팔자라고 인정하고 모든 불평등을 있는 그대로 받아들이는 아주 순박한 농민이었다. 그러므로 그는 현감이 "꼭 황소를 두들기는" 것처럼 어머니와 여동생 그리고 자기를 채찍질하지만 아무런 반항도 없이 맞아주며 "나라 인심이 흉흉하여 곳곳에서 못 살겠다고 일어"서고 있을 때에도 그는 잠자코 있으며 곽무출이 관청에 뛰어들어 란을 일으키고 도망치라고 했을 때도 "여기서 도망쳐도 갈 데가 없구, 또 도망치구 싶지 않"다고 하는 것이다. 그의 몸에는 당시 순수하고 유순한 한국 농민의 기질이 그대로 드러나 있다. 임여삼을 묘사할 때 작가는 이렇게 쓰고 있다. "솔직한 심정으로 여삼은 이곳(관가)을 떠나거나 도망치고 싶은 마음은 없다. 어머니가 죽는 것은 병이 들었기 때문이고 여동생 상녀가 현감의 품속에서 자야만 되고 자기는 삼 밑에 불화로를 매달고 심부름을 다닌다는 것은 팔자소관인 것처럼 여겨지는 것이다." 그러나 이것은 그의 성격의 한 측면에 불과한 것이었다.

---

5) 황국명, 「유현종의 <들불> 연구─동학농민전쟁과의 관련을 중심으로」, 『한국문학논총』 제16집, 408쪽.

사실 임여삼에게는 그와는 다른 성격적 측면도 있었다. 그것은 작가가 소설에서 관철시키고 있는 "풍류사상", 즉 "만민평등"을 기본으로 하는 풍류사상인데 이러한 사상은 임여삼의 가슴 깊은 곳에 잠재적으로 존속하고 있는 것이었다. 바로 그러하였기에 곽무출이 불을 지르라고 할 때 떨리고 두려운 마음으로 불을 질렀지만 불길이 일어나자 그런 마음은 가신듯이 사라지고 시원하고 후련한 차가움이 스쳐지나가는 듯한 기분을 느끼며 원징희를 따라 관가를 공격할 때에도 농투성이들을 구하고 자기도 모르게 그들과 휩쓸려 "덩달아 흥분하여 여기저기로 몰려나온 백성들과 함께 날뛰"며 양식을 분배하자 입을 다물지 못하고 "괜히 흡족하고 즐거워서 벌쭉벌쭉 웃으며 이 사람 저 사람 얼굴을 바라보"며 흥분에 겨워 있는 것이며 동학군에 참가해서도 용감하게 싸우는 것이다. 동학군에 참가한 여삼의 심정을 작가는 이렇게 쓰고 있다. "여삼으로서는 비로소 자기가 살 수 있고 숨 쉴 수 있는 땅을 만난 듯했다. 모든 사람이 자기와 생긴 것부터 생각하는 것까지 비슷한 무리들이었던 것이다. 움츠릴 필요가 없고 겁에 질려 있을 필요도 없고 할 말 다하고 웃을 것 다 웃고 그것이 동료들에게 다 통하는 것이었다. 이런 곳이 있으리라고는 미처 몰랐던 것이다. 더욱이 2만 여명이나 몰렸으니 별의별 사람이 다 모여 있었다. 활 잘 쏘는 자, 걸음발 빠른 자, 총 잘 놓는 자, 말 잘 타는 자, 거짓말 잘 하는 자, 재담 잘 하는 자, 욕설 잘 하는 자, 노래 잘 하는 자, 갖가지여서 어디를 기웃거려도 재미가 있었다. ……떠나는 전날 밤은 특별히 잔치를 벌여 다시 한번 사기 진작을 하고 잔치 기분에 들떴다. 이날 밤은 여삼이 생전 처음 마음껏 마시고 입을 벌려 마음껏 웃을 수 있었다. 그는 지금까지 웃지 못하고 쌓여 온 것을 다 풀어버릴 수 있었던 것이다." 대대손손 허리를 움츠리고 조심스럽게 살아 온

여삼이었다. 그러나 여기에서 그는 새 생명을 얻었다. 화적을 떠나 동학군에 가담하게 된 것도, 김개팔을 떠나 김계남을 찾아 온 것도 여삼으로서는 절대로 우연한 것이 아니었다. 그에게 있어서 이것은 필연적인 것이었고 반드시 그렇게 되어야만 되는 당위성이 있었는데 그것인즉 가슴 속 깊이 잠재되어 있던 평등에 대한 갈망이었다. 이러한 갈망은 민초들의 마음속 깊이, 그리고 잠재적으로 존속하고 있다가 일단 시기만 되면 뛰쳐나와 걷잡을 수 없는 거대한 혁명역량으로 되고 있다고 소설은 역설하고 있는데 동학혁명의 민중성은 여기에서도 확인되며 동학혁명의 주인공은 최재우나 최시형, 그리고 전봉준인 것이 아니라 임여삼과 같은 민중들이라고 작가는 역설하고 있다.

소설에서는 부차적인 인물도 적지 않게 묘사되고 있다. 전봉준을 비롯하여 김계남, 손화중, 그리고 상녀를 구하려다가 한 쪽 귀를 잃은 곽무출, 대원군과 김병순 사이를 오가면서 대원군의 재기를 기다리는 이진악, 화적 김개팔과 그의 책사 원징희 등은 모두 임여삼의 행각에 따라 출몰하는데 그들의 출몰에 의해 시국의 움직임이 그대로 묘사되고 있다. 그러나 그들 가운데서 작가의 민중의식을 가장 잘 대변하는 것은 임호한이다.

임호한은 작품에 직접 등장하지는 않지만 줄곧 작품의 밑거름으로 되어 작품의 사상의식을 체현하고 민중의식을 표현하는 작용을 하고 있다. 임호한은 원래 여주에서는 알아주는 씨름꾼이고 힘 또한 장사여서 맨손으로 호랑이를 때려잡을 수 있는 놀라운 능력과 힘을 갖고 있는 사람이었으나 근본은 어디까지나 순박한 농민으로서 농민성격을 아울러 갖고 있다. 그러나 그는 의리가 있고 서양종교를 배척하고 있으며 은결조세에 항의하여 여진민란을 주도하기도 하여 근처에서는 "의인"으로 추대

되는 사람이었다. 강진달의 수모를 그냥 지나칠 수 없었던 그는 참고 참다가 "현감을 만나서 호소를 하자"고 일떠나 현감을 죽이고 현청내의 내창(內倉)과 외창(外倉)를 모두 열고 고을 안의 빈자(貧者)에게 분배해주고 무장까지 털어서 장정들에게 나누어 주고 있는데 그의 이러한 반항행위가 많이는 허구된 것이지만 거기에 민중의 요구와 민중의 정서가 스며 있음은 말할 나위도 없다. 민중 속에 팽배되어 있는 균등의식, 반항정서는 바로 임호한과 같은 인물들을 수요하며 그것이 나중에는 동학과 같은 걷잡을 수 없는 혁명으로 이어지고 있다고 여기에서 작가는 역설한다. 동학혁명을 쓰면서 이러한 동학혁명의 지도자들보다는 이름 없는 이러한 민초들을 집중적으로 묘사하고 있는 것은 그들이야말로 동학혁명의 진정한 주인공이었다는 작가의 의식을 대변하는 것이다.

『들불』에서 작가는 임여삼의 행각을 따라 농촌의 침체상과 농민들의 처참한 생활상을 아주 치밀하게 묘사하면서 통치자들의 가혹한 수탈과 부패상, 그리고 일제의 침략과 약탈과 밀접한 관련 속에서 이번 동학혁명의 필연성을 제시하고 있는데 소설의 민중의식은 여기에서 가장 강렬하게 그리고 집중적으로 표현되고 있다.

중국에는 관핍민반(官逼民反)이란 말이 있다. 역사적으로 농민들은 아주 순박하다. 소설『들불』에 묘사되는 농민들도 마찬가지이다. 그들은 소설에 묘사되는 임여삼처럼 성실하고 근면하며 여차한 일이 없으면 운명을 팔자소관에 맡기고 주어진 생을 수걱수걱 살아간다. 역사적으로 그들이 관심하는 것은 나라의 대사가 아니라 자기 소가정이며 실리이다. "우환 중에도 흙 파고 농사지을 생각을 하는 농사꾼도 있구나." 소설에서 이야기되고 있는 이 장면은 농민에 대한 작가의 태도를 그대로 보여주는 동시에 농민들의 실상을 그대로 보여주는 대목이다. 소설에는 임여삼이

구로따의 구타를 받는 장면이 있는데 거기에서 작가는 이렇게 쓰고 있다. "굿을 보는 흰옷 입은 사람들의 표정은 하나같이 무표정하다, 분노도, 동정도, 슬픔도, 재미있음도 보이지 않는, 그저 조선 무우같이 맹한 얼굴이며 시선이었다." 추호의 과장도 없는 사실 그 자체이다. 이것이 바로 민중이다. 그들은 보수성향을 지니고 있으며 격변을 싫어하고 안일한 생활을 추구하며 "흙이나 파먹고 살라면 감지덕지"할 존재로서 아픔을 용하게 치유하면서 한생을 살아간다. "농민은 언제나 건망증이 심하기 때문이다. 건망증이 없다면 강물처럼 길게 살아가지도 못할 것이다. 자기들 선조 중의 여러 사람이 당나라 사천 땅에 끌려가 노예생활을 하다 죽었건, 탄현 황산벌의 동족상잔 싸움에 제물이 되어 무참히 죽었건, 그것은 당대(當代)사람만이 앓았던 뼈아픈 상처요, 그들의 아들부터는 벌써 잊어버리고 만 옛 얘기일지도 모른다."『들불』에 묘사된 농민은 원래 이러한 농민들이다. 그러나 그들은 격노시켜 타오르는 걷잡을 수 없는 들불로 되게 한 원인은 무엇인가?『들불』은 그 원인은 바로 통치자들의 수탈과 일제의 약탈에 있다고 대답하고 있다.

『들불』은 곳곳에서 이제 곧 거대한 불길로 타오르게 될 농촌과 농투성이들의 정서를 아주 생생하게 보여주고 있다. "……가없이 펼쳐나간 들판이 짜악 벌어진다. 며칠씩 퍼부은 소나기로 홍수가 졌다가 감탕물이 휩쓸고 빠져나간 자리처럼 들판은 온통 싯누렇다. 풀이나 나무가 보이지 않는 들판은 생기라고는 찾아 볼 수 없도록 피폐되어 있다. 으레 소택지의 낮은 곳에는 물이 고이기 마련이다. 물은 먼지와 햇볕에 썩고 증발당하여 가뭄이 계속되면 지저분한 흙껍데기만 남는다. 그런 흙껍데기가 넓은 들판의 표피(表皮)에 덮여 있고 군데군데의 야산(野山) 밑에는 꾀죄죄한 동네들이 마마를 앓고 있는 상처 자국처럼 널려 있다." 피폐

된 농촌의 정경이다. 생기라고는 찾아볼 수 없는 황야이다. 그러나 여기에 민초들이 살고 있고 그어대기만 하면 활활 타오르는 야성의 불길도 될 수 있는 무궁무진의 힘이 잠자고 있는 것이다. "하야튼 좋은 징조는 아녀. 뭔 일이 나더라도 크게 나고 말지, 이러다가? 앙그런다덩가? 양반이 죽으면 좌청룡 우백호, 남주작에 북현무, 복많은 명당으로 그 혼백이 다 몰린다지만 농투생이나 상놈이 죽으면 그 혼백이 모두 들판으로 몰린다. 그 혼백들이 모여지고 들불이 된다는 것이여." 농부의 이 말은 아주 상징적인 의미를 가지는 것으로서 이제 곧 타오르게 될 동학혁명전야의 정경을 그대로 전달해 주고 있는데 바로 민중의 정서를 반영한 것이다. 동학혁명은 바로 이러한 민중들의 정서가 있었기에 전국을 휩쓰는 거국적인 운동으로 될 수 있었고 또 그것이 있었기에 봉건관료층과 일제의 침략에 일격을 줄 수 있었다.

구관사또 이경룡은 본래 물욕이 과하고 포악한 자로 권문세가에 뇌물을 디밀고 엽관 운동을 해서 이 고을 원자리를 얻은 자였소. (중략) 그렇게 해서 짜낸 재물은 모두 돈으로 바꾸어 임피 읍내 왜싸전에 보내어 상품 백미로 사서 남모르는 외창(外倉)에 쌓아놓았다가 보릿고개에 쌀값이 고등하면 어느 곳 어디가 쌀값이 비싼지 겨냥하고 있다가 한꺼번에 풀어내어 폭리를 취하고 그것도 모자라 왜놈 장사꾼과 결탁하여 고급 사치품, 패물, 비단을 사들여 감사 묵인 하에 서울 장사를 하여 막대한 이익을 보고 앉아 있는 짐승은 누구요?

탐관오리들 가운데서 성행하는 부정과 비리다. 문제는 개별 탐관에 있는 것이 아니라 이것이 온역처럼 만연되어 벼슬자리만 생기면 자기 욕심만 챙기는데 있으며 더 문제로 되는 것은 외세와 결탁하여 백성들을 수탈하는 것이다. 소설에서 현감 최동진이 바로 왜놈과 결탁하여 백성들을 수탈하는 작자이다. 이런 자들이 있는 한 백성들은 편한 날이 있을 수 없고 그들의 수탈이 계속되는 한 백성들은 언제든지 타오르는 들불로 되어 그들을 불태울 것이다. 농민운동의 필연성은 여기에서 명확하게 제시되고 있다.

소설에서 묘사되는 왜싸전이 바로 한국 수탈의 교두보이다. 그들은 한국에서 수탈하여 많은 양곡과 금은보화를 일본으로 가져갔을 뿐만 아니라 군수품을 비롯한 모든 물품들을 밀입국시켜 나라의 경제를 전면적인 파탄의 국면으로 내몬 장본인들이다. 사실 이번 동학은 외세의 침략과 불가분리의 관련을 갖고 있다. 최제우가 동학을 창시할 때, 양귀자교를 견제하기 위해 천도를 열었다는 것도 그렇지만 동학전반이 제국주의 약탈에 따른 경제의 파산, 극한 상황과도 밀접한 관련이 있다. 그런 의미에서 말하면 동학은 부패한 정치를 반대하여 궐기한 동학은 단순한 반봉건투쟁에만 머무르는 것이 아니라 반제, 반침략전쟁의 일환으로도 되어 역사적인 의의를 가지는 것이다.

이상에서 우리는 『들불』에 반영된 민중의식에 대해 간략하게 분석해 보았다. 『들불』은 동류 제재의 소설과 달리 풍류라는 독특한 시각에서 동학을 파악하고 있으며 소설의 전개에 있어서도 민초를 주인공으로 민중의 정서와 농투성이들의 입장에서 혁명을 묘사함으로서 민중적인 성격을 다분히 띠고 있는 작품이다. 구체적으로 말하면 작품은 한국의 전통사상은 풍류인데 풍류의 내용은 '자부진인(紫府眞人) 단군으로부터 내려오는 진민족(震民族) 교유한 신앙 및 사상'인데 그것인즉 '만민평등의 백성 신앙'이다. '만민평등', 인간이 인간이상의 인간을 만들지 않은 이상 인간이라면 평등할 수밖에 없다는 평등논리가 풍류도의 진수이다. 동학은 바로 이러한 사상기반으로 하고 있는데 이러한 사상은 권세자들이나 동학을 선도해 나간 몇몇 사람들에게 있는 것이 아니라 우리 민족의 장독 깊숙이 잠들어있고 사랑방에서 도란도란 들려오는 민초들의 이야기 속에 깊숙이 스며 있다가 일단 시기만 오면 거대한 불길로 타오르는데 동학이 바로 그러한 것이다. 이것이 바로 이 소설의 가장 선명한 특징의 하나이며 이러한 사상을 표현하기 위해 작가는 주인공 설정에서도 동학 지도자들을 선택한 것이 아니라 가장 사회 최하층인간 임여삼과 그 일가를 선택함으로서 강렬한 민중의식을 보여주고 있으며 마지막으로는 그렇게도 유순하던 농민들이 란을 일으켜야만 했던 원인은 관료들의 부정과 비리, 그리고 일제의 수탈이었다고 지적하였다.

체험의 문학과 인간 본연에 대한 인성적 성찰

이호철의 연작소설 「남녘 사람 북녘 사람」을 읽고

1945년 8월 15일, 한국은 식민 생활 36년이란 칠흑같이 어두운 역사의 긴 터널을 뚫고 민족독립이란 새 역사시기를 맞는다. 그 시각 한 민족은 남북 도처에서 터져 나오는 만세 소리 속에서 사상 최대의 기쁨을 만끽했을 것이다. 그러나 역사의 아이러니이고 조롱이라고 해야 할까, 이어지는 남북 분단에 우리 민족은 또 다시 새로운 비극의 시대를 맞이하게 된다. 당연히 침략과 살인에 혈안이 된 일본에게 돌아가야 할 역사의 수난과 비극이 우리 민족에게 전가된 것이다. 우리 민족은 다시 비극의 고배를 마셔야 할 아무런 이유도 없건만 분단은 우리를 찾아와 동족상잔의 비극을 비롯한, 반세기 내내 이어지는 민족의 아픔을 맛보아야만 했다. 얼마 전에 있었던 남북 이산가족들의 상봉을 지켜보면서 우리들은 괴로운 한숨을 지어야만 했다. 무심한 하느님의 작간이라고 할 밖에. 세기로 이어지는 분단의 아픔을 우리는 무엇이라고 해야 마땅할까, 더욱이 이산가족들의 가슴깊이 묻혀 있는 한은 얼마나 크며 또 그것을 어떻게 이해하고 해석해야 할지, 그러한 아픔을 맛보지 못한 우리로서도 도무지 감이 잡히지 않는다. 더욱이 세계 그 어느 민족에 비해서도 역사적으로나 전통적으로 가족주의를 가장 선호하고 그것을 기반으로 사회를 구축하고 생활을 영위하여 온 우리 민족이라고 생각할 때, 그것은 상식적이고 통념으로 통하는 그러한 일반적인 아픔인 것이 아니라 실로 살갗을 에는 듯한 골 깊은 마음의 상처라고 해야 할 것이며 풀리지 않는 한의 응어리라고 해야 할 것이다.

그러한 아픔과 한은 제일 세대 이산가족들에게서 더욱 선명하게 나타나고 있는데 이제 여기에서 논하게 될 이호철도 바로 그러한 일대 이산가족의 일원이다. 따라서 그의 가슴깊이에는 이산가족들의 그러한 상처와 실향과 그리움과 한이 뿌리 깊게 박혀 있을 것이다. 그래서인지 그는 소설에서도 통일 문제를 비롯한 남북관계문제를 많이 다루고 있을 뿐만 아니라 근자에는 1972년 7·4남북공동성명 발표 이후, 남북관계와 통일문제에 대한 작가의 소견을 피력한 칼럼집『우리는 지금 어디에 서 있는가』를 내 세인들의 이목을 잡기도 하였다. 그러한 의미에서 이호철은 당대 한국에서 가장 집요하게, 그리고 가장 집중적으로 남북관계문제를 파고 든 작가라고 해야 할 것이다. 그러므로 민족 전체가 분단을 절규하면서 통일을 기하고 있는 이 마당에 작가 이호철과 그 문학에 얼마만한 의의를 부여하여도 절대 과분하다고 할 수 없다. 따라서 이호철의 소설과 문학에 대한 논의는 이로부터 시작하여야 마땅하나 필자의 능력도 능력이지만 이처럼 짧은 글에서 그 전반을 논한다는 것은 거의 무리에 가까운 것이며 또 불가능한 것이다. 그리하여 본문에서는 그의 체험이 바탕을 이루고 있는 연작소설 「남녘 사람 북녘 사람」을 중심으로 거기에 깃들어 있는 작가의 체험, 그리고 그러한 체험의 바탕으로 되고 있는 사회, 인간, 그리고 인간본연에 대한 인간성적인 성찰 등 문제를 집중적으로 논하면서 그 빙산 일각을 더듬어 보려고 한다.

작가 이호철은 1932년 3월 15일에 원산에서 3남 2녀 중 장남으로 태어났다. 어린 시절, 할아버지의 슬하에서 한문을 익혔고 그 뒤 갈마 초등학교를 거쳐 1945년에 원산 공립학교에 입학하며 그 시절에 문학을 접촉하면서 대학진학의 꿈과 더불어 작가로서의 뜻을 세운다. 그런데 1950년 6·25가 발발하면서 진학의 꿈은 깨여지고 고3학생으로 인민군에 편입되어 전선으로 나가며 그 뒤 전쟁판을 전전하다가 포로로 되었다가 되풀려나와 가족을 만난 후, 그해 12월 9일, 피난민대열에 끼여 혈혈단신으로 부산으로 간다. 부산에서 부두 노동자, 경비원 등으로 시달림을 받다가 1951년부터 소설을 쓰기 시작하여 1955년에 데뷔작 「탈향」을 발표, 이듬해에 「나상」을 발표하면서 본격적인 문학창작을 시작하여 오늘에 이르면서 「남녘 사람 북녁 사람」을 비롯하여 「4월과 5월」, 「물은 흘러서 강」, 「소시민」, 「서울은 만원이다」, 「판문점」, 「1970년의 죽음」, 「닳아지는 살들」 등 우수한 작품을 발표하여 한국 당대 문학의 일대 산맥을 이룬다.

이호철의 생애를 보고 다시 소설을 읽노라면 이호철의 삶, 그 자체가 바로 문학이라는 느낌이 든다. 연작소설 「남녘 사람 북녁 사람」의 경우도 여기에 적응되는데 작품은 상기 파란만장한 그의 생활가운데서 고3시기 인민군에 동원되었다가 포로로 되어 풀려나오기까지의 생활, 즉 풋내기 인민군이지만 그 사이 줄곧 이북에 있으면서 사상적으로나 이데올로기적으로나 철저하게 무장되었다고 인정되어 남에서 올라온 "의용군 동무"들에게 정치, 사상교양을 하던 일로부터 시작하여 일사천리로 내달리던 전쟁이 쉬쉬하면서 장기전으로 치닫자 남에서 올라온 사람과 북에서 온 사람들과 함께 어둠속을 질주하며 고성을 거쳐 울진 전선으로 나갔다가 아직도 장편소설 한편을 너끈히 엮을 수 있는 여지를 충분히 남겨 두고 있는 복잡한 과정을 거쳐 포로로 되었다가 풀려나오는 과정까지, 시간적으로 1950년 7월부터 10월까지의 생활을 소설화하고 있는데 소설마다마다에 작가의 깊은 생활체험과 그의 예리한 관찰력, 그리고 판단력이 그대로 나타나고 있다.

이를 테면 소설 「남에서 온 사람들」은 상기한바와 같이 금방 애티를 벗은 고3학생이 인민군에 동원되어 소위 남에서 올라온 "의용군 동무"들에게 정치, 사상 교양을 하는 과정을 그리고 있는데 나와 갈승환 지간의 모순과 갈등을 비롯하여 김석조와 갈승환 지간의 모순, 그리고 미묘한 인간관계에 대한 묘사와 그 주변 환경에 대한 섬세한 묘사, 인간성을 상실하고 아무 곳에서나 설쳐대는 인간과 주변 환경이야 어떠하든 그 모양, 그 본새대로 인간적으로, 양심적으로 수걱수걱 살아가는, 전쟁이란 이 특정한 환경 속에서도 실로 생생하게 살아 숨 쉬는 인간들을 그리고 있는데 이것은 작가의 체험을 비롯하여 예리한 관찰력과 그것을 바라보는 작가다운 눈이 없이는 거의 불가능한 것이다. 이것이 이호철의 소설이 우리에게 커다란 감동을 주는 가장 근본적인 원인으로서 그 어떠한 거창한 웅변이나 엄밀한 논리보다도 더 설득력을 지닌다.

그러나 이호철의 체험은 체험에 그치는 것이 아니다. 사실 이호철은 자기의 소설에서 자기가 몸소 겪은 이야기를 적고 있지만 이것은 그저 그러한 생활을 재현시키려는 것이 아니라 그것을 통하여 더 원천적인 문제, 전쟁이란 그 특정한 환경 속에서의 인간, 그 본연적인 문제를 제시하고 있다. 따라서 그의 소설은 상식적인 전쟁장면이나 상투적인 전쟁이야기에 그치는 것이 아니라 그것보다는 더 깊은 인간과 인성문제와 연결되고 있는데 여기에서 작가는 어떠한 환경 속에서도 그러한 도식적인 사상의식과 경직된 사고방식도 문제지만 원천적으로 그 한 사람, 한 사람의 됨됨이, 말하자면 그 사람의 인간성에 문제의 초점이 있다고 지적함과 아울러 그러한 인간들에 대해 그 원상태라는 인간의 가장 근원적인 면으로부터 인간적인 성찰을 하고 있다. 그런데 바로 여기에 그러한 인간에 대한 작가의 심심한 회의(懷疑)와 더불어 인간이란 어떻게 살아야 하며 인간의 참된 모습은 어떠한 것이며, 인간이 본연대로 살아간다는 것이 무엇인가 하는 일련의 문제를 제기하고 있는 것이다. 따라서 작품은 소설에 한정된 이야기를 떠나 높은 사회적 가치와 더불어 보편성을 지니는 것이다.

사실 이 연작소설에서 주인공 나는 그리 진취적인 인간이 아니다. 신분은 남에서 올라온 사람들에 대한 정치, 사상교양을 하는 교양자의 입장이지만 허다한 경우, 갈승환에 비하면 그렇게 "정치적"이지 못하고 흔히는 마지못해 소위 교양자로서의 체통을 지킬 뿐이다. 어찌 보면 그는 원천적으로, 생리적으로 그 어떠한 도식이나 경직된 사고방식에서 벗어난 인간이며 근원적으로 사람이 원체 생긴 그 모양, 그 본새대로 살아가야 한다고 생각하는 인간이다. 따라서 여기에서는 허풍이나 거짓 따위는 거치장스럽고 걸리적거리는 것으로서 생리적으로 궁합이 맞지 않는 것이다. 그렇다고 나는 갈승환과 같은 그러한 시시하고 치사한 인간이 아니다. 나에게는 나로서의 인간적인 원칙과 표준이 있으며 나로서의 살아가는 방식이 있다. 말하자면 누가 워낭워낭하면 그냥 덩달아 워낭워낭하며 뒤 따라 가는 그런 인간이 아니다. 그에게는 그로서의 더욱이는 인간으로서의 자대가 있다. 이것은 그 어떠한 환경 속에서 드팀없는 것으로서 그 성격의 본질적인 측면을 구성하고 있다. 그러므로 갈승환은 그를 "계급적 견지가 철저하지 못하고, 사상적으로 철저성이 약해 보인다"고 하는 것이다. 그렇지만 그는 누가 뭐라고 하든 자기의 원칙과 표준에 따라 인간을 대하고 일을 처리해 나가고 있는데 여기에서 짙은 인간성이 표현되고 있다. 그가 처음부터 남로당원인 갈승환보다 귀티가 물씬 풍기는 김정현이나 '계급적인 견지와 사상의 철저성'에 문제가 있어 보이는 김석조에게 마음이 더 쏠린 것도, 슬그머니 빠져서 집으로 가라는 고영국소위의 꼬드김에도 마다하고 기어이 기차에 앉아 전선으로 나간 것도, 장서경과 장세운에게 장서경의 병이 완쾌되면 꼭 서울로 돌아가라고 권고하면서 증명서 두 통의 목적지란을 비워 둔 것도, 살기가 감도는 서슬 푸른 극장 마당에서 '야비한 성품'의 소유자 '대열참모'를 비롯한 '매사에 꽤나 게걸게걸거리던' 인간들이 자기만 살겠다고, 아니, 자기가 죽는 마당에 기어이 남까지 함께 끌어 들여 '순장'을 해야 직성이 풀리겠다는 듯이 황당극을 놀고 있을 때, 나만이 하늘의 별을 바라보며 절대로 죽지 않는다는 확신을 가지는 것도 이러한 맥락에서 풀이하지 않고서는 도무지 해석할 수 없는 광경들이다.

그 반면 갈승환은 피교육자의 입장이지만 나보다도 훨씬 더 '정치적'이고 남로당 성원답다. 그런데 그에게는 나로서는 접수하기 어려운 그 무엇이 있다. 「남에서 온 사람들」이란 소설의 모두에서 작가는 이렇게 쓰고 있다. "남쪽에서 의용군으로 마악 올라온 남로당원 갈승환(葛承煥)씨를 처음 만났을 때, 나는 나의 막내 이모부를 문득 떠올렸다. 비록 생김새는 달랐으나, 두 사람이 풍기는 분위기는 매우 비슷하였다." 그럼 그의 막내 이모부는 어떤 사람인가? 그는 접때 시내 어업조합 서기로 근무한 적이 있는 인근 농촌에서는 맨 먼저 도시의 세례를 받고 시골티를 가신 인간인데 그 농촌에서는 내노라고 하며 퍽이나 잘 나가던 인물이었다. 그런데 해방이 되자 백팔십도로 홱 돌아서서 그냥 설치고 돌아가기 시작하였는데 쉽게 말하면 사람으로서의 원칙이 없이 워낭소리를 듣자 그대로 설치며 돌아가는 저질인간이다. 내가 갈승환을 처음 만났을 때, 그러한 인상을 강력하게 받고 있는데 이 대목에서 작가는 이렇게 쓰고 있다. "갈승환 씨는 처음부터 유난히 눈에 띄었다. 아니, 정확하게 말하면 눈에 걸리적거렸다는 것이 더 옳겠다. 서른 살 안팎의 깡마른 키에 무테안경을 끼고 있었고, 한 여름임에도 짙은 까망 색의 두툼한 털스웨터 차림인 것부터가 첫눈에도 유난히 돋보였지만, 일행 쉰 남은 명을 정렬시킬 경우 중간에 서건 뒷자리에 서건 그는 늘 머리 하나 푼수 정도 싱겁게 삐죽 솟아 있어 안 보자고 들어도 맨 먼저 눈에 들어오곤 하였다. 그 느낌은 처음부터 그닥 안 좋았다. 저만큼 무언가 성가신 것 하나가 노상 꺼끌꺼끌하게 걸리적거리는 느낌이었다." 아니나 다를까 그는 사사건건 살갗으로 와닿는 인간적인 구석이 전혀 없고 만날 그 무슨 원칙이다, 사상이다, 계급이다와 같은 거창한 단어를 입에 달고 있지만 그것은 남에게 보여주기 위한 겉치레뿐일 따름이고 속내는 자기 안속, 이속을 챙기는 것인데 이면에서는 누구에게도 뒤지지 않는다. 여단 본부에 가서 월북한 이 사람, 저 사람의 이름을 너저분하게 지껄여대며 남에서 접때부터 한다하는 열성분자였다는 것을 입증하기 위해 분주하게 돌아치면서 그렇게도 "동지적"이던 조승규마저도 될 대로 되라고 내동댕이치고 자기만 달랑 남은 그 일도 따지고 보면 실은 같은 맥락에서 풀이되는 것으로서 궁극적인 목적은 제 배만 챙기자는 속셈인 것이다. 어떤 의미에서 말하면 인민이요, 백성이요 하고 높이 외쳐대는 인간일수록 더 문제가 있는데 그것은 남에게 보이기 위한 것이고 속셈은 다른데 있다. 여기에서 작가는 이러한 인간은 원천적으로, 그리고 본원적으로 됨됨이에 문제가 있다고 지적하고 있다. 인간이 인간으로서의 진실과 성실과 인성을 외면하고 허위적으로 살아가며 자기 안속만 챙길 때, 그것은 인간이 아니며 인간적이라고 할 수도 없다. 더욱이 자기의 이익을 위해 남을 헐뜯기를 밥 먹듯 하며 서슴없이 남을 물어 먹을 때, 사정은 더 심각할 수밖에 없다. 소설 「남에서 온 사람들」에서 묘사되는 나와 갈승환의 갈등이 바로 이것이다. 세상에서 인간에게 가장 귀중한 것은 인간성이고 성실성이다. 여기에서 평생 오로지 자신만을 위해 설치는 인간, 더욱이는 입으로는 온갖 미사구려를 다 늘여 놓지만 실상은 자기 이속만 챙기고 남의 이익, 지어는 귀중한 목숨마저도 개의치 않는 인간은 원초적으로 문제가 있다고 작가는 역설한다.

이러한 인간적인 성찰은 「칠흑 어둠 속 질주」, 「변혁속의 사람들」, 「남녘 사람 북녘 사람」들에서도 이어지고 있다. 사실 소설 「칠흑 어둠 속 질주」, 「변혁속의 사람들」에서 등장하는 총대장, 고영국 소위, 함흥 사람 김덕진과 양덕 사람 량근석 등도 모두 하나같이 너절한 인간들이다. 총대장은 말끝마다 거창한 미사구려를 외쳐대면서 전사들에게는 '보람과 긍지와 영광'을 역설하지만 원체는 '보급과 같은 변두리로만 돌다가 갑자기 난생 처음으로 이런 일을 맡은 사람답게 벌써부터 지휘관 권위를 세우려는 데만 신경을 곤두세우고 안간힘을 쓰고 있는 소심한 위인'으로 병사들을 이끌고 전쟁판으로 나가는 와중에서도 아무런 책임감과 사명감이 없으며 지어는 전선으로 달리는 기차에서마저도 술을 처마시며 갖은 향수를 다 누린다. 더욱 놀랍고 한심한 것은 한 잔 술에 넘어가 김덕진, 양근석 등 인간들의 탈주를 묵인하기까지 한다. 그런데 총대장쯤도 약과라면 그래도 약과인 셈이다. 더 한심한 것은 「남녘 사람 북녘 사람」에 등장하는, 한 때는 인민군에서 푼수깨나 있었던 대열참모와 그 패거리들이다. 죽음을 앞두고 자기만 살려고 왈왈거리는 그 행위, 그 모습, 그 마당에 소위 '공평'을 운운하면서 기어이 촌민들이 그렇게도 선망하는 '이장'까지 말아먹어야 직성이 풀리겠다는 그 속셈, 아무리 이해하려고 해도 상식적인 인간성으로는 도무지 이해도, 해석도 할 수 없는 천고의 퀴즈라고 할 밖에 도리가 더 없다. 실로 저 고대 스핑커스의 수수께끼를 다시 끄집어 내 거듭거듭 음미하게 하는 대목이 아닐 수 없다. 그들에 비하면 김석조, 장세경, 장세운, 영변동무 패거리, 지어는 노자순까지도 퍽 인간적이다. 그들은 갈승환처럼 말끝마다 원칙을 달고 있지 않고 총대장처럼 거들먹거리지도 않으며 더욱이는 거의 동류항에 속하는 김덕진과 양근석에 비해도 전혀 색다른 인간으로서 저 태고의 시작부터가 엄청난 차이가 난다. 원체 그럴 밑천이 없어서일 수도 있지만 그들은 원천적으로 허위적인, 그리고 이속에 그리 밝은 인간들이 아니라 못났건 잘났건 주어진 대로, 생긴 그대로 수걱수걱 인생을 성실하게 양심적으로 살아가는 생령들이다. 그런데 그들은 원칙이 없는 것이 아니다. 사실 그들에게도 인간으로서 원칙이 있고 표준이 있으며 또 가장 중요한 인간성이 있다. 왜냐하면 그들 속에는 '그 어떤 근원적인 단호함'이 있고 약자를 사랑해 주는 아량이 있는 김석조와 같은 인간이 있는가 하면, 입원 수속을 하여 주고 쾌차되는 대로 서울로 돌아가라고 목적지란을 비워두면서 탈출을 권했건만 그 좋은 탈출의 기회도 마다하고 초지(初志)에 따라 기어이 전선으로 달려와 죽음을 선택한 장세경과 같은 '괴자'가 있으며, 보기에는 수수하고 빼어난 데가 없고 전선 길을 그 무슨 즐거운 나들이 길이라고 착각하였는지 노상 떠들어 대며 괴상한 꿈 이야기도 마구 지껄여 대기도 하여 어중이떠중이들로 아무렇게나 대충 무어진 무리 같지만 막상 불의에 부딪치자 상대가 총대장이든 누구이든 가차 없이 달려들어 처단하는 영변동무 패거리들이 있기 때문이다. 그들은 일상 생활적으로 보나 원칙적으로 보나 상기한 갈승환과 같은 인간들을 훨씬 웃도는 인간들임이 틀림없다. 따라서 월등 더 인간성적인 것이다.

　그들은 또 인간으로서의 풍부한 감정세계를 가지고 있을 뿐만 아니라 냉철한 이성도 가지고 있다. 사실 여기에서 작가는 인간이란 선차적으로 인간으로서의 감정이 있어야 할뿐만 아니라 인간으로서의 이성도 구비되고 있어야 한다고 지적한다. 사실 인간이란 원체 감성과 이성의 통일물이다. 감성이 감성에만 머물러 있고 이성을 배격하면서 감정으로만 흘러갈 때, 인간은 동물과 하등의 차이가 없을 것이다. 인간이 동물과 구별되는 가장 근본적인 것은 이성이다. 이것은 이성이 있어야 인간이라는 말과도 통하는데 인간으로서의 이성은 인간이 인간으로 되는 가장 중요한 척도라고 할 수 있다. 그런데 문제는 이성만 가지고 인간이 될 수 없다는데 있다. 인간은 이성이 있는 반면에 또 감성도 있어야 한다. 인간에게 이성만 있고 감성이 없다면 생활은 너무나도 고단하고 무미건조할 것이며 지어는 잔혹할 것이다. 왜냐하면 그러한 인간은 철저히 로봇화 되어 있을 수밖에 없기 때문이다. 그래서 우리는 인간이란 이성이 있어야 할뿐만 아니라 감성도 있어야 한다고 하는 것이다. 사실 인간의 이성은 감정을 거부하지 않는다. 인간의 이성이라는 것도 사실은 감정을 전제로 하고 있는바 감정이 없으면 이성도 인간성을 잃게 되며 같은 논리로 감정도 이성으로 승화되어야 만이 인간성을 구비하게 된다. 소설에서 이호철도 이러한 견지에서 전쟁이란 이 특정한 환경 속에서의 인간들을 예리하게 해부하고 있는 것이다.

　이외에도 이호철의 소설에는 전쟁과는 상관이 없으나 전쟁이 발발하기 전의 토지개혁을 비롯한 이북의 생활상들이 가끔 묘사되고 있는데 거기에도 갈승환과 같은 인간들이 많이 등장한다. 갈승환을 많이 닮아 있는 나의 이모부를 비롯하여 「우리 동네 풍용이 아저씨」도 그쪽이다. 이모부이야기도 그렇지만 그중 풍용이 아저씨의 이야기도 퍽 재미있고 의미심장한 대목인데 특정한 사회 환경 속에서, 인간으로서의 감정을 상실하면서 경직되어 가고 있는, 즉 인간의 로봇화 과정을 제시한다. 그 이야기에 따르면 풍용이는 원래 일 잘 할뿐만 아니라 '어디다가 내놓아도 잘 떠들고 잘 놀고 대번에 분위기를 휘어잡아 사람들을 한 방향으로 휘몰아가는' 인간으로서 동네 애, 어른 할 것 없이 그를 좋아하지 않는 사람이 없는, 한 마디로 온 마을의 총애를 한 몸에 받고 있는 사람이었다. 그런데 토지분배위원으로 되어 땅 없는 사람들에게 땅을 무상으로 분배해 준다는 막강한 권력을 행사하게 되면서부터 사람이 달라지기 시작하여 '차츰 말수가 적어지고 몸놀림이 뻣뻣해져 갔을 뿐만 아니라 눈빛과 목소리에도 전에 없는 독기가 담겨가기 시작했'고 '딱히 우쭐대는 것은 아니었지만 나직나직 말하는 어투도 전에 없이 어색했'으며 활달하고 싹싹하던 분위기는 가신 듯이 없어지고 '공석에서건 사석에서건 항상 옳은 말만 하려고 안간힘을 썼고, 그것이 듣는 쪽으로 하여금 차라리 부자연스럽게, 어색하게 만들었으며 머쓱하게, 재미없'다 할 정도로 사람이 마구 변해져 미구에 동네에서마저도 머리를 절레절레 흔들 정도로 로봇화되어 갔다. 그러한 경직된 사회에서 살아왔고 비슷한 광경을 겪어왔고 또 보아 온 우리로서는 작가 이호철의 이러한 예리한 관찰력과 통찰력에 감동하지 않을 수 없다. 이와 반면 이호철의 소설에서 묘사되고 있는 헌병들이나 그 외 기타 남한의 장령들은 훨씬 더 인간적인 편이다. 그런데 이러한 묘사 모두가 이북사회를 폄하하고 이남을 찬미하기 위한데 있는 것이 아니다. 사실 여기에서도 인간성에 대한 작가의 탐구는 계속되고 있는데 작가는 남북간의 문제의 해결은 인간성을 기반으로 해야 한다고 역설하고 있다.

사실 경우에 따라서는 이호철의 소설을 이러한 견지에서 논할 소지는 얼마든지 있다. 단 「헌병소사」만 보더라도 헌병에 대한 우호적인 묘사는 그러한 빌미를 마련하고도 남음이 있다. 그런데 이호철의 소설을 차분히 읽어 가노라면 그것이 그렇게 간단하게 폄하, 찬미라는 2분 논리로 해석이 불가능하며 2분 논리가 얼마나 무기력한 것인가를 절감하게 한다. 기실 이호철은 전반 소설에서 그러한 이데올로기적인 2분법을 떠나서 인간의 본체적인 문제를 탐구하고 있는데 그의 관점에 따르면 이북의 경우, 체제도 체제지만 그것보다 더 요긴한 것은 인간, 그 자체에 문제가 있다. 그러므로 정호웅도 그의 소설을 단순히 "남과 북 또는 자본주의와 공산주의라는 이분법적 잣대로써 잴 수 없는 높은 곳에서 경색된 우리의 사고를 충격해 일깨우고 앞서 이끈다"라고 하는 것이다.[1] 사실 이호철은 거의 편견이 없다. 물론 작가의 전언(傳言)대로 '90년대도 중반인 오늘의 시각을 밑자락에 깔고 다'루고 있기 때문에 어느 정도의 편견이 동반하지 않는다고 장담할 수는 없지만 작가는 진정으로 통일을 갈망하고 있는 것만은 사실이다. 작가의 관점에 따르면 지금 남북은 경직된 2분법과 대립이라는 논리를 떠나 그 어떤 인간성을 기반으로 통일을 론하고 기하여야 한다고 역설하고 있다. 이호철의 칼럼집 『우리는 지금 어디에 서 있는가』에는 「1998년 9박 10일간의 방북기」라는 글이 있다. 이 글속에는 작가가 남북인사들이 마주 앉은 어색한 분위기를 돌려세우기 위해 김소월의 「산」이라는 시를 읽는 장면이 있는데 문제는 이 시를 읽자마자 남북인사들은 "하나의 정서'로 어우러 들면서 '조금

---

1) 정호웅, 「칠흑 어둠 속에서 솟아오른 통일의 전언」 참조, 「이호철 연작소설」 「남녁 사람 북녁 사람」, 프리미엄 북스, 1996.

전의 그 피차에 어석버석하고 데면데면했던 것이 금방 온 데 간 데 없어"졌다고 쓰고 있다. 김소월의 그 「산」이라는 시를 그대로 옮겨 보면 다음과 같다.

산새도 오리나무
위에서 운다.
산새는 왜 우노, 시메산골
영 넘어 가려고 그래서 울지.

눈은 내리네, 와서 덮이네
오늘도 하룻길
칠팔십 리
돌아서서 육십 리는 가기도 했소.

불귀, 불귀, 다시 불귀,
삼수 갑산에 다시 불귀,
사나이 속이라 잊으련만,
15년 정분을 못 잊겠네.

산에는 오는 눈, 들에는 녹는 눈,
산새도 오리나무
위에서 운다.
삼수 갑산 가는 길은 고개의 길.

왜 이 짧은 시 한수가 그렇게도 어색하던 남북간의 분위기를 홱 돌려 세울 수 있었는가? 이것은 그리 신비한 문제가 아니다. 사실 여기에 짙은 정을 비롯한 가장 절절한 인간성이 서려있기 때문이다. 이러한 정은 인간이라면 모두 소지하고 있는 것으로서 여기에서는 국경이요, 국가요,

이데올로기요 하는 것들이 오히려 거추장스러운 것이 되고 있다. 그러므로 작가는 그러한 것들을 초월하는 소위 '한 가정' 통일안을 내놓고 있는데 여기에 2분법 잣대로서 젤 수 없는 우리의 경직된 사고방식보다 한 단수 더 높은 그 무엇이 있다.

뿐만 아니라 이호철은 소설에서 로봇화 되어가고 있는 이북 인간들을 그리고 있지만 그것도 사람 나름에 따른 것이라는 것을 설득력 있게 보여주고 있다. 우에서 잠깐 언급했지만 이북 사회에서 풍용이와 같은 인간은 로봇화 되어 가고 있지만 나를 비롯한 사람은 그냥 덤덤하게 인간적으로 살고 있으며 그 외에도 영변동무 패거리를 비롯한 많은 인간들은 같은 환경이지만 나의 이모부나 풍용이와는 완전히 다른 인간으로 되고 있다. 말하자면 그러한 환경 속에서도 인간의 로봇화는 사람 나름에 따라 간다는 것이다. 이남의 경우도 그러한데 장세운, 장세경, 김석조와 갈승환은 그간 줄곧 남쪽에서 자랐지만 그들의 성품과 사람 됨됨이는 그만큼 다르다. 이러한 사정은 인간의 로봇화는 체제적이고 환경적인 문제도 있지만 근본적인 것은 그래도 사람의 됨됨이와 나름에 달리는 것이라는 작가의 태도를 대변하는 것으로서 이 소설을 단순한 남북대립, 남북분단, 남북체제 등 정치이데올로기적인 문제에 한정시킬 수 없다는 것을 말해주는 가장 긴요한 대목이다. 따라서 그의 이북체제문제에 대한 시각도 다만 2분법이란 단순논리를 떠나 더 복잡하고 깊은 인간성의 문제에 귀결되고 있는바 이것은 우리가 이호철의 소설을 읽고 음미할 때 깊이 사고해 보아야 할 문제라고 필자는 생각한다.

요컨대 이호철의 「남녁 사람 북녁 사람」은 작가의 깊은 체험을 바탕으로 하고 있는바 거기에는 작가의 전쟁체험과 이북생활체험이 뒷받침되어 있을 뿐만 아니라 그것을 통하여 작가는 체제나 이데올로기 등 거치장스럽고 번다한 문제를 떠나 그것보다도 한 단수 더 높은 인간성이라는 입장에서 남북문제를 비롯한 모든 문제를 관찰하고 그 대안을 마련해 가야 한다고 지적하고 있다. 물론 그의 대안이 얼마만한 현실성을 지니고 있는가 하는 것은 두고 보아야 할 문제이지만 작가의 이러한 사고방식은 우리에게 많은 문제를 시사해 주고 있는 것만은 사실이며 작가가 작품에서 보여주고 있는 크나큰 사랑, 구체적으로 말하면 고향에 대한 사랑, 조국에 대한 사랑, 나아가서는 민족과 인간에 대한 사랑 이 모든 것은 우리가 남북문제를 생각할 때 깊이 사색해야 할 문제라고 할 수 있다.

부록

중국한국어학과에서의 한국문학교육 내용 및
교육방식 고찰

1. 문제의 제기

중국에서의 한국어교육은 이미 상당한 수준에 와있다. 이것은 한국어학과가 설립된 대학수가 양적으로 대폭 증가되었다는데도 있지만 한국어교육도 이미 상당한 정도에서 고차원에서의 교육이 전면적으로 진행되고 있다는 것을 의미하기도 한다. 그런데 그와는 반대로 한국문학교육을 비롯하여 기타 인문영역에서의 교육은 미진한 상태에 처해 있음은 부인할 수 없는 실정이다. 한국문학관련 학과목이 설정되어 있지 않거나 설정되어 있더라고 몇몇 작가나 작품을 선정하여 강의하는 것으로써 전반적인 문학교육을 대처하는 것도 적지 않은 대학교 한국어학과 문학교육의 실태임이 틀림없다. 이러한 문제가 나타나게 된 데는 물론 여러 가지 원인이 있는데 한국어학과는 한국어만 배우는 학과라는 학생 쪽의 협소한 이해나 인식도 중요하지만 한국어학과에 적당한 문학교수나 문학을 제격으로 가르칠 수 있는 교수가 없거나 부족, 문학교육에 대한 홀시 등도 그 원인으로 지적될 수 있다. 그러나 이보다 더 긴요한 것은 학과에 한국문학전공자 있다고 하더라고 문학에서 무엇을 어떻게 가르쳐야 할지 하는 문제에 대한 올바른 이해가 없어서 생기는 문제도 적지 않다. 필자는 몇 년 전부터 한국어학과에서의 한국어교육이 한국기업에 인력이나 제공해 주는 저차원에 만족할 것이 아니라 한국과 한국문화를 이해하고 한국문화를 중국에, 중국문화를 한국에 소개, 전파할 수 있고 더 나아가서는 한국학연구에 매진할 수 있는 고차원의 인재를 양성해야 한다고 역설하여 왔다.[1] 우리 한국어 학과에서 고차원의 인재를 양성하자면 우리의 교육과정을 조절, 수정하는 외에 이미 개설되어 있는 학과목들을 어떤 범위에서 어떻게 가르치는가 하는 문제도 상당히 중요한 문제로 다가선다. 한국문학은 이미 많은 학교들에서 한국어학과 필수학 과목으로 지정되어 있는 것으로 안다. 한국문학은 한국어학생들에게 한국어교육을 진행함과 함께 한국문화, 즉 한국인들의 행위방식, 사유방식, 미의식을 비롯하여 많은 인문지식을 배울 수 있는 좋은 학과목이다. 따라서 이 한 과목을 잘 강의하여도 한국어교육과 한국문화교육이라는 다른 학과목이 대처할 수 없는 일거양득의 좋은 효과를 거둘 수 있다. 그런데 지금 많은 교수들은 학생들이 한국문학교육에 취미를 가지지 않고 있다는 이유로 이 교육을 홀시하거나 몇몇 작품 해설로 이 교육을 대처하는 경우가 있다. 이것은 한국어교육자로서, 더욱이는 한국문학교육자로서는 바람직한 태도가 아니며 책임지는 태도는 더구나 아니다. 우리는 교육자로서 우리 한국어학과는 언어학과인 것이 아니라 한국 언

---

1) 졸고, 「한국어학과에서 한국문학교육을 진행할 필요성과 그 현황 및 해결방안」 참조, 중국한국어교육연구학회 편, 『중국의 한국어교육의 회고와 전망』, 한국문화 사, 2012.

어문학학과라는 학과적인 성격을 분명히 할 필요가 있다. 상당한 한국문학지식이 없거나 소지하지 못한 학생을 우리는 한국어학과의 우수한 학생이라고 할 수 없다. 따라서 한국문학교육의 필요성이 제기되는데 필자는 한국문학교육도 큰 틀에서 말하면 한국어교육과 마찬가지인데 여기에서 가장 중요한 것은 무엇을 어떻게 가르치는가 하는 문제와 교육방식의 문제, 교수의 문학수양과 문학에 대한 이해 등 많은 문제가 있다고 생각한다. 이러한 상황에 근거하여 필자는 우리 한국어과 학생들에게 한국문학교육을 어떻게 진행할 것인가 하는 문제를 둘러싸고 자기의 소견을 제기함으로써 중국의 한국문학교육에 일정한 도움을 주고자 한다.

2. 문학교육의 내용

문학교육의 내용은 크게 문학이란 이 특정한 학과적인 성격에 의해 규정되는데 문학을 일반적으로 말하면 세계와 작가, 작가와 작품, 작품과 독자, 독자와 세계란 크게 네 개 부분으로 구성된 순환계통이라고 할 때, 이 계통 속에서 각 부분은 상응한 부분과 이원관계를 형성한다. 이것을 도표로 보여주면 다음과 같다.[2]

---

2) 이것은 미국의 문학평론가 M.H 애브램스는 「거울과 등잔불」에서 문학의 운행패턴 중의 4개 요소, 작품, 작가, 우주와 관중의 관계를 3각형 형태로 표시했는데 이것을 중국인 학자 유약우(劉若愚)선생이 이러한 도표를 만들어 설명했는데 본문에서는 그것을 인용했다.

이 도표를 요약하여 간단하게 설명하면 세계(사회)는 작가들에게 창작의 영감과 동력을 부여함으로써 문학창작의 원천으로 작용하며 작가는 세계(사회)에서 받은 영감, 또는 인식을 작품화하여 독자들에게 선물하기에 작품은 세계의 반영이라고 할 수 있으며 독자들은 작품을 통하여 세계에 대한 작가의 인식을 요해하고 다시 세계를 개조하거나 세계에 부응하는 독자적인 선택을 하게 되며 그 반대로 즉 시계바늘 방향으로 보면 독자들은 세계에 대한 자기의 독자적인 이해에 따라 작품을 이해하거나 접수하게 되며 작품에는 세계에 대한 작가의 독특한 심미적인 인식이 투영되어 있으며 작가들은 세계를 자기의 심미관에 따라 인식한다. 이것은 문학과 세계(사회)의 가장 기본적인 역학구조로서 세계와 작가, 작가와 작품, 세계와 작품, 세계와 독자, 작가와 독자, 작품과 독자 사이의 관계를 연구하는 문학의 일반이론은 여기에서 산생한다. 이를테면 작가는 세계를 어떻게 인식하고 있으며 그것을 어떻게 작품 속에 반영하였는가? 문학작품은 세계와 어떠한 관계를 가지며 작품은 독자들에게 어떠한 영향을 주고 있으며 독자들은 문학작품을 어떻게 접수하고 있는가 하는 등의 문제는 이러한 이론연구과정에서 완성된다. 우리가 지금 늘 보게 되는 문학이론은 대체로 문학과 사회, 작가의 창작과정, 작품의 구성, 독자들의 문학비평 등 몇 개 부분으로 구성되고 있는 것은 바로 이 때문인 것이다. 그런데 우리의 한국어 학과는 전문적인 문학인재를 양성하기 위한 학과가 아니고 대부분 학생들의 지망도 문학연구가 아니다. 따라서 우리 한국어학과에서는 이러한 복잡한 문학의 일반이론을 상세하게 거론할 필요가 없다. 그러나 필경은 언어문학전공인 것만큼 이러한 문학의 가장 일반적인 이론은 요약적으로 학생들에게 전수할 필요가 있을지도 모른다.

문학의 일반적인 지식을 떠나 문학을 국가별문학에 한정하여 말할 때, 한 나라의 문학연구는 대분하면 크게 문학사연구, 작가, 작품연구, 문학이론과 비평연구 이 네 가지라고 할 수 있으며 그 가운데서 문학사연구는 또 세분하여 문학의 역사적인 발전과 사회현실과의 관계, 문학내용과 형식의 역사적인 변화와 발전, 신문학내용과 형식의 출현, 시대별 전후 시기 문학의 발전과 계승관계, 문학사상에 나타난 사조. 유파 등으로 나눌 수 있으며, 작가연구는 모 작가의 창작생애연구, 모 작품의 창작과정연구, 그 생애와 모 작품의 관련연구, 작가의 각 단계별 창작양상, 창작 스찔과 그 변화연구 등으로 나누어 볼 수 있고, 작품연구는 본체적인 연구로서 작품의 구조연구, 작품언어연구, 모 작품의 제재, 주제, 인물, 슈제트 및 각종 모티브 연구 등으로 나눌 수 있고 문학비평연구는 또 문학이론과 여러 가지 문학범주에 대한 연구, 문학비평의 표준, 그 표준을 이용한 구체적인 작품에 대한 비평 등으로 나눌 수 있다. 이것을 도표로 보여주면 다음과 같다.

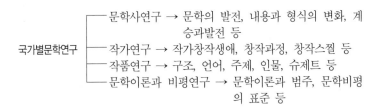

한국문학의 경우도 국가별문학에 속하는 것만큼 대개는 상기 연구범위를 벗어날 수 없다. 따라서 한국문학교육과 교수에 있어서 먼저 교육목표를 정하는 것이 우선 순위라고 할 수 있다. 교육목표가 정해져야만이 교육내용이 정해질 수 있으며 교육내용이 정해져야 어떻게 교수할 것인가가 정해지기 때문이다.

대저 한국문학의 교육목표는 한국문학전공자 양성에 따른 한국문학사, 작가작품 등 전반에 대한 상세한 교과과정, 상식적으로 한국문학을 장악하게 할 목적으로 문학사 중에서 중요한 작가나 작품에 대한 중점적인 교과과정, 한국문학사요약에 따른 부분적인 작가, 작품에 대한 소개정도의 교과과정, 또는 소설, 시와 같이 장르별에 따른 교과과정, 고려시기 문학, 조선조시기 문학과 같은 문학사 단계별 교과과정, 문학사 따로, 작가, 작품 따로와 같은 교과과정 등이 있을 수 있는데 여기에서 어떠한 교과과정을 선택하는가는 한국문학의 교육목표, 또는 교육목적에 의해 결정된다고 할 수 있다. 목하 중국의 한국어학과에서는 대개 한국문학사와 한국문학작품선독(강독)과 같은 학과목이 설정되어 있는 상황이다. 이것은 학생들에게 한국문학을 상식적으로 장악하게끔 하자는 취지에서 설정된 것이라고 할 수 있다. 그렇다면 우리의 교육목표와 목적은 분명하다고 할 수 있는데 이 목표와 목적이 분명하여 무엇을 배워줄 것인가 하는 문제가 해결된다면 다음의 문제는 어떻게 배워줄 것인가 하는 교수방식의 문제이다. 말하자면 무엇을 배워줄 것인가 하는 문제는 교육목표와 관련된 문제이고 어떻게 배워줄 것인가 하는 문제는 교수방식의 문제로서 서로 다른 차원의 문제라는 것을 우리는 알아야 한다.

무엇을 배워 줄 것인가? 이것은 우리 모든 문학전공자들이 고민하는 문제의 하나이다. 필자는 목전 상황에서 우리는 한국어학과의 학생양성 목표에 따라 한국문학사요약에 따른 부분적인 작가, 작품에 대한 소개 정도의 교과과정이 가장 적합하다고 인정한다.[3] 왜냐하면 이 교과과정 은 내용상 간략하게나마 한국문학의 발전노정을 소개해 줄 수 있고 그 가운데서 중요한 역할을 한 중요한 작가, 작품을 소개하여 학생들이 한 국문학과 그 발전에 대해 피상적인 이해라도 가질 수 있게 해줄 수 있 기 때문이며, 또 우리의 교수진으로 미루어 보아 이 정도의 강의는 큰 무리가 없이 진행할 수 있기 때문이다.

무엇을 배워 줄 것인가 하는 문제에서 또 짚고 넘어가야 할 것은 교 과 내용이 정해진 다음에도 그 내용에서 반드시 짚고 넘어 가야할 문제, 다시 말하면 요점을 틀어쥐어야 하는 문제이다. 이를테면 「구지가」를 강의한다고 할 때, 「구지가」의 내력, 내용, 구성뿐만 아니라 그것이 원 시가요로 되는 이유, 어떤 몇 가지 이유로 우리는 「구지가」를 원시가요 라고 하는가 하는 문제와 그것이 후세 가요와 어떤 관련이 있는가 하는 문제를 반드시 짚어주어야 한다. 뿐만 아니라 우리는 여기에서 「구지가」 가 원시가요로 되는 이유를 짚어주는 것은 작품해설에 해당되는 부분이 고 후세 가요와의 연관성은 문학사적인 발전에서 「구지가」를 이야기하 는 것으로서 위에 도표에서 표시한 것처럼 서로 치중점이 다르다는 것 을 알아야 하며 자신의 교육목표에 따라 어느 부분에 역점을 두고 수업 을 조직할 것인가를 고민해야 한다.

---

3) 물론 일부 대학교들에서는 자체의 특징에 근거하여 다른 교과과정을 선택할 수 있지만 목전 중국의 한국어교육의 상황으로 미루어 보아 대부분 학교에서 이 교 과과정을 선택하는 것이 가장 바람직하다고 필자는 인정한다.

3. 문학교육의 방식문제

무엇을 배워줄 것인가 하는 문제가 해결되면 이어지는 문제는 어떻게 배워줄 것인가 하는 문제이다. 사실 이것은 교수방식과 관련된 문제로서 여기에는 꼭 그렇다고 할 만한 표준과 답안이 없다. 여기에서는 학생들의 수준이나 자질 및 흥미 같은 객관적인 문제도 있지만 담당교수의 자질과 문학수양도 상당한 작용을 할 뿐만 아니라 교수방식도 한 몫을 하기 때문이다. 그럼 문학교육을 어떠한 방식으로 진행해야 할 것인가? 이 문제는 담당교수의 상황에 따라 다를 수가 있고 무엇을 배워주는가에 따라 달라질 수 있다. 그런데 목전 국내 많은 한국어 학과에서 "한국문학사"와 "한국문학작품선독(강독)"이란 학과목을 개설하고 있기에 이 두 학과목정을 둘러싸고 논의를 진행하고자 한다.

1) "한국문학사"의 경우

한국문학사는 학생들에게 한국문학의 역사적인 발전을 전수하기 위한 학과목이다. 따라서 이 교과목에서의 핵심은 역사적인 발전이라고 할 수 있는데 담당교수는 무엇을 강의하든 이 핵심적인 포인트를 떠나지 말아야 하며 교수초점을 역사적 발전이란 맥락에서 작가와 작품 및 문학현상을 해석해 주어야 한다. 이렇게 하기 위해서는 여러 가지 기술적인 문제가 뒤따르겠지만 주로 아래와 같은 몇 가지 점에 유의하여야 한다.

첫째, 한국문학사는 한국문학이 걸어온 역사적인 발자취이다. 따라서 여기에서는 모 작가나 작품이 한국문학의 역사적인 발전에 어떠한 기여가 있는가가 포인트이며 시기별, 작가별 모두 그러한 문학이 전개되게 된 사회적인 요인과 문학적인 요인이 있다. 이러한 요인들이 바로 문학사 수업에서의 가장 기본지식이고 지식 놀리지(knowledge, 중국어로는 知識点이라고도 함)이다. 교과 수업은 바로 이러한 기본지식과 지식 놀리지를 둘러싸고 진행되어야 한다.

그 예로 「구지가」의 경우를 보기로 하자. 「구지가」의 강의에서 가장 중요한 포인트는 한국문학사에 현전하는 가장 오랜 작품이라는 점과 작품이 원시시대에서 계급사회로 전환하는 과도기적인 작품이라는 점과 그 작품에서 표현된 일부 예술수법들이 후세 한국문학에 준 영향 등으로 잡을 수 있다. 이외 이 작품에는 작품의 주제나 형성시기를 둘러싸고 진행되는 학계의 논의와 같은 문제는 학부과정생들의 경우에는 약할 수도 있다.

둘째, 학생들에게 한꺼번에 너무 많은 지식을 수여하고자 하지 말고 적당한 선에서 한국문학의 발전에 중요한 작용을 한 문학사상의 가장 기본적이고 기초적인 지식을 전수하는데 초점을 두어야 한다. 문학사 수업에서 우리는 늘 작가와 작품을 이야기하게 되는데 이 역시 상기 문학의 역사적인 발전이란 맥락에서 진행되어야 한다. 이를테면 고려시기로부터 많은 작가들이 등장하게 되는데 문학사강의에서 이러한 작가들을 모두 취급할 것이 아니라 그중에서도 고려문학의 발전에 있어서 중요한 역할을 한 작가들을 적당하게 선정하여 강의를 조직하여야 하며 그러한 작가를 취급한다 하더라도 그의 모든 생애와 작품전반을 소개할 것이 아니라 역시 상기 역사적인 기여란 원칙과 그 작가의 창작적인 특점을 가장 잘 반영한 작품을 선정하는 것이 바람직하다. 그 예로 고려 한시의 경우, 이규보는 고려 한시문학의 대가로서 한시문학작품이 상당히 많지만 민족서사시라는 문학사의 발전과 고려문학의 역사라는 측면에서 볼 때, 『동명왕편』은[4] 간과할 수 없는 것이므로 이러한 측면에 교수초점을 두고 강의를 조직해야 하며 이제현의 경우도 한시 작품이 아주 많지만 중국에서 창작한 한시가 가장 특점이 있으며 특히 고려 작가들이 어려워했던 이제현의 사를 중점적으로 소개하는 것이 바람직하다.

셋째, 문학의 발전에서 새롭게 나타난 장르나 내용 및 기타 문제에 대해서는 반드시 강조하여 지적하여야 한다. 문학의 발전이란 측면에서 보면 새 시기 문학은 언제나 그 전시기 문학을 계승하는 반면 장르를 비롯하여 새로운 것이 나타나기 마련이다. 이 경우, 그러한 작품 내용에 대한 해설보다는 그 새로운 측면에 초점을 맞추고 수업을 조직하여야 한다. 이를테면 「공무도하가」의 경우, 작품의 새로운 점은 「구지가」와의 비교 속에서만이 설명 가능한데 여기에서 가장 중요한 것은 「공무도하가」와 「구지가」의 가장 큰 구별은 개인적인 정서가 깃들어 있다는 점이다. 만일 「구지가」가 어느 한 집단의 이익을 대표하는 노래라고 한다면 「공무도하가」는 어느 한 개인의 정서를 서정적으로 노래하였다는 점이다. 그 시기에 있어서 이것은 집단으로부터 개인으로의 이행을 말하는데 여기에 이 두 노래의 핵심적인 내용이 있다. 즉 하나는 원시사회의 집단적인 생활의 반영인 반면 다른 하나는 원시 집단적인 생활보다는 개인의 이익과 정서가 더 중요시되는 사회생활을 반영한다는 그 초점이 있는 것이다.[5] 이것은 상기 이규보, 이제현의 경우에도 적용되며 그 뒤

---

4) 『동명왕편』은 민족서사시란 측면에서 강조하여야 한다. 서사시는 보통 민족이 형성되거나 민족의식의 고양기에 나타나는 문학 장르인데 서구문학에서는 게르만인들의 『힐드브란테의 노래』, 앵글로 색슨족들의 『베오울포의 노래』와 프랑스의 『롤랑의 노래』, 스페인의 『씨드의 노래』, 독일의 『니벨룽겐의 노래』, 러시아의 『이고르왕 원정기』 등이 이러한 범주에 속한다.

에 논하게 되는 김시습이나 기타 작가나 장르의 경우에도 적용된다고 할 수 있다.

넷째, 교육자가 취미를 가지는 부분이나 익숙한 부분에 연연하지 말고 학생들에게 전반적인 지식을 전수하는 데 역점을 두어야 한다. 교육자는 모두 자기가 취미를 가지는 부분이나 장르, 혹은 작가가 있으며 또 자기가 익숙한 부분이 있다. 한국문학사 수업은 학생들에게 한국문학의 발전이란 거시적인 지식을 주자는 데 그 목적이 있다. 따라서 어느 작가나 작품에 얼마마한 시간을 할애할 것인가 하는 문제는 한국문학의 전반적인 발전 맥락이라는 측면에서 정해져야 한다. 그 예로 김시습을 들 수 있는데 교수가 소설 전공자라고 하여 여기에 연연할 것이 아니라 김시습은 한국 고전소설이란 이 새로운 장르의 출현과 그 과정에서의 공로를 주로 이야기해야 하며 김시습이나 그 작품집에 연연해서는 안 된다.

다섯째, 비교문학 방법론의 도입을 만능으로 생각해서는 안 된다. 중국에서의 한국문학교육에 있어서 적당하게 문학비교의 방식도 이용할 필요가 있으며[6] 경우에 따라서는 이러한 방식이 예상외의 효과를 거둘

---

5) 이러한 내용은 고대 그리스 호메로스의 서사시 『일리아드』에서도 나타나고 있는데 이것은 고대 그리스사회의 일대 전변을 반영하는 것이다. 이와 같은 논리로 한국의 「구지가」와 「공무도하가」는 원시사회로부터 계급사회의 이행이라는 중대한 역사적인 발전을 보여주고 있는 것이다. 이것이 한국문학사에서 우리가 이 두 작품을 대서특필하는 이유다.

6) 목하 중국의 한국문학교육에서 비교문학방법론을 이용해야 한다는 주장이 제기되고 있는데 이것은 당연한 것이다. 현재 중국에서 한국문학교육에 있어서 비교문학의 방법론은 적당하게 이용하는 경우가 적지 않다. 특히는 실제적인 교수 현장에서 문학교육담당자들은 중국문학과의 비교 속에서 중국인 학생들에게 한국문학을 이해시키기 위해 노력하고 있는 실정이다. 그런데 여기에서 제기되는 문제도 있는데 비교문학을 단순한 문학의 비교로 이해하고 있는 경우도 있다. 사실 비교문학은 문학비교가 아니다. 비교문학의 일차성적인 목적은 세계문학의 차원에서

수도 있다. 그런데 문학비교의 방법론을 이용한다 하여 그 범위를 지나치게 확대해 나간다면 문제는 더 어려워져 우리가 예상치도 못 했던 문제가 나타날 수도 있으며 너무 학구적인 측면으로 나아간다면 학생들의 권태를 유발할 소지도 가지고 있다. 따라서 이러한 방법도 좋은 교수방법의 하나이지만 그것은 능사가 아니므로 적당하게 도수를 장악할 필요가 있다.

2) "한국문학작품선독(강독)"의 경우

"한국문학작품선독(강독)"은 학습자들에게 한국문학지식을 전수하기 위해 설정된 학과목이다. 따라서 "한국문학사"와는 달리 이 교과목에서의 교수요점은 구체적인 작가, 작품을 중심으로 한 한국문학지식이라고 할 수 있다. 담당교수는 여기에서 누구의 무슨 작품을 강의하든 이 핵심적인 포인트를 떠나지 말아야 하며 교수초점을 구체적인 작가, 작품의 전수라는 입장에서 교수를 조직하여야 한다. 이렇게 하기 위해서는 여러 가지 기술적인 문제가 뒤따르겠지만 주로 아래와 같은 몇 가지 문제에 유의할 필요가 있다.

첫째, 작품선정을 잘 해야 한다. 수 천 년의 문학발전과정에서 한국문학사에는 수많은 우수한 작품들이 나타났다. 그런데 한 학기, 많아야 두 학기로 배정된 한국문학작품강독시간에 이 많은 작품을 모두 강의할 수는 없다. 따라서 여기에는 작품선택의 문제가 뒤따르는데 그 원칙은 아

국가별 문학을 바라보는 것이다. 우리는 비교문학의 이러한 가장 중차대한 문제를 소외시하고 문학비교와 혼동시켜서는 절대 안 된다. 따라서 비교문학이란 용어 사용시에 적절한 해석이 필요하다고 생각한다. 유관 비교문학이론에 관련된 문제는 윤윤진·김관웅, 『비교문학개론』, 연변대학출판사, 1997 참조.

래에 이야기할 문제와도 관련된 문제이기도 한데 교수목적에 따라 작품이 선정되어야 한다. 작품선정에는 문학의 역사적인 발전에서 중요한 위상에 있는 작품의 선정, 작가의 창작에서 중요한 위상에 있는 작품, 문학유파나 문학사조와 깊은 관련이 있는 작품, 한국적인 특색을 가장 잘 반영한 작품, 시대적인 분위기가 짙은 작품 등 여러 가지 원칙이 있을 수 있는데 어떤 작품을 선정하는가 하는 것은 교수목적에 따라 결정해야지 담당자의 개인적인 애호에 따라 임의로 선정해서는 안 된다. 지금 중국에는 많은 한국문학작품집들이 있다. 이것은 모두 일정한 원칙에 따라 편찬자가 편찬한 것인데 그 편찬목적을 잘 파악하고 적절한 작품을 선정해 수업을 조직해야 한다.[7]

둘째, 교수목적을 분명히 해야 한다. 앞에서 문학사는 문학의 발전과정을 전수하기 위한 학과목이라고 이야기한 적이 있다. 문학사의 교수목적이 문학의 발전과정을 전수하기 위한 것이라고 한다면 "한국문학작품선독(강독)"이란 학과목은 한국문학의 작가, 작품 중심으로 한국 문학 관련지식을 전수하기 위한 것이다. 따라서 작품의 선정도 그렇지만 구체적인 교수조직에 있어서도 이러한 측면에서 교수가 조직되어야 하며 학생들을 그러한 측면에서 작품을 이해할 수 있도록 유도하여야 한다. 그 예로 이광수의 「무정」을 강의한다고 할 때, 이 작품은 문학사의 입장에서 보아도, 또 이광수의 창작에 있어서도, 문학의 시대적인 측면에서 보아도 모두 상당히 중요한 작품임이 틀림없다. 그런데 이 작품을 해설할 때, 어느 측면에 포인트를 주고 강조할 것인가 하는 문제는 상기 교수 목적에 의해 결정해야 한다. 그런데 일반적으로 말해 문학작품

---

7) 그리고 작품 선정 시, 작품발표시간의 전후 순서보다는 작품언어의 상대적인 난이도 순으로 선정하여 강의하는 것이 바람직하다.

강독의 경우는 문학사적인 측면보다는 기타 다른 측면에 포인트를 두고 수업을 조직하는 것이 바람직하지 않을까 한다. 이를 테면 김동인의 작품을 강의한다고 할 때, 어떠한 목적에서 학생들에게 김동인을 전수할 것인가를 먼저 정하고 작품을 선정해야 한다. 좀 더 구체적으로 말한다면 김동인의 문학사적인 위상을 전수하고자 할 때는 근대 사실주의문학의 확립과 계몽성의 탈피, 있는 그대로의 묘사와 인간의 고뇌, 현대시제로부터 과거시제로의 전환, 3인칭의 사용, 전보문 같은 언어사용면에서의 특징, 주관적인 표현방식으로부터 오는 여러 가지 창작방식의 사용 등 문제에 초점을 맞추고 적절한 작품을 선정해야 한다.

셋째, 언어교육적인 측면에 너무 연연하지 말고 문학적인 지식 전수에 초점을 맞추어야 한다. 앞에서 우리는 문학작품강독과의 교수목적은 문학지식전수라고 한 적이 있다. 따라서 이러한 교수목적에 따라 작품 강독 시 문학적인 측면에서 학생들에게 작품을 이해시키도록 노력해야지 문학작품을 통해 작품에 사용된 언어를 습득시키려고 한다면 교수목적에 도달할 수 없게 된다. 물론 문학작품을 통해 학생들은 언어를 습득할 수 있고 담당교수도 그러한 각도에서 수업을 조직할 수도 있다. 그러나 이것은 문학작품강독과목의 주된 목적을 떠난 지엽적인 측면에서의 수업으로 흐를 수 있는 소지가 충분히 있으므로 수업 조직 시 유의해야 할 부분이다. 그 예로 이효석의 「메밀꽃 필 무렵」을 텍스트로 선정하였다고 가정할 때, 작품에 나오는 비속어, 방언, 비규범화된 언어 등보다는 작품의 주제, 인물들의 성격과 상호관계, 작품을 통해 표현되고 있는 작가의 의도, 창작배경, 창작에 사용된 자연주의적인 예술 수법 등 측면에서 수업을 조직하여야 한다.

넷째, 여전히 한국문학의 가장 기본적인 지식을 전수하는데 치중하고 구체적인 작품의 경우는 예술적인 측면에 비중을 두는 것이 바람직하다. 현재 4급 전공 시험에서 한국문학부분이 차지하는 비중이 얼마 되지 않지만 앞으로 8급 시험에서는 적당하게 증가될 추세이다. 그러나 이러한 시험에서 논술이나 간술 문제와 같은 것보다는 가장 기본적인 지식이 선택제의 형식으로 출제될 전망이다. 이러한 시험에 부응하자면 문학작품의 사상내용보다는 예술적인 특징을 기초로 한 기본적인 지식 전수가 필요하다고 하겠다.

다섯째, 작가보다는 작품중심으로 교수를 조직하는 것이 바람직하다. 이 학과목은 작가 중심으로 진행할 수도 있다. 그런데 작가의 경우, 작품이 한 두 편이 아니기에 우리 목하 한국어학과의 시간배정에 적절하지 않다. 따라서 작품 중심으로 작품소개 중 작가를 간단히 소개하는 방식으로 진행하는 것이 좋을 듯싶고[8] 이에 결부하여 문학의 가장 기본적인 일반지식도 적당하게 곁들어 가면서 강의를 조직하는 것이 바람직하다.

4. "한국문학사"와 "한국문학작품선(강독)" 교수요목

어떻게 배워줄 것인가 하는 문제에 있어서 교수요목의 작성도 상당한 구실을 한다. 상기 교수방식과 마찬가지로 여기에도 꼭 그렇다고 할 만한 표준 답안이 없다. 따라서 교수에서 반드시 이러한 부분들을 꼭 이런 식으로 해야 한다는 것보다는 이런 부분들은 꼭 전수되어야 할 내용

---

[8] 현재 국내에 이 방면의 탐구를 진행한 연구가 적지 않다. 구체적인 것은 이러한 연구결과들을 참조하면 도움이 될 것 같다.

들이라는 것을 대략적으로 제시하는 것으로 이 부분을 대처하기로 한다.

1) "한국문학사"의 경우

앞에서 언급한 바와 같이 "한국문학사"학과목의 교수목적은 한국문학의 사적인 발전이고 교과목의 교수 요점은 한국문학의 역사적인 발전이다. 따라서 전반적인 교수는 이 중심을 둘러싸고 진행되어야 하는데 교수내용을 귀납해 보면 아래와 같은 몇 가지 부분으로 구성된다고 할 수 있다.

첫째, 한국문학의 역사적인 발전과 밀접한 관련이 있는 작가나 작품의 경우

한국문학사상에는 이러한 작가나 작품들이 적지 않은데 한시문학의 발전에서 보면 최치원이 가장 중요한 위상에 있고 한문소설이란 측면에서 보면 김시습의 「금오신화」, 국문시가의 발전으로 보면 「구지가」, 「공무도하가」 및 향가나 시조들이 중요하고 국문소설의 경우는 「춘향전」을 비롯한 판소리 소설이다.

그 예로 「구지가」의 경우를 보기로 하자.

「구지가」의 강의에서 가장 중요한 포인트는 앞에서 말한 바와 같이 한국문학사에 현전하는 가장 오랜 작품이라는 점과 작품이 원시시대에서 계급사회로 전환하는 과도기적인 작품이라는 점과 그 작품에서 표현된 일부 예술수법들이 후세 한국문학에 준 영향 등으로 잡을 수 있는데 수업요목을 구체적으로 짜보면 다음과 같이 될 수가 있다.

「구지가」

① 「구지가」 원문과 역문 소개 및 출처

② 「구지가」의 내원소개

③ 「구지가」의 내용 :

➊ 기원 1세기 좌우에 문자화

➋ 원시시대의 집단적인 이익과 생활패턴의 반영

➌ 한 집단의 보편적이 정서

➍ 무속문화를 상기시키는 주술적인 요소

➎ 이에 따른 과도기적인 성격

④ 「구지가」의 예술적인 특징

➊ 가장 원시적인 4언 4구체 형태

➋ 주술적인 요소

➌ 직설적인 설법

➍ 단순반복

⑤ 「구지가」의 문학사적 의의

➊ 당시 사회생활에 대한 인식작용

➋ 원시적인 시 형태에 대한 인식작용

➌ 후세문학에 대한 영향

＊상술한 수업을 통해 「구지가」의 원시시가로서의 특징을 부각시
키고 후세 문학과의 관련을 이야기하면서 그것이 한국문학의 발
전사상에서 가지는 의의를 이해시킴.

둘째, 한시와 국문시가의 발전에서 반드시 알아야 할 작가나 작품의
경우

이러한 작가와 작품으로는 신라 시기의 한시와 최치원, 고려시기의 이규보, 이제현 등 작가와 신라향가, 고려가요 등을 들 수 있다. 고려가요의 경우를 실례를 들어보면 다음과 같다.

고려 가요

① 고려 민족의식의 산생과 고려 가요의 산생
② 고려 가요의 전개 양상
③ 고려 가요 원문소개와 해설
④ 고려 가요의 특징
  ❶ 민족적인 정서
  ❷ 서정의 솔직함과 대담함
  ❸ 사랑과 이별 중심
  ❹ 민중성과 세속성
  ❺ 다분절 형식과 3.4조 시가 형태
⑤ 고려 가요의 문학사적 의의
  ❶ 고려 사회생활에 대한 인식작용
  ❷ 고려 민족의식의 고양과 후세에 준 영향
  ❸ 고려 국문시가 형태 및 후세에 준 영향

셋째, 문학사상 처음 나타났거나 장르적 특징이 뚜렷한 작품의 경우 문학사상에는 부단히 새로운 문학 장르가 나타난다. 문학의 발전이란 측면에서 보면 새 시기 문학은 언제나 그 전시기 문학을 계승하는 반면 장르를 비롯하여 새로운 것이 나타나기 마련이다. 이 경우, 그러한 작품

내용에 대한 해설보다는 그 새로운 측면에 초점을 맞추고 수업을 조직하여야 한다. 향가, 시조 등 장르가 이 부분에 해당되는데 서정시 「공무도하가」를 예로 이야기해보면 다음과 같다.

「공무도하가」

① 「공무도하가」 원문과 역문 소개 및 출처

② 「구지가」의 내원과 작가소개

③ 「구지가」의 내용:

❶ 남편을 잃은 한 여인의 개인적인 감정을 노래(「구지가」와 완전히 다름)

❷ 일부일처제를 중심으로 하는 가족제도의 출현

❸ 한 집단의 보편적이 정서보다는 개인적인 감정이 중요시

❹ 이에 따른 과도기적이고 시대적인 성격

④ 「공무도하가」의 문학사적 의의

❶ 「구지가」와의 관련

❷ 형태상 후세 향가나 고려 가요와의 관련

이외에도 문학사적 강의에서는 여러 가지 방법들을 사용할 수 있는데 도표나 그래프의 방식을 이용하는 것도 바람직한데 가장 관건적인 것은 학생들에게 문학사적인 발전 맥락을 이해시키는 것이라고 할 수 있다.

2) "한국문학작품강독"의 경우

"한국문학작품강독"학과목의 교수목적은 학습자들에게 한국문학지식을 전수하기 위한 것이다. 따라서 "한국문학사"와는 달리 이 교과목에

서의 교수요점은 구체적인 작품을 중심으로 한 한국문학지식이다. 그러므로 담당교수는 여기에서 교수초점을 구체적인 작가, 작품의 전수에 맞추고 아래와 같은 절차로 교수를 진행할 수 있다.

「탈출기」

① 작가 소개와 창작과정

❶ 최서해의 생애

❷ 최서해의 창작과 그 경향성

② 「탈출기」의 내용 해설

❶ 「탈출기」와 작가의 간도생활체험

❷ 간도 이주, 탈가의 이유

❸ 작품의 사상내용

❹ 작품의 이원 갈등구조

③ 「탈출기」의 예술 특징

❶ 서한체 소설과 그 특징

❷ 「탈출기」에서 사용된 창작방법

❸ 「탈출기」의 서술방법

❹ 작품의 언어와 작가의 창작특징

이 외에도 수업과정에 문학의 일반적인 지식과 한국문학지식, 이를테면 "신경향파" 등 지식 및 소설이란 무엇이며 소설을 어떻게 읽을 것인가? 시란 무엇이며 시를 어떻게 읽을 것인가? 하는 문제를 곁들면서 수업을 진행하고 해당 영상자료를 이용하여 학생들에게 더 깊이 있게 각인시키는 것도 아주 바람직한 방법이다. 한마디로 이 수업에는 고정된 격식과 틀이 없다. 따라서 담당교수가 어떻게 학습자들의 학습적극성을 동원하여 이 학과목을 잘 배울 수 있게 하겠는가가 문제의 포인트라고 하겠다.

5. 마무리

이상에서 우리는 중국한국어학과에서의 한국문학교육내용 및 교육방식에 대해 간략하게 고찰해 보았다. 복전 중국의 한국어학과들에 한국문학관련 학과목이 주로 "한국문학사"와 "한국문학작품선(강독)"이 설정되어 있는 상황에 비추어 이 두 학과목을 중심으로 문학교육내용과 교육방식에 대해 살펴보았는데 그 주된 내용은 전자 즉 "한국문학사"의 경우, 교수초점이 한국문학의 역사적인 발전이기에 이러한 측면에서 교수를 조직하고 교수요목을 짜야하며 후자, 즉 "한국문학작품선(강독)"의 경우는 한국문학지식의 전수라는데 초점을 맞추고 강의를 진행하되 작품선정, 교수방식 등 면에서 다양한 형식으로 교수를 진행해야 한다는 것이다. 그러나 교수 방식 자체가 많은 탐구해야 할 부분이 많은 것만큼 여기에도 적지 않은 문제가 있다. 이러한 문제는 앞으로의 더 깊이 있는 연구와 실천을 기대할 수밖에 없다.

문학사의 특수성으로 보는
한국고전문학사 교수 내용고

1. 들어가는 말

한국문학사는 우리 한국 언어문학학과의 중요한 교육내용의 하나이다. 그런데 일각에서는 문학사 무용론을 비롯하여 문학작품해설이나 작가작품론으로 문학사를 대처하려는 등 여러 가지 주장과 움직임들이 나타나고 있다. 한국 언어문학교육을 진행하여 60여 년, 1992년 중한 수교로부터 계산하여도 20여 년의 한국어교육경력과 역사를 가지고 있는 중국에서 이러한 문제, 이를테면 한국 언어문학학과에서의 문학무용론을 비롯한 이러저러한 주장들이 제기되고 이러한 문제에 직면하여 문학사 수업의 중요성을 재차 강조하며 그 문제를 새삼스럽게 다시 논의해야한다는 사실은 아이러니한 것이지만 이러한 주장들이 날로 확대되어 가고 있는 현실을 극복하기 위해서는 이러한 논의를 펼치지 않을 수 없는 것 역시 필연적인 것일지도 모른다. 뿐만 아니라 교육현장의 사정을 살펴볼 때, 일각에서는 한국의 문학사교육을 비롯하여 그 문학 교육의 필요성을 느끼고 있지만 무엇을 강의하여야 하며 어떻게 강의하여야 할 것인가 하는 문제를 비롯한 여러 가지 문제에 부딪치고 있는 것 역시 사실이다. 우리 한국 언어문학학과에서 한국문학교육을 진행해야 한다는 것은 학과적인 성격에 의해 규정된 것으로서 이것은 더 강조할 필요도 없다.[1] 문제는 무엇을, 어느 정도로, 어떻게 강의해야 할 것인가 하는 문제인데 이러한 상황을 감안하여 본고에서는 문학사의 패러독스를 비롯하여 한국고전문학사교육의 내용에 대한 천박한 견해와 일부 소견을 피력해 보고자 한다. 그런데 문학사교육의 내용과 정도는 문학사란 무엇이며 문학연구에서의 문학사의 위상 및 문학사란 특정한 분야의 학문적인 측면과 밀접한 관련이 있음으로 본문에서 필자는 문학사란 무엇이며 거기에는 어떤 특징이 있으며 우리의 문학연구에서 문학사는 어떠한 연구내용을 가지고 있는가를 중점적으로 논함과 동시에 한국고전문학사의 교수내용 문제도 논의해 보고자 한다. 이러한 논의들이 향후 중국의 한국언어문학학과에서의 문학사교육에 일조를 할 것으로 기대한다.

2. 문학사 패러독스(paradox)

1) 문학사란?

문학사란 문자 그대로 해석하면 바로 문학의 역사이다. 그런데 역설적인 것은 문학의 역사는 그렇게 간단한 것이 아니라는 것이다. 사실 문학의 역사는 두 가지 측면에서 규정되는데 하나는 역사 현실적인 측

---

1) 윤윤진, 「중국한국어학과에서의 한국문학교육내용 및 교육방식 고찰」, 2013년 광주외무외어대학교 학술토론회 논문집.

면에서 역사 현실과 밀접한 관련을 가지고 있는 문학의 발전사이고, 다른 한 측면은 문학의 양태나 장르적인 측면과 미학적인 측면에서 말하는 문학의 변천사인데 문학의 역사에는 사회 현실적인 측면에서 즉 사회 역사의 발전에 따라 발전 변화하는, 사회현실과 밀접한 관계를 맺으면서 발전 변화하는 문학사적인 측면과 사회현실의 변화와는 관계없이 별도로 문학 자체적인 발전변화법칙에 따라 발전 변화하는 문학의 형태, 양식과 장르적인 측면이 있다. 목전 우리가 항상 말하는 문학사는 전자, 즉 역사 현실적인 측면에서 역사 현실과 밀접한 관련을 가지고 있는 문학의 발전사를 말하는데 여기에서는 문학의 발전은 논리적인 존재이유를 가진다. 그런데 그 반면, 문학의 양태나 장르적인 측면과 미학적인 측면에서 말하는 문학의 변천사에서는 문학의 발전이란 존재이유를 가지지 못하고 변천 또는 변화라는 측면에서만이 논의가 가능하다. 이른바 문학사의 패러독스, 즉 역설은 여기에서 기인된다.

주지하다시피 문학사를 자세히 살펴보면 문학작품의 내용은 역사적인 현실과 사회적인 현실과 밀접한 관계를 가지면서 어디까지나 사회의 발전변화와 함께 그 변화에 따라 발전하고 변화한다. 따라서 문학사를 문학의 내용적인 측면에서 논의하고자 하면 문학은 언제나 시대성을 띠고 현실성을 띠게 된다. 우리가 문학작품 속에서 그 시대적인 내용과 그 시대의 사회적인 현실과 풍조 그리고 그 시대의 인생관, 가치관, 심미관 등을 파악하게 되는 것은 이 때문인 것이다. 이러한 측면에서 말할 때, 문학이란 시대적인 것이며 문학은 그 시대를 떠날 수 없으며 사회생활을 떠날 수 없으며 사회현실 변화에 따라 변화하고 발전하는데 총체적으로 보아서 사회현실의 변화에 따라 발전하고 변화한다고 해야 한다. 이것이 여태껏 우리가 늘 말하고 익숙해 있는 문학발전사이다.

그러나 문학 양식이나 장르적인 측면에서 말 할 때, 사정은 달라지며 여기에서 패러독스가 산생한다. 문학 영역에서 우리는 그 어떠한 양식이나 장르가 산생한 후, 거기에서 처리되는 문학내용을 보면 낮은 데서 높은 데로, 저급적인 데서 고급적인 곳으로 발전하는 모습을 늘 보게 된다, 그러나 그 반대의 현상도 종종 나타나군 한다. 이를테면 한 문학 양식이나 장르의 출현이 바로 그러한데 이때 신생한 이 문학양식이나 장르가 꼭 전시기에 유행하던 그 문학양식이나 장르보다 발전된 형태라고 단정할 수 없다.[2] 여기에 바로 문학사의 패러독스가 있다. 구체적으로 말하면 문학의 형태, 양식과 장르적인 측면에서 말할 때, 문학의 형태, 양식이나 장르 영역에는 우열을 가리는 표준이나 기준이 없으며 가비성이 없다는 것이다. 현대적인 문학 양식이나 장르가 반드시 고전의 문학 양식이나 장르보다 발전된 형태라고 할 수 없듯이 말이다. 고전적인 문학양식과 장르는 고전적인 문학양식과 장르적인 나름대로의 특징과 합리성을 가지고 있을 뿐만 아니라 그것으로서의 미적인 가치를 소유하고 있으며 현대적인 문학양식과 장르는 현대적인 문학양식과 장르적인 특징과 합리성을 가지고 있으며 또 그것으로서의 미적인 가치를 소유하고 있다. 현대 신체시로 통하는 자유시가 꼭 고대의 한시, 4언이나 5언 또는 7언보다 발전된 형태, 또는 우수한 형식이라는 논조는 그 자유시 형성이 필요했던 시대를 제외하면 거의 통하지 않으며 고대의 신화나 전설과 같은 가장 원시적인 문학양식이나 장르에서 우리가 현대 문학에서 얻을 수 없는 미적 감수를 얻을 수 있는 것은 바로 이러한 사

---

2) 여기에는 발전된 형태도 있을 수 있지만 전보다 못한 형태일 수도 있다. 따라서 여기에는 발전이란 용어가 적합지 않으며 오로지 변화 또는 변천이란 용어를 사용할 수밖에 없다.

정과 관련되며 고대 문학이 아직도 우리에게 현대문학이 도달할 수 없는, 지어는 현대문학을 초월하는 미적 감수를 주는 원인이 바로 여기에 있다.[3]

문학이 미를 창조하는 인간의 활동이라고 전제할 때, 문학이 창조한 예술미의 속성으로 보아도 문학에는 발전이 아니라 변천이나 변화란 용어가 더 적절할지도 모른다. 미학적인 측면에서 문학을 분석해 볼 때, 현대인들이 창조한 아름다움이 원시인들이 창조한 아름다움보다 더 아름답다는 논조가 성립되지 않는다. 이것은 상기 형태, 양식이나 장르적인 특징과 마찬가지인데 미, 즉 아름다움의 창조를 기본으로 하는 문학 창작이나 모든 미의 창조를 목적으로 하는 예술의 장르적인 특징으로 지적될 수 있다. 따라서 문학의 역사는 우리가 간단하게 생각하는 단순한 문학의 발전사인 것이 아니라 사회현실적인 측면에서의 발전사와 형태, 양식, 장르적인 측면과 미적인 측면에서의 변천사라는 두 가지 측면이 망라된다고 할 수 있다.

2) 문학사의 특징

문학의 역사를 사회현실적인 측면에서의 발전사와 형태, 양식, 장르적인 측면과 미적인 측면에서의 변천사라는 두 가지 측면으로 나누어 상정할 때, 전자인 사회현실적인 측면에서 말하면 문학사는 상시적인 가변성을 띠고 있고 후자 문학의 형식, 즉 양식이나 장르적인 측면에서

---

3) 문학의 이러한 사정에 근거하여 마르크스는 고대 그리스신화는 영원한 예술적인 매력을 가지고 있으며 현대인이 도달할 수 없는 그러한 예술의 경지에 이르렀다고 하는 것이다.

말하면 문학사는 상대적인 안정성을 띠고 있다. 문학사의 이러한 특수성은 문학사와 전시기 문학과의 특수한 관계를 형성하게 되는데 문학의 발전사상에서 전자는 언제나 그 전 시기 문학과 이러저러한 관계를 가지고 변화 발전하여 문학전통의 계승과 새로운 형세 하에서의 전통의 계승과 창조라는 문학사적인 연결고리가 형성되지만 후자의 경우는 전시기 문학과의 계승보다는 단절이라는 측면에서 더 특징이 더 강하고 두드러지게 나타나며 전시기 문학형태나 장르에 대한 부정으로 그 역사를 서술해 나간다. 이것을 좀 더 구체적으로 말하면 한 문학양식이나 장르의 출현은 언제나 문학의 발전보다는 문학의 역사를 양식, 장르적인 측면에서의 단절을 불러오면서 전 시기 유행문학양식과 장르의 부정이란 형식 속에서 문학 자체 발전과 변화의 역사를 완성하고 써내려 간다.

물론 문학 새로운 문학 양식과 장르의 출현은 전 시기 문학과 아무 관련도 없이 완전한 "무"와 "공"적인 공간에서 진행되는 것이 아니라 반대로 언제나 앞 시기 유행하는 문학과 이러 저러한 관계를 가지는 경우도 있다. 그러나 계승이라는 측면에서는 언제나 부정을 하고 있고 또 그것이 일단 잉태되어 출현하게 되면 전 시기 문학 양식이나 장르를 부정하고 단절시키면서 새로운 역사를 쓰게 된다. 따라서 이 측면에서의 문학의 역사는 사회 역사의 발전 역사에서 강조되는 전통성과 역사성이 일시적으로 거부되면서 새로운 문학의 전통과 역사를 시작한다. 이 역시 문학사의 패러독스이다.

문학의 역사에서 종종 보게 되는 문학사조나 문학유파의 출현도 이러한 특성을 가지고 있다. 문학사상에는 문학사조나 문학유파가 종종 나타나게 되는데 허다한 경우, 이러한 문학현상의 출현은 우연성을 띠는 경우가 상당히 많다. 한국 문학사상에 나타난 "해좌칠현파"문학은 그전 시기 문학과 거의 관련이 없는 특수한 경우의 하나이며 우연적으로 나타난 문학현상의 하나라고 할 수 있으며 괴테나 실러를 대표로 한 18세기 독일의 "질풍노도운동", 그리고 괴테와 실러의 출현, 19세기 푸슈킨을 이어 나타난 톨스토이, 도스토옙스키를 대표로 한 러시아문학의 출현도 이러한 측면에서 해석될 수 있다. 물론 문학사상 일부 문학사조나 문학유파의 출현은 필연성을 가지는 경우도 있다. 이를테면 서구 계몽주의 문학이나 낭만주의 문학이 이러한 측면에서 해석될 수 있다. 그러나 서구의 계몽주의 문학이나 낭만주의 문학도 여러 가지 형태를 띠고 있다는 사정을 감안할 때, 그 필연성도 대체로 어느 정도의 필연성을 가지고 있는지 하는 의문을 낳기도 한다. 문학사의 이러한 특성은 문학사를 단순한 문학의 발전 역사라고 피상적으로 이해하고 해석할 것이 아니라 그것은 여러 가지 측면에서 복잡다단한 양상을 띠고 있기 때문에 구체적인 변화양상에 따라 보다 구체적인 이해와 접근이 필요하다는 것을 말해준다.

3) 문학연구에서의 문학사의 위치

문학사의 상술한 특성은 우리에게 문학의 역사는 단순한 문학의 발전 역사일 뿐만 아니라 변혁의 역사라는 것을 알려줄 뿐만 아니라 문학사 연구의 대상을 제시해 준다. 서술의 편리를 위해 우리 여기에서 먼저 문학의 연구 대상을 분명히 해 보고 다시 문학사 연구대상을 집중적으로 논해보기로 하자.

주지하다시피 문학사는 문학연구 대상의 하나이다. 대학교 문학수업은 문학연구의 대상에 따라 진행되는 것이 상례인데 외국어를 처음 접촉하고 배우는 초학자라 하더라도 문학을 배우고자 할 경우, 문학의 연구대상을 알고 거기에 따라 해당 지식을 전수받는 것이 기본이다. 그럼 문학의 연구대상은 무엇인가? 기실 이것은 여러 측면에서 해석 가능한 것인데 간단하게 해석하면 일개 국문학연구는 대저 (1) 문학사연구 (2) 작가연구 (3) 작품연구 (4) 독자 연구 이 네 가지가 포함된다고 할 수 있는데 이 4개 부분을 더 세분하여 보면 (1) 문학사 연구는 문학의 발전 또는 변천사를 비롯하여 문학의 발전가운데서 나타난 문학현상, 즉 새로운 문학 장르 및 형식의 출현, 문학사상에 나타난 문학사조, 문학유파, 그리고 문학과 당대 사회와의 관계, 문학과 당대 사회정치풍조, 사회사상, 철학사상, 종교사상과의 관련, 문학의 시대적인 풍격문제, 기존 문학전통에 대한 계승과 발전 및 혁신, 문학창작을 둘러싸고 진행된 문학논쟁 등이 여기에 망라되며 (2) 작가연구부분에는 작가의 창작경향과 작품과의 관련, 작가의 정치사상의식, 종교철학관념, 가정출신, 성장배경과 사회관계와 작품과의 관련, 작가가 사용한 창작방법, 작가의 창작개성, 당대 문학사조와 작가창작과의 관련 등이 포함되며 (3) 작품연구에는 작품의 제재, 주제, 인물형상, 스토리 등을 비롯하여 작품의 구조, 작품의 언어, 서사방식, 서사구조, 서술자, 인칭, 시점 등이 속해 있으며 (4) 독자 연구에는 독자의 기대시야, 독자의 반응, 접수태도, 접수심리, 사회적인 효과 등이 속할 것이다. 따라서 문학연구대상이 다름에 따라 부동한 연구방식과 연구내용이 결정되게 되는데 여기에서 주로 논하고자 하는 문학사 경우는 (1) 의 범주에 속하는 것으로서 문학연구에서 중요한 위상에 있다고 해야 할 것이다. 상기 서술한 내용을 더 명료하게 표명하기 위해 여태껏 논의한 것을 도표로 표시해 보이면 다음과 같이 된다.

<표 1>

연구대상	연구내용
문학사연구	문학의 발전 또는 변천사, 문학 발전가운데서 나타난 문학현상, 새로운 문학 장르 및 형식의 출현, 문학사상에 나타난 문학사조, 문학유파,문학과 당대 사회와의 관련, 문학과 당대 사회정치풍기, 사회사상, 철학사상, 종교사상과의 관련, 문학의 시대적인 풍격문제, 기존 문학전통에 대한 계승과 발전 및 혁신, 문학창작을 둘러싸고 진행된 문학논쟁
작가연구	작가의 창작경향과 작품과의 관련, 정치사상의식, 종교철학관념, 가정출신, 성장배경과 작품과의 관련, 작가가 사용한 창작방법, 작가의 창작개성, 작가의 창작스찔, 당대 문학사조와 작가창작과의 관련
작품연구	작품의 제재, 주제, 인물형상, 스토리, 슈제트구성, 작품의 구조, 작품의 언어, 서사방식, 서사구조, 서술자, 인칭, 시점
독자연구	독자의 기대시야, 독자의 반응, 접수태도, 접수심리, 사회적인 효과

<도표 1>에서 보다시피 문학에는 상응한 연구대상에 따른 연구내용들이 있다. 따라서 관련 연구에서는 그 연구와 관련된 내용들을 취급하게 되는데 문학사의 경우에는 도표에서 보여준 바와 같이 문학의 발전 또는 변천사, 문학 발전가운데서 나타난 문학현상, 새로운 문학 장르 및 형식의 출현, 문학사상에 나타난 문학사조, 문학유파, 문학과 당대 사회와의 관련, 문학과 당대 사회정치풍기, 사회사상, 철학사상, 종교사상과의 관련, 문학의 시대적인 풍격문제, 기존 문학전통에 대한 계승과 발전 및 혁신, 문학창작을 둘러싸고 진행된 문학논쟁, 이러한 것들이 망라된다. 문학사를 앞에서 언급한 것과 같이 역사사회현실적인 측면에서의 발전사와 형태, 양식, 장르적인 측면과 미적인 측면에서의 변천이라는 두 가지 측면으로 나누어 상정할 때, 문학사의 연구대상으로 되고 있는

이러한 내용들은 다시 크게 두 가지 측면으로 나뉠 수 있는데 문학과 당대 사회와의 관련, 문학과 당대 사회정치풍토, 사회사상, 철학사상, 종교사상과의 관련, 문학의 시대적인 풍격문제 등과 문학사상에 나타난 문학사조, 문학유파, 기존 문학전통에 대한 계승과 발전 및 혁신, 문학창작을 둘러싸고 진행된 문학논쟁은 문학과 사회현실간의 관계로 파악될 수 있는 내용들로서 전자의 범주에 속할 수 있으며 문학 변천가운데서 나타난 문학현상, 새로운 문학 장르 및 형식의 출현 등은 형태, 양식, 장르적인 측면과 미적인 측면에서의 변천과 연결될 수 있는 내용들로서 후자에 속한다. 이처럼 문학사는 아주 복잡하고 상당한 문학이론 지식을 소요하는 체계로서 문학연구에서 가장 중요한 부분의 하나이다. 그러므로 문학연구를 지향하는 문학도로서는 반드시 잘 배우고 이용하여야 할 지식고의 하나이다.

3. 한국 고전문학사 교수내용

한국 고전문학사는 상기 이론에 따르면 역시 한국 고전문학발전사와 변천사 이 두 개 부분으로 나눌 수 있다. 따라서 여기에는 상기 문학사에서 제기되는 문학의 발전 또는 변천사, 문학 발전가운데서 나타난 문학현상, 새로운 문학 장르 및 형식의 출현, 문학사상에 나타난 문학사조, 문학유파, 문학과 당대 사회와의 관련, 문학과 당대 사회정치풍기, 사회사상, 철학사상, 종교사상과의 관련, 문학의 시대적인 풍격문제, 기존 문학전통에 대한 계승과 발전 및 혁신, 문학창작을 둘러싸고 진행된 문학논쟁 등 모든 문제가 모두 제기되는데 문제는 이 모든 내용을 우리 한국어학과에서 모두 수업을 할 수 없다는데 있다. 따라서 여기에서 제기되는 문제는 이 많은 부분에서 어느 부분을, 어느 정도로, 어떻게 수업하는가 하는 것이다.

물론 한국 고전문학사도 문학사 범주에 속하므로 원칙적으로는 상기한 문학사교수내용을 떠날 수 없고 모두 강의하는 것이 좋다. 그렇지만 구체적으로 교수를 진행하자면 수업시간의 배당을 비롯한 여러 가지 문제가 있는데 이러한 문제를 해결하기 위해서 우리는 문학사강의에서 반드시 지켜야 할, 교수 중 반드시 집고 넘어가야 할 문제들에 주목할 필요가 있다.

이를테면 문학사강의에서 가장 중요한 것은 문학의 발전과 변천이라는 것인데 필자는 우리의 문학사 교수 내용은 이 중심을 둘러싸고 진행되어야 한다고 생각한다. 위에서 말한바와 같이 문학사에는 문학과 당대 사회와의 관련, 문학과 당대 사회정치풍토, 사회사상, 철학사상, 종교사상과의 관련, 문학의 시대적인 풍격문제 등과 문학사상에 나타난 문학사조, 문학유파, 기존 문학전통에 대한 계승과 발전 및 혁신, 문학창작을 둘러싸고 진행된 문학논쟁 등 문학과 사회현실간의 관계로 파악될 수 있는 내용들과 문학 변천가운데서 나타난 문학현상, 새로운 문학 장르 및 형식의 출현 등은 형태, 양식, 장르적인 측면, 이 두 개 부분이 망라되는데 우리는 이 가운데서 문학의 발전과 변천과 관련되는 부분들을 선택하고 그것을 정리하여 학생들에게 교대하면서 문학사수업을 진행하여야 한다. 그러면 여기에서 중요한 것은 어느 부분의 내용들이 문학의 발전이나 변천과 관계되는 내용인가 하는 문제이다.

필자의 관점에 따르면 첫째부분인 문학과 사회와의 관련가운데서 문학과 당대 사회와의 관련, 문학과 당대 사회정치풍토, 사회사상, 철학사상, 종교사상과의 관련, 문학의 시대적인 풍격 등 부분보다는 문학사상에 나타난 문학사조, 문학유파, 기존 문학전통에 대한 계승과 발전 및 혁신, 문학창작을 둘러싸고 진행된 문학논쟁 등 부분이 문학의 발전이나 변천과 관련을 가지고 있으며 더욱 중요한 것은 후자, 즉 문학 변천 가운데서 나타난 문학현상, 새로운 문학 장르 및 형식의 출현 등은 형태, 양식, 장르적인 측면이 문학의 역사적인 변천과 밀접한 관련을 가지고 있다. 따라서 우리 문학사교수는 이러한 내용을 기반으로 진행하되 그 문학사의 역사발전과 변화에 대한 영향의 대소에 따라 분량과 시간을 정해야 한다고 생각한다.

이러한 논리에 의해 문학사의 다른 내용들도 결정되게 되는데 이를테면 작가나 작품의 경우도 이와 마찬가지이다. 문학사 수업의 경우, 문학사의 발전과 변천과 별 관련이 없는 작가나 작품, 또는 큰 작용이 없는 작가와 작품은 교수 내용 중에 넣지 말거나 적당히 처리할 수 있다는 논리가 여기에서 성립된다. 바꾸어 말하면 아무리 중요한 작가나 작품이라고 할지라도 문학사 교수에서는 문학사적인 발전이나 문학의 변혁에 있어서 얼마만큼의 가치가 있느냐에 따라 강의 내용과 분량이 결정되어야 하며 한 작가의 수많은 작품 중에서도 문학의 변천과 관련이 있는 작품만이 강의내용에 포함되는 것이 원칙이며 이 원칙에 따라 강의 여부와 강의 내용의 다소가 결정되어야 한다.

이러한 논리에 따라 각 시기별 한국 고전문학사 교수내용을 정리해 보면 다음과 같이 될 수 있다.[4]

---

4) 본 논의 내용은 윤윤진 외, 『한국문학사』, 상해교통대학출판사, 2008년판을 기본으로 서술된 것임.

1) 상고시기문학사

이 시기 문학사의 교수내용은 주로 「구지가」와 「공무도하가」 및 「단군신화」로 요약되는데 주로 형태, 양식, 장르적인 측면에서 수업이 조직되어야 하며 요점은 「구지가」와 「공무도하가」가 각각 원시가요와 과도기 가요로 되는 이유를 비롯하여[5] 그러한 가요의 형태나 양식이 나타나게 된 원인, 그러한 양식, 형태적 특징(즉 4언시의 특징), 이 시기 시들이 한문으로 기록되게 된 원인 등이라고 할 수 있다. 「단군신화」의 경우는 그 건국신화의 특징을 비롯하여 그 내용 및 서사문학으로서의 여러 가지 특징, 그리고 거기에 반영된 민족의식과 민족의 토속신앙 등이 전수되어야 한다. 이 시기 문학은 한국문학의 역사적인 개시를 알리는 문학인 것만큼 다른 시기 문학, 즉 그 후기 문학에 비해 더욱 상세하고도 다면적으로 소개되어야 다른 시기 문학사 지식을 전수하는데 일정한 도움이 된다. 특히 「구지가」와 「공무도하가」는 상호 비교 속에서 그것들이 고대 원시시대 가요와 과도기 가요가 되는 시대적인 특징을 비롯한 모든 것들이 자세하게 소개되어야 만이 좋은 효과를 거둘 수 있다.

2) 3국 통일신라시기문학사

이 시기의 강의 주요 내용은 새로운 문학 장르의 출현을 중심으로 조직되어야 하는데 한자의 유입과 이두와 향찰표기법을 출현을 비롯하여 시 부분에서는 주로 구전가요, 향가 및 전 시기 4언체 문학형태들과 이어지는 「황조가」, 그리고 새로 출현한 5언과 7언 한시가 소개되어야 하

---

5) 이 경우 「구지가」와 「공무도하가」를 비교하면서 그 내용적인 특징을 분석하고 그 시대적인 내용과 특징을 지적하는 방식으로 진행하는 것이 바람직하다.

며, 서사문학부분에서는 주로 전설이라는 문학 장르가 중점적으로 소개되어야 한다.[6] 특히 이 부분에서 향가가 대서특필되어야 하는데 이것은 한국의 민족적인 시, 국문시가의 산생이라는 측면에서 큰 의미가 부여되어야 할 뿐만 아니라 이것으로 인해 국문시가의 역사적인 전통이 형성하게 되었다는 측면에서 강조되어야 한다. 한시 부분에서는 최치원의 한시가 소개될 수도 있는데 이 경우도 한시의 내용적인 측면보다는 한시문학의 정립이라는 측면에서의 최치원의 탐구와 기여라는 측면에서 지식을 전수하는 것이 바람직하다. 중일 문화의 교류라는 측면에서 「연오랑과 세오녀」, 허구적인, 즉 꾸민 이야기라는 측면에서 「조신의 일생」도 중요하지만 새로운 문학형태나 장르의 출현이라는 측면에서 볼 때, 이러한 것들보다는 상기 서술한 부분들이 더 중요한 의미를 지니며 문학의 발전이나 변천이라는 측면에서 보아도 사정은 마찬가지이다.

3) 고려시기 문학사

이 시기 문학사에서 가장 중요한 것은 이 시기는 고대 조선민족의 민족적인 의식이 수립되는 시기로서 문학을 포함한 모든 영역에서 민족의식의 고양이 시대적인 특징으로 작용하면서 민족적인 문화전통과 정서가 형성되고 있었다는 점에 초점을 맞춤과 동시에 문학형태와 장르적인 측면에서는 경기체가, 고려가요, 시조, 민족서사시, 역사산문, 패설문학작품 등이 주로 소개되어야 하며 한문학부분에서는 이제현의 사(詞), 문학유파라는 측면에서 "해좌칠현파" 문학이 소개되어야 한다. 그 가운데

---

6) 이 시기에 유행된 기타 서사문학 장르인 설화, 우화, 기행문 등 문학장르는 경우에 따라 약할 수도 있다.

서도 더 강조하여 지적해야 할 것은 고려가요와 민족서사시, 역사산문 및 시조와 패설문학작품인데 고려가요와 민족서사시, 그리고 역사산문 은 민족의식의 고양이라는 측면에서, 시조는 한국전통시가형식이라는 측면에서, 패설문학작품은 조선 시기의 소설문학과의 관련 속에서 많이 논의되어야 한다. 더 구체적으로 말하면 고려 가요는 민중 속에서 나타 난, 백성들의 생활정취와 세련된 정서 등으로 한민족의 민족적인 정취 와 정서를 다분히 표현하고 있다. 여기에 표현된 정서들은 나중에 한 민족의 전통적인 감정표현형식으로 굳어지면서 한민족의 문학사, 특히 는 서정문학저변에서 면면히 흐르고 있기에 수업 시 집중 조명되어야 할 부분들이다.

이 시기 문학사에서 대서특필해야 할 것은 민족서사시 『동명왕편』이 다. 앞에서 우리는 고려 시기는 민족의식이 수립되고 고양되던 시기라 고 했다. 고려시기를 민족의식이 수립되고 고양되던 시기라고 하는 것 중의 가장 중요한 증거의 하나가 바로 『동명왕편』이라는 민족서사시의 출현이다. 주지하다시피 고대 한 개 민족의 형성은 상당한 역사시기를 거쳤는데 고대 민족 형성의 아주 중요한 증거의 하나로 그 민족의 역사 와 그 민족의 영웅을 묘사한 서사시의 산생이라고 할 수 있다. 서사시 의 산생은 그 민족이 공동으로 숭배하는 영웅인물의 등장을 의미하며 그 영웅의 지도하에 자랑스러운 민족의 역사를 써내려 간다는 것을 의 미한다. 유럽의 경우, 이러한 현상이 비교적 선명한데 저 저명한 고대 그리스의 "호메로스서사시"를 비롯하여 그 뒤시기에 나타난 게르만인들 의 『힐드브란테의 노래』, 앵글로 색슨족의 『베오울포의 노래』와 프랑스 의 『롤랑의 노래』, 스페인의 『씨드의 노래』, 독일의 『니벨룽겐의 노래』, 러시아의 『이고르왕 원정기』 등이 이러한 범주에 속하며 동방의 경우에는 고대 바빌로니아의『길가메쉬』서사시를 비롯하여 인도의『마하바라다』, 티벳의『게사르칸』등이 이러한 범주에 속한다. 이러한 영웅서사시의 이면에는 그 민족의 형성과정과 민족의 전통을 비롯한 많은 민족사와 관련된 내용들이 포함되어 있는데 이러한 서사시들은 흔히 한 민족의 자랑스러운 역사와 연결되면서 민족자긍심을 키우고 민족의 애족심을 불러일으킴에 있어서 상당히 중요한 구실을 한다.『동명왕편』역시 그러한데 작품은 분명 한 민족의 가장 자랑스럽고 영광스러운 역사의 한 단락이다. 타고난 총명과 무예, 그리고 무비의 용감성으로 험난한 세월과 세파를 이겨내며 동방의 나라를 세운 고주몽, 거기에 한민족의 자랑찬 역사가 있다. 그러므로 이 작품은 문학의 서사시라는 장르적인 측면에서 뿐만 아니라 민족의 역사라는 측면에서도 반드시 크게 부각되어야 할 작품이며 이와 동시에 이 시기에 나타난『삼국사기』와『삼국유사』도 크게 다루어져야 할 부분이다. 문화학적으로 보면 이러한 사서의 출현은 그 민족이 우리는 누구이며 어디에서 왔는가 하는 민족의 보다 근본적인 문제를 의식하기 시작했고 자기 민족에 대해 자각적인 이해와 인식 단계에 들어섰다는 중요한 징표의 하나라고 할 수 있다. 따라서 이 시기 문학에서 이러한 것들이 크게 부각되면서 문학사적인 강의가 진행되어야 한다.

물론 이 시기 문학에서 또 하나 간과할 수 없는 것은 중국문학의 대량 유입이다. 한시, 한문학을 비롯하여 유가사상과 도가사상, 그리고 불교사상, 이러한 사상의 유입은 한국사회의식형태를 크게 개변시켰으며 한국문학의 발전에 막대한 영향을 주기도 하였다. 동시에 이 시기는 앞에서 말한바와 같이 민족의식이 극도로 고양되던 시기이기도 하다. 따라서 이 시기 문학에서 반드시 해결되어야 할 것은 중국문학의 유입과 그 지대한 영향, 그리고 민족의식의 고양이라는 얼핏 보면 서로 모순의 극치를 이루는 듯한 이 두 개 방면의 역학적인 관련 속에서 고려시기 문학이 어떻게 전개되고 어떤 성과가 있는가 하는 문제이다.

4) 조선시기 문학사

조선 시기는 한국 고대 문학이 최고봉을 이루던 시기임과 동시에 또 문학에서 근대성이 나타나면서 중세문학이 막을 내리고 근세문학이 선을 보이던 시기라고 할 수 있다. 중세문학의 가장 휘황찬란한 성과를 이룩함과 동시에 막을 내리게 되는 쇠퇴의 길, 이러한 역사의 아이러니가 이 시기 문학의 역사에 고스란히 씌어져 있다. 그러므로 이 시기 문학 강의에서 이러한 역사적인 현상을 어떻게 문학적으로 학생들에게 주입시키면서 문학지식을 주는가 하는 것이 관건 포인트일 수가 있다.

상기 문학사의 수업내용 즉 문학과 당대 사회와의 관련, 문학과 당대 사회정치풍토, 사회사상, 철학사상, 종교사상과의 관련, 문학의 시대적인 풍격 등 부분에서는 전근대적인 생산방식이 출현하면서 나타나는 시민계층의 대두, 거기에 따르는 상품경제 등 사회진보에 따른 문학상의 많은 변화, 실학파문학을 대표로 하는 전근대적인 문학이 여기에서 중점으로 지적되어야 하며 문학의 변천가운데서 나타난 문학현상, 새로운 문학 장르 및 형식의 출현 등 형태, 양식, 장르적인 측면에서는 시조문학의 뒤를 따라 나온 가사문학, 의전체, 판소리, 그리고 "훈민정음"의 창제와 거기에 따른 국문소설의 출현 등이 크게 부각되어야 한다.

실학과 문학은 이 시대의 시대적인 특징을 가장 잘 반영한 문학으로서 상기 문학사의 표준에 따르면 문학과 사회시대부분에 하며 한국 중세문학의 최고봉임과 동시에 중세문학의 종결을 의미하는 문학이기도 하다. 한 시대의 문학이 문학사의 이러한 아이러니한 성격을 고스란히 지니고 그 시대적인 특징을 가장 집중적으로 반영하고 있을 때, 이 문학은 문학사에서 반드시 대서특필하여야 할 부분들이다. 특히 박지원의 소설 「허생전」이나 「호질」같은 작품들은 전통적인 봉건적인 신분제도가 밑뿌리로부터 철저하게 흔들리고 있는 역사적인 현실을 그대로 보여주고 있으며 미래지향적인 상품생산, 독점매매의 상품경제와 시장경제를 환상적으로 보여줌으로써 사회의 미래비전을 그려 보이고 있다. 중세 작가로서 미지의 미래 세계를 그처럼 형상적으로 그려낼 수 있다는 것 역시 우리들의 찬탄을 자아내는 부분의 하나이다.

이와는 좀 달리 이 시기 한국문학은 물론 제반 한국사회를 놓고 말해도 대서특필해야 할 사건은 "훈민정음"의 창제이다. "나라 말씀이 중국과 달라" 부득이한 상황에서 창제했다는 "훈민정음"의 출현, 이것은 한국고대문화사의 대사이며 한국 제반 문화사의 획기적인 사건이었다. 민족어로 민족문학을 창작할 수 있다는 이것은 "훈민정음"을 떠나서는 운운할 수 없는 것이다. 「용비어천가」를 선두로, 그 뒤로 이어지는 허다한 국문소설, 허균과 김만중의 소설, 그리고 판소리계 소설들, 민족어의 출현과 함께 전성기를 맞은 민족문학은 여기에서 하나의 큰 획을 그으면서 민족문학의 한 고봉을 이룬다.

민간에서 발원하여 대중 속에서 널리 퍼지고 서민적인 특색을 다분히 띠면서 한국 문단에 나타난 판소리 문학은 내용은 물론 특히는 그 독특한 예술 형식으로 민족적인 특색을 가장 철저하게 반영하면서 이 시기 한국문학의 역사적인 변천의 한 장을 대변하고 있다. 남녀지간의 사랑(「춘향전」)이나 부모 또는 연장자에 대한 효(「심청전」), 또는 민간의 인과

보응사상(「흥부전」)을 설파한 상식적이고 상투적인 내용보다는 그 독특한 형식으로 민족적인 특색을 가장 잘 보여주고 있는 이 판소설계 소설들은 이 시기 문학의 가장 중요하고 이색적인 작품으로 이 시기 문학수업에서 중시를 받아야 할 부분들이다. 따라서 이러한 부분들을 역점을 두고 고전문학사 수업을 조직하는 것이 가장 합리하다고 필자는 생각한다.

이상에서 논의한 것을 도표로 정리하여 보여주면 다음과 같다.

시기	교수내용
상고시기문학사	「구지가」와 「공무도하가」 및 「단군신화」로 요약됨. 형태, 양식, 장르적인 측면이 강조. 요점은 「구지가」와 「공무도하가」가 각각 원시가요와 과도기 가요로 되는 이유를 비롯하여 그러한 가요의 형태나 양식이 나타나게 된 원인, 그러한 양식, 형태적 특징(즉 4언시의 특징), 이 시기 시들이 한문으로 기록되게 된 원인 등
3국 통일신라시기문학사	한자의 유입과 이두와 향찰표기법을 출현, 시 부분에서 구전가요, 향가 및 4언체 「황조가」, 그리고 5언과 7언 한시, 서사문학 부분에서 주로 전설. 특히 이 부분에서 향가가 대서특필 되어야 하는데 이것은 한국의 민족적인 시, 국문시가의 산생이라는 측면에서 큰 의미가 부여되어야 할 뿐만 아니라 이것으로 인해 국문시가의 역사적인 전통이 형성하게 되었다는 측면에서 강조되어야 함. 한시 부분에서는 최치원의 한시가 소개될 수도 있는데 이 경우도 한시의 내용적인 소개보다는 한시문학의 정립이라는 측면에서의 최치원의 탐구와 기여
고려시기 문학사	고려 시기의 민족의식의 고양이라는 시대적인 특징. 민족적인 문화전통과 정서가 형성. 문학형태와 장르적인 측면에서는 경기체가, 고려가요, 시조, 민족서사시, 역사산문, 패설문학작품, 한문학부분에서는 이제현의 사(詞), 문학유파라는 측면에서 "해좌칠현파" 문학. 그 가운데서도 더 강조하여 지적해야 할 것은 고려가요와 민족서사시, 역사산문 및 시조와 패설문학작품인데 고려가요와 민족서사시, 그리고 역사산문은 민족의식의 고양이라는 측면에서, 시조는 한국전통시가형식이라는 측면에서, 패설문학작품은 조선 시기의 소설문학과의 관련에서 강의되어야 함.

조선시기 문학사	이 시기는 한국 고대 문학이 최고봉을 이루던 시기임과 동시에 또 문학에서 근대성이 나타나면서 중세문학이 막을 내리던 시기. 전근대적인 생산방식이 출현하면서 나타나는 시민계층의 대두, 거기에 따르는 상품경제 등 사회진보에 따른 문학상의 많은 변화, 실학파문학을 대표로 하는 전근대적인 문학. 문학의 변천가운데서 나타난 새로운 문학 장르 및 형식의 출현 등 형태, 양식, 장르적인 측면에서는 시조문학의 뒤를 따라 나온 가사문학, 의전체, 판소리, 그리고 "훈민정음"의 창제와 거기에 따른 국문소설의 출현 등이 크게 부각되어야 함.

4. 나오는 말

이상에서 우리는 일반 문학사의 특징으로부터 출발하여 한국고전문학사의 교수내용에 대해 간략하여 서술해 보았다. 거듭 이야기되지만 문학사 수업은 여러 가지 방식으로 진행될 수 있는데 여기에서의 관건은 무엇을 어떻게 가르칠 것인가 하는 교육내용과 교육방식의 문제인데 문학사의 경우, 우리는 문학사가 지니고 있는 문학의 발전과 변천이라는 이율배반적인 특징과 역설적인 측면을 잘 이해하고 그 수업내용을 정해야 한다고 생각한다. 이외에도 교육내용에 대한 교육자의 이해, 문학사에 대한 교육자의 이해, 그리고 문학 전반에 대한 이해를 비롯하여 문학수양도 수업의 좋고 나쁨과 직결된다고 할 수 있는데 문학사 수업을 잘 조직하려면 우선은 교육자의 문학자질을 제고하는 것이 급선무라는 논리가 여기에서 설득력을 얻는다. 한 마디로 한국문학사교육은 한국언어문학학과에서 반드시 진행되어야 할 중요한 과목임으로 담당자들의 중시를 불러일으켜야 할 것이다.

참고문헌

『북향』 2-4호, 간도 용정촌발행, 1935~1936년

김병민, 『조선문학사』(근현대부분), 연변대학출판사, 1984
김병욱 외, 『우리소설 어떻게 읽을 것인가』, 고시연구원, 2005
김인환 외, 『문학의 새로운 이해』, 문학과지성사, 1996
문일환, 『조선고전문학사』, 민족출판사, 1997
申瑩澈 편, 『滿洲朝鮮文藝選』, "朝鮮文藝社", 康德八年(1941)
申瑩澈 편, 『싹트는 대지』
윤윤진·지수용·권혁률 편, 『한국문학작품선』, 상해교통대학출판사, 2005
윤윤진·지수용·정봉희·권혁률, 『한국문학사』, 상해교통대학출판사, 2008
조동일 외, 『한국문학강의』, 길벗, 1994
조윤제, 『국문학개설』, 동국문화사, 1960
중국한국어교육연구학회 편, 『중국의 한국어교육의 회고와 전망』, 한국문화사, 2012
허휘훈·채미화, 『조선고전문학사』, 연변대학출판사, 2003
황송문, 『문장강독』, 도서출판 세훈, 1996
황송문, 『현대시작법』, 국학자료원, 1999

尹允鎭

略歷 : 中國 吉林省 延吉市에서 出生
　　　中國 延邊大學校 碩士課程, 博士課程 修了
　　　文學博士
　　　延邊大學校 教授, 延邊大學校 東方文化研究院 常任副院長
　　　吉林大學校 外國語學院 副院長 역임
　　　現在 吉林大學校 外國語學院 教授, 博士生指導教授, 文學評論家
著書 : 『朝鮮現代小說藝術模式研究』
　　　『中韓文學比較研究』
　　　『中國朝鮮族文學研究』
　　　『中國朝鮮族文學批評史』(공저)
　　　『韓國文學史』(공저) 등
　　　그 외 논문 100여 편

韓國文學과 韓中文學 比較

초판인쇄　2014년 7월 21일
초판발행　2014년 7월 29일

저　자　尹允鎭
펴낸이　이대현
편　집　박선주
디자인　이홍주
펴낸곳　圖書出版 亦樂
　　　　　서울시 서초구 동광로 46길 6-6(문창빌딩 2F)
　　　　　전화 02-3409-2058(영업부), 2060(편집부) | FAX 3409-2059
　　　　　이메일 youkrack@hanmail.net
　　　　　등록 1999년 4월 19일 제303-2002-000014호
ISBN　979-11-5686-074-7 93810

정　가　25,000원

* 잘못된 책은 구입처에서 교환해 드립니다.